묘니
猫膩
장편소설

将夜
2

이기용
옮김

야(夜) 2권

야(夜) **1권**

프롤로그

야(夜) **3권 (근간)**

1

일 보 전 진

1

✦

피안의 하늘에
꽃이 피다

✦ ✦ ✦ ✦

✦ ✦ ✦ ✦ ✦ ✦ ✦ ✦

1

◑ ◑ ◑

○　○　○

'오늘밤 장안성은 시끄럽겠지? 조소수의 비장의 패가 뭘까?
내일 갈 곳은 어디지?'

도저히 잠을 이룰 수가 없을 것 같았다. 넝결은 상상을 깨워 이야기를 나눴지만 상상은 전혀 이해하지 못하는 표정이었다. 대신 그녀는 홑옷을 걸치고 침대에서 내려와 독주 항아리를 하나 들고 왔다. 물론 여느 때처럼 술은 대부분 상상의 뱃속으로 들어갔고, 넝결은 몇 모금 마시고는 결국 술기운을 이기지 못해 몽롱한 채로 잠이 들었다.

　　다음 날 오전 며칠 동안 내리던 봄비가 그쳤다. 오랜만에 청명한 해가 비구름을 뚫고 나와 나뭇가지 끝에서 뛰어다니는 작은 새를 비추었다.

　　마차가 소리 없이 노필재 문 앞에 멈춰 섰다. 마차에서 내린 시종 같은 어린아이 하나가 인사도 없이 반쯤 열린 가게 문을 열고 들어와서 말했다.

　　"가시죠."
　　'조소수가 말한 사람? 음…… 평평한 목젖과 서 있는 자세로
　　보아…… 황실의 어린 태감이겠군.'

그는 조소수의 뒤를 봐주는 이가 황궁에 있을 것이라고 짐작하고는 있었다. 그래서 크게 놀라지는 않았고, 다만 태감으로 보이는 소년에게 돈을 건네야 하는지, 건네야 한다면 얼마나 줘야 하는지만 고민하고 있었다.

　　'황제는 조급하지 않지만 태감은 조급하다.'

이전에 소설에서 읽은 문구. 그만큼 태감을 상대하기 어렵다는 뜻일 것이

다. 소설의 주인공들은 티 나지 않게 태감들에게 은표 또는 투명한 옥을 건넸다.

> '그런데 그 주인공들은 어떻게 그렇게 많은 옥을 티 나지 않게
> 몸에 지니고 다닌 거지?'

넝결은 상상을 힐끗 보았고 인색한 상상은 본 체 만 체했다. 넝결은 잠시 고민한 후 그도 그저 나 몰라라 하기로 마음먹었다.

> '절약은 좋은 거지.'

그 어린 태감은 두 손을 앞으로 한 후 노인처럼 가게를 훑어보다가 고개를 끄덕이며 맑은 목소리로 말했다.

> "이 골목에 좋은 글씨가 있다더니 오늘 보니 역시 괜찮네요.
> 황궁에서 당신 글씨를 보고 싶어 하시는 귀인이 계시니
> 어서 준비하고 저를 따라오시지요."

넝결은 자신의 누추한 옷차림을 보았다.

> "평소에도 이렇게 입는데 씻고 준비한다 한들
> 꽃 한 송이 피울 수나 있을까요?"

넝결은 은자를 찔러주지 않아 살짝 걱정했지만 어린 태감은 그의 말이 맘에 들었는지 미소와 함께 고개를 끄덕이며 가게 문을 나섰다.
　　약간 좁은 듯한 마차 안에서 어린 태감은 줄곧 눈을 감고 있었다. 그가 넝결에 대해서 어떤 의견이 있거나 또는 말할 가치가 없다고 생각한 것은 아니었다. 황궁 밖에서 신중히 행동하는 것이 일종의 습관일 뿐.
　　넝결은 별로 개의치 않았고 오히려 조용해서 좋았다. 그는 마차의

장막을 젖히고 길가의 경치를 바라보았다. 어젯밤 강호에서 벌어진 혈투의 그림자는 어디에서도 찾아볼 수 없이 평화로웠다.

얼마나 지났을까, 버드나무 그늘이 시야를 가렸다. 하지만 그 그림자는 사실 버드나무의 것이 아니라 주위가 해자(垓子)로 둘러싸인 황성의 그늘이었다.

대당 황성은 천하제일로 웅대한 궁전이었다. 천 년 동안 당국 사람들의 장대한 기개를 받들고 있는 붉은색 담장은 견고했으며 황금색 처마는 검(劍)처럼 웅장하고 엄숙했다.

3궁(宮) 6원(院) 그리고 72명의 비(妃)가 모여 있는 곳.

녕결의 시선은 기세가 장엄한 황성의 성벽 위로 향했다. 그 끝에 서 있는 우림군 소속 병사가 검은 점처럼 보였다.

그런데 녕결의 기대와 달리 마차는 주작(朱雀) 정문을 통과하지 않고, 황성을 보호하고 있는 해자를 반 바퀴 돈 후 눈에 잘 띄지 않는 옆문으로 들어갔다. 그리고 다시 그리 넓지 않는 황성 안을 몇 번이나 돌았다. 그래서 녕결은 황성의 전모를 볼 기회가 없었다. 그는 그저 황성 성벽이 아주 높다고만 생각했다.

멀리 푸른 호수가 보이는, 허드렛일을 처리하는 방 앞에서 어린 태감이 마차에서 내렸다. 두 사람은 호숫가의 촘촘한 대나무 숲을 따라 걸었고, 붉은 기둥이 떠받치고 있는 넓은 회랑을 지나 불품 없는 작은 전각 앞에서 걸음을 멈췄다.

'이렇게 긴 길을 걷는 동안 태감이나 궁녀 심지어 황실 호위 하나 보이지 않는다고?'

어린 태감은 무덤덤한 표정으로 그를 보며 말했다.

"여기가 어서방(御書房, 황제의 서재)입니다. 여기 앞에서 기다리세요. 다 끝나면 누군가 당신을 데리러 올 것입니다."

녕결은 말없이 예를 올린 후, 뒷짐을 지고 전각 앞의 꽃과 나무들을 구경했다. 하지만 사실 그는 '어서방'이라는 말을 듣고 살짝 긴장하고 있었다.

　　남자의 가장 은밀한 곳은 침실이 아니라 서재. 서재에서 남자는 겨울의 눈이 내리는 아침에 금서를 읽을 수 있고 여름 황혼에 서재에서 전라로 춘궁을 볼 수 있다. 봄의 따뜻한 정오에 애매한 연애 서신을 쓸 수 있고, 가을 깊은 밤 붉은 소매를 잡아당겨 누군가를 품에 안을 수도 있다. 여기에는 나이 든 부인의 투기(妬忌)도 어린 아이의 귀찮은 장난도 없다. 모든 비밀과 즐거운 일들을 먹과 책의 향을 빌려 아무런 방해 없이 당당하게 할 수 있는 곳, 서재.

　　따라서 어서방은 황제의 가장 은밀한 곳. 역사적으로 얼마나 많은 큰 사건들과 궁중의 음담패설들이 이곳에서 말해졌는지 모를 일. 황제가 가장 신뢰하는 측근이 아니면 이곳에 들어갈 자격조차 없다.

　　녕결은 어서방의 굳게 닫힌 문을 멍하니 바라보았다.

　　'얼마나 많은 선현(先賢)과 태감 그리고 권신들이 이 방에
　　들어갔다는 이유로 출세를 했을까.'

녕결은 어젯밤 조소수의 배후가 황제일 가능성이 크다고 생각했지만 확신은 할 수 없었다. 하지만 지난 16년간 가난하게 고생하면서 떠돌이 생활을 했던 소년의 가슴은 이미 요동치고 있었다.

　　"반 시진 안에는 아무도 오지 않을 겁니다. 누가 물으면
　　방금 일러준 대로 녹길(祿吉)이라는 사람이 궁으로 데려왔다고
　　하세요."

어린 태감의 말에 녕결은 자신만의 생각에서 빠져나왔다. 그가 정신을 차렸을 때는 작은 태감이 이미 어디론가 사라진 후였다.

　　낯설고 삼엄한 황궁. 아는 이 하나 없는 황궁에 홀로 서 있으니 쾌적했던 봄바람이 갑자기 음산하게 변했다.

'내가 먼저 들어가서 그분을 기다려야 하는 거 아닌가?'

황궁의 규칙을 알 리 없는 녕결은 불편함과 호기심에 가볍게 기침을 했다. 그리고 능청맞게 어서방의 문을 밀고 들어갔다. 사실 그는 서예를 보고 싶었던 것이다. 대당 황제의 서재 안에는 얼마나 뛰어난 서예 작품들이 걸려 있겠는가.

'끼익.'

두 손을 모으고 공손한 태도로 발을 디디며 들어가자 제일 먼저 벽면에 높은 서가가 눈에 들어왔다. 생각보다 평범한 모양이었지만 아마도 가장 유명한 황단목을 사용한 듯했다. 책들이 빼곡히 진열되어 있었고 들쭉날쭉 조금 어지럽게 꽂혀 있었지만 모두 진귀한 진품들이었다.
　　안쪽의 책상 위에는 종이가 몇 장 깔려 있고 붓 하나가 뗏목처럼 벼루에 놓여 먹물에 잠겨 있었다. 다른 붓 여러 개는 붓걸이에 어지럽게 걸려 있었다. 종이는 선주(宣州)의 아지(芽紙), 붓은 횡점(橫店)의 순호(純毫), 먹은 진주(辰州) 송묵(松墨), 벼루는 황주(黃州)에서 나는 침니연(浸泥硯)……. 하나같이 진귀한 공예품들이었다.

'이 필묵지연을 노필재에 가서 팔 수 있으면
얼마나 받을 수 있을까?'

녕결은 마음속으로 불경(不敬)을 저질렀다.
　　그러다가 흰 벽에 걸려 있는 서예들이 들어왔다. 민간에서는 찾아보기 힘들 정도로 뛰어난 글씨들이었다. 어느새 그는 무의식적으로 허공에 그 글씨들을 모사하고 있었고 얼굴에는 감탄과 기쁨이 가득차기 시작했다. 그는 천천히 발걸음을 옆으로 옮기며 모든 글씨를 한 번씩 모사한 후 책상으로 돌아와 그 위에 쓰인 다섯 개의 글자를 보고 눈살을 찌푸렸다.

"폐하의 서예 감상 수준은 높지만, 이 글자들은 정말…… 못썼네."

'물고기가 바다에서 뛰어오르니(魚躍此時海, 어약차시해)……'

문장 구조로 볼 때 다음 말이 있어야 하지만, 어찌된 연유인지 글을 쓴 사람이 일부러 멈춘 듯이 보였다. 마지막 글자에 은근히 달가워하지 않는 기운이 담겨 있었기 때문이다.

　　다섯 글씨는 엄숙했고 도량이 있어 보였다. 보통 사람이 썼다면 괜찮은 축에 속했지만 녕결이 보기에는 그다지 특별하지 않았다. 심지어 그는 좀 전에 선현(先賢)들의 글씨를 감상하지 않았는가.

　　순간 녕결의 마음이 살짝 움직였다.

'나의 글씨가 황제 폐하의 눈에 든다면?'

녕결이 그런 엉뚱한 생각에 빠져 있을 때였다.

"썩은 장작 같으니라구! 썩은 장작…… 모두 다 썩은 장작이야!"

어서방 뒤편 멀리서 몹시 화가 난 목소리가 들려왔다. 온후하고 힘이 있었지만 지금은 다소 거칠고 급해 보이는 목소리였다. 거리가 제법 떨어진 탓에 몇 마디밖에 들을 수 없었지만 그 분위기만은 온전히 전달되고 있었다.

'썩은 장작? 하하…… 욕을 퍼붓는 느낌이 나와 비슷한데?
누구실까?'

이 목소리의 출처는 의정전(議政殿, 정사를 논의하는 정전)에서 들려온 것인데, 녕결은 황궁의 구조에 대한 지식이 전혀 없어 몰랐지만 이 목소리를 몰래 들을 수 있는 이는 사실 어서방에 있는 녕결밖에 없었다.

＊＊

의정전 안 옥주(玉柱)에는 용이 그려져 있고, 금렴(金簾)에는 천녀산화가 수 놓여 있었다. 황제의 용좌(龍座) 왼쪽에는 미모의 여인이 앉아 있었는데, 눈매는 수려하고 여성스러웠지만 도(道)를 잃지 않고 온화했으며, 한 편으로는 단호한 기품이 풍겨 나왔다. 머리 장식과 봉황복이 그녀가 대당의 황후 마마임을 증명해주고 있었다.

오른쪽에는 열예닐곱의 소녀가 앉아 있었는데, 눈꺼풀을 약간 내려 가느다란 손가락으로 차를 우려내고 있었다. 수려한 얼굴에 차분한 기색, 하지만 대범하고 의젓해 보였다. 그리고 초원에서 탄 얼굴은 불과 수십 일 만에 하얗게 변했다. 그녀는 바로 대당 공주 이어(李漁).

황후 마마와 공주 전하 사이 용좌에는 중년의 남성이 앉아 있었다.

검은 머리를 아무렇게나 뒤로 묶고 넓은 두루마기를 입었는데, 온화하고 힘찬 그의 목소리가 입에서 나올 때마다 음조가 구름 위로 펄쩍펄쩍 뛰어오르며 천둥 번개가 치듯 의정전을 진동시키고 있었다.

용좌 앞에는 무릎을 꿇은 10여 명의 관원들이 머리를 푹 숙인 채 몸을 떨고 있었다. 의자에 앉을 자격을 가진 친왕 전하와 두 원로 대신의 안색도 매우 좋지 않았다.

사실 대당은 세속적인 관습을 중시하지 않기에 군신 간에 일상적으로는 읍례만 하면 되고 심지어 황제는 평소 의정전에서 신하들을 만나면 읍례마저 생략하는 것이 일반적이었다.

그렇게 관대한 황제가 오늘 격노했다.

조정 대신들이 평소에 무릎을 꿇지 않는 단 하나의 이유는 황제 폐하께서 원하시지 않기 때문이었다. 하지만 오늘 그들은 황제가 격노할 때 의정전이 어떻게 변할 수 있는지 새삼 깨닫고 있었다.

용좌에 앉은 중년 남자는 당연히 대당의 황제 폐하. 호천의 세계에서 가장 큰 세속적인 권력을 가진 인간.

차가운 돌바닥에 무릎을 꿇고 있는 대신들을 바라보는 황제의 눈빛에서 한 줄기 조롱의 기색이 스쳐 지나갔다.

중도독(中都督), 상도호(上都護), 회화 대장(懷化大將), 그리고 군부의 대인물. 상서우승(尙書右丞), 중사(中司) 시랑(侍郎). 호부(戶部)의 권력. 경조윤(京兆尹), 황문(黃門) 시랑(侍郎). 그리고 의자에 앉아 있는 황제의 친동생과 나이 든 원로 대신 둘.

'이 인간들은 도대체 이 일을 알기나 하는 것인가!'
"패거리가 운하 장사를 하고 곡식을 옮기는 일을 도맡아 했는데
무슨 힘으로 그리 할 수 있었겠느냐. 그대들은 모두 조정의
대신들이다. 그런데 어떻게 조소수가 감히 그대들의 말을 듣지
않았을까? 그대들은 정말 백치인 것인가. 왜 그런지 한 번도
생각해 본 적이 없나?"

대당 황제는 철없는 자손들을 보는 것처럼 대신들을 바라보다 손으로 뒷목을 쓰다듬었다.

'펑!'

그는 분노와 실망에 마치 실성대소하고 싶은 충동을 느끼며 책상을 치며 호되게 꾸짖었다.

"이 패거리의 배후가 누구인지 알고 싶었나? 지금은 알겠나?
짐인 것을 알겠느냐는 말이다! 그대들이 지금 이 순간 천하의
가장 우둔한 백치가 되었다는 생각이 들지 않더냔 말이다!"
"어룡방(魚龍幇)! 어룡방! 그대들은 모두 시서(詩書)를 읽은
사람들인데 아무도 어룡잠복(魚龍潛服)이라는 네 글자를 떠올리지
못했는가! 짐의 뜻이 아니고서 누가 이 이름을 패거리의
명칭으로 삼을 수 있겠는가? 짐은 그대들에게 너무 실망하였다.
그대들이 율법을 무시하거나 백성을 억압해서 그런 것이 아니라
그대들의 우둔함에 실망한 것이다! 썩은 장작 같은 백치!

이런 간단한 일도 몇 년 동안 깨닫지 못하다니…… 그대들이
백치가 아니라면 누가 백치란 말인가!"

장안성에 내린 비바람이 조소수의 마지막 패를 드러나게 하는데 성공했
지만 그 패가 드러나자 비바람은 자취를 감췄다. 왜냐하면 그 패가 너무
강력했기 때문이었다.

    단 한 마디로 모든 사람을 백치로 정의할 수 있을 정도로 강력한
패. 대전에 꿇어앉은 신하들은 억울해서 무슨 말을 해야 할지 몰랐다.

> '황제는 진룡(眞龍) 천자(天子)이고 어룡방은 장안의 하수구에
> 처박힌 붕어일 뿐이다. 그 지위가 천 리 만 리보다 멀리 떨어져
> 있는데, 아니, 같은 세계에 존재한다고 할 수도 없는데 누가 감히
> 그 연관성을 생각할 수 있었겠는가……'

마치 조그만 현(縣)의 말단 관리가 뒷주방 일꾼을 난처하게 했는데 그 일
꾼의 배후가 호부 상서(戶部尙書)라는 것을 알게 된 것과 다름없는 일이 아
닌가.

> '만일 조소수가 폐하와 옛정이 있는 사람이라면 그가 어떻게
> 그 오랜 시간을 강호라는 시궁창에 갇혀 있을 수 있었습니까?
> 폐하의 말 한 마디면 그에게 4품 관직도 내릴 수 있는 일……
> 이게 저희가 백치 취급을 받을 일입니까? 폐하께서 저희를
> 백치로 여기시고 가지고 노신 겁니까……'

물론 아무도 그런 생각을 입 밖에 꺼낼 수 없었다. 제국의 대인물들에게
춘풍정 조 씨를 얻거나 굴복시키는 일은 한없이 작은 일이었는데 뜻밖에
도 천하에서 가장 큰 산에 부딪혀 버린 것이다. 그들은 운이 없다고 느끼
고 있었지만 문제는 그 과정에서 조정(朝廷)을 이용했고, 심지어 군부의
힘을 동원했기에 결국 그 대인물들이 황제의 심기를 건드리고 말았다는

것이다.

이 일을 어떻게 마무리해야 할 것인가.

호부 상서 형성유(邢成瑜)는 의정전의 황색 돌바닥이 이렇게 딱딱하다고 느낀 적이 없었다. 무릎을 꿇는 일도 드물었지만 이렇게 오랫동안 꿇은 적이 없었기 때문이다. 그는 이마에 맺힌 식은땀을 몰래 훔치며 곧 요추가 부러질 수도 있겠다고 느꼈다. 그는 옆에 있는 군부의 대인물들을 보고 두려움과 희망의 두 가지 감정이 복합적으로 밀려왔다.

'47번 골목의 땅을 압수하려 한 것은 작은 도화선일 뿐……
그리고 난 내막은 알았지만 끝내 손을 쓰지는 않았지. 하지만
군부는 깊숙이 관여했다. 그날 스무여 명의 우림군 정예병들이
죽었고 동현 경지의 염사도 목숨을 잃었지. 폐하께서 어찌
당신들을 용서할 수 있을까.'
"짐이 이 패거리를 만든 것은 민간에서 짐의 눈과 귀가
되게 함이었다. 이를 위해 십수 년 동안 고생했는데 결국
그대들의 하찮은 이익 때문에 수면 위로 드러났고, 앞으로는 더
이상 짐이 원하는 역할을 할 수 없게 되었다. 그런데도
짐이 그대들을 백치라 하는 것이 억울한가?"

황제도 탄식했고 대신들도 탄식했다.

'폐하께서 태자 시절 장안을 돌아다니실 때 일시적인 흥미로
만든 것이고 그건 폐하의 노리개일 뿐이지 않습니까……'

황제의 목소리가 낮아졌고 더욱 냉랭해지며 조롱의 기색이 사라졌다.

"문제는 이 일이 단순히 그대들의 하찮은 이익 때문이었을까?
짐은 눈을 감을 수 있다 하더라도 짐의 부인과 딸이 어찌 너희
같은 백치들의 이간계를 용납할 수 있을까? 그대들은 황후와

공주의 이름을 내걸고 일을 벌였지만 황후는 줄곧 짐과 어룡방의 관계를 알고 있었다. 이어는 어린 시절 짐의 품에 안겨 춘풍정에 놀러간 적도 있었어!"

군부의 회화 대장과 황문 시랑은 두 다리에 힘이 풀려 무릎 꿇는 자세에서 두 다리를 내뻗는 황공한 자세를 취했다. 황제는 그 모습을 보며 차갑게 말했다.

"대당 군인의 직책은 대당의 국토를 지키는 것이지, 패거리들의 텃밭 뺏기를 도와주는 것이 아니다. 특히 짐이 부끄러운 것은 그 싸움에서 이기지도 못했다는 것이야. 중도독, 이왕 이렇게 된 것. 그대는 장녕성(長寧城)에 가서 군사 훈련을 더 시키거라. 3년이든 5년이든 그대의 군사들이 장안성의 패거리를 이길 수 있는 실력이 확인되면 그때 다시 짐에게 굴러오라."

제국의 서남쪽에 위치한 장녕성. 여름에는 덥고 겨울에는 습하고 추운 곳. 숲도 많고 독충도 많아 줄곧 관원들에게 험지로 여겨진 곳이다.

'3년이든 5년이든…… 장안성의 패거리를 이겨야 한다…… 어차피 승패는 폐하에 의해 결정되는 것. 돌아오지 말라는 말씀이십니까…….'

황제의 뜻이 무엇이든 이 상황에서 목숨을 건진 것만 해도 과분한 일이었다. 중도독은 망설임 없이 힘차게 두 번 머리를 조아리며 황송함을 표했다.
　　그때 태감인 임 공공(林公公)이 용좌 옆에서 뛰쳐나와 수척한 두 손으로 명황색의 성지를 펼치며 담담하게 읽었다.

"천계 13년…… 호부 상서 형성유는 자택으로 돌아가 석 달 동안 자숙하라. 짐은 그대의 죄를 해명하는 상주문을 기다린다."

죄를 해명하는 상주문. 하지만 실질적으로는 황제가 그의 체면을 세워준 대신에 스스로 사직해서 고향으로 내려가라는 뜻이었다. 형성유는 머리를 조아리며 예를 올렸지만 두 손이 떨리기 시작했다.

'이런 작은 일로 나의 관직 인생이……'

임 공공은 무표정한 얼굴로 계속 성지를 읽었다. 시랑 하나가 감옥에 들어가고, 호부의 청운사 창고는 위부터 아래까지 모두 정리되었다. 장안 관아의 여러 관원이 면직되고 경조윤 대인은 천수위(天水圍)로 쫓겨났다. 황문 시랑은 관련 관아가 그의 죄명을 심리하게 되었다. 물론 군부의 충격이 가장 컸다.

하후 대장군은 이미 격노하여 군부에게 서신을 보내 해명을 요구했다.

'어찌 나의 유능한 병사 탁이가 군부의 손에 죽었는가.'

그래서 황제는 국경 수비를 맡은 하후 대장군과 조소수에게 군부 관원 일곱의 머리를 잘라 답했다.

태감이 성지를 낭독하고 어떤 이는 머리를 조아렸다. 어떤 이는 눈물을 흘리고 어떤 이는 피를 흘렸다. 그동안 계속 묵묵부답으로 일관하던 황제가, 이부 상서(吏部尚書)가 경조윤의 대체 인물에 대해 의견을 묻자 겨우 한 이름을 떠올리며 말했다.

"장안 관아 사법참군…… 그…… 상관(上官, 사람의 성)……."
"상관양우입니다."

이부 상서는 나지막이 말하고 황제의 눈치를 살폈다.

"그 관원은 과거(科擧) 출신에 줄곧 평판은 좋았는데 다만 얼굴 생김새가……."

"짐은 백성을 다스리는 관원이 필요하지 미인이 필요하지 않다."

황제는 귀찮은 듯 손을 내저으며 말을 이었다.

"그 사람으로 하라."

의정전에서 많은 이들이 축출되거나 물러나며 가장 중요한 인물 몇만 남게 되자 마치 석상처럼 조용히 의자에 앉아있던 친왕이 용좌로 걸어가 왕포 앞자락을 걷어 올리며 무릎을 꿇었다.

　　대당 황실. 특히 지금의 황제는 줄곧 가족애를 중시했고 황제도 그 체면을 잃게 하지 않았다. 하지만 오늘도 황실 가족의 체면을 고집한다면 오히려 형인 황제의 체면이 깎일 터였다. 아니나 다를까 오늘 황제는 이례적으로 그를 일어나라 하지도 않고 높은 곳에서 냉정하게 그 모습을 바라보았다. 동생의 미간에 드러난 침통함이 얼마나 진정성 있는지 후회의 모습이 어느 정도 연기인 것인지 알아보려는 것 같았다.

　　한참 후, 옆에 있던 황후의 권유로 안색이 조금 풀린 황제는 차가운 목소리로 입을 열었다.

"고개를 들어 짐을 보라."

친왕은 천천히 고개를 들었다.

"왕경략은 네 집안 공봉인가?"
"네, 폐하."
"짐이 그를 군으로 보내려는데 아쉬운가?"
"소신, 감히 그럴 수 없습니다."
"짐이 그를 허세(許世) 장군에게 보내 단련시키려 하는 것은,
　그가 장점이 있기 때문이다."

허세는 당대 제일의 명장. 철혈 장군 휘하에서 단련할 수 있다는 것은 분명 좋은 일이었다.

친왕은 잠시 어리둥절했지만 황급히 외쳤다.

"성은이 망극하옵니다!"
"그럴 필요 없다. 적어도 네가 대신 은혜에 감사할 수는 없다.
    인재 하나 나오는 것이 매우 힘든 일이기에 짐은 항상
    그를 지키려 했다. 허나 대당의 인재는 제국을 위해서만 목숨을
    바쳐야지, 네 개인의 재산이 되어서는 안 된다. 이해하겠느냐?"

친왕은 등골이 서늘해지며 식은땀이 순식간에 왕포를 적셨다.

"그동안 짐이 네게 좋은 것들을 많이 하사했는데 요즘 황실의
    창고가 좀 빠듯하다. 네가 공헌을 하면 그 공은 짐이 기억하겠다."
"소신이 못할 일이 무엇이겠습니까?"

황제는 얼굴에 웃음을 띠며 말했다.

"대당의 당당한 친왕이 집사를 시켜 기방을 열어? 간 대가와
    황후가 오래 전부터 친분이 없었으면 짐이 얼마나 더 속았을지
    모를 일이구나."

냉소도 아니었고 날카로운 어투도 아니었지만 친왕의 등줄기에는 식은땀이 흘러나왔다. 그 뒤로 한참을 더 침묵하던 황제는 웃음기를 천천히 거두며 말을 이었다.

"짐이 이번에 너를 중징계에 처하지 않는 것은 다름이 아니다.
    너 대신 홍수초를 관리하는 집사가 네가 짐에게 절대적으로
    충성한다는 말을 했기 때문이다."

친왕은 문득 깨달았다. 조소수가 홍수초를 다녀가고 집사가 최득록의 보고를 전한 적이 있었다. 그때는 무심코 넘어갔었지만 그가 조소수에게 건넨 말 한마디가 지금 자신을 살린 것이었다.

＊＊

천계 원년 이래로 대당은 특별히 사건이라 부를 것도 없이 순탄했다. 비교적 큰 사건이라 해야 두 개 뿐이었다. 하나는 흠천감 사건. 다른 하나는 최근에 발생한 사건. 후자를 사람들은 춘풍정 사건이라 불렀다.

춘풍정 사건으로 공개적으로는 십여 명의 관원이 파면되고 일곱 명의 군부 관원이 참수되었지만, 암암리에 중요한 위치에 있던 대인물들이 다수 제거되었다. 그 자리들이 황궁의 안위와 관련되어 있고 파장이 너무 커서 그 소식을 알 수 있는 사람이 몇 없었을 뿐.

우림군 부대장 조녕. 그는 임 공공을 맞이하고 곧 자신의 죽음도 맞이했다. 셋째 상씨, 여섯째 비씨가 황제의 친필 성지를 들고 직접 조녕을 죽였다. 물론 공식적으로는 병에 의한 급사였다.

다섯째 유씨는 장창으로 기병 부통령 초인을 한 번에 찔러 죽였다. 황제의 명을 완수함과 동시에 십년 전의 복수도 한 번에 끝낸 것이다.

봄비가 내린 그날 밤, 대당 제국 고위층의 많은 사람들이 춘풍정 조 씨라는 이름을 알게 되었다. 정확히 말하면 비로소 그를 똑바로 보기 시작했다. 하지만 그의 옆에서 검은 복면을 쓰고 그를 지킨 월륜국 소년이 누구인지는 물어볼 수도 없었고 알 수 있는 길도 없었다.

조소수는 어화원(御花園)에 서서 이해(離海, 헤어짐의 바다)라고 불리는 호수를 조용히 바라보았다. 그의 푸른 장삼은 바람에 가볍게 흔들리고 있었다.

지나치는 태감과 궁녀들은 모두 공손히 예를 올리며 그를 피해 돌아갔다. 이제 그가 누구인지 그의 미래가 어떠할지 모두가 알고 있었기 때문이다. 부러움과 호기심 심지어 경외감마저 담겨 있었다.

하지만 조소수는 여전히 소탈하며 침착했고 심지어 강호인이 황궁에 들어와 있는데도 긴장조차 하지 않았다.

금빛 잉어 한 마리가 호수에서 뛰어올라 궁녀들이 꽃으로 만들어놓은 용문(龍門)을 뛰어넘어 다시 신나게 물속으로 헤엄쳐 들어갔다. 사람들이 이 모습을 보았다면 조소수가 이 황금 잉어처럼 뛰어올라 명성을 날렸으니 엄청난 출세를 할 거라고 생각했을 것이다.

그러나 조소수 자신은 생각이 달랐다. 의정전에서 풍파가 일고 어서방에서 한 소년이 두리번거리고 있을 때, 조소수는 그런 일 따위는 자신과 전혀 상관없는 일인 듯 무심코 호수를 바라보았다. 그는 호숫가 옆에 서서 황금 잉어들이 뛰어 올라 용문을 뛰어넘고 다시 물속으로 들어가 꼬리를 흔들며 먹이를 구하러 다니는 모습을 보고 있었다.

십여 년 전, 그는 서원 시험을 보러 장안으로 왔다가 황제에 이끌려 장안의 강호로 들어갔다. 그리고 십 년 세월 그는 밤의 어둠 속에서 무수한 머리를 잘라낸 푸른 적삼의 검객이 되어 있었다.

그에게 관직을 통한 출세는 매력적이지 않았다. 다만 밤낮으로 독서를 하며 모든 마음이 도(道)로 향했던 옛날로 돌아가고 싶을 뿐이었다.

미녀의 장신구 소리가 고요한 호숫가의 침묵을 깨뜨렸다. 수려한 얼굴의 소녀 공주가 궁녀 둘을 데리고 천천히 걸어왔다. 이어의 눈길이 호숫가 중년 남자의 푸른 장삼에 내려앉았다. 공주는 다소 엉거주춤 서서 미소를 지으며 부드럽게 말했다.

"조 삼촌을 뵈어요."

황제의 총애와 함께 민중들의 사랑과 공격을 받는 대상인 공주 이어. 그녀는 황제의 동생인 친왕 전하에게도 담담하게 왕숙(王叔)이라고 부르는데 왜 이 남자에게는 삼촌이라는 편한 호칭을 사용할까.

"민초(民草)에게 가당치 않습니다."

조소수는 옆으로 비켜서며 입으로는 황송하다는 말을 계속했다.

하지만 황송한 얼굴 표정과 달리 호수 바람에 날리는 푸른 적삼에는 예의 바른 존경심과 함께 단호한 거절의 뜻이 배어 있었다.

조소수의 반응을 본 이어가 서운한 표정을 지었다. 뒤를 따르던 두 궁녀의 안색마저 변했다. 이어는 그들이 어떤 행동을 하기 전에 재빨리 얼굴에 미소를 지으며 말했다.

"어렸을 때 부황께서 황실 호위를 시켜 저를 데리고 출궁하여
놀게 해 주셨죠. 그때 노름방에서 삼촌을 몇 번 보았는데
당시 나이가 너무 어려 점점 잊어버렸어요. 그때는
조 삼촌이 조카인 저를 안아주시기도 했는데, 오늘 이렇게까지
서먹서먹하게 대하실 필요는 없잖아요."
"전하의 말씀에 황송할 따름입니다. 민초가 어떻게 공주 전하께
어른 행세를 할 수 있겠습니까."

호수를 비추던 햇빛이 다시 잘생긴 조소수의 얼굴을 비추자 그의 얼굴에 미소가 드러났다. 하지만 조소수는 지금 군신 사이의 분수와 명분을 지키고자 했다. 그는 그 경계에서 한 발짝도 더 나아가지 않았다.

이어가 여러 번 호의를 베풀고 조소수는 또 여러 번 사양했다. 호숫가의 분위기가 긴장되다 못해 답답해졌다. 하지만 공주는 이미 의정전에서 황제의 언행을 보고 조소수의 영향력을 확인한 바 있었다. 그녀는 손을 내저어 궁녀들을 뿌리친 후 미소 띤 얼굴로 말했다.

"초원에서 만족(蠻族) 호위들을 좀 데려왔는데 며칠 전
누군가 무슨 말을 들었다고…… 그중 진(陳) 씨 성을 가진 이가
삼촌의 형제예요?"
"일곱째 진 씨입니다. 제 형제이지요."

조소수의 대답에 이어는 웃음이 터졌다. 그녀는 조용히 바다와 같은 호수

로 눈을 돌렸고 물속에서 헤엄치는 물고기와 그 움직임에 흔들리는 연꽃
잎을 보며 화제를 돌렸다.

　　"그 소년은 쓸 만해요?"
　　"전하, 제가 그 소년을 사용한 게 아닙니다. 제가 도움을 청했을
　　뿐입니다. 같이 손을 잡은 것이지 제가 이용한 게 아닙니다."
　　"손을 잡았다? 그럼 그도 삼촌의 형제가 되었나요?"

조소수는 노필재의 달걀부침 국수와 녕결의 대답이 떠올랐다.

　　"누군가 이 세상을 보는 눈빛이 저보다 더 냉랭한 것 같습니다."

조소수는 이어의 얼굴을 보고 진지하게 말을 이었다.

　　"전하, 그는 다른 사람들에게 알려지길 싫어합니다. 그러니
　　전하께서도 그 작은 비밀을 지켜주시길 부탁드립니다."

이어는 순간 멍해졌다가 다시 조소하듯이 말했다.

　　"그 백치가 이 일을 오래 속일 수 있다고 생각하세요?
　　검은 복면을 쓰고 월륜국 머리 양식을 했다고 사람들을
　　영원히 속일 수 있을까요?"
　　"그는 곧 서원 시험을 칠 겁니다. 그리고 이층루에 들어갈 거예요.
　　그때가 되면 음모를 두려워할 필요가 없을 것입니다."

이어는 순간 여청신 노인의 녕결에 대한 평가를 떠올리며 미간을 찌푸렸다.

　　"도대체 왜 다들 그를 그렇게 높게 평가하죠?"

조소수는 환한 미소와 함께 대답했다.

"그럴 만한 가치가 있기 때문입니다."

북산도 입구에서 화염 사이를 뛰어들던 호랑이의 그림자, 그리고 모닥불 옆에서의 이야기를 떠올리자 이어는 자신도 모르게 표정이 부드러워졌다. 하지만 여전히 차가운 목소리로 비웃듯이 말했다.

"제가 애초에 기회를 줬는데 잡으려고 하지 않았어요.
권력과 돈을 특별하게 생각하지 않는 사람이라 생각했는데
이제 보니 그런 등장 방식이 멋지지 않다고 생각한 거네요."

이어는 웃는 듯 마는 듯 조소수를 보고 말을 이었다.

"그래도 어쨌든 제가 그를 장안성에 데리고 왔으니
제 사람이에요…… 삼촌은 제 사람에게 그렇게 위험한 일을
시키기 전에 제게 최소한 말이라도 건넸어야 하는 거 아닌가요?"

조소수는 시원하게 웃으며 대답했다.

"그가 공주 전하의 사람이었다면 어떻게 저 조그만 가게 하나로
난처해지는 일이 벌어졌겠습니까? 그리고 아마 전하도 알고
계실 것으로 믿습니다. 그는 영원히 누구의 사람이 되지 않을
것입니다. 그는 그저 그 자신일 뿐입니다."

몇 번 시도했지만 별다른 소득을 얻지 못한 이어는 뒤따르는 궁녀에게 먼저 떠나라는 손짓을 했다. 그리고 조소수를 보며 어두운 표정으로 말했다.

"조 삼촌……."

"민초가 어찌 감히……."

이어는 고개를 저으며 진지하게 말했다.

"오늘 이후 춘풍정 조 씨는 더 이상 부황께서 민간에 숨겨둔 민초,
장안 제일 패거리의 방주가 될 수 없어요. 그건 세상이 다
알아요. 호위 장수나 대신(大臣)이 되든가 아니면 국외로 파견을
가시든가…… 천하에 반드시 삼촌의 자리가 있을 거예요.
이미 바다에서 뛰어올랐는데 아직도 그런 일들에 관여하지
않을 수가 있다고 생각하세요? 황후 마마도 똑똑한 분이고
저도 그렇게 아둔하지는 않아요. 그러니 저희는 부황께서
싫어하는 일을 하지 않을 거예요. 하지만 저희는 또 저희가 해야
할 일은 해야죠."

이어는 잠시 멈칫한 후 다소 직설적으로 말을 이었다.

"삼촌이 저를 지지해 주셨으면 해요. 삼촌은 어릴 적 저와
제 동생을 안아주셨어요. 제 생모와도 아시는데 동생의 황위가
다른 이의 손에 들어가는 것을 보고만 있을 건가요?
저승에 계시는 어머니께서 슬퍼하시는 모습을 바라보기만
하실 건가요?"

대당에는 장자 상속에 대한 원칙은 없었다. 누가 황위를 계승하는가는 황
제의 말 한 마디면 결정되는 것이었다. 나약해 보이지만 명석하기 그지없
는 대당 황제는 그의 자식들이 국익을 해칠 정도의 싸움을 하는 것을 허
락하지는 않겠지만 그래도 누가 더 뛰어난지는 보고 싶어 했다.
　　역사상 대당 황실만큼 투명하고 개방적인 예는 드물었다. 그럼에
도 불구하고 오늘 이어 공주가 호숫가에서 조소수에게 한 이 말은 너무
허심탄회했고 또 너무 적나라했다. 궁중 음모에 대한 민중의 상상과는 다

소 거리가 있었다.

"공주 전하는 모친과 정말 닮았습니다. 지혜롭고 솔직하시니……
허나 그 문제는 결국 폐하께서 혼자 결정하실 일입니다.
저는 그저 대당이라는 바다에 헤엄치는 작은 물고기일 뿐 설령
제가 용이 된다고 하더라도 아무런 도움을 드리지 못합니다."
"조 삼촌은 너무 겸손하세요. 전 부황께서 이렇게 믿는 사람을
본 적이 없어요. 그때 훌륭한 서원의 학생을 억지로 동성 골목에
수십 년 동안이나 숨겨두셨는데, 부황께서는 삼촌에게 무척이나
미안하실 거예요."

이어는 단호하게 말을 이었다.

"가장 중요한 것은 삼촌이 대당이라는 바다에 계시는 한
설령 뛰어오르시더라도 결국 다시 바다에 빠질 것이고, 그렇다면
언젠가는 어느 물가로 갈 것인지 선택해야 하는 순간이……."
"하하하하하."

조소수는 그녀의 말이 끝나기도 전에 웃음을 터트리고 팔을 들어 호수를
가리키며 대꾸했다.

"전 작은 물고기이지만 연못에 갇히는 것은 싫습니다.
바다와 같이 큰 연못이라 해도 결국 연못일 뿐입니다. 그래서
반드시 어느 물가를 선택해야 한다면 전 차라리 뭍으로
올라오기를 선택할 겁니다."
"물고기가 뭍으로 올라오면 죽을 텐데요."
"하지만 죽기 전에 충분히 많은 신선한 공기를 마실 수가
있겠지요."
"삼촌은 조정이 그 연못이라 생각하시나요? 그런데 대당보다

더 큰 연못이 있을까요?"

"강호는 작을지라도 마음만은 훨씬 편합니다. 저는 조정보다는
강호의 먼 곳에 있겠습니다."

이어는 이해하지 못한다는 표정으로 탄식했다.

"강호도 만만치 않게 험해요."

"강호는 충분히 멀리 떨어져 있기에 자유롭습니다."

"어떤 자유가 있죠?"

조소수는 안타까운 표정으로 그녀를 보며 대답했다.

"선택하지 않을 자유."

＊＊

넝결은 손이 근질근질했다. 오랫동안 길러진 습관 같은 것이었다.

조용한 어서방 출입문에서 책상, 책상에서 책장…… 또 책장에서
출입문으로 서성거리기를 몇 번이었는지 몰랐다. 그 동안 소매 속에 있는
오른손 손가락을 계속 비벼대고 있었다. 그래도 그의 골수 속에 박혀 가
장 깊은 곳으로부터 새어나오는 가려움을 견딜 수가 없었다.

벽에 걸린 대가들의 글씨를 보면 가렵고 아무렇게나 방치된 횡점
벼루를 보면 가렵고…… 진주 송묵 특유의 향을 맡으면 가렵고 선주 종이
의 미세한 주름을 만지면 가려웠다. 특히 황제가 쓴 '물고기가 바다에서
뛰어오르니' 이 몇 글자를 보면 참을 수 없는 가려움에 절로 미간이 찌푸
려졌다.

어떻게 가려움을 풀 것인가.

오직 붓을 들 수밖에 다른 방법이 없었다. 그러나 어서방에서 황제

의 붓으로 황제의 친서를 이어 쓴다는 것이 도대체 무엇을 의미하겠는가?

엄청난 문책을 당할 수도 있었다. 어쩌면 그보다 더한 일을 감수해야 할 수도 있었다.

하지만 정말 가려웠다. 조소수가 호숫가에서 선택과 자유에 대해 이야기할 때 녕결은 이러한 고통스러운 선택의 순간을 마주하고 있었다.

"쓰고 바로 찢으면 되지."

좋은 핑곗거리를 찾은 듯 녕결은 즐겁게 외쳤다.

그리고 곧장 책상 앞으로 달려가 마치 고기 안주를 집어삼키며 술을 마시는 사내처럼 먹을 갈고 새 종이를 깔았다. 마음속에 쌓인 무수한 가려움이 통쾌함으로 변하며 단번에 훌륭한 글씨를 써내려 갔다.

'피안의 하늘에 꽃이 피다(花開彼岸天, 화개피안천).'

노반(魯班, 춘추 노나라의 걸출한 목수) 앞에서 도끼를 다루고, 두강(杜康, 주나라에서 양조 기술이 뛰어났던 인물) 점포 앞에서 술을 팔고, 서원의 종주 부자(夫子) 앞에서 문자를 쓰는 것은 당연히 주제넘은 짓이다. 하지만 입장을 바꿔 생각해서 노반이나 두강이 그리고 부자가 그런 놈을 본다면 만약 그놈이 속세의 다른 영역에서 어떤 의미가 있는 존재라는 것을 발견한다면 그들의 마음속에도 녕결과 같은 가려움이 생기지 않았을까?

'나는 노반을 만나면 나무를 깎아 하늘을 나는 새를 만들 것이다. 두강을 만나면 누룩을 빚어 맛있는 미주란 이런 것이라고 자랑할 것이다. 부자를 만나면 아무렇게나 몇 자 써서 이것이 마음을 치유해주는 이야기라고 알려줄 것이다.'

녕결은 자신만의 상상 속에서 노닐고 있었다.

'그러니 난 지금 글씨를 몇 자 이어 써서 이것이 진짜 글씨라는 것을 보여주리라. 당신이 설령 황제라 하더라도…….'

지금 이 순간 녕결은 이런 망상과 함께 극단적인 쾌감에 빠져 있었다. 그는 선주 종이에 번지는 먹물을 보며 만족스럽게 황제의 서예 선생 노릇을 하고 있는 환상에 빠지고 있었던 것이다. 붓 끝으로 멋지게 황제의 손바닥을 후려치며 호되게 꾸짖기도 했다.

"또 잘못 썼어! 손 내밀어. 손바닥 맞아!"

그는 자신이 쓴 다섯 글자에 매우 만족했다. 최근 쓴 글씨 중 가장 잘 썼다는 생각이 들었기 때문이다.

필묵지연이 모두 훌륭했기 때문이었을까. 심한 가려움을 이겨내고 쓴 글씨였기 때문이었을까. 무엇보다 황제의 친서에 이어 쓴 글씨였기 때문이었을까. 순간적으로 종이를 찢기 아까워졌다. 그래서 먹물이 마르길 기다려 소매에 넣고 슬쩍 황궁 밖으로 가지고 나가려는 마음을 먹었다.

그때였다.

"이 멍청한 새끼가 어디로 간 것이야!"

크지는 않았지만 분노 가득한 목소리가 밖에서 들려 왔다.

'끼익.'

자신의 글씨에 정신이 팔려 있던 녕결은 깜짝 놀라 고개를 들었다. 어서방 출입문이 열리고 있었다. 그는 황급히 책장의 한 귀퉁이 빈 공간으로 방금 쓴 글씨를 숨겼다. 그리고 곧바로 뒤돌아서서 소매를 걷어 올려 책장에 꽂힌 책을 살펴보는 척했다.

어서방에 들어선 이는 키가 크지 않은 장군이었다. 그는 황실 호위 복장을 하고 있었고 허리에 검은색과 황금색으로 이루어진 허리띠를 두른 모습으로 미루어 보아 높은 지위에 있는 사람이라는 것을 알 수 있었다.

그는 녕결을 보고 눈을 부라리며 호통을 쳤다.

"누가 여기 들어오라고 했느냐!"

녕결은 가슴이 철렁 내려앉았다. 그는 책에 집중하는 듯 보였지만 실제로는 귀를 쫑긋 세우고 뒤에서 들려오는 모든 소리를 놓치지 않았다.

'오해라고 해야지. 내가 어린 태감이 일러주는 주의사항을 잘못 들은 거야…… 음모는 아니겠지? 황실에서 나같이 하찮은 놈이 한 짓을 수습하기가 그렇게 어렵지는 않을 거야…… 하지만 성지도 없이 어서방에 들어간 죄는…… 분명히 귀찮은 일이 벌어질 거야.'

그는 황제의 장서에 눈이 먼 어린 서생처럼 천천히 고개를 돌려 눈을 비볐다. 그리고 문 앞에 서 있는 장군을 보며 망연자실한 표정으로 입을 열었다.

"제가 성지를 받고 폐하를 뵈러 입궁했는데 어떤 문제가 있는지요?"
'어떤 놈이 어서방에서 발각되고도 이렇게 태연하고 평온할 수 있을까!'
"조 씨 이놈! 미리 예의나 규칙 정도는 일러줬어야지!"

녕결은 천천히 그에게 걸어가 공손히 예를 올리며 어리둥절한 표정으로 물었다.

"장군, 혹시 조 씨 형님을 아십니까?"

녕결은 조소수가 그에게 형제가 되자는 제안을 무시했었다. 하지만 지금 이 순간 형님이라는 말이 너무나 쉽게 튀어나왔다.

녕결이 조소수를 가리켜 형님이라고 하는 순간 장군의 눈빛이 흔들렸다. 녕결은 책장에서 책 한 권을 뽑아 들고 방금 글씨를 쓰던 책상 의자에 앉았다. 상대방의 주의를 다른 곳으로 돌리기 위해서였다.

그런데 장군은 기겁을 했다.

"용좌에 함부로 앉다니! 그 용좌에는 대당의 황제 폐하만
앉을 수 있다. 무엄하게도……."

장군은 녕결의 행동이 자신의 잘못 때문인 것처럼 생각했다. 황급히 어서방을 훑어보고 주위에 아무도 없다는 것을 확인한 장군은 여전히 겁에 질린 표정으로 녕결을 바라보았다.

"어서 나와라. 내가 밖에서 네놈을 반 시진 동안 찾았는데
네가 감히 이곳에 들어올 줄이야! 명심해라! 넌 오늘 여기에
들어오지 않은 것이다. 평생 남들에게 자랑할 생각은 추호도
하지 말거라. 그렇게 하지 않으면…… 넌 내 손에 죽는다!"

녕결은 공손히 예를 올리며 답을 대신했다.

잔소리와 원망을 계속 해대는 장군을 따라 어서방을 떠나 그리 멀지 않은 춘화전(春和殿)에 위치한 황실 호위 당직실에 도착했다. 그리고 그제야 자신에게 욕을 해댄 장군의 신분을 알게 되었다.

키가 작고 통통하며 하북도(河北道) 말투를 쓰는 남자는 대당의 황실 호위 부통령 서숭산(徐崇山)이었다. 이 사람이 바로 녕결이 오늘 만나야 할 사람이었다. 물론 그 만남은 조소수가 주선한 것이었다.

"폐하께서는 서예를 좋아하신다. 공교롭게도 네가 글씨를 팔지. 그래서 남들의 시선을 피하기 위해 너를 그런 신분으로 하여 입궁시킨 것이다. 그런데 네가…… 몰래 어서방을 들어가다니! 네놈이 정말 무슨 서예 대가인 줄 아나? 폐하께서 진정으로 너에게 서예나 감상하라고 입궁을 명하신 것이라 생각했느냐?"

서숭산은 손가락으로 녕결의 코를 가리키며 낮은 목소리로 으르렁거렸다. 입에서 욕설 같은 말 한 마디씩이 튀어나올 때마다 침방울이 난무했다. 녕결은 난감한 듯 코를 문지르며 속으로 생각했다.

'폐하께서 날 초청하지는 않으셨지만 이미 난 어서방에서 글씨를 써버렸는데 어쩌실 건데? 그나저나 책장에 숨겨둔 글씨는 어떻게 꺼내가지?'

서숭산은 다소 피곤한 듯 숨을 헐떡거리며 말했다.

"이제 진지한 이야기를 좀 하지."

그제야 녕결은 생글생글 웃으며 말했다.

"진지한 이야기는 저도 좋아합니다. 말씀하십시오."

서숭산은 다시 괴이한 눈빛으로 그를 보고 입을 열었다.

"이렇게 시시덕거리는 놈이…… 도대체 조 씨가 말한 그 모습은 어디 있는 거야?"

녕결은 진지하게 대답했다.

"통령 대인께서 위엄이 너무 높으셔서 그렇게
　보이시는 것뿐입니다."

아무리 유치하고 서툰 아첨이라도 아부는 좋은 것이었다. 심지어 아첨하
는 이가 다소 서툴고 앳되어 보이는 소년이라면 더욱 그러했다. 서숭산은
살짝 얼굴색이 풀어지며 물었다.

"이제 조 씨가 누구의 사람인지 알겠지?"

넝결은 최대한 어수룩하게 물었다.

"큰형님이 통령 대인의 부하입니까?"
"난 춘풍정 조 씨에게 그런 일을 시킬 깜냥이 안 돼. 그리고 앞으로
　그를 큰형님이라 부르지 말거라. 우리는 습관적으로 그를……
　둘째 형님이라고 부른다."
"그럼 큰형님은 누구신데요?"
"큰형님은…… 크흠, 큰형님은 매우 존귀한 분이시다."

서숭산은 말꼬리를 흐렸다.

"그런데 어젯밤에는…… 왜 조 씨를 도와준 것이냐?"
"은자 오백 냥을 받기로 했습니다."

은자 오백 냥에 처음 본 사람을 위해 목숨을 걸 사람은 아무도 없다. 하물
며 그는 서원 입학시험을 앞둔 열여섯 살 소년이 아닌가. 서숭산은 그의
말을 믿을 수 없었다. 그는 넝결이 진짜 의리가 있는 사람이라고 오해했
다. 그래서 그를 더욱 마음에 들어 했다.

"폐하께서는 특히 의리가 있는 사람을 좋아하신다. 물론 나도

그렇다. 하하하."

서숭산은 호방하게 웃으면서 말을 이었다.

　　"그렇다면 다음 질문을 하마. 넌 제국을 위해 목숨과 명예까지
　　바칠 수 있느냐?"

서숭산의 질문에 녕결은 입을 삐죽이면서 대답했다.

　　"명예는 바칠 수 있어도 목숨은…… 목숨은 좀 그렇죠?"

서숭산은 어처구니없다는 표정으로 녕결을 바라보고 있었다. 그러다가
이내 녕결이 솔직하기 때문에 이렇게 대답하는 것이라고 믿었다.
　　서숭산은 화를 내기는커녕 더욱 만족하고 있었다. 오랜 고민 끝에
한 신중한 대답이 혈기 넘치는 대답보다 훨씬 믿을 만하다고 생각했기 때
문이다. 그래서 서숭산은 고민하지 않고 바로 말을 꺼냈다.

　　"지금부터 넌 대당 황실 호위의 일원이다. 그것도 암행 호위의
　　임무가 네게 주어졌다."

대화 몇 마디에 그를 호위로 받아들인 것은 조소수의 보증이 컸지만 더
중요한 것은 그 대화에서 소년이 보여준 성품이 맘에 들었기 때문이었다.
　　이번에 놀란 이는 녕결이었다. 녕결은 서숭산이 건네준 요패를 쳐
다보았다. 그 위에 새겨진 자신의 신분을 보며 한참을 어리둥절해하다가
어렵게 입을 열었다.

　　"한 번 싸웠다고 황실 호위가 되었다구요? 그리고 왜
　　암행 호위 임무를?"
　　"어룡방은 백치 같은 조정 대신들 때문에 수면 위로 드러나

버렸다. 물론 백치라는 것은 내가 아니라 폐하께서 직접
쓰신 평이다. 어쨌든 그 덕에 일손을 재배치해야 한다. 네가
암행 호위가 되어 그 일을 해야 한다. 대당의 백성 된 자로서
영광된 일이니 거절할 생각은 말거라."

"거절하고 안 하고의 문제가 아니라…… 조정에서는 저에게
뭘 기대하시는 겁니까? 또 제가 무엇을 할 수 있을까요?
무엇보다 전 서원 입학시험을 눈앞에 두고 있습니다."

"서원에 들어갈 수 있으면 들어가도록 해라. 서원을 마치고
나오더라도 결국 조정을 위해 일하게 된다. 두 가지 일은
서로 부딪치는 것이 아니야."

"아직 제가 무엇을 해야 하는지 말씀하지 않으셨습니다."

"어룡방의 실체가 드러났지만 장안성의 강호에는 더 이상 문제가
일어나지 않을 것이다. 너의 임무는 정보를 수집하는 것이다.
구체적인 임무는 후에 다시 이야기하지."

'강호에 문제가 일어나지 않는데 정보 수집이 필요하다는
것은…… 황권 밖에 남은 것은 수행자의 세계 아닌가?
그럼 조정에서 서원에 손을 쓰겠다는 뜻인가?'

녕결이 쥐고 있던 요패가 땀으로 젖었다. 하지만 그에게는 거절할 명분도
거부할 힘도 없었다. 다만 앞으로의 일이 자신의 생각과 다른 방향으로
흘러가길 바랄 뿐이었다.

피할 수 없을 때는 즐겨야 하는 법 아닌가. 녕결은 이런 생각으로
충격과 고민을 털어버렸다. 그는 머리를 긁적이며 서숭산의 두툼한 어깨
너머 어두운 당직방의 창을 바라보면서 말했다.

"하나만 더 물어봐도 될까요?"
"대답할 수 있는 것은 다 말해주마."
"왜…… 접니까?"
"조 씨는 너를 아주 마음에 들어 하지. 또 어제 일 때문에

셋째 상 씨와 일곱째 진 씨도 너를 무척 좋아한다. 호위대의
규칙에 따라 드러난 신분이든 암행 호위(暗侍衛, 신분을 밝히지 않고
행동하는 호위)든 주위 사람들의 평가가 중요했다.”

“통령…… 그런데 그렇게 많은 사람들이 제가 암행 호위인 것을
안다면 암행하는 것이 무슨 소용이 있습니까?”

“대당은 규칙이 있는 곳이다. 아무리 궁중 귀인들이 네 신분을
안다고 해도 폐하의 명을 무릅쓰고 그것을 들춰낼 사람은 아무도
없다. 셋째 상 씨를 포함한 몇몇은…… 그들의 충성심은 이미
입증되었다.”

녕결은 천천히 고개를 저으며 말했다.

“진리를 검증하는 유일한 기준은…… 시간뿐이라고 생각합니다.”

“그들은 이미 십여 년의 시간을 통해 스스로를 증명했다. 그래도
네놈의 말은 마음에 들어. 네가 암행 호위의 길을 가는 것은
네가 곧 서원 시험을 봐야하기 때문이다. 그렇지 않았다면 내가
널 후계자로 키울 생각도 있었다.”

서숭산은 담담하게 말을 이었다.

“나 서숭산은 군부 출신이라 혈기는 있을지언정 조 씨처럼
대범하게 행동하지는 못한다. 네놈이 누군지도 모르는데 네 손에
목숨을 맡기다니…… 그래도 호위처는 황제의 안위를 맡고 있는
조직이니 네 선조 18대까지는 미리 다 조사해 보았다.
그런데 넌 일곱 살부터의 자료만 있더구나. 고아라는 것……
그 이후에 위성 변경 수비대에서 보여준 활약은 내가 잘 알고
있다. 아주 마음에 들어.”

서숭산은 녕결의 어깨를 내리치며 호탕하게 말했다.

"자네의 군 복무 경력과 여러 해 동안 쌓은 군공(軍功)만으로도
　폐하와 당국에 대한 충성심은 증명된 것이야."

호위처가 자신의 내력을 알아봤으며 일곱 살 이전의 자료를 못 찾았다는
말에 녕결은 긴장하거나 놀라지 않았다. 이 세상에서 상상과 죽은 탁이
외에는 자신이 누군지 알 수 있는 사람이 없다고 믿었기 때문이다.

"말씀에 따르면 저에게 따로 연락이 먼저 오지는 않을 것 같은데
　만약 무슨 일이 있으면 제가 어떻게 보고해야 합니까? 장소가
　황궁은 아니겠지요? 암행 호위의 일을 이렇게 드러내 놓고
　하지는 않을 테니."
"왜 안 되나? 천하에서 우리 대당의 황궁만큼 안전한 곳은 없다."
"하지만 제 신분을 남에게 알리면 안 된다…… 그건 그렇고
　오늘 전 언제 폐하를 알현할 수 있나요?"
"하하하하하……."

서숭산은 둥근 배를 만지며 크게 웃음을 터트렸다.

"넌 정말 오늘 입궁한 까닭이 폐하를 뵙기 위한 것이라고 생각했나?"
"아닌가요?"
"나이가?"
"열여섯."
"성씨는?"
"녕씨입니다."

서숭산은 그를 보며 진지하게 물었다.

"백 살 먹은 노인네도 아니고 황족의 먼 친척도 아니고……
　근데 왜 그렇게 낯짝이 두껍지?"

녕결이 고개를 갸웃하자 서숭산은 한숨을 내쉬며 말했다.

"셋째 상 씨도 아직 폐하를 뵙지 못했는데 네가 어떻게
폐하를 뵐 자격이 있다고 생각하느냐?"

녕결은 잠시 침묵한 후 진지하게 대답했다.

"전 글씨를 정말 잘 씁니다. 만약 폐하께서 서예를 좋아하신다면
그리고 만약 제 서예를 보신다면…… 저를 호위로 쓰기 아깝다고
생각하실 겁니다. 아마 황궁으로 절 부르셔서 시독(侍讀, 황제에게
학문을 강의하는 관직)을 시키실지도 모릅니다."

서숭산의 웃음이 비웃음으로 변했다.

"호위를 제외하고 황궁에 오래 머무를 수 있는 사람은
태감밖에 없는데?"

녕결은 굳은 표정으로 어색하게 웃었다.
　　대당 황실 대내 호위 부통령은 매우 바쁜 몸이었지만 조소수의 체
면을 봐서 오늘 특별히 시간을 내어 녕결과 대화를 한 것이다. 하지만 길
어도 너무 길었다. 서숭산은 말을 마치자 녕결을 호위 당직실에서 내쫓고
는 재빨리 의정전으로 달려갔다.
　　당직실에서 나와 홀로 황궁에 남겨진 녕결은 고민에 빠졌다.

'그런데 어떻게 궁을 나가지? 아무렇게나 돌아다니다가
이번에는 재수 없게 후궁에 들어가거나 공주 전하를 만나게 되면
어떻게 하지?'

그가 온갖 망상에 빠져 있는 순간 그를 입궁시켰던 그 어린 태감이 어느

새 귀신처럼 이미 그의 곁에 서 있었다.

"공공이 말을 똑바로 안 해서 내가 어서방에 들어가는
　바람에……."

이 말이 목까지 올라왔지만 그는 입을 굳게 다문 채 조용히 고즈넉한 나
무꽃길과 석문을 지나 마차에 올라타서 세의국(洗衣局) 측문을 통해 궁 밖
으로 나갔다. 세의국이 있는 궁의 마지막 전각을 지나려는 순간 갑자기
그의 가슴이 답답해지기 시작했다.

　　그는 옆에 있던 어린 태감의 경고에도 불구하고 마차의 장막을 살
짝 젖혀 밖을 내다보았다. 눈빛이 좁은 골목의 하늘빛을 뚫고 어느 웅장
한 궁전의 한 귀퉁이로 떨어졌다. 높고 푸른 하늘 아래 궁전의 처마 위에
는 각기 다른 자태의 신수(神獸) 예닐곱 마리가 앉아 있었다.

　　처마의 신수들의 이름이 무엇인지 무엇을 상징하는 신성한 괴물
인지는 몰랐다. 하지만 그는 그곳을 바라보며 가슴이 점점 더 답답해지고
심장 박동이 빨라지며 마치 갈비뼈가 부러질 것만 같았다.

　　시선에 닿은 신수들은 더욱 선명해지고 몇 백 년 동안 풍파에 씻
겨 나간 처마의 선들이 더욱 날렵해졌고…… 당장이라도 신수들이 바로
살아날 것처럼 느껴졌다.

"으음……'

그는 저도 모르게 가슴을 움켜쥐었다. 비 오는 날 상상과 처음 장안성의
주작상(朱雀像)을 마주했을 때의 기억이 떠올랐다. 안색은 점점 더 창백해
지고 있었지만 녕결은 황궁 처마의 신수들을 더욱 사납게 노려보며 한시
도 눈을 떼려 하지 않았다.

**

조금은 이른 아침 어서방 내에서는 격렬한 다툼이 벌어졌다. 황실 호위 부통령 서숭산과 부수령 태감 임 공공이 마치 두 개의 조각상처럼 어서방 밖을 지키며 아무런 소리도 내지 못하고 대기하고 있었다. 하지만 두 사람의 마음속에는 놀라움을 넘어 공포가 가득했다. 속으로는 '정말…… 빌어먹을 인간 같으니라고' 하며 욕을 하고 있었다.

대당 천계 13년. 지금까지 황제가 이렇게까지 진노하는 것을 본적이 없다. 춘풍정 사건 이후 의정전에서도 책상을 몇 번 치면서 백치라는 말을 서른 번 정도 꺼냈을 뿐이었다.

그런데 오늘 어서방에서 황제는 이미 찻잔 몇 개를 깨뜨렸고 존귀한 그의 입에서 나와서는 안 될 욕설이 몇 번이나 튀어나왔는지 모른다.

"조소수! 이렇게까지 호의를 무시해도 짐이
가만히 있을 것 같으냐!"

진노한 황제 앞에서 조소수는 그저 고개를 숙이고 있을 뿐이었다.

"어떻게 너를 처리할까? 짐이…… 제기랄, 짐은 무슨 얼어 죽을
짐! 이런 멍청한 새끼. 어찌 세상의 도리를 이해하지 못하느냐!"

황제의 진노는 그칠 줄을 몰랐다.

"좋아, 좋아. 좋아. 내가 이번에 마지막으로 널 둘째라고 불러주지.
남을 거야 안 남을 거야!"

이 말을 끝으로 어서방 안은 무서운 침묵으로 빠져들었다.

서숭산과 임 공공은 동시에 서로를 쳐다보았다. 상대방의 눈에 비친 놀람과 부러움의 기색을 확인한 후 또 동시에 고개를 돌려 주위의 꽃

과 나무를 바라보았다.

　　오랜 침묵이 흐른 후 마침내 평온하면서도 단호한 조소수의 목소리가 어서방에 울려 퍼졌다.

　"떠나겠습니다."
　'평!'

황제가 가장 아끼는 황주 침니연이 깨져 나갔다.
　'똑똑.'

조심스럽고도 다급한 소리가 났다. 서숭산과 임 공공은 더 이상 참지 못하고 문을 두드려 고언을 올리려고 했다. 황제의 진노가 도를 넘어 이후에 후회할 결정을 하실까 두려웠기 때문이다.

　'끼익.'

그때, 푸른 장삼을 걸친 조소수가 문을 열고 차분히 문턱을 넘었다.

　　문이 닫히자 장삼을 들고 무릎을 꿇은 뒤 매우 진지하고 엄숙하게 머리를 세 번 조아리며 군신으로서의 마지막 큰절을 올렸다. 그리고 조용히 일어나 미소를 지으며 서숭산과 임 공공에게 예를 올린 후 어서방을 떠났다.

　　그의 곁에는 길을 안내해주는 태감이나 궁녀도 하나 없었다. 십여 년 전 정이 많이 들었던 황궁을 걸었다. 그동안 입궁할 기회가 적어 더욱 그리웠던 황궁을 마치 정원을 유람하듯 천천히 걸었다.

　　이해라는 큰 호수에 이르러 조소수는 발걸음을 멈추었다. 무슨 생각을 하는지 가만히 호수의 황금 잉어들을 바라보았다. 입꼬리가 살짝 들리더니 홀가분한 미소가 그의 얼굴에 떠올랐다.

　　미소를 머금은 그의 시선이 떨어진 곳에서 유유히 헤엄치던 황금 잉어들의 몸이 굳으며 이내 시공간이 멈춘 듯 모든 것이 정지되었다. 마치 영롱한 물결 속에 떠 있는 옥으로 된 물고기처럼 생기는 넘쳐흐르지만 생명력은 없는 듯해 보였다.

"오랫동안 굴레 안에 살다가 드디어 자연으로 돌아왔구나."

천지는 인간을 가두는 굴레. 마음은 신체를 가두는 굴레.
　　마음의 굴레를 벗어던지면 천지라는 굴레는 자연스럽게 벗어진다.

　　★★

어서방.
　　금관은 한쪽 구석에 버려져 있었고 대당 황제는 그가 새벽에 쓴 친필 '물고기가 바다에서 뛰어오르니'라는 글귀를 바라보고 있었다. 그의 얼굴에는 노여움과 아쉬움의 마음이 그대로 묻어났다.
　　그는 문득 고개를 들어 창문을 사이에 두고 어화원을 바라본 후 미간을 찌푸렸다. 그리고 마침내 해탈한 듯 평온을 되찾아 담담하게 자조하며 입을 열었다.

"아마 네가 옳은 결정을 한 것일 수도……."

　　★★

황궁의 어느 전각.
　　마흔 전후로 보이는 도사가 황후의 맥을 짚고는 매우 무례하게 황후의 부드러운 손목을 살짝 긁으면서 고개를 뒤로 돌렸다.

'평소에 조용하고 온화하신 국사(國師)께서 왜 이런 추태를…….'

멍하니 도사의 뒷모습을 바라보던 국사가 갑자기 자신의 가슴을 치며 소리를 질렀다.

"제가 잘못했습니다. 정녕코 저의 탓입니다. 그때 제가
폐하께 조소수를 일찍 내보내시라 권하거나 아예 그를 서원으로
보냈어야 했는데⋯⋯."

그는 나지막이 혼잣말로 중얼거렸다.

"부자의 능력과 조소수의 깨달음이었다면 우리 대당이 이미
절세의 강자가 되어 남진을 정벌했을지도 모를 일인데⋯⋯
안타깝다, 안타까워⋯⋯ 십여 년이나 늦었어⋯⋯."

세의국 어느 뒷골목.

녕결은 마차에 앉아 마치 곧 살아날 것만 같은 처마의 신수들을 집요하게 쳐다보았다.

신수들을 쳐다볼수록 안색이 창백해지고 심장 박동이 더욱 더 빨라졌다. 그러다가 갑자기 그 모든 느낌이 홀연히 사라져버렸다.

＊＊

황궁 주작문 앞.

중년 남자는 황궁 정전(正殿) 처마 귀퉁이에 있는 신수상을 보며 호탕하게 웃기 시작했다. 그 웃음소리는 너무나도 시원스러워서 잡념이 하나도 없는 듯이 보였다. 처마의 신수들은 마치 그의 웃음소리에 담긴 뜻을 알아채기라도 한 듯이 다시 평온을 되찾았다.

시원한 웃음 속에서 그는 청색 장삼을 펄럭이며 정문을 걸어 나갔다.

오늘부터 장안성에는 더 이상 춘풍정 조 씨라는 인물이 없을 것이다.

대신 이 세상에는 호수의 물고기를 구경하다 천명(天命)의 경지에 뛰어오른 절세 강자 한 명이 더 늘게 되었다.

2
✦

서원 입학시험

✦ ✦ ✦ ✦

✦ ✦ ✦ ✦ ✦ ✦ ✦ ✦

1

◦ ◦ ◦

○ ○ ○

47번 골목으로 돌아와 노필재 문을 박차고 들어선 녕결은 곧장 뒤채로 향했다. 그리고 품에서 오동나무로 만들어진 요패를 꺼내 아무렇지도 않게 침대 위에 내던졌다. 마치 썩은 장작 하나를 버리듯이.

상상은 침대 머리맡에 앉아 추위에 떨며 두 발을 따뜻한 이불 속에 틀어박아 놓고 녕결의 낡은 외투를 열심히 꿰매고 있었다. 그녀는 이불 위의 요패를 힐끗 본 후 호기심에 집어 들었다. 지붕에 반사된 햇빛에 비춰 한참 동안 요패를 바라보다가 물었다.

"도련님, 이게 뭐예요?"
"황실 호위의 요패…… 암행 호위. 그러니까 빛을 볼 수 없는 호위, 뭐 그런 거."

상상은 무슨 지위인지는 몰랐지만 어쨌든 녕결이 관직을 얻게 된 것을 알았다. 상상은 웃기 시작했다.

"그래서 매달 녹봉은 얼마래요?"

녕결은 멍하니 찻주전자를 내려놓고 잠시 고민하다 대답했다.

"그래도 은자 사오십 냥은 되겠지?"

상상의 얼굴이 불만에 가득 찼다.

"생각보다 적네요."

넝결은 고개를 저으며 훈계하듯 말했다.

"지금 우리는 은자 이천 냥을 가진 사람인데 앞으로 말할 때
    품격을 좀 갖춰."

그 말에 상상의 얼굴에 가득했던 불만은 어디론가 사라졌다. 그녀는 싱글
벙글 웃으며 나지막이 말했다.

"도련님이 나가신 후 그쪽에서 바로 은자를 보내 왔더라고요."

넝결은 그녀 옆으로 와 기웃거리더니 더 나지막이 말했다.

"어디에 뒀어?"

상상은 밖을 두어 번 살피고는 손에 든 실과 바늘을 내려놓았다. 두 손으
로 이불 한 귀퉁이를 꽉 잡은 채 살짝 틈새를 벌리고는 턱을 들어 안을 들
여다보라는 표시를 했다.
        상상의 가는 두 다리 옆에 은자가 촘촘히 놓여 있었다. 두꺼운 이
불로 가려져 아주 캄캄했지만 넝결은 눈이 침침해질 정도로 밝은 은빛을
볼 수 있었다. 그는 입을 약간 벌린 채 억지로 설레이는 마음을 억누르며
말했다.

"말했지? 허허…… 좀 품격 있게…… 허허허…… 그냥 은자
    이천 냥에 불과한데 이렇게까지 흥분할 일이야? 허허…… 어쩐지
    이상했어. 대낮에 네가 왜 침대에 누워 있나 했네. 우헤헤……
    은자 때문에 배기지 않아?"

상상은 아주 단호하게 고개를 흔들었다. 넝결은 헛기침을 몇 번 하고는
상상의 머리를 부드럽게 쓰다듬었다.

"은자 이천 냥이니 이불 하나로 숨길 수 있지. 앞으로 이 도련님이
　일만 냥쯤 벌어 오면 어쩌려고 그래?"

＊ ＊

장안의 봄은 아름다웠다. 봄비가 내려 푸른 잎과 부드러운 꽃을 피워 올
렸다. 집 안에 있든 정자 안에 있든 모두 하나같이 생명의 빛깔을 볼 수
있었다. 동성 47번 골목도 점점 짙어지는 봄 풍경과 함께 살아나는 것 같
았다.

　춘풍정 사건 이후 호부 상서가 무너지고 청운사도 위에서부터 아
래까지 한꺼번에 정리되면서 여러 달 동안 진행되던 철거는 자연스럽게
무산되었다. 어룡방은 부득이하게 빛의 세계로 그 모습을 드러냈지만 장
안 암흑가를 깨끗이 정리하는 것 또한 잊지 않았다.

　다시는 조소수의 이 골목에 손 댈 사람은 없었다. 심지어 눈길 한
번 줄 수 있는 사람도 없었다. 애초에 좋은 위치였기 때문에, 관부의 압력
과 검은 세력의 위압이 사라지자 굳게 닫혀 있던 점포들이 하나둘씩 다시
열렸다.

　상업은 곧 사람 장사였다. 가장 중요한 것은 사람을 모으는 것 아
닌가. 가게들이 모두 열리자 언제 그랬냐는 듯 봄의 따사로운 햇빛 아래
인파가 자연스럽게 골목으로 몰려들었다.

　이웃 점포에 비하면 노필재의 장사가 잘되는 편은 아니었지만 막
시작했을 때보다는 얼마나 나아졌는지 설명할 필요도 없었다. 상상은 눈
코 뜰 새 없이 바빠졌고 그 작은 얼굴에는 자연스레 웃음이 많아졌다.

　하지만 녕결에게는 여전히 뼛속까지 서생의 고리타분한 냄새가
새겨져 있었다. 눈앞의 흥청거림을 보고 과거 그들이 보였던 냉랭함을 생
각하며 자신의 서화(書畵)를 사려는 사람들이 더욱 더 눈에 거슬렸다.

　심지어 지금은 은자 이천 냥을 지니고 있으니 노필재의 수입도 별
로 대수롭지 않게 여기게 되어 아예 가격을 크게 올려버렸다.

'난 당장 돈이 부족하지 않으니 이왕이면 비싼 가격에 팔아야
나에게 떳떳하지 않겠어?'

그런데 일이 그의 예상과는 달리 돌아가게 되었다. 노필재 서화 가격은
그의 생각보다 너무 빠르게 올라가더니 급기야 처음 문을 열었을 때 가격
보다 다섯 배나 뛰었다. 그런데 문제는 책과 서예를 사러 오는 사람들이
오히려 갈수록 늘어난다는 것이었다.

"아…… 이렇게 해야 하는 거였구나!"

녕결은 작은 찻주전자를 들고 문 앞에 기대어 가게 안 손님들을 훑어보다
가 다시 고개를 돌려 옆에 새로 생긴 골동품 가게의 말다툼 소리를 들으
며 웃었다.

'삶이 이렇게 아름다워.'

장사가 잘되어 돈을 벌면 사람들이 쉽게 기뻐하지만 이것은 새로운 문제
를 야기하기도 한다.
앉으면 눕고 싶다는 말이 있다. 이제 장사가 잘되기 시작한 골동
품 가게 주인이 벌써 첩을 들일 생각을 하게 된 것이다. 그래서 골동품 가
게에서는 부부싸움이 일어나고 있었다.

"네 꼴로 첩을 얻는다고?"
"나라고 안 되는 법 있어?"
"내가 안 된다고 하면 안 되는 거야! 만약 나 몰래 들이면
관아에 고발할 거야!"
"이런 일은 황후 마마도 관여하실 수 없는데, 관아가 무슨 근거로
간섭을 해? 노필재 주인인 녕결 그 어린 놈도 시녀가 있는데
넌 날 매일 침대에서 걷어차면서 뭐가 불만이야. 이 나리의

다리를 따뜻하게 해줄 사람을 얻는다는데 안 될 게 뭐가 있어!"

"내가 그 다리를 따뜻하게 해 주길 원해? 어림도 없는 소리!
녕결 그놈이 황제가 되지 않는 한 꿈도 꾸지 마!"

"그놈 성이 이 씨도 아니고 녕씨인데 황제는 무슨!"

"굳이 당국이 아니더라도 월륜국이나 남진, 대하국……
그 어느 나라의 황제가 되더라도 인정하지!"

녕결은 흥미롭게 이 싸움을 지켜봤다. 그 싸움에 자신의 이름이 언급되고
있었기 때문이다.

'역시 대당 제국의 민풍은 용맹하고 개방적이야.
부부싸움에서 황위에 대한 말이 나오다니…… 잠깐 그런데 누가
황제가 된다고?'

그는 쿵쾅거리며 가게로 들어와 씩씩거리며 상상에게 말했다.

"부부가 싸우는데 감히 나를 들먹이고 또 조정을 거론해?
이 암행 호위 무서운 줄을 모르는 모양이야. 내일 입궁해 그들에
대해 보고해야겠어. 일가족 참수!"

완전히 허황된 말은 아니었다. 암행 호위란 직책은 본래 조정이 민의를
살피기 위해 임명한 것이었기 때문이다. 그러니 황위에 대한 이야기가 나
온다면 상부에 보고할 수 있었다. 다만 대당 국법이 엄하다 해도 실제로
민중을 다스릴 때에는 매우 느슨하게 했다. 이 대화를 설령 상주문에 써
서 황제에게 직접 올리더라도 돌아오는 것은 비웃음뿐일 게 분명했다.

"도련님, 어렸을 때 제가 들은 이야기에서 밀정은 모두 참혹하게
죽지 않았나요? 지금은 암행 호위 대인이니 괜찮은 건가요?"

"암행 호위라 해도 사실 보잘 것 없는 작은 인물인 날 누가

의식할까. 그리고 정말 귀찮은 일이 생겨도 그냥 피하면 되지."

녕결은 주위를 한 번 살핀 후 목소리를 낮춰 말을 이었다.

"사실 내가 그 신분을 받아들인 것은 다른 이유에서야⋯⋯
그때 그 일을 조사하려면 또 그놈들을 죽이려면 황실 호위 신분이
도움이 될 수도 있기 때문이야."
"우산 주머니와 칼 주머니, 그리고 외투도 다 손봤어요. 그런데
도련님은 언제 두 번째 사람을 죽일 거예요?"
"칼 상태는? 갈아야 해?"
"돼지를 잡을 때도 갈아야 하는데 당연히 갈아야죠."

두 사람의 대화는 항상 이런 식이었다. 다른 사람이 봤다면 소통에 장애
가 있는 건 아닌가 하고 생각할 정도로 뜬금없고 직설적이었다.
　이때 47번 골목 저편에서 힘찬 목소리가 들려오더니 사람들이 그
방향으로 몰려갔다. 녕결도 호기심에 나가 봤는데 그의 얼굴 표정이 살짝
변했다.
　온통 푸른 옷차림을 한 사내들의 호위를 받으며 마찬가지로 푸른
장삼을 걸친 중년 남자가 가게 주인들과 대화를 나누고 있었다. 그는 얼
굴에 온화한 미소를 머금고 있었고 이따금씩 손을 모은 채 인사를 나누기
도 했다.

"제가 떠나도 여러분이 어려울 때 제 부하들에게 말하면 됩니다."

중년 남자는 바로 조소수였다. 조소수의 말에 뒤에 서 있던 대여섯 명의
사내들이 공손히 예를 갖추며 인사를 했다.
　조소수는 모든 가게마다 잠시 들러 몇 마디 말을 건넸다. 그 모습
이 매우 인내심 있게 보였고 주위의 부하들도 불평 없이 천천히 그의 뒤
를 따라 골목 안쪽으로 향했다.

골목 안쪽에는 노필재라고 하는 서화를 파는 가게가 있다. 춘풍정 조 씨는 장안성을 떠나기 전 기어코 이 골목에 찾아와 가게 주인들과 작별 인사를 하고 있었다. 마치 저 높이 있는 귀인들에게 자신이 장안성을 떠나더라도 이곳만은 함부로 대하지 말라고 경고하듯이.

하지만 녕결은 그가 이곳을 찾은 진짜 이유가 그것이 아님을 잘 알고 있었다. 그는 자신에게 작별 인사를 하러 온 것이 틀림없었다.

봄비가 내리는 밤, 함께 싸우고 달걀부침 국수를 나누어 먹었던 친구에게 이별을 고하기 위해 이곳을 찾은 게 분명했다. 다만 그는 친구가 사람들의 주목을 받지 않도록 하기 위해 골목의 모든 주인들에게 인사를 하는 것뿐이었다.

이런 생각을 하니 평소 무뚝뚝한 성격을 지닌 녕결이라 해도 마음이 따뜻해지는 것을 느낄 수 있었다. 오히려 자신에게 점점 다가오는 조소수를 보면서 뭉클한 마음에 어쩔 줄 몰라 했다.

조소수는 노필재 문 앞까지 와서 녕결과 상상에게 정중한 인사를 올렸다.

"어린 주인장, 안녕하신가?"
"둘째 형님, 안녕하신가요?"

'둘째 형님'이라는 말을 듣자 조소수는 살짝 어리둥절했다. 그렇게나 청했는데도 형제가 되기를 사양했던 녕결이 아닌가. 조소수의 얼굴에 억누르기 힘든 웃음기가 지나갔다.

더 당황한 이는 조소수 뒤에 있는 사내들이었다. 사실 장안성 사람들은 그를 조소수 또는 춘풍정 조 씨라 불렀고 어룡방 형제들은 그를 방주 또는 형님이라고 불렀다. 녕결은 친근함과 존경의 표현으로 둘째 형님이라고 불렀지만 자기도 모르게 신분을 노출한 셈이었다.

"난 곧 장안성을 떠나. 그래서 형제들을 데리고 자네를 만나러 왔지. 무슨 일이 생기면 이들에게 부탁하면 돼. 난 자네가 곧

출세할 거라고 믿으니 그때는 이 형제들을 돕는 것을
잊으면 안 돼."

조소수는 오른쪽 뒤의 사내들을 가리키며 이어 말했다.

"넷째 제 씨는 이미 만났고 여기는 순서대로 셋째 상 씨,
다섯째 유 씨, 여섯째 비 씨, 그리고 마지막으로 일곱째 진 씨야.
모두 내가 믿는 형제들이야."

다른 가게에서도 비슷한 말을 했지만 왠지 모를 다른 분위기에 사내들이
앞으로 나와 녕결에게 예를 올렸다. 상사위가 녕결을 보며 온화하게 입을
열었다.

"녕 사장, 이후에 귀찮은 일이 생긴다면 자네에게
폐를 좀 끼쳐야겠네."

'녕 사장'이라는 말을 들으니 기분이 이상했다. 뭐라고 해야 할까. 꼭 어울
리지 않는 옷을 입은 것만 같았다.
    녕결은 어제 궁에서 들은 이야기를 통해 이들이 모두 대당 황제가
민간에 심어둔 암행 호위라는 것을 알고 있었다. 하지만 그들은 이제 모
두 신분이 노출되었으니 며칠 지나면 궁으로 들어가 공식적인 관직을 얻
을 것이다. 그러니 앞으로 그들이 하던 일을 녕결이 하게 되면 그들 입장
에서도 녕결에게 도움을 청할 일이 있을 것이다.

    "가자."

어느새 봄비가 다시 부슬부슬 내리기 시작했다. 하지만 이번 봄비는 가늘
고 부드러워 많은 행인들이 갓도 쓰지 않았다.
    녕결은 47번 골목에서 서서히 멀어져 가는 그림자를 보았다. 여

전히 멋지고 소탈한 푸른 장삼을 걸친 중년 남자의 뒷모습을 보고 마음 한구석에 약간의 아쉬움이 생겼다.

"형제는 시간이 증명하는 거죠. 형님이 형제 먹자고 제가 바로 승낙하면 제 체면이 어디 있겠어요? 전 원래 몇 년만 이렇게 지내면 형제라 해도 괜찮다 생각했는데…… 형님이 이렇게 엉덩이를 차버리며 떠난다니! 결국 내 체면이 없어진 거잖아요!"

녕결은 고개를 저으며 한숨을 내쉬고는 상상의 작은 손을 잡고 골목을 나섰다.

옆 골목 담벼락 밑에 갓 피어난 복숭아꽃 몇 송이가 어느새 봄비에 잘려나가고 그 꽃잎과 가지들이 청석 바닥 위에 떨어져 있었다. 성문 쪽 돌바닥에는 꽃술이 떨어지고 있었고 그 근처 술집에서는 조소수와 생사를 함께 했던 형제들이 장안성의 복숭아꽃으로 빚은 술을 마시며 조소수와 작별을 고하고 있었다.

* *

매일같이 봄비가 내리고 또 내렸다. 막 인연을 가진 사람과의 생이별 또는 사별. 위성에서 온 소년과 그의 어린 시녀는 그렇게 장안에서의 첫 달을 보냈고, 마침내 그들의 인생에서 가장 중요한 그날을 맞이하게 되었다.

서원의 개학일.

그렇다. 개학이다. 서원은 개학 첫날에 입학시험을 치르기에 시험에 통과하는 사람만 열린 서원의 문으로 들어갈 수 있는 것이다.

새벽 5시에 녕결과 상상은 일어나 세수를 하고 아침 식사를 했다.

서원 개학일은 대당 제국, 나아가 천하에서도 큰 행사이다. 장안성 사람들은 며칠 전부터 학수고대했고 이날은 모든 가게들이 일찍 문을 열기 때문에 두 사람은 다행히 산라면을 먹을 수 있었다.

식사가 끝나자 상상은 녕결의 머리를 정성껏 손질했다.

"아, 그만 좀 하라고. 이러다 지각한단 말이야."
"그래도 오늘같이 중요한 날 머리를 단정히 빗어야 해요."

녕결과 상상은 아침부터 티격태격했다.

녕결은 쉴 새 없이 하품을 하며 뻑뻑한 눈을 비볐다. 어젯밤 잠을 잘 못 이룬 탓이다. 상상의 눈 밑은 피부색보다 더 검었고 그 모습이 녕결보다 더 긴장되어 보였다.

수험생에게는 예부에서 마차를 보내주었지만 녕결은 상상과 함께 가야 했기 때문에 따로 마차를 불렀다. 마부는 손님의 신분을 알기에 새벽부터 골목 입구에 대기하고 있었다. 그리고 두 사람이 노필재를 나오자마자 마차는 그들을 태우고 남쪽으로 향했다.

마차가 남성에 들어서자 더 이상 한 발자국도 움직일 수 없게 되었다. 동이 틀 무렵이었고 넓은 주작대로는 아직도 어두컴컴했는데 그 길이 수백 대의 마차로 막혀버렸다. 하늘에서 비가 떨어지고 빗물이 고인 청석 위로 수없이 많은 수레바퀴가 움직이고, 수없이 많은 말발굽이 화가 난 듯 빗물을 걷어차고 있었다.

예부에서 수험생을 태우기 위해 보낸 마차가 먼저 통과하고, 수험증을 지닌 수험생의 일반 마차도 성문군의 지휘 아래 힘겹게 전진하며 그 일대가 장사진을 이루었다.

오늘만은 서원 수험생들이 가장 중요한 인물들. 개학식에 참여하는 각 부 관아의 고관들과 왕친 귀족들의 마차도 모두 옆으로 밀려났고, 입장권을 사서 구경을 가는 부유한 상인들의 마차는 아무렇지도 않게 가장 뒤쪽으로 내몰렸다.

녕결과 상상은 마차에 앉아 이따금씩 창문의 장막을 젖히고 주위를 살폈다. 마차가 마침내 장안성 남문을 빠져나와 넓은 관로를 따라 장안성 보다 더 높이 솟은 구름 속 산을 향해 나아갔다.

봄비는 내리고 있었지만 높은 산들은 아무런 영향을 받지 않았다.

산봉우리는 맑고 깨끗했고 비구름 위에서 막 솟아오른 아침 해의 광채가 절벽에 반사되어 세상을 비추는 모습이 매우 따뜻해보였다.

그런 아침 햇빛 아래의 산들을 보며 녕결은 왠지 마음이 편안해졌다. 그곳에 마치 자신을 사로잡는 무언가가 있다고 느꼈으며 또 자신이 좋아하는 무엇인가가 있다고 생각했다.

장안의 남쪽 높은 산 아래 서원이 위치해 있었다.

대당과 천하를 위해 수많은 선현들과 명신(名臣)들을 배출한 서원.

수십 대의 마차가 차례로 산기슭에 도착하고 마차 안의 담소 소리가 약속이나 한 듯 뚝 그쳤다. 압박을 느꼈다기보다는 마음속에 경건함이 솟구쳤기 때문이리라.

아침 햇살의 맑고 아름다운 빛 아래 산기슭은 면적이 매우 넓었고, 푸른 풀밭의 구릉으로 이루어진 완만한 비탈은 굽이치는 파도와 같았다. 그림 같이 푸른 풀숲 속으로 십여 개의 길이 보였고 길 양쪽으로 일정한 간격을 두고 몇 그루의 꽃나무가 심겨 있었다. 분홍색 복숭아꽃이 꽃무리를 이루며 언덕 사이사이로 흩뿌려져 있었다.

마차 창문을 통해 녕결과 상상은 이 인간 세상 속에 있는 선경(仙境)을 바라보았다. 또 언덕 위쪽으로 크지는 않지만 가로로 길게 흑백으로 이어져 있는 서원 건물을 한참 동안 넋을 잃고 쳐다보았다.

"서원에 꼭 들어가야겠어."

상상은 다소 걱정스러운 눈빛으로 대답했다.

"도련님, 근데…… 기출 문제는 다 푸셨어요?"

녕결은 저도 모르게 버럭 했다.

"덕담! 덕담을 하라고! 너 덕담 뜻이 뭔지는 아는 거야?"

상상은 돌아서서 입을 삐죽 내밀었다. 그러자 넝결이 상상의 뒷머리를 콩하고 쥐어박았다.

"너, 속으로 내 욕했지?"

"욕 안 했거든요."

"한 것 같은데?"

"아직 안 했어요. 막 지금 하려던 참이었어요."

넝결과 상상이 그렇게 떠드는 사이 서원의 정문이 바로 눈앞에 보였다.

꽃나무가 더욱 또렷하게 눈에 들어왔다. 살구꽃과 복숭아꽃이 섞여 있었는데 복숭아꽃의 수가 더 많았다. 담백한 복숭아꽃이 살구꽃 뒤에 숨어 있는 모습은 소녀가 수줍게 얼굴을 내밀고 있는 것 같았다.

서원 수험생들은 차례로 마차에서 내려 예부 관리들과 서원 교관의 지휘를 받아 바닥이 돌로 된 넓은 마당, 석평(石坪)에 줄을 섰다. 순서대로 입장한 수험생들은 뒤쪽에 있는 복도로 들어가서 휴식을 취했다.

수험생들의 출신은 각기 달랐다. 대부분은 서원 교관들이 대당 각 군(郡)에서 직접 선발했고 나머지는 각 관아의 추천으로 선발하는데 그중 군부에서만 70여 명을 추천했을 정도로 올해는 인원이 많았다. 그런데도 복도가 그렇게 붐비지 않는 것을 보면 이곳이 얼마나 넓은지 짐작할 수 있었다.

마당 위쪽은 서원의 주요 건물이 꽃과 나무를 둘러싼 안개 속에 숨어 있었다. 건물 자체가 제법 높아 서원으로 가는 비스듬한 두 갈래 길은 마치 봉황의 날개와도 같이 느껴졌다.

넝결의 관심은 서원의 모습이 아니라 회랑에 모여 있는 5백여 명이 넘는 수험생이었다. 서원의 입학 정원은 2백 명이었으니 저도 모르게 미간이 찌푸려졌다. 그들은 잡담을 나누지도 기출 문제를 꺼내 공부하지도 않았다. 그들은 가히 천하에서 가장 뛰어난 젊은이들이라 해도 손색이 없는 이들이었다. 자신의 부족한 자신감을 드러내려고 하는 사람은 아무도 없었다.

녕결은 상상에게 손을 내밀어 기출 문제를 달라고 하려다가 억지로 참고 또 참았다. 하지만 체면이고 뭐고 마지막으로 자신이 가장 잘하는 벼락치기라도 하자고 마음먹었을 때 마당 사방에서 갑자기 장엄한 궁악(宮樂) 소리가 들려왔다.

우림군이 도착하고 의장대가 따라왔다. 각 부의 관원들, 입장권을 산 구경꾼들, 황실 호위, 친왕 전하, 황후 마마, 황제 폐하가 연이어 도착했다.

"만세! 만세!"

회랑에 있던 수험생들이 번쩍 일어나 예를 올리고 있을 때 녕결은 청수한 옷차림에 기품이 부드럽고 온화한 소녀가 자신의 눈앞으로 지나가는 것을 발견했다.

'이어 공주?'

대당 공주 이어는 태감과 궁녀들의 시중을 받으며 느릿느릿 석평을 지났다. 청년들이 보내는 애모의 눈초리를 지나 긴 봉황의 날개 같은 길을 따라 서원 한가운데로 들어간 그녀는 황제와 황후를 향해 공손히 예를 올린 후, 조용히 황제의 왼쪽에 앉았다.

＊＊

대당 제국에서 황권과 서원이 대립하는 경우는 없었다. 또 오늘날 대당의 천자(天子)가 소년 시절 신분을 숨기고 2년간 서원에서 공부한 적이 있다는 사실, 즉위 후에도 이따금씩 서원을 찾아 휴식을 취하거나 심지어 겨울이 되면 한 달 가량 서원에 머무르기도 한다는 사실을 아는 사람은 극히 적었다.

하지만 조정 대신들은 연유가 무엇이든 황제의 서원에 대한 애정을 잘 알고 있었으며 서원 개학식이 폐하에게 얼마나 중요한지도 잘 이해하고 있었다.

그럼에도 황제 좌우에 위치한 두 여인을 보며 대신들은 모두 마음이 착잡했다.

'공주가 초원에서 귀국한 지 한 달도 되지 않았는데 폐하의 무한한 총애를 천하에 과시하는구나. 반대편에 조용히 계시는 황후 마마께서는 이 순간 무슨 생각을 하실까?'

그때쯤이었다.

'땡.'

산 뒤에서 종소리가 울렸다. 종소리에 맞춰 복도에 있는 수백 명의 수험생이 서원 교관의 지휘를 받아 서원 본관 건물 아래 평평한 길을 지나 석평으로 향했다.

황제는 그들을 보고 자신도 모르게 수염을 쓰다듬으며 흐뭇한 미소를 지었고 공주 이어가 그 모습을 보고 말했다.

"부황, 천하의 영재들이 모두 부황의 품에 안기게 된 것을 축하드립니다."

황제는 껄껄 웃었는데 공주의 말에 흡족한 기색이 드러났다. 황후는 별다른 말을 하지 않았지만 연모 가득한 눈빛으로 자신의 부군을 바라보며 풍만한 오른손을 황제의 손에 살짝 얹어 격려의 뜻을 전했다.

그때 황제가 살짝 미간을 찌푸리며 뒤에 있는 대신에게 나지막이 물었다.

"부자(夫子)는…… 오시지 않는 것인가?"

대신은 재빨리 대답했다.

> "부자 원장께서는…… 서원 입학시험은 폐하를 위한 것이고
> 대당 제국의 인재를 고르는 것이니, 자신이 직접 나서는 것이
> 보기에 좋지 않다고 했습니다. 이삼 일 뒤에는 떠나실 것이라
> 지금은 짐을 꾸리고 있습니다."

황제는 얼굴에 아쉬움이 가득했다. 그는 좋은 일을 하고도 아버지에게 칭찬을 받지 못한 것 같은 아이처럼 돌난간을 두드리며 탄식했다.

> "부자께서 올해 떠나시는 시간이 예전보다 조금 이르다는 것을
> 잊고 있었구나."

그는 서원 뒤편 구름과 안개 사이로 보일 듯 말 듯한 큰 산을 돌아보며 잠시 침묵하다 예를 올렸다.

이 큰 산에서 십 리쯤 떨어진 어느 길가의 정자. 한 승려와 도사가 차를 마시며 바둑을 두고 있었다.
　　서른 전후로 보이는 승려는 용모가 준수하고 온화하여 속세를 벗어난 듯한 기품을 보였다. 그의 눈길이 바둑판에서 높은 산 아래 서원으로 옮겨지며 문득 입을 열었다.

> "듣기로…… 부자께서는 매우 높이 계시다던데……."

평소에는 엄숙하기 그지없는 도사가 지금은 매우 경망스럽게 손을 뻗어 가볍게 공중에서 튕기며 응수했다.

"부자······ 당연히 높이 계시죠."

"얼마나 높을까요?"

"저 같은 소인물이 어떻게 알 수 있을까요?"

"대당의 국사(國師)도 모른다는 말입니까?"

"대당 황제의 의형제, 어제(御第)로 불리는 당신도 모르지 않습니까."

★ ★

녕결은 한 남자를 뚫어지게 쳐다보고 있었다.

남자는 다른 수험생들 앞에서 무언가 장황한 이야기를 늘어놓고 있었다. 그는 매우 값비싸 보이는 옷을 걸치고 준수한 얼굴에 웃는 모습이 매력적이었다. 웃을 때 보이는 눈가의 몇 가닥 주름이 성숙해 보이기도 했다.

대당 제국 권력 2위, 황제 폐하의 유일한 친동생이자 현명하다는 소문이 자자한 친왕 전하였다. 바로 13년 전 황제가 남쪽 지방을 순시하러 나간 틈을 타, 주요 부서와 결탁하여 하후 대장군과 함께 반역죄의 명분으로 선위 장군 임광원 일가를 모두 죽인 원흉.

천계 원년 장안성을 탈출하여 위성에서 보낸 13년의 세월. 그리고 장안으로 다시 돌아온 녕결이 아닌가. 고통스럽게 버티고 생존했지만 원한이 풀리기는커녕 정신적 아픔과 가슴속 깊은 자책감이 날이 갈수록 짙어지고 있었다.

장안성에서 반드시 죽여야 할 사람은 많았지만 친왕 이패언(李沛言)은 의심할 여지없이 첫 번째 자리를 차지하는 인물이었다. 녕결은 서원에서 그를 처음으로 직접 보았는데 그 눈초리가 매우 사나웠다. 준수한 외모와 우람한 풍채, 눈웃음과 입술 모양······ 이 모든 것을 기억해야 했고 언젠가는 이 모든 것을 찢어버려야 했다.

친왕 이패언은 온화한 미소를 지으며 봄바람처럼 연설을 했다.

"여기 모인 청년들은 모두 천하의 준걸이다. 오늘 혼신의 힘을
다해 입학시험을 치러야 할 것이다. 너무 무리하지 말고 서원에
들어가게 되면 더욱 열심히 공부해야 한다. 그 모든 것이
준비되었을 때 대당 제국의 무수한 자리가 여러분들을 기다리고
있을 것이다. 대당 제국을 한껏 빛내주길 기대한다."

녕결은 그를 보며 눈을 깜빡했고 그의 속눈썹이 봄바람을 잘랐다. 이패언
은 이국(異國)의 옷차림을 한 수험생을 보고 환하게 웃었다.

"여러분은 당국인이 아니지만 우리 대당 서원은 본래 국적을
상관하지 않고 가르치니 심사의 공평함은 걱정하지 않아도 된다.
또한 제군들이 서원에서 학업을 마치면 우리 대당은 똑같이
여러분을 맞이할 것이다."

녕결은 증오의 마음으로 그를 노려보았다. 하지만 겉으로 드러난 모습은
친왕의 이야기에 집중하는 것처럼 보였다. 증오는 다른 감정과 섞이면 경
외(敬畏)로 해석될 수 있다. 그렇기에 다른 이들은 친왕 선하를 바라보는
녕결의 눈빛에서 이상한 점을 발견하지 못했다. 집중해서 경외하는 것으
로 비춰졌기 때문이다.

오직 상상만이 그를 걱정스럽게 바라보았다. 그녀는 녕결의 손을
살며시 움켜쥐었다. 녕결의 손은 매우 떨리고 있었다. 상상은 그 떨림이
무엇을 의미하는지 잘 알고 있었다.

연국(燕國) 출신의 수험생 하나가 용기를 내어 친왕과 몇 마디 대
화를 나누었는데 친왕이 무슨 말을 했는지 긴장한 수험생이 웃음을 터트
렸다. 이패언은 미소를 지으며 한담을 나누었고 수험생들을 편하게 해주
기 위해 노력했다.

"역시 당국에는 현왕(賢王)이 있었구나."
"친왕 전하의 현명함이 소문대로 봄바람과 따스한 햇살처럼

사람을 기쁘게 하는구나."

"현명해."

옆에서 들려오는 말을 들은 녕결은 자신도 모르게 눈살을 찌푸렸다. 그리고 순간 '현명한 공주'라는 별명을 떠올리며 비웃었다.

"대당에서 현명하지 않은 사람이 있기나 해?"

"있지."

녕결 옆에 있던 수험생이 매우 엄숙하고 진지하게 녕결의 혼잣말에 대꾸했다.

이 젊은 공자는 언제 녕결 옆으로 왔는지 모를 정도로 조용히 다가와 있었다. 비단 장삼을 걸치고 허리에는 귀한 옥패를 달고 있어 누가보아도 부유한 집안의 공자임을 알 수 있었다. 그의 얼굴을 살피던 녕결이 말했다.

"저유현?"

홍수초에서 만났던 부자 집안 공자 저유현이었다. 그는 녕결에게 눈을 찡긋 하며 웃었다.

"너도 시험 보러 왔어? 왜 기방에서는 그런 말을 못 들었지?"

동성(東城) 일곱 귀인 중 하나인 저씨 어른이 가장 아끼는 외아들 저유현은 성품이 활달하여 친구 사귀기를 좋아했다. 그래서 홍수초에서 처음 만났을 때도 녕결을 보자마자 술을 사주려 했었다. 물론 아쉽게도 다른 일이 생겨 첫 만남에서는 그럴 기회가 없었지만 말이다.

하지만 그 이후에도 녕결이 홍수초를 갈 때 그를 몇 번 만났고 술잔을 몇 번 기울이며 서로 친해진 것이다.

"아버지께서 나보고 이 시험을 꼭 치라는데 장안성에서는
이 시험을 안 보면 장래 사돈을 맺을 때 여자 쪽에서 이것저것
많이 따지고, 예물로 많이 요구하고…… 정말 아버지 때문에
살 수가 없다."
"그렇지만 첫 심사 기간은 이미 지났는데, 어떻게 네가 여기……?"

저유현은 손가락 두 개를 펼쳐 보이며 말했다.

"군부 추천."

넝결은 바로 그 뜻을 알아듣고 불만스럽게 욕을 몇 마디 내뱉었다.

"은자 이천 냥?"
"이천 냥? 그 돈으로는 서원의 문턱도 넘지 못해!"
"그럼 이만 냥?"
"이만 냥으로도 턱도 없어. 우리 아버지가 끈질기게 애원하고
애원해서…… 이십만 냥. 그것도 시험 칠 자격일 뿐이지,
서원에 들어가는 것은 별개야."

저유현은 넝결을 힐끗 바라보고 다시 말을 이었다.

"서원 입학은 황제 폐하께서도 마음대로 못해. 그러니
날 너무 경멸하지 마. 오늘은 그저 서원 시험 응시했다는
간판이나 따러 온 거야."
"그렇다면 이십만 냥이나 들어서 결혼 상대 여자를
구하겠다는 거야?"
"앞으로 혼담이 나올 때 내 값어치를 높이는데 도움이 되지
않겠어? 서원 시험을 치렀다는 것만으로도 제법 어깨에 힘을 줄
수 있으니까. 합격 여부는 중요하지 않아. 단지 그것뿐이야."

저유현은 조금도 부끄러워하지 않고 당당하게 말했다.

　　두 사람이 한가롭게 수다를 떨고 있는 동안 친왕 이패언은 관원들과 서원 교관들의 안내를 받으며 자리로 돌아가고 있었다. 그러다가 이패언의 눈길은 녕결과 저유현을 넘어 왜소하고 여윈 소녀 상상에게 미쳤다. 그는 웃으면서 옆에 있는 서원 교관에게 말했다.

　　"이렇게 나이가 어린 여자 수험생이 있을 줄이야. 이전에 봤던
　　임주(臨州) 출신 왕영(王穎)보다 한 두어 살은 더 어려 보이는군."

왕영이라는 이름의 소년은 올해 열네 살이 채 되지 않았지만 관원들이 친왕에게 중요한 인재라고 소개시킨 적이 있었다. 그런데 더욱 앳된 얼굴의 어린 소녀가 있었던 것이다. 다만 그녀의 옷차림이 좀…….

　　"제 시녀입니다."

녕결은 공손히 예를 올리며 대신 대답했다. 친왕 이패언은 자신이 잘못 들었나 싶어 난처한 표정을 지었고 뒤에 있던 관원들이 서원 교관을 향해 눈을 부릅뜨고 말했다.

　　"서원 개학 행사에 어찌 시녀를 들일 수 있는가!"

중년의 서원 교관은 관원의 분노를 느끼지 못한 듯 담담하게 말했다.

　　"시녀가 서원에 들어오지 못하는 규칙 또한 없습니다.
　　시험장에 들어가는 것도 아니니 상관없습니다."

교관의 말에 관원은 대꾸를 할 수 없었다. 아무리 신분이 높아도 아무리 권력이 세도 서원이라는 곳에서는 전혀 도움이 되지 않기 때문이다. 친왕은 자조적으로 웃으며 녕결의 어깨를 가볍게 토닥이고는 별말 없이 대신

들을 거느리고 발걸음을 옮겼다.

넝결은 어깨로 저유현을 살짝 치고는 이패언 옆에 있는 교관을 보면서 나지막이 말했다.

"현아, 점점 더 서원이라는 곳이 좋아지네."

상상도 기분이 좋았다.

'땡.'

두 번째 종소리. 마지막 소집이었다. 교관은 무표정하게 시험장 규칙을 이야기했지만 수험생들은 긴장한 나머지 아무것도 기억하지 못했다. 사실 시험장 규칙은 간단했다.

'잡담을 해도 되고 질문을 해도 되지만 답은 알려주지 못한다.'

수험생들이 장삼을 펄럭이며 청식 위에 드문드문 떨어진 복숭아 꽃잎을 밟고 계단을 올랐다. 모두들 교실로 올라가 시험 준비를 했다.

상상은 홀로 돌바닥 정원에 서 있다가 봄비가 몇 방울 떨어지기 시작하자 등에 메고 있던 커다란 대흑산을 펼쳤다.

＊＊

서원 시험은 총 여섯 과목으로 이루어진다. 예과(禮科, 예절), 악과(樂科, 음악), 사과(射科, 궁술), 어과(御科, 기마술), 서과(書科, 고전), 수과(數科, 수학)로 나누어 성적을 산출해 총점으로 평가하는 것이다.

오전에는 예, 서, 수 문과 세 과목을 치르는데 첫 과목은 수험생들이 가장 어려워하는 수과.

시험장은 조용했고 창가에 피어 있는 매화들이 마치 한폭의 아름다운 분채화처럼 단아한 분위기를 연출하고 있었다. 그때 수과 시험지를 손에 넣은 수험생들이 웅성대기 시작했고 이어서 낮은 탄식이 들려왔다.

"종합 문제야?"
"우리 운이 너무 안 좋은 거 아니야?"

매년 입학시험 중 가장 어렵다고 소문이 자자한 수과 종합 문제. 수험생들은 종종 문제의 뜻조차 이해하지 못하는 경우도 있었다.

넝결은 붓을 벼루 위에 놓고 차가운 공기를 크게 한 번 들이마신 후 시험지를 들여다봤다. 수십 자로 된 글, 한 줄로 된 문제.

'그해 봄, 부자(夫子)는 천하를 돌아다니다 도화(桃花)가 만발한
산에 올라가 미주(米酒)를 마시고 도화를 베며 걸어 다녔다.
처음에는 술 한 호리병을 마시고 도화 한 근을 베고, 후에는 술을
아끼기 위해 술을 반 호리병 마시고 도화 한 근을 베고, 다시 반의
반 호리병을 마시고 도화 한 근을 베고……
이렇게 계속하여 산꼭대기에 도달하니 주머니에 있던 술이
다 떨어져서 망연자실하게 사방을 돌아보았다. 부자는
술 몇 호리병을 마셨고, 도화 몇 근을 베었나?'

넝결은 어릴 때부터 고단한 나날을 보내 왔기에 정서 조절에 능했다. 밤의 어둠도 밝은 햇빛으로 바꿀 수 있는 그는 평소에 슬픔에 빠져 저 멀리 있는 이전 세상의 기억을 떠올리지는 않았다.

하지만 종합 수학 문제 같은 말을 듣고 있자니 추위와 더위를 이겨내며 문과와 이과를 공부했던 그 힘겨운 시절이 떠올랐다. 하지만 그런 시절을 겪어온 덕분에 이 문제는 그에게 하나도 어렵지 않았다.

"너무 쉽잖아?"

녕결은 팔목을 돌려 벼루에 먹을 갈아 붓에 묻힌 후 답안을 썼다.

'부자는 술 두 호리병을 마셨으며 산의 도화를 모조리 다 베었다.'

＊＊

저 멀리 길가 정자.

　　도사는 바둑판의 흑백 바둑돌을 보다가 갑자기 오른손을 허공에 펴서 마치 거문고를 치듯 마치 봄바람을 놀리듯 손가락을 튕겼다. 그의 검지가 튕기고 그 동작에 맞춰 무광의 검은 바둑돌이 튀어나와 바둑판에 선이 교차하는 지점에 툭 떨어졌다.

　　호천도 남문의 지도자이자 대당 제국의 국사 이청산(李靑山)에게 이러한 술법은 놀랄 만한 일이 아니었다. 하지만 그의 미간이 찌푸려져 있는 모습은 마치 맞은편의 승려를 두려워하는 듯 보였다.

　　그 승려의 이름은 황양(黃楊). 그는 황야의 어느 불가지지(不可知地)에 가서 무상불학(無上佛學)을 수행했고, 수년 전 우연히 시금의 내당 전자와 만나 의형제를 맺음으로써 대당 어제(御第)가 되었다.

　　평소 그는 수행에 몰두해 만안탑사(萬雁塔寺)에서 경전을 읽었고, 외부 사람들과 왕래를 하는 경우는 드물었다.

　　승려 황양은 바둑판에 떨어진 바둑알을 보고 눈을 번뜩였다. 그와 동시에 흰 바둑알이 느릿느릿하게 올라오더니 다시 천천히 바둑판에 조그마한 소리도 내지 않고 부드럽게 내려앉았다. 그리고 흰 바둑알에 갇힌 검은 바둑알 하나가 밖으로 빠져나갔다. 바둑알 예닐곱 개가 있는 바둑판을 바라보며 이청산이 고개를 저으며 입을 열었다.

　　"폐하께서 궁에 계시면 한 사람이 남고 폐하께서 출궁하시면
　　두 사람이 대기하고…… 이것이 언제부터 생긴 규칙입니까?
　　이 세상에 누가 대당 황제에게 예기치 못한 일을 행하겠습니까?

심지어 오늘 폐하께서 서원에 가셨는데 누가 감히 서원에서
소란을 피울 수 있을까요?"

황양은 미소를 지으며 대답했다.

"저는 모릅니다."

이청산은 탄식했다.

"조소수 이야기는 들었겠지요? 십여 년 전 지명의 경지에
올랐다면 저희 둘이 날마다 폐하를 호위할 필요가
있었겠습니까?"
"그동안 강호에서 단련을 했고 또 궁에서 호수를 보며
인연(因緣)을 터득했기에 경지를 돌파한 것입니다.
그런 것들이 없었다면 아무리 재능이 뛰어나도 그가 지명의
경지에 오를 수 있었을까요?"
"그 시절 당신은 장작을 패고 불을 지피고 있었기에 구체적인
상황을 몰라서 하는 이야기입니다. 조소수는 원래 서원에
들어갈 기회가 있었고 만일 들어갔다면 이층루에도 들어갈
수 있었습니다. 이층루에 들어갔다면 부자의 가르침을 직접
받았을 것이고 그가 지명의 경지에 오르는 건 어려운 일도
아니었습니다."

황양은 한동안 침묵하다가 나지막이 말했다.

"서원에 들어가 부자의 가르침을 받을 수 있다는 것은
큰 행운이지요."
"사람들은 당신과 내가 만나지 못한다고 알고 있지만, 사실은
우리가 서원을 만날 방법이 전혀 없다는 것을 상상이나

하겠습니까."

불종 정통 산문호법(山門護法)의 지도자 황양.

호천도 남문의 지도자 이청산.

그들의 신분으로는 서원에 한 발짝도 들여놓을 수 없다. 대당 천자는 군신들을 거느리고 서원 개학식에 참석할 수 있지만 대당 제국에서 가장 존경받는 세외고인(世外高人)이라 하더라도 멀리 정자에서 조용히 바둑이나 둘 뿐이었다.

"부자께서는 언제 떠나십니까?"
"개학하면 곧 떠나십니다."
"부자께서 고생이 많으십니다."

황양은 조용히 국사 이청산을 바라보며 다시 한 번 물었다.

"부자께서 얼마나 높이 계신지 궁금합니다."

이청산은 한동안 침묵한 후 갑자기 말했다.

"스승님께서 말씀하시길 부자께서는 건물 몇 층 높이만큼 높다고 하셨습니다."

황양은 얼굴에 진지한 미소가 떠올랐고 곧이어 입술이 살짝 열리며 봄바람이 새어나오듯 탄식했다.

"이층루도 이미 높은데 부자께서는 몇 층 높이에 계신다……
정말 높이 계시는구려……."

＊＊

오전 문과 시험. 수과가 끝나고 곧바로 서과와 예과가 이어졌다.

앞서 수과에서 우쭐대던 녕결은 순식간에 눈이 휘둥그레졌다. 상상의 걱정이 적중했다.

홍수초에 가서 기녀들과 잡담이나 나누고 비를 맞으며 춘풍정에서 싸움이나 하던 그가 기출 문제를 공부할 시간이 있었겠는가. 문제에서 〈태상감응편〉을 쓰라고 하지 않는 이상 결과는 뻔했다.

녕결은 당당히 백지를 제출하는 영웅이 되고 싶지는 않았다. 그건 너무 허세를 부리는 것같이 느껴졌기 때문이다. 그래서 그는 좀 더 작은 붓 겸호소필(兼毫小筆, 양털과 족제비털을 섞어서 만든 작은 붓)로 바꿔서 자신이 가장 자신 있는 글씨체인 잠화소해(簪花小楷)체로 문제와 상관없는 글로 시험지를 다 채웠다.

'예쁘고 깔끔한 시험지로 연민의 점수라도 딸 수 있겠지.'

사실 그가 잠화소해체로 쓴 것은 성별을 숨기려는 의도도 있었다. 교관들로 하여금 시험지의 주인이 책에만 몰두하는 예쁜 소녀라고 생각하게 만들기 위함이었다.

'댕.'

종소리가 다시 울리고 문과 시험이 모두 끝났다.

녕결은 시험장을 나와 기대 가득한 상상의 표정을 보고 두 손을 올리며 어깨를 으쓱했고 저유현과 함께 서원이 차려준 점심을 먹고 오후 무과 시험을 준비했다.

오후 과목은 악과, 사과, 어과.

녕결은 사과와 어과에서는 자신이 있었다. 하지만 악과는 좀······.
그래서 첫 시험인 악과 시험에서 녕결은 방에 가득 찬 악기를 보며 예부에서 파견된 시험관의 애틋한 눈빛을 받아야 했다. 그는 망설임없이……
포기를 선택했다.

'내가 홍수초에서 거문고를 치는 사람도 아니고 말이야……'

남은 과목은 어과와 사과. 잔디밭에는 수십 마리의 군용 준마가 있었고
군부에서 온 교위가 옆에 서서 수험생들을 냉담하게 쳐다보고 있었다.

사과는 궁술을 시험하는 과목. 그리고 어과는 말을 탈 것인지 마
차를 몰 것인지 자유롭게 선택할 수 있었다. 넝결은 당연히 말을 타는 것
을 선택했다.

위성의 초원에서 말을 탄 지가 몇 년인가. 저 멀리 잔디밭 옆에서
대흑산을 쓴 상상이 작은 주먹을 불끈 쥐며 그에게 힘을 북돋아 주었다.
그는 정신을 가다듬고 시험장을 향해 걸어갔다.

＊＊

수험생들이 마지막 세 과목을 치르고 있을 때 서원의 한 방에서는 교관들
이 모여 오전 세 과목의 시험지를 채점하고 있었다.

대부분의 교관들은 백발이 성성한 어른들이었기에 모두들 긴장
하지 않고 찻잔을 들고 담뱃대를 문 채 한가롭게 점수를 매기고 있었다.

그때 다소 젊고 뚱뚱해 보이는 교관 하나가 오늘 시험의 난이도를
평했다.

"올해 시험 문제는 대사형께서 낸 것인데 대사형의 성격이
온화해서 어렵지는 않았지요. 지난해처럼 둘째 사형이
냈으면…… 오늘 시험장은 또 울음바다가 되었겠지만."
"예과 서과는 그렇다 하더라도 수과는 순전히 점수를 주기 위한
문제네요. 부자께서 술을 좋아하시는 건 다 아는 사실인데……

그런데도 틀린 학생이 이렇게 많다니!"

다른 교관이 호기심 가득한 눈으로 말했다.

　　"쉬워 보여도 쉽지는 않지. 사실 내가 더 관심이 가는 건 당시
　　부자께서 서릉(西陵) 신산(神山)에 가셨을 때, 진짜 몇 병의 술을
　　드시고 도화를 몇 근을 베셨는가네."
　　"부자께서 그해 봄 일곱 주전자의 술을 드셨고, 서릉 신산의
　　도화를…… 전부 베셨지."
　　"그런데 또 소문이 있더군. 그때 술을 마신 분은 부자가 맞는데,
　　서릉 신산의 도화를 벤 인물은 다른 사람이라고…… 부자를 따라
　　돌아다니는 작은 사숙(師叔)이라던가. 사실 나도 부자의 온화하고
　　우아한 성격을 생각하면 거친 성격을 가진 작은 사숙이 그 일을
　　했다는 것에 더 무게를 두고 있어."

'작은 사숙'이라는 말에 다른 교관들이 잠시 말을 잇지 못했는데 누군가
웃으며 그 침묵을 깼다.

　　"그런데 우리 서원 잔디밭의 도화 나무는 부자께서 직접
　　심으신 것이라던데, 서릉 호천전(昊天殿)의 늙은 도사들이
　　올 때마다 마치 돌아가신 어머니를 보는 것처럼 안색이 좋지
　　않았다지. 부자께서도 참……."

이 말에 일제히 웃음이 터졌다. 세상에서 가장 신성하다는 서릉 신전(神
殿)을 조롱하는 것은 이미 서원 사람들에게는 일상적인 놀이처럼 되었고
그 웃음소리 또한 매우 거만해 보였다.
　　교관들의 웃음소리가 그치고 다시 그들은 진지하게 채점을 하기
시작했다. 그때 교관 하나가 손에 든 시험지를 소리 내어 읽었다.

"부자는 술 두 호리병을 마셨고, 산의 도화를 모조리 다 베었다.'
정답. 좀 전 시험장에서 힐끗 봤는데 녕결이라는 학생이 가장
먼저 답안을 제출했다. 갑등(甲等)에 들어갈 만해."
"갑등에는 이의가 없지만……. 그렇다면 다른 시험은?"

교관들이 고개를 갸우뚱하고 있을 때, 누군가 녕결의 예과와 서과 답안지
를 꺼내 놓았다. 그 교관은 그 두 과목에서도 녕결이 갑등에 들어갈 수 있
을지가 궁금했는데, 그 답안지를 보자마자 화가 나서 책상을 탁 치며 사
람들에게 시험지를 건네주고 탄식했다.

"이처럼 예쁘고 깔끔한 시험지, 이처럼 완벽한 잠화소해체를
본 적이 없어. 허나 이렇게 지적 소양이 없는 수험생도 본 적이
없어! 정등(丁等) 최하위에 넣겠어!"

시험지를 받아 든 또 다른 교관이 고개를 저으며 웃었다.

"쓴 내용을 보니 정말 개똥도 모르는 것 같지만 이 잠화소해체는
확실히 훌륭해. 그러니 정등(丁等) 중(中)으로 하지."
"무슨 소리! 남자 수험생이 이렇게 예쁜 잠화소해체를 썼다니?
의도가 분명해. 우리 서원 교관들의 지능을 시험하는 것이고
서원의 존엄에 도전하는 거야!"

녕결의 단순한 생각이 지능과 존엄으로까지 번졌고 자연스럽게 두 답안
지는 정등 최하위로 분류되었다.

　　　　★★

이때 녕결은 자신의 서과와 예과 답안지가 이미 사형 선고를 받았다는 것

을 모르고 있었다. 물론 좋은 평가를 받을 수 없다는 것은 짐작하고 있었고 악과는 스스로 포기했으니 어떻게든 사과와 어과에서 최고의 점수를 따야 한다는 것은 누구보다 잘 알고 있었지만.

'이히히힝.'

서원 잔디밭에서 가끔 말이 울부짖는 소리가 들렸다.

수험생들이 번호표를 들고 차례로 시험장에 들어가 군마와 무작위로 짝을 지었다. 예상대로 대부분의 수험생들은 마차 대신 승마를 택했다. 다만 수험생들은 대체로 알고 있었다.

'어과 시험은 운이다. 온순한 말을 고르면 시험에 통과할 확률이
높지만, 고집 세고 성질이 급한 말을 고르면 떨어지지 않는
것만으로도 다행이다.'

서원 입학시험을 위한 말은 군부가 미리 엄선했다. 그래서 대부분의 말들은 건강하고 온순한 편이었다. 하지만 잔디밭에 있는 검은빛 말 한 마리가 모든 수험생의 눈길을 끌었다.

불안과 공포의 눈빛. 세 명의 수험생들이 그 사나운 야생마의 등에서 떨어졌고 붉은색 옷을 입은 여자 수험생 하나는 잔디밭에 떨어진 후에 그 사나운 말 발길에 치일 뻔했다. 실로 대단히 위험한 순간.

"엉엉엉엉엉……."

부축을 받고 울타리 밖으로 나와 우는 소녀를 보고 수험생들의 안색이 변했다. 누군가는 호천에게 기도하고 어떤 이는 심지어 부처에게 기도하고 있었다. 제발 그 말을 만나지 않게 해 달라고.

무작위 추첨 결과가 나왔다. 어떤 이는 한숨을 돌렸고 어떤 이에게는 동정의 눈길이 쏟아졌다.

운이 좋은 사람이 있으면 운이 나쁜 사람도 있는 법이었다. 풍파를 겪어야 무지개를 볼 수 있고 사나운 말을 만나야 솜씨를 보여줄 수 있는 것 아닌가. 동정 어린 눈빛을 한몸에 받은 녕결은 평온한 표정으로 잔디밭으로 향했지만 속으로는 무수한 욕설을 내뱉고 있었다.

그 말을 다루는 데 걱정이 되지는 않았지만 다만 길들일 시간이 부족하다고 생각했다. 잔디밭의 모든 군마는 재갈이 물렸고 그 고집 센 흑마도 예외는 아니었다. 하지만 교위가 아무리 그 말을 잡아당겨도 움직이지 않았고 그 말은 머리를 내밀고는 도화나무 옆으로 가 혀를 내밀어 복숭아꽃을 몇 송이 가져다 씹고 있었다.

재갈 따위로 인한 불편함은 전혀 없는 듯해 보였다. 분홍색 도화를 씹는 검은색 말.

흑마를 관리하는 교위는 이마에 흐르는 땀을 닦으며 동정하는 눈빛으로 녕결에게 말했다.

"이 말이 오늘 어떻게 된 건지 도화에 푹 빠졌네. 조심하게."

녕결이 흑마의 옆으로 가 말의 건장한 목을 툭툭 치자 흑마는 귀찮은 듯 경멸과 불만이 가득한 눈빛으로 그를 쳐다보았다. 녕결에게 말을 길들이는 수단은 수백 가지가 있었지만 지금은 시간이 없었다. 그래서 그는 흑마의 도발적인 눈빛을 못 본 척하고 웃으며 말했다.

"어이 큰 흑자(黑子), 잘 부탁해."

녕결은 보조개가 들어간 천진난만한 얼굴로 여전히 웃으며 직설적으로 이어 말했다.

"아니면 널 죽일 거야."

흑마는 소년의 한 마디에 살기를 느끼고는 갑자기 네 발굽이 얌전해지면서 입을 벌리고는 분홍색 복숭아꽃을 바닥에 내뱉었다.

'스르르……'

전쟁을 치러본 적이 있는 전마(戰馬). 그런 말은 사람의 언어를 모르지만 진짜 위험이 무엇인지 진짜 살의가 어떤 것인지 안다. 넝결은 네 살에 사람을 죽이고 다섯 살에 사람을 죽이고…… 열여섯 살까지 사람을 죽이고…… 초원에서 민산까지 위성에서 장안까지 그의 칼끝에 얼마나 많은 피를 묻혔는지 모른다.

아무리 고집 센 야생마라 하더라도 그에게서 풍기는 살의에 굴복하지 않을 수 없을 터였다. 특히 그가 진정으로 죽이겠다고 낮게 내뱉었을 때 말이다.

"와……!"

울타리 밖에서 함성이 터져 나오고 수험생뿐 아니라 군부에서 파견된 교위들도 일제히 잔디밭의 어느 구석을 쳐다봤다. 눈에는 모두 놀라움과 불가사의의 기색이 가득 찼다.

넝결은 커다란 흑마를 끌고 출발선을 향해 천천히 걷고 있었다. 고집 세고 거친 흑마의 모습은 어디론가 사라져버렸고 지금은 조용하고 온순한, 어떻게 보면 훈련 잘 된 모습의 흑마.

저 멀리 풀 언덕에 서 있던 상상은 대흑산을 엉덩이 밑에 깔고 앉아 입을 가린 채 하품을 했다. 그 작은 얼굴에는 무료한 기색이 가득했다. 이 세상에서 그녀만 자기 도련님의 인생을 걱정하지 않는 것 같았다.

현실에서 번개는 하얀빛이다. 가끔 보랏빛도 있지만 일반적으로 검은빛은 없다. 하지만 오늘 서원 잔디밭에서 모든 사람들은 검은빛의 번개를 보았다. 쏜살같이 달려드는 흑마는 수많은 말들 사이를 뛰쳐나간 후 뒤쫓을 수 없는 어마어마한 속도로 앞으로 튀어나갔고, 그 말에서 떨어진 수험생들과 아직 눈물 자국이 남아 있는 붉은 옷을 입은 소녀의 얼굴을 떠올리며 모든 이들은 말문이 막혔다.

그들의 시선은 무의식적으로 검은빛 번개를 쫓고 있었고 얼마 지나지 않아 흑마의 등에서 녕결이 낙엽처럼 가볍게 뛰어내리는 것을 보았다.

붉은 옷을 입은 소녀가 오른손으로 놀란 입을 가릴 때 어과 시험은 끝났다. 더 정확히 말하자면 나머지 말들이 절반쯤 왔을 때 흑마는 이미 결승점을 통과했다.

녕결은 말 등에서 뛰어내리며 이마에 맺힌 땀을 닦고 뒤돌아서 흑마의 목덜미를 툭 치고 또 엉덩이를 한 대 세게 치고 손을 흔들며 말했다.

"잘가. 우리 또 만날 기회가 있을지 모르겠지만 다시 만나면
네 이름은 대흑마(大黑馬)라고 할게. 상으로 내가 내리는
이름이야."

흑마는 녕결의 말 따위는 제대로 귀에 들어오지 않았다. 놈은 드디어 공포의 늪에서 벗어나 행복한 세상으로 돌아왔다는 눈빛으로 즐겁게 크게 한 번 울었다.

마치 비위를 맞추듯 녕결의 어깨에 얼굴을 한번 쓱 비볐다. 그리고 재빨리 네 발굽을 걷어차며 뒤도 돌아보지 않고 날아가듯이 뒤돌아볼 엄두가 나지 않는 듯 어쩌면 시험 볼 때보다 훨씬 빠른 속도로 뛰어갔다.

울타리 밖의 수험생들은 마치 괴물을 보는 듯이 침묵을 지키며 녕결을 바라봤다.

녕결은 자신을 향한 시선에 살짝 눈살을 찌푸렸지만 별로 개의치 않은 듯 곧바로 사과 시험장으로 향했다. 마지막 사과 시험에서 성공하지 못하면 지금의 영광은 쓸데없는 것이었기에.

어과 시험장을 나서려는 순간 한 소녀가 그의 길을 막았다. 짙은 눈썹과 맑은 눈동자의 예쁜 얼굴, 커다란 붉은색 전포(戰袍)를 걸친 탄탄한 몸매에서 향기가 전해졌다. 다만 얼굴에 남은 눈물 자국이 조금은 가련해 보였다.

"어떻게 한 거야?"

소녀는 퉁명스럽게 물었다.

"그 말이 왜 내 말은 듣지 않은 거지?"

녕결은 웃으며 대답했다.

"내 인품이 좋아서라고 해 두지."
"인품? 무슨 뜻이야?"
"운이 좋았다는 말이야."

녕결은 어깨를 으쓱하며 웃더니 공손하게 비켜 달라고 부탁하면서 사과 시험장으로 걸어 들어갔다.

전포를 걸친 소녀는 운휘(雲麾) 장군의 딸로서 예쁘고 쾌활한 성품을 지닌 그녀를 장안성에서 모르는 사람은 없었다. 그런 그녀에게 이렇게 무성의하게 대답하는 사람도 없을 것이다. 그녀는 녕결이 멀어지고 나서야 겨우 정신이 들었다. 그녀는 녕결의 뒷모습을 바라보며 발을 동동 구르면서 소리 질렀다.

"저놈은 누구야?!"

이때 시험장 주변의 수험생들도 녕결에 대해 갑론을박을 벌이고 있었다. 한 청년이 소녀에게 다가와 넌지시 말을 걸었다.

"아까 명부에서 봤는데 저놈의 이름은 녕결이라고 해. 군부의
추천으로 와 특별한 이력도 없을 테니 사도(司徒) 아가씨가 크게
신경 쓸 필요가 없어 보이네."
"특별한 이력이 없다고? 그런데 어떻게 흑마를 길들였지?"

소녀가 불쾌하게 반응하자 청년 공자는 난처한 표정으로 나지막이 말했다.

"아마…… 진짜 운이 좋았을 수도……."

이때 또 다른 진홍색 옷차림의 소녀가 다가와 눈살을 찌푸리고 저 멀리 풀언덕 너머에 있는 소년을 바라보며 말했다.

"군부 추천으로 변방에서 올 수 있었으니 기마술이 능한 것도
이상하지 않아요. 또 특이한 이력이 없다고 하지만 전 그렇게
생각하지 않죠. 오늘 수험생 중 그자만이 시녀를 데리고 왔고
친왕 전하도 난감하게 만들었어요. 평소에 너무 과잉보호를 받은
것은 아닌지…… 청하군(淸河郡) 어느 큰 집안의 자녀일 수도."
"청하군이 그리 대단해? 태조 황제 시절도 아니고……
무채(無彩)야, 그놈 배경 좀 알아내봐. 어떻게 된 일인지
알아내고야 말겠어!"

장안의 귀한 공자 하나와 귀한 아가씨 둘, 그리 멀지 않은 곳에 군부 추천 수험생 십여 명이 드문드문 서 있었다. 그중 서남쪽 국경에서 온 서른쯤 되어 보이는 퇴역 교위 하나가 동료에게 말했다.

"운과 관계없이 저 소년은 우리와 같이 군부의 추천을 받았으니
분명 변군에 있었을 것이야. 말을 가까이했을 테니 당연히 말을
다루는 것도 능숙하겠지. 단지 걔 나이가 너무 어린데……."
"으아악!"

어과 시험장에서 또 한 번의 외침과 함께 울음소리가 울려 퍼졌다.
조금 전까지 녕결 곁에서 얌전하기만 하던 흑마가 더없이 포악한 뒷발질로 수험생 하나를 마구 걷어차고 있었다. 덩치 큰 수험생 하나가 잔디밭 위에서 난감한 표정으로 나뒹굴고 있었다.

녕결은 수험생들이 자신에 대해 무슨 대화를 하고 있는지 몰랐다. 지금 그의 머릿속에는 활과 화살밖에 없었다. 말과 칼, 활과 화살. 그것들은 녕결이 산림과 초원에서 생존을 위해 갈고 닦은 기술들이었다. 사실 사과 시험을 치르는 일은 그에게 너무 쉬운 일이었다.

사과는 어과와 달리 비교 평가가 아니었다. 그래서 처음부터 전력을 다할 필요도 없었다. 단지 백 보 떨어진 곳에서 과녁에 십 점을 맞추기만 하면 되었다.

물건은 서로 비교되면 하나는 버려진다. 사람은 서로 비교되면 하나는 죽는다. 이때 땀을 뻘뻘 흘리고 있는 수험생들이 만약 녕결의 생각을 읽을 수 있었다면 화가 나 죽어버렸을지도 모를 일이었다.

'휙.'

녕결의 화살은 이미 활시위를 떠나고 있었다. 그리고 정확히 과녁의 붉은색 중심 원을 맞추는 그 순간 이미 그의 손에서 두 번째 화살이 재어졌다. 화살이 손가락을 스치고 예외 없이 붉은색 중심에 명중되고, 또 그런 일련의 동작이 반복되고…….

활을 쏘는 동작이 빠르지는 않았지만 쏠 때마다 화살은 과녁의 중심을 향했고, 다음 화살은 정확히 붉은색 원 안에 박혔다. 일정한 간격의 안정적인 속도로 화살을 하나하나 쏘아 보냈고, 그 소리가 박자를 이루면서 호위의 떨림과 활이 날아가는 소리가 봄바람 속에 연주되는 잔잔한 선율로 변했다.

냉철한 표정과 당당한 풍채, 나무랄 데 없는 자세, 박자감 있게 활시위를 제어하는 동작, 그리고 정확하게 꽂히는 화살. 전통 안에 있던 화살이 줄어들수록 녕결은 점점 더 많은 이의 눈길을 끌었다.

수험생과 서원 교관, 나아가서는 군부에서 시찰 온 장군의 시선이 온통 그에게로 쏠렸다.

'휙!'

장군은 녕결이 마지막 화살을 쏘자 옆의 수행원에게 말했다.

"어느 장군이 이 소년을 훈련시켰는지 알아봐. 그리고 이번에
서원에 들어가지 못하면 즉시 군적을 회복시켜라."

장군은 잠시 멈칫했다가 희끗희끗한 머리카락을 비빈 후 다시 말했다.

"보안을 유지하도록. 그가 원래 있던 부대에서 그를 불러들일
것이니 그들보다 먼저 우리 우림군이 뺏어 와야 한다."

★★

해질 무렵 황제와 황후는 이미 장안성으로 돌아갔고, 친왕과 각 부의 주
관들만 남아서 남은 일들을 진행했다.
드디어 여섯 과목 시험이 모두 끝나고 시험 결과를 발표할 시간.
수백 명의 수험생들이 돌바닥이 깔린 넓은 정원에 조용히 서서 까
치발을 든 채 합격방이 붙을 벽을 바라보고 있는 모습이 마치 수일 동안
굶은 거위 수백 마리가 목을 길게 빼고 먹이를 기다리는 모습처럼 보였다.
서원 교관 몇이 건물에서 걸어 나와 친왕 앞에서 살짝 허리를 굽
혀 예를 올렸다. 예부 관원들의 확인 작업이 끝난 후 교관들은 나무 탁자
를 밟고 올라가서 쌀풀로 정갈하게 붉은색 종이를 벽에 붙였다.

'두두두두두……'

마치 먹이를 본 거위처럼 수험생들은 더 이상 감정을 억누르지 못하고 파
도처럼 벽으로 몰려갔다. 녕결은 상상의 차가운 손을 잡고 인파에 쓸려
이리저리 휩쓸리다가 마침내 무리를 뚫고 합격방이 붙은 벽 아래에 이르
렀다.

처음 본 것은 예과와 서과의 명단. 종이 맨 아래에서 녕결은 자신의 이름을 찾을 수 있었다.

'예과…… 녕결…… 정등 최하위.'

서과도 마찬가지. 그는 화가 나서 욕설을 내뱉었다.

"이 정도는 아닌데…… 정답이 아니더라도 그렇게 많은 글자를
또 그렇게 정갈하게 썼는데…… 설마 내 답안지를 채점한 사람이
여자였어?"

뒤에서 누군가 피식 비웃었다.

"남진 3공자 같은 천재인지 알았더니 힘만 쓸 줄 아는 무식한
민초에 불과했구먼."

비웃은 이는 붉은색 전포를 걸친 소녀. 그녀는 여전히 화가 풀리지 않은 듯 합격방이 붙었을 때 필사적으로 제일 먼저 녕결의 곁으로 온 것이다.
　　그녀는 운휘 장군의 딸. 성은 사도(司徒), 이름은 의란(依蘭)인지 알리 없는 녕결은 재미없다는 듯 그녀를 노려보고는 돌아서서 상상의 손을 잡고 인파 밖으로 나갔다. 의란은 의아해하며 그의 뒷모습을 향해 소리쳤다.
　　"다른 성적은 안 봐?"
　　"갑등 상(上)."

녕결은 돌아보지도 않고 담담히 대답했다. 의란과 그 주변 사람들은 그의 대답을 듣고 놀라 자빠질 뻔했다.

'어디서 저런 자신감이!'

상상은 작은 얼굴을 들어 의심스러운 눈빛으로 그를 바라봤다.

"속 깊은 척 멋있는 척하는 것…… 그들이 나보다 잘할 리 없지."

★ ★

녕결은 인파 속을 나와 바로 떠나지 않고 서원의 정원 한구석에 서서 마음속으로 약간은 후회하고 있었다.

흑마 때문인지 화살 때문인지 모르지만 그는 저도 모르게 마음이 조금 거칠어져 있었다. 사실 그는 매우 긴장되고 불안했다.

'멋있는 척을 괜히 했나……'

서원의 입학시험에는 천하의 청년 인재들이 모두 모여 들었다. 서원 교관이 외진 시골 임천(臨川)에서 직접 데려온 왕영(王穎)은 열네 살에 불과했다. 그런데 그가 쓴 예과 답안지는 이미 장안성에서 파문을 불러일으켰다.

양관(陽關)의 명문학교 출신 종대준(鐘大俊) 또한 그러했다. 물론 이 둘의 명성은 시문(詩文)에 기댄 것일 뿐이었다. 한 마디로 하면 고루했던 것이다.

올해 수험생 중 가장 주목받는 이는 단연 남진 여양(汝陽) 사(謝)씨 집안 셋째 공자 사승운(謝承運)이었다. 남진 사 씨네는 시와 책으로 천년 동안 대를 이어 온 집안이다. 그중 셋째 공자 사승운은 어려서부터 총명했고, 세 살에 글을 쓰고 다섯 살에 시를 읊었다. 성장하며 많은 유명 인사들과 사귀었으며, 집안 어른은 거금을 아끼지 않고 각국의 훌륭한 명사들을 초빙하여 그를 가르쳤다.

명불허전(名不虛傳)이라고 할까. 올해 열여덟 살이 된 사승운은 이미 남진의 탐화랑(探花郎)이었다. 이미 남진 과거 시험에 급제한 그가 관직을 사직하고 멀리 대당까지 온 이유는 오로지 서원에 들어가기 위해서였다.

서원 입학이 까다롭다고 하지만 남진의 탐화랑이 못 들어오면 너무 상식에 벗어난 일었다. 그래서 아무도 사승운의 합격 여부에는 관심이 없었다. 단지 그가 수석 입학을 할 수 있는지에만 관심을 기울였다.

사승운, 종대준, 왕영 세 사람이 나란히 합격방 앞에 서서 뒷짐을 지고 올려다보고 있었다.

검은색 옷을 걸친 종대준의 얼굴에는 아무런 표정이 없었고, 왕영의 앳된 얼굴에는 다소 긴장감이 흘렀다. 하얀색 빛이 나는 두루마기를 입은 사승운의 얼굴은 차분했고 그의 이름에 걸맞게 준수한 얼굴에는 여유로움과 자신감이 넘쳤다. 사도의란, 무채라는 이름을 가진 소녀는 범상치 않아 보이는 장안성 귀족의 여식들 뒤에 서서 히죽거리고 있었다. 맹랑한 소녀 몇몇은 대놓고 사승운을 가리키며 웃고 있었다.

수백의 인파였지만 이 청년 남녀들 주변으로는 아무도 선뜻 다가서지 못했다. 그들을 방해하는 것이 아무래도 무례한 짓일까봐서였다.

"와!"
"우와!"

가벼운 탄성이 터져 나오고 명단 맨 위에서 이 젊은이 셋의 이름이 발견될 때마다 수군거림이 이어졌다. 임천 왕영은 고개를 돌려 수줍게 손을 모아 답례했다.

그는 아직 어려 사과는 병등(丙等)이었지만 나머지는 모두 갑등이었다. 특히 악과는 갑등 상(上).

그가 악과 시험에서 연주한 고금은 서원의 봉황 소리보다 더 맑았다는 높은 평가를 받았다.

양관 종대준은 턱을 살짝 들어올리고 무심하게 뒤편 수험생들에게 손을 내밀어 조금은 거만하게 인사했다. 당국 사람들은 이런 모습을 크게 신경쓰지 않았다. 거만할 자격이 있는 이가 거만하면 오히려 칭찬에 인색하지 않았다.

종대준은 사과에서 을등(乙等)이고, 나머지 과목은 모두 갑등이었다. 특히 서과는 갑등 상이었다. 대단한 성적이었지만 가장 열렬한 박수 세례를 받지는 못했다.

소녀들의 뜨거운 눈빛은 당연히 남진에서 온 사씨 집안 3공자 사 승운에게 보내졌다. 여섯 과목 모두 갑등이고 특히 예과와 서과 두 과목 은 모두 갑등 상이었다. 이런 완벽한 성적표는 10년 간 서원 시험 성적을 모아 보아도 상위권에 들만한 성적이었다.

사승운은 사방을 향해 예를 올리며 미소를 지어 보였다. 황혼의 빛이 그의 하얀색 장삼과 얼굴을 비추었고, 그의 준수한 얼굴과 미소에 반사되어 더욱 눈부시게 빛이 났다.

사도의란과 그녀의 친구들은 마치 자신들의 영광인 양 쉴 새 없이 박수를 치며 펄쩍펄쩍 뛰었다.

녕결은 상상과 나란히 서서 먼발치를 바라보며 비웃었다.

"정말 왜 저러는지 모르겠네. 저 무슨 3공자가 남보다 더
예쁘게 생기기라도 한 건가?"

사실 이 말은 위성에서는 속된 말이었다. 예를 들어 어떤 군사가 동료보 다 술을 더 잘 마시면 '저놈이 남보다 더 예쁘게 생기기라도 한 건가'라고 비웃었다. 녕결은 습관처럼 그 말을 내뱉었지만, 상상의 버드나무 잎 같 은 두 눈에는 이미 빛나는 별들로 가득했다.

"확실히 예쁘네요."

말문이 막힌 녕결은 고개를 푹 숙여 신발 끝만 무심히 바라봤다. 그때 무 리 중 어떤 수험생이 흥분하며 소리를 질렀다.

"여섯 과목 모두 갑등, 그중 두 과목은 갑등 상! 십 년 이래
최고 성적 아닌가? 남진 3공자는 역시 명불허전이야!"

또 어떤 이가 소리를 질렀다.

"누가 십 년 이래 최고 성적이래? 오 년 전 서릉에서 온 어느
수험생은 여섯 과목 모두 갑등 상을 받아 모든 서원 교관들이
다 뛰쳐나와 구경했다 하던데. 왜냐하면 그 성적이……
백 년 만에 나온 최고의 성적이었으니까!"

순간 인파 속에 어색한 침묵이 흘렀다. 사승운을 비롯한 세 청년은 눈살
을 찌푸리며 그 목소리가 들려온 곳을 바라봤다. 처음 소리 지른 이가 달
갑지 않은 목소리로 되물었다.

"근데 우리는 왜 그 사람에 대해 들은 바가 없지?"

또 한 번 비웃는 듯한 목소리가 울려 퍼졌다.

"그 서릉 출신 수험생은 입학시험을 마친 후 바로 부자(夫子)에
의해 이층루에 불려갔으니 어찌 우리 같은 세속적인 사람들이
그의 소식을 들을 수 있었을까?"
"와!"

수험생들은 일제히 탄성을 질렀다. 하지만 유일하게 남진 3공자의 미간
은 더욱 찌푸려지며 눈동자에서 무거운 빛이 스쳤다.
　　줄곧 사도의란 옆에 있던 소녀의 성은 김(金), 이름은 무채(無彩).
대당 국자제주(國子祭酒) 대인의 딸로서 어렸을 때부터 성품이 온화하고
시서(詩書)를 좋아하여 남진 삼공자라는 이름은 일찍부터 알고 있었다. 얼
마 전 장안의 시회(詩會)에서 그와 만나 대화를 나눈 적도 있었다.
　　그녀가 사승운의 표정을 보고 미소를 지으며 말했다.

"3공자의 성적도 극히 보기 드문 성적이에요. 적어도

이번 시험에서는 누구도 따라올 수 없어요."

그때 또 어디선가 외침이 들려왔다.

> "맞아, 이번 시험에서 양관 종대준, 임주 왕영, 남진 사승운
> 공자보다 더 잘한 사람이 어디 있겠어?"
> "그래!"
> "암, 그렇지!"

수험생들은 모두 저마다 동의의 뜻으로 소리를 질렀다.

　사승운의 표정이 풀렸다. 사승운은 자조 섞인 웃음을 최대한 감추며 그들에게 다시 한 번 예를 올렸다.

　사도의란은 친한 동생 김무채와 함께 사승운에게 다가가 대화를 나누려다가 문득 '검은 번개'가 떠올라 다시 한 번 합격방을 바라보았다. 악과에는 그의 이름이 없었다. 악과 갑등뿐만 아니라 악과 자체에 그의 이름이 없었다.

> '이놈은 뭐야? 아니지, 이런 바보 같은 란아!
> 　그런 헛소리를 믿다니!'

사도의란은 멍청한 자신을 탓하듯 전포의 짧은 자락을 잡아당기며 다시 몸을 돌리려고 했다. 순간 그녀의 두 눈에 그 녀석의 이름이 들어왔다. 그녀는 눈을 동그랗게 뜬 채 수과, 어과, 사과 세 과목의 맨 위쪽을 쳐다보았다. 몇 번이나 눈을 비벼 가면서 합격방을 바라보았다.

> "녕결, 갑등 최상…… 갑등 최상…… 또 갑등 최상!"

그녀의 목소리에 따라 수험생들의 서로 축하하는 소리가 점점 사그라들었다. 수험생들은 자신의 이름 또는 이미 명성이 있는 인물들의 이름은

찾아보았지만 녕결이라는 듣도 보도 못한 이름에 주목하는 이는 별로 없었던 것이다.

"세 과목에 모두 갑등 상?"

누군가 깜짝 놀라 소리를 질렀고 김무채는 입술을 가린 채 좀 전에 들은 말을 떠올리며 저도 모르게 입을 열었다.

"그의 말이 진짜였구나…… 자신이 갑등 상을 할 줄 알고 있었어!"

방금 전 사람들은 자신을 남진 삼공자라고 떠들며 두 과목 갑등 상의 성적을 보며 최고라 추켜세웠다. 그런데 그 찬사가 끝나기도 전에 세 과목 갑등 상을 얻은 놈이 나타날 줄이야…… 물론 두 과목은 꼴찌, 한 과목은 이름도 없었지만.

"녕결이 누구야?"
"누가 녕결이야?"

검은 번개를 볼 기회가 없었던 수험생들은 주위 친구들에게 애타게 물었고, 검은 번개를 보았던 수험생들은 거친 흑마가 온순한 말로 변한 이야기를 흥미진진하게 풀어 놓기 시작했다.
　　사도의란은 이곳저곳에서 녕결의 그림자를 찾고 있었다. 마침내 먼발치에 서 있는 그를 발견하고는 황급히 김무채의 손을 잡고 그곳으로 달려갔다.
　　합격방 아래 모여 있던 수험생들은 바다가 갈라지듯 주위로 물러섰고, 이내 다시 녕결 근처에서 모여들었다.
　　사승운과 그 일행들은 마치 잊힌 듯한 자신들을 보며 자조 섞인 웃음을 지었다. 사승운이 손짓을 하여 종대준과 왕영을 청하자 그들과 함께 장안 귀인들의 자녀 몇이 따라갔다.

녕결은 그곳에서 무슨 일이 벌어지고 있는지 몰랐다. 그는 고개를 숙인 채 상상과 저녁에 무엇을 먹을까 고민하던 중이었다. 녕결은 순간 사람들이 술렁이는 것을 발견했고 또 붉은색 전포를 입은 소녀가 자기 앞으로 달려드는 것을 보았다.

"세 과목 갑등 상…… 너…… 너, 너 어떻게 한 거야?"

녕결은 멍하니 섰다가 점점 더 모여드는 사람들을 보며 대답했다.

"어…… 그래…… 열심히 복습했지 뭐."

상상은 고개를 번쩍 들어 버드나무 잎사귀 같은 눈에 의심 가득한 눈빛을 하고 녕결을 쳐다봤다.

'도련님, 복습이 뭔지는 아세요?'

저녁노을이 짙어지면서 황금빛이 서원 뒤편의 큰 산을 신단처럼 만들었다. 정원의 청석 틈에서 새어나오는 따뜻한 기운이 사람들의 귀가를 재촉하고 있었다. 하지만 그들은 여전히 한구석에 둘러서서 평범하게 생긴 수험생 하나를 위아래로 훑어보고, 또 이따금씩 그의 곁에 있는 어린 시녀를 쳐다보며 수군대고 있었다.

수험생들의 눈빛은 매우 복잡했다. 놀라움과 의혹 어느 누군가는 의심에 찬 눈초리를 가졌지만 나서서 말을 하지는 못했다. 특히 어과와 사과는 그렇다 하더라도 수과에서 갑등 최상이라니? 사승운, 종대준, 왕영 등 촉망받는 인재들도 이 과목에서 갑등에 그쳤기 때문이다.

사도의란은 급히 뛰어오느라 흐트러진 앞섭을 정리하며 녕결을 향해 물었다.

"수과 성적은 어떻게 된 거지?"

녕결은 기분이 나쁠 수도 있었지만 눈앞 소녀의 얼굴을 보니 악의는 없고 단지 놀라거나 어리둥절해하는 기색을 알아채고 웃으며 대꾸를 하지 않았다. 하지만 녕결이 별다른 대꾸를 하지 않자 장안성의 젊은이들이 사도의란이 제기한 질문에 대해 갑론을박하며 주위가 떠들썩해지기 시작했다.

녕결은 여전히 침착했지만, 뜻밖에도 어떤 공자가 더 이상 참지 못했다.

저유현은 부채를 흔들며 녕결에게 다가가 그의 어깨에 손을 걸치고 눈을 부릅뜨고 사람들을 노려보면서 말했다.

"채점을 믿지 못한다는 거야? 녕결은 내 친구야. 너희들은 녕결이
어떤 사람인지 알아? 그는 홍수초에 가서 술 먹고 아가씨들과
아무리 놀더라도 돈을 낼 필요도 없는 사람이야!"

대당은 개방적인 사회였기에 사회적 지위와 부의 축적은 수시로 변할 수 있었다. 그래서 그들에게 가장 중요한 것은 지금 얼마나 재능이 있는지 명성이 얼마나 높은지 또 누가 장안성에서 지금 제일 잘나가는지 하는 것뿐이었다.

물론 장안성에서 잘나가는 것이 집안 배경과 완전히 무관하지는 않았지만 홍수초라는 곳은 그런 것조차 상관하지 않는 곳이었다. 저유현의 말은 언뜻 들으면 녕결에 대한 모욕이었지만 사실 그는 확실하게 그의 명성을 만들어준 것이기도 했다.

아니나 다를까 많은 이들의 표정이 변하며 녕결을 바라보는 눈빛에서 부러움의 마음이 우러났다. 물론 상상은 그런 논리를 그렇게 달가워하지는 않았다. 그리고 못마땅한 사람은 그녀뿐만이 아니었다.

"난 여전히 이해가 안 돼. 수과 시험 문제는 하나였는데 그럼
답은 하나일 뿐이잖아. 그런데 왜 녕결은 갑등 상이고 남진
공자는 갑등 중(中)이지?"

사도의란은 김무채의 손을 꼭 잡고 물었다.

　　그는 자신의 친구가 남진 공자를 흠모하고 있다는 것을 잘 알고 있었는데 지금 녕결이 공자의 기세를 완전히 꺾어 무채의 표정이 어두워진 것을 알게 되었던 까닭이다. 물론 자신도 의식하지 못한 다른 이유도 있었지만.

　　그때 인파 속에서 갑자기 나이 지긋한 목소리가 울렸다.

　　"수과 시험에서 제일 먼저 시험지를 냈기 때문이지. 사실
　　　이런 백치 같은 문제는 그냥 점수를 주는 문제이니 못 푼 놈은
　　　백치만도 못한 놈이고, 채점의 기준은 답안 제출 속도밖에 없지.
　　　학생…… 좀 비켜줘."

남색 두루마기를 걸치고 대나무 빗자루를 든 노부인이 나타나서 새우등처럼 몸을 구부린 채 사람들 발밑의 먼지를 쓸고 나갔다. 수과 시험에서 문제를 풀지도 못한 이가 열에 여덟 명이라고 했다.

　　'백치보다 못한 놈?'
　　"자기가 누군지 알고!"

그때 인파 밖에서 차가운 목소리가 들려왔다.

　　"서원의 유일한 여성 명예 교수. 이번 시험에 합격한 사람들의
　　　수과 과목은 그 어르신이 채점했다."

서원 교관의 목소리에 녕결은 급히 노부인의 뒷모습을 보며 웃었다.

　　"설마 그분이 바로…… 이교수님?"

마침내 평온을 되찾은 사승운이 진지하게 물었다.

"수과 문제에서 난 우선 열거 방법을 써보고 이어서 무한의 수를 생각했고, 결국 그 원리를 깨달았네. 그런데 이분⋯⋯."

사도의란이 그의 귓가에 대고 녕결의 이름을 알려줬다.

"오, 녕 형(兄)은 도대체 어떻게 계산했지요? 어떤 산법을 썼기에 그렇게 빠르게 계산할 수 있었는지 가르침을 주시지요."
"한눈에 무한의 수라는 것을 알면 앞에 열거하는 방법을 쓸 필요가 없죠. 그리고 정답에 대해 이야기하자면 사실 전 추론 같은 것을 하는 걸 귀찮아하는 사람으로서, 한 주전자 더하기 반 주전자 더하기 반의 반 주전자 정도 보면 마지막 수가 대충 그것이라고 생각해서 적었을 뿐이에요."

다소 모호하고 무책임한 대답이었지만 그렇다고 완전히 허튼소리도 아니었다. 사실 무한 개념의 정확한 수치로의 변환 또한 무책임한 모호함 아니던가. 물론 많은 사람들은 알아듣지 못했고 또 많은 사람들은 그저 녕결이 운이 좋았다고 생각했다. 몇몇 사람들은 녕결이 여전히 비법을 숨기고 있다고 보았다.

하지만 사승운은 무엇인가 깨달았다. 그가 다시 깊이 있게 질문을 하려 할 때 멀리서 서원 교관의 외침이 들렸다.

"사승운, 왕영, 녕결, 진사막(陳思邈), 하응흠(何應欽)⋯⋯ 술과(術科) 방으로 가서 출석하라."

자신의 이름을 듣고 녕결은 어리둥절했다.

'술과가 뭐지?'

궁금했지만 누구에게 물어보기도 곤란해 상상을 향해 중얼거리고는 사승운 등을 따라 서원 건물로 향했다. 다행히 무리 중 소녀 수험생 하나가 있는 것을 보고 최대한 마음을 추스렸다.

녕결은 몰랐지만 사실 해질녘까지 수험생들이 떠나지 않았던 것은 녕결 때문이 아니라 혹시 술과 방에 자신의 이름이 호명되지 않을까 하는 기대 때문이었다. 사람들은 부러움 가득한 얼굴로 그들의 뒷모습을 바라봤고 사도의란은 실망한 표정으로 돌바닥을 차며 웅얼거렸다.

"어째서 좋은 일은 그놈이 다 빼앗아가는 거야?"

얼마 지나지 않아 일고여덟 명의 수험생이 서원의 깊숙한 곳에 도착했다. 마치 잠시 놀러 온 것 같았지만 그들의 감정은 제각기 달랐다.

사승운은 담담했고 왕영 등 다른 이들은 기쁜 기색을 감출 수가 없었다. 오직 녕결만이 아무런 표정이 없었다.

서원이 6과 외에 술과를 만든 것은 수행에 소질이 있는 학생을 양성하기 위함이었다. 검'술', 부적'술' 등에서 따와 '술과'가 된 것이다. 호명된 학생 몇은 수행자의 잠재력이 있다고 생각되는 자들이고, 그들은 이곳에서 임력 검사를 받는 것이다.

녕결이 선정된 이유는 그가 쓴 잠화소해체가 뛰어나고 수과 문제에서의 그의 반응 속도가 좋다고 판단했기 때문이다. 서원은 그에게 수행의 잠재력이 있다고 봤지만 그의 신체를 검사하던 교관은 크게 실망하였다.

녕결의 기해설산혈이 전혀 통해 있지 않았기 때문.

녕결로서는 또 한 번 겪는 과정일 뿐이었다. 희망이 없으면 실망도 없는 법. 녕결은 이미 자신의 몸 상태를 잘 알고 있었기에 의연하고 차분하게 그 과정을 겪었다.

"난 안 돼."

녕결은 두 손을 벌리고 사람들에게 말했다.

"아니지…… 안 된다고 할 수는 없지…… 교관님이 나의 의지력은 문제가 없는데 설산기해가 막혀 수행을 못 한다고 하시네."

호명된 일곱 중 녕결 혼자만 검사를 통과하지 못하자 정원에서 기다리던 수험생들의 그를 바라보는 시선이 복잡해졌다. 어떤 이는 은은한 적개심이 동정심으로 변했고 어떤 이의 눈에는 비웃음으로 가득했다.

하지만 당인(唐人)은 강자를 존중하면서도 약자를 차별하지 않았다. 천 년의 풍류가 그들을 너그럽게 한 것일까. 줄곧 녕결을 못마땅한 시선으로 바라보던 사도의란이 동정 어린 말투로 위로했다.

"너무 실망 마. 수행할 수 있는 이는 극히 소수인데
 우리들도 너와 마찬가지로 안 되잖아."
"네 말은 일리가 있어. 수행을 못한다고 썩은 장작이라고
 할 수는 없지."

녕결은 상상에게서 물주머니를 받아 물을 마시고 다시 말을 이었다.

"난 전문적으로 장작을 패는 사람이야."

이 말을 끝으로 녕결과 상상 두 사람은 황혼의 빛을 받으며 서원 밖으로 걸어 나갔다.

사도의란은 눈을 크게 뜨고 석양 아래 불타오르는 듯한 잔디밭을 보고 또 그 사이로 멀어지는 두 사람을 보면서 중얼거렸다.

"이 사람 참 재미있네."

하지만 녕결은 재미없었다. 어린아이들과 논쟁을 하는 것은 시간 낭비일 뿐이라고 생각했다. 그는 시간이 있다면 좀 더 의미가 있는 일, 예를 들어 돈을 벌거나 사람을 죽이는 데 사용해야 한다고 생각했다.

3

✦

구서루

1

ㅇ ㅇ ㅇ

노필재 침대에 누운 녕결이 탁이가 남긴 유지를 보며 물었다.

"준비됐어?"

상상은 갈아 놓은 검에 기름을 바르면서 대답했다.

"새 복면과 헌옷 모두 다 준비되었어요. 그런데 이번에는
어떤 양식의 머리를 하실 거예요? 이번에도 월륜국?"
"그런 작은 일은 네가 결정해."
"그런데 언제 죽일 거예요?"
"이놈은 동성에 사니까 그리 멀지 않아. 죽이고 싶을 때
언제나 가서 죽이면 돼."

유지에 적힌 것은 진(陳)이라는 성과 주소지 동성(東城). 녕결은 그 이름 밑
에 적힌 간단한 자료를 보며 설명했다.

"우리가 언제 죽일지 모른다는 것은 관아가 사건을 조사할 때에도
시간상 어떤 규칙을 산출해내기 쉽지 않다는 뜻이야. 세상에는
원래 규칙이라는 것이 없었는데 살인을 하는 사람이 많아지면서
규칙이 생기게 되었지."
"어렸을 때 도련님이 한 말이 있어요. 살인자가 아무리 신분을
숨겨도 관아는 죽은 사람에게서 살인의 단서를 찾을 수 있다."
"장군 집안 사람들도 다 죽었고 연국 변경 산간 마을 사람도 모두
학살되었어. 설령 나중에 조정에서 살인자의 목적이 이 두 가지
일에 대한 복수임을 알게 되어도 어떻게 날 찾을 수 있겠어?"

"도련님은 못 찾아내겠지만 조정에서 도련님이 누굴 죽이려는지 알게 되면 도련님의 표적을 보호할 것이고, 심지어 그 사람을 미끼로 쓸 수도 있잖아요. 그렇다고 도련님이 그 사람을 조정이 보호한다고 해서 안 죽일 거예요?"

녕결은 어린 시녀의 눈을 바라보다가 갑자기 웃음을 터트렸다.

"하하. 네가 이렇게 많은 일을 생각하는 건 정말 드문 일인데?"
"제가 진짜 멍청한 게 아니고 평소에 그냥 생각하기 귀찮을 뿐이에요."

상상의 말이 진실이라고 해도 평소에는 귀찮아하던 생각을 왜 하필 오늘 하게 되었는지는 그녀 자신도 모를 일이었다. 하지만 녕결은 잘 알고 있었다. 그는 따스한 눈길로 그녀를 보고 안심시켰다.

"두세 명만 더 죽이면 한동안 안 할 거야. 그리고 그 뒤로는 서원에서 열심히 공부만 한다고 약속할게."

상상의 얼굴에 마침내 홀가분한 기색이 드러났다.

"그래요. 서원이 그렇게 좋은 곳인데 도련님은 이제 또래 인재들을 많이 만나실 수 있을 거예요. 그 기회를 아끼셔야죠."

녕결은 그런 모습의 상상에게 적응이 안 되었다. 그는 천장을 바라보면서 손가락을 꼽아 계산했다.

'또래라…… 실제로는 내가 그들보다 일고여덟 살 많은 거지?'

★ ★

다음 날 서원이 정식 개강했다. 녕결과 상상은 아침 일찍 일어나 세수하고 식사를 마쳤다. 가게 앞에서 상상의 배웅을 받으며 녕결은 홀로 마차에 올랐다. 그들 두 사람에게 전 재산이 이천 냥뿐이었지만, 그리 개의치 않고 사치스럽게 장기 임대 마차를 빌렸다.

날이 밝고 장안성 남문이 열렸다. 서원 표식을 새긴 10여 대의 마차가 꼬리를 물고 나갔는데, 그 수가 그렇게 많지 않은 것을 보니 대부분 서원에서의 장기 기숙을 택한 모양이었다.

푸른 잔디밭을 달리던 검은색 마차 십여 대가 얼마 되지 않아 서원 정문에 도착했다. 마차에서 내린 학생들을 어제 시험을 같이 봤던 기숙생들이 몰려들어 맞이하면서 조용했던 정문 주위가 순식간에 북적거렸다.

젊은 학생들은 모두 서원의 청색 좌금포(左襟袍)를 걸쳤고, 남학생들은 검은색 두건을 맺다. 여학생들은 비녀로 머리를 올려 검은 면포로 정리하였다. 갓 떠오르는 아침 해와 함께 그야말로 청춘이라는 기운이 사방에 퍼지고 있었다.

어제 입학시험에서 남진 사승운 무리 세 사람을 제외하고는 흑마를 길들인 녕결이 가장 눈에 띄었다. 다행히 많은 학생들이 그를 반갑게 맞아주었다.

'데엥!'

종소리가 울리자 학생들은 대화를 그치고 아침 햇살을 받으며 계단을 올랐다.

일부러 속도를 늦춰 사람들의 뒤를 따라가던 녕결은 아침 햇살에 고개를 들고 눈앞의 장면을 바라보았다. 돌기둥 세 개로 이루어진 간결한 서원 정문, 돌계단 주변의 평범한 서원 건물들을 자세히 훑어보았다.

'속세를 벗어난 듯한 느낌, 정원 뒤 구름 사이에 반쯤 숨어 있는 큰 산이 주는 압박감…… 어제는 왜 이런 점을 발견하지 못했지?'

그는 머리의 검은 두건을 고쳐 쓰며 혼잣말을 했다.

"서원에서 아무렇게나 버려진 제자가 대검사라고 할 수 있다. 여청신 어르신이나 공주 전하가 서원을 언급할 때에도 매우 존중하는 느낌이었고…… 그런데 왜 여기 사람들은 나와 비슷하고 또 특별한 구석이 보이지 않을까?"

그는 홀로 이미 서원 정문을 지나 푸른 돌바닥이 깔린 정원을 지나 아침 햇살이 아직 미치지 않은 골목을 걷고 있었다. 조용한 골목에서 갑자기 소리가 났다.

"세상에 원래 특별한 곳이란 없다. 황궁도 그렇고 호천의 신전도 그렇고 불가지지도 그렇고…… 그렇다면 서원이라고 무슨 특별한 것이 있겠느냐."

녕결은 안색 하나 변하지 않았지만 본능적으로 오른손이 움직이며 등에 맨 대흑산을 꺼내려 했다. 골목 앞에서 서생 하나가 나타났다.

미간이 곧고 소박하여 친근한 기색이 풍기는 서생이었다. 따스한 봄날에 어울리지 않는 낡은 솜 두루마기를 걸치고 낡은 짚신을 신고, 온통 먼지 투성이었지만 왠지 모르게 사람만은 매우 깨끗해 보였다. 그의 몸부터 마음까지 깨끗하기 그지없어 보였다.

서생은 오른손에 책 한 권을 들고 허리춤에 표주박 하나를 매고 있었다. 녕결의 시선이 책과 표주박을 오가다 마지막에 서생의 얼굴에 떨어졌고, 저도 모르게 소매 속에서 쥐고 있던 주먹을 풀었다.

몸은 긴장으로부터 느슨해졌지만 반대로 마음은 극도로 긴장되기 시작했다. 갑자기 나타난 생면부지의 이 서생을 믿고 있었기 때문이다.

녕결은 어릴 때부터 생사를 넘나든 까닭에 한평생 누구도 믿지 않 겠다고 마음먹었다. 녕결에게 이유없는 또 거부할 수 없는 믿음은 엄청난 공포였다. 그는 이 서생에게 도저히 적개심을 가질 수 없었고, 더욱 두려 운 것은 그가 뒤에 있는 대흑산을 꺼낸다 해도 앞에 있는 서생에게 어떠 한 위협도 가할 수 없다는 것을 느낀 것이다.

서생은 환하게 웃으며 허리춤에 맨 표주박을 두드리며 물었다.

"자네 뒤에 있는 검은 우산이 괜찮아 보이네. 바꿀 마음이 있나?"
'내 등 뒤 헝겊에 싸인 물건이 우산인지 어떻게 알았지?'

녕결은 입술이 말라붙어 버렸는지 한마디도 하지 못하고 그저 고개를 저 었다.

서생은 아쉬운 듯 한숨을 쉬며 책을 들고 그의 곁을 지나갔다. 그 는 더 이상 녕결에게 눈길을 주지도 않고 서원의 어느 외진 측문 밖까지 걸어갔다. 그 문밖에는 소가 끄는 우마차 하나가 서 있었다.

서생은 우마차 옆으로 다가가 매우 진지하게 예를 올린 후 끌채에 올라타며 채찍을 들었다. 우마차 안에서 평범한 노인의 목소리가 짙은 술 향기와 함께 흘러나왔다.

"네 것과 바꾸려 하지 않더냐?"

서생은 웃으며 고개를 가로저은 후 채찍을 휘둘렀다. 우마차는 천천히 움 직이기 시작했다.

＊＊

천계 13년 봄, 부자(夫子)는 그의 수제자를 데리고 또 한 번 천하 여행을 나섰다. 이번 여행에서 그가 술을 몇 주전자나 마실지 산 위의 도화를 몇 근이나 벨지는 아무도 모를 일이었다.

녕결은 서늘한 느낌이 들지 않아야 했다. 왜냐하면 그 서생은 머리부터 발끝까지 적개심은커녕 위험한 기색 하나 없었기 때문이다. 마치 깨끗하고 때묻지 않은 연꽃같이 가족 같은 믿음을 주었다. 하지만 그는 여전히 등골이 서늘했다.

왜냐하면 그 서생은 한눈에 자신이 메고 있는 것이 우산임을 알아차렸고, 그 우산이 크고 까만 것도 알았다. 그 우산은 그와 상상에게 가장 중요한 물건이었는데, 그런 물건을 그가 바꾸려고 했다.

'골목에 해가 들지 않아서? 서생이 그를 이유 없이
신뢰하게 만들어서?'

녕결은 얼음조각처럼 골목에 오랫동안 서 있다가 겨우 정신을 차렸다. 하지만 그가 망연자실하게 뒤를 돌아보았을 때 이미 그곳에는 아무것도 없었다.

어떻게 된 일인지 도무지 이해할 수 없는 일을 겪었던 것이다. 녕결은 생각을 떨쳐버리고 떠드느라 정신이 없는 학생들 쪽으로 재빨리 걸어갔다. 그는 전설 같은 인물인 부자(夫子)가 떠났다는 것을 알지 못했다. 그는 자신이 역사의 한 순간을 놓쳤다는 것을 알지 못했다.

자신이 그 서생의 교환 제의를 거절한 것이 어떤 의미인지, 그리고 그것이 자신의 진정한 첫 수업이었다는 것을 알지 못했다.

하지만 그는 알았다 해도 바꾸지 않았을 것이다. 이미 가지고 있는 것을 아직 가지지 못한 것으로 바꾸는 것은 녕결이 할 수 있는 일이 아니었다.

＊＊

일반적인 의미의 서원 첫 수업은 합반 수업이었다. 입학생들 모두 돌바닥으로 된 정원에 모여 동경하는 마음으로 어떤 교수의 훈화를 들으면서 앞으로 2년 혹은 3년간의 생활을 상상해보는 것이다.

입학시험 과목처럼 서원의 수업도 여섯 과목으로 나뉘지고, 2백 명의 학생들은 여섯 개의 서당으로 나뉜다. 수업 시간은 아침부터 정오까지. 길지 않아 보이지만 중간에 휴식은 없다. 운이 좋게 술과에 입학한 여섯 명은 매일 오후 별도의 교육을 받지만, 나머지 학생들은 오후에는 자유 시간이다. 서원에 남아 자습을 하거나 장안성에 돌아가 놀 수도 있지만 훈화를 하는 수석 교수는 서원의 구서루(舊書樓)에 남아 복습하는 것을 권했다.

서원의 규율은 느슨한 편. 첫 번째 종소리는 준비, 두 번째 소리는 입실, 세 번째 소리는 수업이 끝나는 소리, 네 번째 소리는 하원(下院). 즉 두 번째와 세 번째 종소리 사이에 학생들은 서당에서 공부를 한다.

청소는 학생들이 신경 쓸 필요가 없었다. 조정에서 매년 거금을 들여 청소하는 사람, 부엌일을 하는 사람들을 고용했기 때문이다.

다음 순서는 반을 나누는 것. 가장 간결하고 공정한 방식인 추첨. 가문도 입원 성적도 상관없었다. 사승운과 종대준은 갑(甲) 서당, 임천 왕영은 정(丁) 서당, 녕결은 병(丙) 서당에 들어갔다.

옆에 있는 교습실에서 서적을 찾은 녕결은 한 무리와 함께 비를 가리는 복도라는 뜻을 가진 엄우랑(掩雨廊)을 지나 현판을 보고 병 서당으로 들어갔다. 그리고 감개무량한 마음으로 그 높은 문턱을 넘었다.

"녕결! 여기 앉아!"

즐거움과 놀라움의 소리. 녕결이 고개를 드니 넓은 서가 뒤에서 저유현이 흥분하여 그를 향해 손짓을 하고 있었다. 또 맨 앞줄에서 사도의란이 발그레한 얼굴로 그를 바라보고 있었다.

오늘 그녀는 학포(學袍) 아래 푸른색 옷을 입고 있었다. 옷 옆자락에 몇 송이 매화가 수놓아져 있고 널찍한 옷깃 안으로 새하얀 목덜미가 보였다.

'꿈을 꾸는 건 아니겠지?'

녕결은 서당 문턱을 넘으며 눈을 질끈 감았다. 그리고 기대하는 눈빛으로 그를 바라보고 있는 사도의란에게 미안한 웃음을 전하며 뒷줄로 향했다. 서원 내에서는 모두 평등하다지만 이런 귀족 아가씨와 너무 많이 접촉하여 무슨 귀찮은 일이 생길지 누가 알겠는가.

　　녕결은 무거운 서적을 내려놓고 저유현의 창백한 뺨과 시퍼런 입술을 보며 미간을 찌푸렸다.

　　"어제 또 홍수초에 갔어?"
　　"밤새도록."

저유현은 한숨을 내쉬며 쓸쓸하게 말을 이었다.

　　"녕결, 큰 문제가 생겼어. 내가 그 문제가 도무지 이해가 안 돼서
　　홍수초에서 밤새도록 술을 퍼마신 거야."

녕결은 좀 전에 마주쳤던 서생을 떠올리며 긴장했다.

　　"무슨 큰 문제?"
　　"내가 서원에 합격을 했어…… 이게 세상에 생긴 가장 큰 문제야."

저유현은 그를 보며 매우 괴롭고 비통하게 말했다.

　　"알다시피 우리 꼰대는 은자 이십만 냥을 들여 입원 시험 자격을
　　샀지만 난 그저 장가 한번 잘 가려고 간판 정도 따러 온
　　건데…… 진짜 어제 여섯 과목 모두 엉터리로 찍었단 말이야.
　　그래서 명단 발표할 때 내 이름도 찾아보지 않았는데 결국
　　내가…… 네 과목에서 을등(乙等) 상(上)이라니!"

말문이 막힌 녕결은 한참 후 진심으로 감탄했다.

　　"너 사실 숨은 실력자였구나!"
　　"숨은 실력자는 무슨!"

저유현은 넋이 나간 표정으로 설명했다.

　　"수과 시험 내 답안지는 '부자가 술에 취해, 도화 반을
　　씹어 먹었다'였어. 이걸로 을등 상? 서원 교관들이 미치지
　　않고서야……."
　　"혹시 네 집에서 돈을 쓴 게 아닐까?"
　　"그럴 수가 없어."
　　"맞아, 은자로 서원에 들어올 수 있다는 건 듣도 보도 못했다."
　　"게다가 우리 꼰대는 이십만 냥만 냈는데 그 돈은 내가
　　홍수초에서 넉 달이면 다 쓰는 돈이야!"

저 멀리 장안성 안, 동성의 어느 골목. 뚱뚱한 노인 한 명이 가슴 아프게
집안 장부를 들여다보며 눈물을 뚝뚝 흘렸다.

　　'은자 이십만 냥?…… 현아, 이 애비가 가업의 반을 팔았다.
　　애비는 네 출세만을 보고 한 일이니 네가 이 애비를 실망시켜선
　　안 돼. 누가 서원이 돈을 안 받는다고 했어? 그 도둑놈들이……
　　적은 돈을 안 받을 뿐이지!'

저유현은 자신의 부친이 일생일대의 도박을 했다는 사실을 꿈에도 몰랐
다. 그는 여전히 서원 교관이 집단 발광했다고 여기고 있었다.

　　"어릴 때부터 시서(詩書)에 관심도 없고 승마, 활쏘기도
　　안 좋아했지. 그래서 장안 귀공자나 아가씨들과도 어울리지

못했어. 다행히 네가 병 서당에 들어와서 다행이야. 아니었다면 이 몇 년을 도대체 어떻게 보낼 수 있을지…….”

저유현은 정말 슬퍼보였다. 그리고 그는 자신이 시서, 승마, 궁술을 좋아하지 않는다는 사실에 부끄러워하기는커녕 당당하기만 했다. 심지어 은근히 자랑스러워하는 듯 보였다. 녕결은 장안성에 있는 유일한 친구를 웃으며 위로해줬다.

“기왕 들어왔으니 맘 편히 먹어. 왜 이렇게 생각이 많아?”
“일리가 있어. 그래, 네 말대로 마음 편하게…….”

저유현은 넓은 서가에 있는 아름다운 몸매의 소녀들에게 시선을 돌리며 금세 기분이 풀어졌다.

“동창들과 친하게 지내면 결혼 상대 구하는 것도 잘 될 수 있지.”

녕결은 대꾸할 말도 대꾸할 체면도 없었다.
저유현은 원래 성격이 활달하고 명랑한 전형적인 당나라 사람이었다. 하지만 지금 그는 마음을 가다듬으며 앞줄에 앉은 여학생들을 가리키며 나지막이 말했다.

“저 아가씨 어때? 김무채라고 하지. 대당 국자 제주 대인의 막내 손녀야. 성격은 온순해 보이지만 쉽게 건드리면 안 돼. 제주 대인의 성격이 너무 엄해. 아니지, 거칠고 급하다고 해야 하나? 그리고 저 키 큰 아가씨는 건드리지 마. 성은 고(高)씨인데, 외삼촌이 황궁에서 당차(當差)를 집행하는…….”

저유현은 소녀들 하나하나에 대해 녕결에게 말해주었다. 소녀들뿐만 아니라 남학생들에 대해서도 꿰차고 있었다.

"저 느끼한 놈 이름은 진자현(陳子賢)이야. 집안이 서성에서 서점을
하는데, 돈이 좀 있으니 너와 나 둘이 마시기 곤란한 상황에서
불러도 돼. 그 옆의 키 작은 놈은 신경 쓰지마. 진주(辰州)에서
온 놈인데 자고 먹는 것 말고는 책 읽고 활 쏘는 취미밖에 없어.
재미없게……."
'서원에 들어오기 싫다더니…… 반나절도 안 되는 시간에 서가에
있는 서른여 명의 내력을 파악하다니! 이건 어떤 정신인가? 먹고
마시는 일에 끝까지 최선을 다하고, 친구 사귀는 취미를 서원까지
가지고 들어오는 정신?'

녕결은 저유현의 신통한 능력에 헛웃음만 나왔다.

"그리고 저 아가씨는 이미 누군지 알지? 그래 그 대단한
운휘 장군의 딸 사도의란 아가씨."

저유현은 책상을 치며 감동한 눈빛으로 이어 말했다.

"녕결, 좀 전에 그녀를 무시하고 내게 오다니! 본 공자는 정말
감명 받았지. 하지만 이건 알려주어야 할 것 같아. 그 순간
넌 이미 장안의 모든 아가씨들의 미움을 샀을지도 몰라.
명심해. 사도의란 아가씨는 여덟 살 때 이미 주작거리를 휩쓸고
뛰어다녔어. 또래 여자들과 함께 낭자군(娘子軍)이라고 불렸어.
그리고 요 몇 년 동안 얼마나 많은 호색한들을 겁박하고,
얼마나 많은 사내들을 차버렸는지 몰라! 네가 그녀에게 미움을
산다면…… 정말 맛있는 음식점에 들어가서 음식은 맛도 못 보는
상황이 될 거야!"
'낭자군이라 해봐야 건드리지 않으면 될 일. 그리고 내 눈에
그녀는 그저 악의 없는 소녀 같은데…… 그나저나 저유현 이놈은
이런 정보를 어디서……'

녕결은 혼자 생각에 빠져 있다가 순간적으로 분수처럼 쏟아지는 저유현의 침방울에 놀라 반응을 했다.

> "다음에 홍수초에 갈 때는 돈이 필요 없겠어. 진자현도 억지로 끌고 갈 필요도 없고. 그냥 네 이야기 몇 구절만 들려주면 될 것 같은데?"

저유현은 녕결의 말을 듯고 비웃듯 대꾸했다.

> "기방에서 말로 때우는 것, 그 어려운 것을 녕결 말고 세상에서 그 누가 할 수 있겠어?"

녕결은 부끄러움에 그를 한 대 치고 싶었지만 억지로 노여움을 억누를 수밖에 없었다. 예과 강의를 맡은 교관이 엄숙한 얼굴로 들어왔기 때문이다. 서당 안은 갑자기 조용해졌고 신나게 떠들고 있던 청춘 참새들은 다들 어디로 갔는지 모를 일이었다.

> "예(禮)란 무엇인가? 광범위하고 거창한 명제이지만, 그렇다고 해서 탐구를 포기해서는 안 된다. 왜냐하면 이 명제가 매우 중요하기 때문이다. 이 글자가 하늘에 닿을 만큼 높다 한들 우리가 호기심을 가져서는 안 되는가? 그럴 수 없다. 우리는 낮에는 구름과 바람, 하늘의 별과 어둠을 보며 하늘을 탐구하고, 하늘이 무엇인지 또 그곳에 무엇이 있는지 알고 싶어 한다."

교관의 강의가 이어졌다.

> "굉장히 큰 명제는 우리가 이해할 수 있는 방식으로 해석해야 하는데, 그러기 위해서 우리의 답은 분명 구체적이고 자세해야 하며, 구체적인 세부 사항에 대해 물어야 한다. 우리가 하늘의

별을 보고 별자리가 움직이는 것을 보면서 마음속에 아름답고 불변하는 선을 그린 것이 곧 점성술이 된 것이다."

강의는 점점 열기를 띠었다.

"하늘은 무엇인가? 이렇게 구체적인 선 하나, 구름 하나, 천지간 호흡의 한 줄기, 원기 파동의 체험 하나에서 깨달음을 얻어야 한다. 예(禮)도 마찬가지다. 나에게 예를 구체적으로 탐구하면 어떤 답일까를 묻는다면……."
"……."
"나도 내 자신만의 구체적인 해석 방식을 말할 수밖에 없다."
"……."
"예(禮)는 곧 규칙."

서원에서 예과를 담당하는 교관은 서원 예과의 부교수로 나이가 예순 남짓 되었다. 말하는 속도가 매우 느리고 한 글자 한 글자 또박또박 강의도 조리 있게 하는 편이었다. 단상 아래 학생들은 매우 진지하게 듣고 있었지만 녕결은 잠이 올 지경이었다. 교관이 내뱉는 글자가 또렷해질수록 녕결은 점점 더 졸렸다.

그의 서원 시험 예과 성적은 정등 최하. 이런 내용에는 관심도 없었다. 요즘은 서예와 명상, 그리고 살인을 하는 데도 너무 바빠 잠 잘 시간이 모자란 판에 이 지겨운 강의를 어떻게 다 듣고 있단 말인가.

'앞으로 몇 년 동안 매일 아침의 이 좋은 시간을 이 무료한 강의에 바친다면 얼마나 고통스러울까…….'

순간, 서당에서 일어난 일이 그를 절망에서 구했다. 역시 서원이 만만한 곳이 아니고 또 서원의 교관도 보통 사람이 아님을 다시 한번 깨닫게 해주는 듯했다.

"선생님, 대당 제국은 천하를 정복하고 현명한 천자가 천하를
군림하고 있는데, 예를 지키는 것이 꼭 규칙에 의한 것만은
아닙니다."

누구나 질문을 할 수 있었다. 그래서 나온 질문이었다. 질문 내용은 정상
적이었지만 첫날이라 그런지 갑자기 서당 분위기가 이상해졌다. 녕결은
비몽사몽간에 저유현에게 나지막이 물었다.

"누구야?"

첫 수업에 교관에게 처음으로 의문을 제기한 학생은 배경이 좋거나 자만
심으로 똘똘 뭉친 녀석이 아니겠는가. 질문한 녀석은 어느 대장군의 아들
이었다.

"그렇다면 자네가 보기에 사람이 세상을 살아가는 데 있어서
규칙을 지키지 않아도 되는가?"
"맞습니다. 대당은 무(武)로써 세운 국가 아닙니까. 따라서
고리타분한 관습이나 규칙에 얽매이지 않고 견고한 갑옷과
예리한 창만으로도 승리할 수 있습니다. 그렇다고 우리가
예를 지키지 않는 것은 아닙니다."
"자네 말은, 주먹만 크면 도리(道理)가 있다?"
"그렇게 이해해도 틀리지는 않지만…… 우리 대당은 연국을
공격할 때마다 인정사정 보지 않았고 심지어 연국은 태자를
인질로 장안성으로 보내야 했습니다. 그렇다고 연국 황제가
어찌 감히 우리 대당 폐하께 무례를 범하겠습니까?"

녕결은 이 말을 들으며 생각했다.

'이놈은 예과 성적이 나보다 높지는 않겠네.'

교관은 무표정한 얼굴로 그 학생에게 천천히 다가갔다. 그리고 녀석의 얼굴을 때리기 시작했다.

 "주먹만 크면 도리(道理)가 있다? 그럼 내가 지금 널 때리는 것도
  도리가 있는 건가?"

서당 안에서 처참하게 울부짖는 소리가 울려 퍼졌다. 덩치가 큰 장군의 아들은 대꾸조차 하지 못했다. 순식간에 코가 시퍼렇게 멍들고 부어오른 입가에서 피를 흘리고 있었다. 마침내 매질이 드디어 멈추고, 교관은 숨을 고르며 어두운 표정으로 훈계를 했다.

 "자네 말이 맞다면 내가 지금 자네를 때린 것도 옳은 것이다.
  내 주먹이 자네 주먹보다 크니까."

서당 안은 아수라장이 되었고 일부 학생은 놀라 자리에서 일어났지만 아무도 대꾸할 엄두를 내지 못했다. 그때 사도의란이 불복하며 말했다.

 "선생님! 만약 선생님이 대단하다 생각하여 그를 때리신다면
  그럼 그가 좀 전에 주장한 관점을 인정하신 것 아닙니까?"

녕결은 입을 떠억 벌렸다.

 '서원 입학 첫날에 이런 뜨거운 광경을 보게 될 줄이야!'
 "그의 주장을 증명한 것에 문제가 있나?"
 "네. 그의 주장이 틀리다고 생각하셨다면 그에게 혼내지 마셨어야
  한다고 생각합니다. 예가 규칙이라면 규칙으로 그를
  처벌하셨어야 합니다."
 "운휘 장군은 평생 책을 읽지 않았는데 딸 하나는 잘 가르쳤구만.
  이 녀석 집안과도 친하게 지내지만 정작 자네 둘 사이에는 아무런

친분이 없다고 들었는데."

"친분과는 무관합니다. 저는 도리만을 따집니다."

"좋아. 그렇다면 내가 자네들에게 도리를 알려주지."

교관 선생은 서당 안 학생들을 훑어보며 설명했다.

"운휘 장군이나 또는 어떤 대장군이 나보다 주먹이 크고 세력이
강하다 해도 나를 때리지는 못한다. 왜? 난 서원의 교관이기
때문에. 그게 바로 서원의 규칙이다."

저유현이 잔뜩 주눅 든 표정으로 나지막이 말했다.

"서원이 왜 이래? 근데 녕결, 너 흥분하지 마. 저 선생 절대
건드리지마."

녕결은 그럴 용기도 그럴 생각도 없었다.

'서원이 정한 규칙이 제일 강하다…… 예(禮)와는 별 상관없는 일.
그럼 서원에서 주먹이 가장 큰 놈이 있다는 뜻인데 그놈이
누구지? 술 마시며 도화를 베는 부자(夫子)인가?'

교관은 손에 묻은 피를 닦고 책을 다시 주워 들고는 아직 달갑지 않은 표
정의 사도의란에게 말했다.

"너희들이 불복하든 안 하든 믿든 안 믿든, 언제든지 서원의
규칙을 깨뜨릴 수 있을 때 나에게 다시 따져도 늦지 않다. 하지만
지금 내 도리는 간단하다. 예는 곧 규칙이고, 나의 규칙이다."

'예는 곧 규칙이고, 나의 규칙이다.'

이 얼마나 힘 있고 이유 없고 야만적인 선언인가!

　　녕결은 고목의 줄기 같은 교관을 보며 생각했다.

　　'서원이란 곳…… 점점 더 이해할 수 없지만 점점 더 좋아지는데?'

녕결은 뭔가 깨달음을 얻은 듯 혼자 생각했다.

　　'댕!'

정오 정각에 종이 울려 수업이 끝나고 예과 교관 선생은 겨드랑이에 책을 끼고 뒤도 돌아보지 않고 서당을 나갔다. 놀라울 정도로 교만한 모습. 그가 나가자 쥐죽은 듯 있던 학생들이 순식간에 들끓기 시작했다. 사도의란은 교관에게 맞은 학생에게 다가가 손수건을 건넸고, 그 학생은 억울함에 눈물바다가 되었다.

　　"초중천(楚中天)! 이 못난 녀석!"

사도의란은 화가 머리끝까지 나 그의 머리를 한 대 쥐어박고 말했다.

　　"네 할아버지께서 지금 네 꼴을 보셨다면 화가 나서 돌아가실
　　거야! 아무것도 모르고 감히 교관 선생에게 말대꾸를 해? 그리고
　　했으면 또 맞았으면 반격이라도 해야지! 아니 반격을 못하면
　　피하기라도 해야 할 것 아니야!"

대당 16위(衛, 중국 명나라 시대 요충지에 설치한 군영의 단위) 대장군 초웅도(楚雄圖)는 아들이 일곱에 그 밑으로 손자가 서른일곱 명이 있는데 초중천은 그 손자들 중 공부를 제일 잘했다. 물론 가문의 깊은 전통 때문에 그 용맹함과 무력 또한 대단했는데 뜻밖에도 교관 선생에게 맞아 불쌍한 메추라기 신세로 전락할 줄이야……

초중천은 눈물을 훔치며 원망스럽게 말했다.

　　"의란 누님, 이건 정말 내 잘못이 아니야. 할아버지 가르침대로
　　상대방이 친왕 전하든 황자든, 누구한테든 맞으면 반격하는 게
　　맞는데…… 방금 나도 그렇게 하고 싶었는데, 무슨 이유에선지
　　꼼짝도 못했어. 내 몸이 내 몸 같지 않았단 말이야. 몸을 움직일
　　수가 없었어!"

이때 서당 뒤편에서 저유현의 나른한 목소리가 전해졌다.

　　"서원 예과 부교수 조지풍(曹知風). 대당 신풍 7년 서원 술과 졸업,
　　서원에 남아 가르친 지 30여 년. 동현 경지의 대염사."

이 말에 서당 안에 침묵이 감돌았다. 사도의란만이 눈을 크게 뜬 채 발만
동동 구르며 외쳤다.

　　"대염사…… 수행자가 아이 한 명을 괴롭혀도 되는 거야?"

저유현은 코와 얼굴이 시퍼렇게 부어오른 초중천에게 다가와 한숨을 쉬
며 고개를 저었다.

　　"이 일에 너희들이 도리를 따질 수 없어. 조지풍 교수는……
　　연국 출신이거든."

녕결도 이 말을 듣고는 고개를 절레절레 저었다.

　　'연국 사람 앞에서 대당 제국의 승리를 언급하고 연국의 태자가
　　인질로 잡혀왔다고 했으니…… 쯧쯧.'

대당 제국은 와호장룡의 나라. 백성들은 대부분 자신만만했고 심지어 오만했다. 녕결도 그러했지만 오늘 일을 보면 최소한 장안의 남쪽에 위치한 서원에서는 학생뿐 아니라 교관들도 출신이 제각각이니 앞으로 말과 행동을 조심해야 할 것 같다 생각하고 있었다.

세 번째 종소리와 함께 학생들은 각자 서당을 빠져나왔다. 식당으로 향하는 이들, 축하연을 하러 장안성으로 향하는 이들도 있었지만 대다수의 학생들은 책을 정리하고 서당 옆 한적한 골목길을 따라 서원 깊숙한 곳으로 향했다.

녕결은 표지판을 보고 그 방향이 구서루로 가는 방향이라는 것을 알았다. 또 교관의 권유를 떠올리며 저유현과 작별 인사를 하고 인파를 따라 그곳으로 향했다.

서원 건물의 분포는 규칙적이지 않고 동쪽에 몇 채, 서쪽에 몇 채가 산자락의 풀밭 사이에 드문드문 배치되어 있었다. 평평한 처마의 서당과 엄우랑이라고 불리는 복도 사이로 수많은 골목길이 있어서 표지판이 없으면 어디로 향할지 모르는 구조였다.

녕결은 다른 학생들과 거리를 두고 혼자 걸어갔는데, 조용히 골목길을 걷다 보니 갑자기 환하고 탁 트인 풍경이 눈앞에 펼쳐졌다. 그는 바람에 날리는 두건을 목 뒤로 젖히고 커다란 호수를 끼고 있는 숲을 바라보며 감탄했다.

숲에는 소나무와 대나무가 자라고 있었다. 호수에는 갈대가 끝없이 펼쳐졌는데 꼿꼿한 허리가 봄바람에 나부끼는 모습이 마치 빽빽한 옥수수 밭처럼 보이기도 했다.

약간은 건조한 바람이 호수 옆 숲 사이를 스쳐가며 습기를 머금고 다시 푸른 줄기 사이에 걸려 시원하고 상쾌해졌다.

녕결은 호수 옆으로 난 돌길을 걸으며 물속의 물고기를 보고 숲속에서 들려오는 벌레 울음소리를 들었다. 10여 년 동안 마음속에 팽팽하게 당겨져 있는 긴장이 습기에 젖고 숲 그늘에 말려져 한층 부드러워지는 느낌이었다.

숲속으로 이어진 돌길. 길의 끝은 숲속 산자락에 있는 3층짜리 낡은 목조 건물이었다. 겉모습은 지극히 평범했고, 화려한 치장도 추녀의 구각도 없이 그냥 산에 덩그러니 세워져 있었다. 다만 푸른 칠이 된 목재가 일반적인 재질은 아닌 듯해 보였다. 또 비바람에 시달린 흔적을 통해 볼 때, 이 건물은 서원 깊숙한 곳에 오랜 세월 자리 잡고 있었다는 것을 알 수 있었다. 그렇다고 쇠락한 흔적은 전혀 보이지 않았다.

> '구서루? 오래된 책을 보관하는 곳? 헌책방? 서원 교관들이
> 너무 게으른 건가?'

넝결이 고개를 들어 '구서루' 세 글자가 적힌 가로 현판을 보며 생각할 때, 그 앞에서 이름의 유래를 설명하는 중년 교관의 목소리가 들려왔다.

> "왜 이 건물이 구서루인지 궁금하겠지만 이유는 간단하다.
> 책은 우리의 생각을 기록해 놓은 것이다. 하지만 생각이라는 것은
> 한 번 튀어나와 종이에 적으면 더 이상 새롭지 않고 오래된 것이
> 된다. 때문에 모든 책은 다 오래된 헌책이다."

구서루 관리를 맡은 그 중년 교관이 미소를 지으며 설명을 이었다.

> "이제 구서루 규칙에 대해 말하겠다. 여기 교관은 두 명이고
> 관리 집사는 네 명이다. 학생을 위해 일하는 것이 우리의
> 임무이기 때문에 밤낮 휴식 없이 일한다. 그러니 학생들은
> 언제든지 찾아와 책을 읽을 수 있다. 단 이 세 가지 규칙을
> 꼭 명심해야 한다."
> "세 가지 규칙이라고요?"
> "첫째, 구서루가 천하에서 가장 많은 장서를 보유하게 된 것은
> 백여 명의 조직이 각국을 돌아다니면서 책을 찾는 것 외에도,
> 너희의 선배들이 거금을 들여 책을 사들였기 때문이다. 그러니
> 여러분은 책을 볼 때 손을 깨끗이 씻고, 토론할 때에도 책에

침방울이 튀지 않도록 조심해야 한다. 지나치게 아낄 필요는
없지만 최소한 뒷간 휴지로 여기지는 말라는 이야기다."

뒷간 휴지라는 말에서 녕결은 쿡쿡 웃었다.

"둘째, 우리가 모든 책을 구할 수는 없기에 보고 싶은 책이
없을 때에는 먼저 그 책이 볼 만한 가치가 있는지 먼저 스스로
물어보라. 그게 아니라면 우리에게 와서 물어보거나 요청하지
마라."

녕결은 고개를 끄덕였다. 먼저 스스로 물어보라는 말에 공감했기 때문이다.

"마지막으로 가장 중요한 규칙은 구서루에서는 어떤 책도
베껴 나갈 수 없고 어떤 책도 가지고 나갈 수 없다는 사실이다.
자유로운 공유라는 쓸데없는 논리로 반박하지 마라. 서원의
규칙은 곧 규칙이다. 이 규칙의 합리성을 의심하지 말고 내가
그 이유를 설명하기를 바라지 마라."

악덕 장사꾼 같기도 하고 구두쇠 같기도 한 교관이 웃으며 덧붙였다.

"다시 말하지만 마지막 규칙을 어기려고 하지 마라. 천하의
최고의 도적이라 하더라도 구서방에서 도둑질을 하면 결과는
하나뿐이다. 죽음, 비참한 죽음뿐이다."

한 학생이 손을 들고 질문을 던졌다.

"선생님, 구서루에는 모든 책이 있다는 것인가요?"

교관은 미간을 찌푸리며 달갑지 않은 말투로 반문했다.

"내 말에 다른 의견이 있다는 것인가?"

학생은 교관의 눈빛에 놀라 몸을 살짝 떨며 다시 물었다.

"아니…… 저는 그저…… 궁금해서……
 구서루에 수행에 관한 책도 있는지요?"
"전설에 나오는 천서(天書) 7권, 란가(爛柯, 란커) 불경 같은 책은
 없지만 그것들을 제외하고는 네가 생각할 수 있는 수행에 관련한
 책은 모두 있다."

그 말에 녕결의 심장은 이유 없이 빨라졌고 저도 모르게 소매 안에서 주먹을 천천히 쥐었다. 그리고 고개를 들어 이 평범한 3층짜리 목조 누각을 노려보았다. 마치 눈빛으로 이 목조 건축물을 태워버릴 듯이.
　　수행의 세계로 들어가는 것은 그가 어릴 적부터 꾸어온 꿈. 그 꿈은 쉽게 이루어지지 않았지만 또 끊임없이 그를 유혹하고 있었다.

'쫓아오라, 나를 잡아봐라!'
"눈빛이 너무 뜨겁고 탐욕스러워서는 안 된다. 진짜 구서루를
 태우기라도 한다면 원장님께서 우리 모두를 도화 나뭇가지처럼
 잘라 술안주로 삼으실 것이다."

교관은 녕결을 바라보다가 다시 웃음을 거두고 말했다.

"마지막으로 경고한다. 현묘한 서책들은 기억할 수 없고
 체득할 수만 있다. 그 도리에 대한 일체의 설명도 없을 것이다.
 수행의 소질이 없는데 억지로 책을 보면 매우 좋지 않은 결과를
 초래할 수 있다. 나중에 내가 미리 말해주지 않았다고
 원망하지 마라."
'끼익.'

구서루의 나무문이 천천히 열렸다.

구서루 안은 마치 미지의 세계로 통하는 통로와 같이 그윽했다. 먼지도 거미줄도 없었다. 오히려 시간이 가져온 세월의 압박감만 있었다. 누각 밖에 서 있던 학생들은 옷매무새를 정돈하고 숨을 가다듬으며 문턱을 넘었다.

건물 안은 밖에서 보기보다 훨씬 크고 넓었다. 수많은 간이 서가가 정렬되어 있고, 서가는 여섯 개의 과목으로 나뉘어 연대별로 배열되어 있었다. 그야 말로 인간이 상상할 수 있는 모든 책들이 진열되어 있는 것 같았다.

서로 다른 높이의 책들이 한곳에 어깨를 기대고 있는 모습이 마치 기나긴 세월 동안 수많은 선현(先賢) 명사(名士)들이 장난스럽게 어깨를 견준 채 사람들을 주시하고 있는 것같이 보였다.

학생들은 건물에 들어서자마자 제각각 흩어져 자신이 흥미를 느끼는 책을 찾아 헤맸다. 녕결도 혼자 서가 사이를 걸어 다니며 때때로 책을 한 권씩 뽑아 봤다. 그런데 창가에 책상이 하나 놓여 있었고, 책상 위에는 필묵지연이 놓여 있는 것을 발견하고는 궁금증이 솟구쳤다.

'베끼면 안 된다면서 왜 이런 것들을 준비해 놓았지?'

그리고 그 옆으로 깨끗한 계단 하나를 발견했다. 위로 향한 계단.

'이층루?'

녕결은 계단 아래에서 머리를 긁적였다. 좀 전에 구서루 교관이 한 말이 떠올랐기 때문이다.

'이층루에 올라가는 것을 금한다는 규칙은 없었던 것 같은데……'

그 순간 누가 그의 옆으로 지나가며 계단을 올랐다. 녕결은 다소 마음이 홀가분해지며 그를 따라 올라갔다.

구서루의 2층은 아래층보다 더 조용하고 서가와 장서가 훨씬 적어 상대적으로 시야도 넓었다. 그리고 생각보다 많은 사람들이 서가 앞에서 책을 읽고 있었다. 어떤 이는 바보처럼 웃고 어떤 이는 흥분하며 중얼거리고 있었다. 경전이나 역사와 관련한 책들은 대부분 1층에 있었고 2층 서가에는 주로 무예나 수행에 관련한 책들이 있었다.

교관이 이 책을 읽는 것 자체를 금하지는 않았으니 넝결에게는 마치 보물산이 눈앞에 있는 것처럼 느껴졌다. 그것은 인사도 없이 조짐도 없이 성큼 다가온 것이다.

〈이지당설불(李知堂說佛)〉, 〈염력과 수인의 인증관계〉, 〈수행오경약술〉, 〈서릉에서의 추억〉, 〈동현경(洞玄經)〉, 〈남화집〉, 〈만진검술유파종술〉, 〈만법감상대사전〉……

넝결은 서가 앞을 천천히 거닐었다. 그의 시선이 빽빽한 책등에 떨어지자 놀라움과 열기가 곧 허전함으로 변하면서 두 손이 걷잡을 수 없이 떨리기 시작했다. 그는 위성의 식량 운송대를 따라 개평 시장을 갔고 그곳의 모든 서점을 똥개처럼 찾아다니다 겨우 〈태상감응편〉을 찾았다. 그 책을 몇 년 동안이나 읽었고 지금은 바스라져 잿더미가 되기 직전이었다.

그가 소벽호에서 마적 열일곱을 죽여 군공을 세우자 장군이 물었다.

"원하는 것이 무엇이냐? 전 위성의 군인들이 돈을 모아
　제일 잘 나가는 기녀를 구해줄 수도 있어."

넝결은 수없이 읽은 얇은 〈태상감응편〉을 쥐고 대답했다.

"수행을 하고 싶어요."

장군은 말이 없었다.

민산에서 이름 모르는 어느 수행자가 불가능하다고 했다.
수행 자질을 검사하는 군부 장교가 고개를 저었다.

여청신 어른이 탄식했다.

서원 술과의 선생이 어제 그의 어깨를 토닥였다.

눈앞에 그 세계가 있다는 것을 뻔히 알면서도 들어가지 못하고, 상상에게 괜찮다고 말하며 스스로를 위로했다. 칼과 화살로도 자신만의 세상을 만들 수 있다고 말했지만 사실 녕결은 괜찮지 않았다. 서원 구서루 2층에 빽빽이 꽂혀 있는 책들을 보며 비록 자신의 몸 상태를 바꾸기가 쉽지 않을 거라는 것은 알고 있었지만 저도 모르게 감격하며 눈시울이 뜨거워지는 것을 느꼈다.

"상상!"

그는 떨리는 손가락으로 책등을 어루만졌고, 지금 이 순간 오직 그녀와 감정을 공유하고 싶었다. 오직 그녀만이 지금 그의 마음을 이해할 수 있었기 때문에. 그때 그의 시선이 한 책에 꽂히며 손가락이 멈추었다.

〈설산기해입문〉

'쿵!'

녕결이 얇은 책자를 서가에서 뽑는 순간 어디선가 둔탁한 소리가 났다. 사람들이 놀라 그곳으로 향하고 녕결도 조심히 그곳을 따라갔다.

한 학생이 눈처럼 창백한 얼굴로 몸을 부르르 떨며 입가에 하얀 거품을 물고 바닥에 쓰러져 있었다. 옅은 색 옷을 입은 네 사람이 어디선가 나타나 실신한 학생에게 다가가 진맥을 했다. 곧이어 그 불쌍한 학생을 들것에 실어 계단으로 달려갔다.

마치 수없이 연습한 것 같은 능숙한 동작이었다.

기이하고 공포스러운 광경을 지켜보던 학생들은 말없이 서로 눈빛만 교환했다. 그리고 모두들 구서루에 들어오기 전 교관의 경고를 떠올리며 두려움에 질렸다. 하지만 아무도 자리를 뜨지 않았고 오히려 아래층에서 올라오는 학생이 더 많아졌다. 천하에서 모인 인재들. 그들도 녕결과 같이 그 세계에 대한 호기심이 강했고 그 세계로 들어갈 수 있을 거라는 자신감이 충만했다. 그래서 그들은 쓰러진 학생을 못 본 체하며 다시 서가에 있는 책을 꺼내 조용히 읽기 시작했다.

'쿵.'

또 한 명의 학생이 창백한 얼굴로 쓰러졌다. 녕결은 빠르게 실려 가는 그 학생을 보며 마음이 무거워졌지만 결국 다른 학생들처럼 마음을 독하게 먹고 손에 들고 있던 얇은 책을 펼쳤다.

〈설산기해입문〉 첫구절.

'천지에 호흡이 있고, 그것이 곧 숨결이다······.'

녕결이 집중하며 그 문구를 읽고 있었는데 갑자기 눈앞이 흐려졌다. 글씨가 희미해지기 시작했다. 그는 더욱 더 이를 악물고 억지로 계속해서 읽었다.

'사람은 만물의 영장, 그러므로 자연의 도리를 깨칠 수 있다.
의지는 힘이며 그것이 곧 염력이다.'

읽을수록 책자의 글씨는 점점 더 흐려지고 먹물 덩어리처럼 번져 갔다. 그는 필사적으로 눈을 가늘게 떴지만 너무 집중한 탓에 미간이 아파 오고 흐릿한 글씨는 점점 종이에서 떨어져 나갔다.

'사람의 염력은 머리로부터 생겨 설산기해로 모인다. 이슬이 물로
응결되고 모든 혈을 통해 몸 밖으로 흩어져 나가고, 신체 주위
천지의 숨결과 서로 감응해······.'

희미한 먹물 자국이 노르스름한 종이 위를 떠나 눈동자를 통해 그의 머릿

속으로 들어와 일파만파의 충격으로 변했다. 마치 파도치는 바다에 들어간 긴 노처럼 쉴 새 없이 그의 머리를 흔들었다.

하지만 녕결은 아프다고 느끼지 않았다.

다만 그의 몸이 휘청거리기 시작했다!

눈빛은 점점 흐려졌다. 가슴이 답답해지며 속이 메스꺼워졌다. 마치 심한 멀미에 시달리는 것 같았다. 그는 끙끙거리며 손에 쥐고 있던 책을 억지로 덮었다. 매우 가쁜 숨을 몰아쉬며 겨우 그 오묘한 현기증에서 벗어나기 시작했다.

그때 창가의 책상에는 교수 복장을 한 중년 여자가 앉아 있었다. 좀 전 몇 명의 학생이 쓰러져도 못 본 체하며 소해체 글씨만 집중해서 쓰던 그녀였다. 그러다가 탁 하며 책을 덮는 소리에 살짝 눈살을 찌푸리며 고개를 들었다. 안색이 창백한 녕결이 그녀의 눈길에 닿았다.

그녀는 20여 년 동안 구서루에서 쓰러져 간 수없이 많은 학생들을 보아 왔다. 하지만 녕결처럼 강한 의지력으로 마음을 다스려 실신하지 않고 책을 덮는 학생은 거의 보지 못했다.

녕결은 자신이 여교수의 주의를 끈 것을 몰랐다. 그의 모든 신경은 손에 든 얇은 책자에 쏠려 있었기 때문이다. 그는 호흡을 가다듬었다. 호흡이 정상으로 회복되었다고 느꼈을 때, 다시 망설임 없이 그 책을 펼쳤다.

그가 마지막 본 글자는 '서로 감응'. 그는 그 이후를 읽기 시작했다. 하지만 그의 시선이 '감응'이라는 글자에 떨어지자마자 다시 두 글자가 떠올라 자신의 머릿속으로 들어오며 매우 거친 파도를 일으켰다.

굉음을 내며 천만 개의 산과 같은 파도가 몰아치기 시작했다.

눈앞에서 손과 책이 사라지고, 그의 시선 사이 서가가 점점 가라앉았다. 촘촘히 진열되어 있던 책도 빠르게 가라앉고…….

마지막으로 그는 백설같이 하얀 지붕을 보았다.

그 다음에는 한 조각의 칠흑 같은 어둠. 심해 깊은 곳의 어둠…….

**

마차 한 대가 47번 골목의 노필재 문 앞에 멈추었다. 장막이 걷히고 녕결이 들뜬 발걸음으로 마차에서 내렸다. 녕결은 마부석에 앉은 마부와 마차 안에 있는 서원 집사에게 공손히 예를 올리며 말했다.

"감사합니다."

마차가 떠났다.

녕결은 깊은 숨을 들이마시며 여전히 창백한 뺨을 문지르며 노필재로 들어갔다. 손에 행주를 들고 기대감 가득한 얼굴로 자신을 바라보는 상상에게 녕결은 애써 미소를 짓고 말했다.

"서원…… 정말 세상에서 제일 좋은 곳이지만 동시에
    최악의 곳이기도 해."

그는 구서루에서 정신을 잃었고, 마차가 주작문을 통과할 때에야 깨어났다. 그는 자신이 어떻게 쓰러졌는지 전혀 기억하지 못했다. 그가 더욱 실망한 것은 그가 실신하기 전에 보았던 책의 내용이 하나도 기억이 나지 않는다는 것이었다.

"…… 기억할 수 없고 체득할 수만 있다……. 수행의 소질이
    없는데 억지로 책을 보면 매우 좋지 않은 결과를 초래할 수……."

녕결은 그제야 서원 교관이 한 경고의 참뜻을 깨달을 수 있었다.

'구서루의 수행 서적은 어떤 부적술 같은 것으로 만들어졌나?'

녕결의 의심과 깨달음은 계속되었다.

"구서루에 수행 서적이 많아. 그것을 보는 순간 난 거기에 있어야
한다고 생각했지. 그런데 책을 읽는 게 매우 번거롭네…….
마치 산이 내 앞을 가로막고 있는 느낌?"
"도련님, 그럼 산을 돌아가면 안 되나요?"
"예전에 우리가 이야기한 적 있지? 산이 있는데 돌아가지 못하면
어떻게 한다?"

상상은 힘차게 고개를 끄덕였다.

"산을 쪼개야죠."

* *

둘째 날, 서원이 마련한 수업은 수과. 하지만 오늘 서당 분위기는 어제와
사뭇 달랐다. 학생들은 강의를 듣고 있는 듯이 보였지만, 마음은 모두 구
서루로 향해 있었다. 많은 이들이 녕결과 같은 경험을 한 것이 분명했고,
그 경험들이 젊은 학생들의 도전 정신을 불러일으킨 것이다.

'댕!'

종이 울리고 수과 교수가 소매를 살랑살랑 흔들며 하교를 선언했다. 그러
자마자 대부분의 학생들은 빠른 걸음으로 튀어나가 서원 깊은 곳의 목조
전각으로 달려갔다. 오랫동안 신입생들을 겪은 교수는 고개를 저었지만
그저 웃을 뿐 별다른 말을 하지는 않았다.
　어제와 또 다른 모습은 저유현이 녕결과 동행했다는 점이었다. 그
리고 녕결은 하나도 급하지 않다는 듯이 구서루 대신 식당으로 향했다. 2
인분의 점심. 닭다리 하나 추가, 날달걀 세 알. 자신 앞에 있는 음식을 천
천히 다 먹고, 둘 외에 아무도 없는 식당을 보며 불룩한 배를 흐뭇하게 만

졌다.

그는 식당을 나와서도 곧장 구서루로 가는 대신 호수 주변을 천천히 걸었다. 뱃속의 음식이 소화되어 몸에 필요한 열량으로 변했음을 확인하고, 호숫가에 쪼그리고 앉아 손을 씻은 후에야 비로소 구서루 방향으로 조용히 걸어갔다.

그는 수행의 자질은 없었지만 충분한 전투 경험은 가지고 있었다. 그는 책과 맞서 싸운다는 자세로 구서루 안의 신비한 책들을 상대하기로 한 것이다.

'강인한 의지력으로 앞을 가로막고 있는 산을 조금씩 쪼갠다!'

그래서 그는 몸과 정신을 모두 최상의 상태로 만들고자 한 것이다.

"비켜! 비켜! 끓는 물이 아니야! 살아 있는 사람이야!"

구서루 앞에서 다급한 외침소리가 들렸다. 서원 집사 넷이 실신한 학생을 들것에 실어 뛰쳐나왔다.

'끓는 물이 아니야? 저 사람들도 지루한 반복에 지쳤나 보네.'

적어도 십여 명의 학생들이 실신한 채로 구서루 밖에 누워 있었다. 서원은 이러한 상황에 충분히 대비를 한 듯 성신탕이나 제원환과 같은 약물을 들고와서 치료를 전담하는 교관도 눈에 띄었다. 녕결은 쓴웃음을 짓고 계단을 올라갔다.

책을 읽는 학생 수가 어제보다 줄어 있었다. 물론 두려움에 오지 않은 것이 아니라 이미 많이 실려 나갔기 때문이었다. 이튿날부터 바로 포기하는 학생들은 그리 많지 않았다.

'쿵…… 쿵…… 쿵.'

이따금씩 쓰러지는 소리가 울려 퍼졌다. 가을 가지 끝에 익은 과일이 바닥에 떨어지는 것처럼 학생들은 끊임없이 쓰러져 경련을 일으키고 입에 거품을 물고 의식을 잃었다.

녕결은 여전히 〈설산기해입문〉을 들고 있었다.

'천지에 호흡이 있고 그것이 곧 숨결이다…….'

힘겨운 등반은 어쩔 수 없이 다시 첫걸음부터 시작해야 했다. 예상대로 책 속의 글씨는 흐려지기 시작했다. 뭉쳐 있는 먹물들은 마치 맑은 물에 씻긴 붓처럼 빠르게 번져 나갔다.

'사람은 만물의 영장 그러므로 자연의 도리를 깨칠 수 있다.
의지는 힘이며 그것이 곧 염력이다.'

흐려진 글씨가 다시 종이 위를 떠나 그의 머릿속에서 윙윙거리기 시작했다. 이번에는 그 진동이 초원의 차가운 바람 같았고 녕결은 자신이 무수한 마적들과 싸우고 있는 것처럼 느껴졌다. 그는 깊게 숨을 들이마시고 억지로 머리를 들어 잠시 쉬었다. 고개를 드는 동작이 너무 단호하여 목 근육이 뻐근해졌다. 그리고 가슴의 답답함을 없애기 위해 책의 유혹을 억누르며 창밖으로 봄날 숲의 끝자락과 서가 옆의 다른 학생들을 바라보기도 했다.

'털썩.'

작은 그림자 하나가 서가에 붙어 맥없이 내려앉았다. 임천 왕영이었다. 그리고 서가 가장 깊은 곳에서 사승운이 가부좌를 틀고 앉아 무릎 위에 올려놓은 책을 가만히 보고 있었다.

눈빛은 여전히 밝았지만 얼굴은 무섭게 창백해져 갔다.

"다들 열심히 하네."

녕결은 미소를 지으며 다시 책으로 시선을 옮겼다.

'사람의 염력은 머리로부터 생겨 설산기해로 모인다. 이슬이 물로
응결되고 모든 혈을 통해 몸 밖으로 흩어져 나가고, 신체 주위
천지의 숨결과 서로 감응해……'

춘풍정 골목. 하지만 옆에는 조소수가 없고 끝없이 빗방울만 떨어지고 있
었다. 녕결의 얼굴과 몸은 비에 흠뻑 젖고 갑자기 극단적인 추위가 엄습
하고…… 그리고 다시 정신을 잃었다.

＊＊

셋째 날 오후, 구서루 밖.

"비켜, 비켜! 끓는 물이 아니라 살아 있는 사람이야!"

집사 네 명이 실신한 녕결을 들고 빠른 걸음으로 구서루를 나와 대기하고
있던 의원에게 던져주고 잠시 후 누군가 그를 마차에 실었다.
　　오늘 구서루에서 총 스물일곱 명이 실신했다.

＊＊

넷째 날 오후, 구서루 밖.

"비켜, 비켜! 끓는 물이 아니라 살아 있는 사람이야!"

집사 네 명이 실신한 녕결을 들고 구서루에서 걸어나와 대기하고 있던 의원에게 던져주고 이마에 맺힌 땀방울을 훔치며 나지막한 목소리로 그를 원망했다.

오늘 구서루에서 총 아홉 명이 실신했다.

* *

다섯째 날 오후, 구서루 밖.

"비켜, 비켜! 여전히 살아 있는 그놈이다!"

집사 네 명이 실신한 녕결을 들고 구서루에서 천천히 걸어나와 힘없이 몇 마디를 외쳤다. 건물 밖에서 대기하던 의원은 낯익은 얼굴을 보면서 한숨을 내쉬었다.

오늘 구서루에서 총 네 사람이 실신했다.

* *

여섯째 날 오후, 구서루 밖.

"비켜!"

네 명의 집사가 아주 간결하게 두 마디만 외친 후 누군가를 건물 밖 나무 그늘 아래 던졌다.

**

봄기운이 짙어지고 기온은 점점 높아지는데 구서루에 대한 학생들의 도전은 한 치의 진전도 없이 무참하게 깨졌다. 그리고 갈수록 2층으로 향하는 사람의 수가 줄어들었다.

녕결은 종이 울리면 여전히 식사를 하고 호숫가를 산책했다. 계단을 오르고 실신하고 실려 나갔다. 하지만 녕결은 조금도 기죽지 않고 포기하지 않았다. 얼굴색이 창백해지고 볼은 여위었고 발걸음이 점점 무거워 보였지만, 오늘도 그가 밖으로 실려 나가는 것을 보니 이변은 없는 듯해 보였다.

**

또 다른 날 오후, 녕결은 표고버섯 닭고기 밥 두 접시를 만두와 함께 먹고 호수에서 손을 씻은 후 구서루 밖에 도착했다. 변성에서 가장 유명한 미치광이인 줄만 알았던 소년이 또 다시 구서루 입구로 들어섰다. 모든 학생들이 일제히 고개를 들어 그의 모습을 바라보며 소곤거리기 시작했다.

"미친 건 아니겠지?"
"오늘은 2층에서 얼마나 버틸까?"
"반 시진?"
"안 될 것 같은데? 기껏해야 일 다경 정도의 시간?"
"오늘은 사승운 공자와 녕결 중 누가 먼저 내려올까?"
"사승운 공자는 수행에 소질이 있다지만 녕결은 뭐지?"
"왜 이렇게 악착같이 굴지?"
"사승운 공자와 대결하는 건가? 아니라면 수행에 자질도 없는
 놈이 이렇게 악착같이 굴 이유가 없잖아?"

녕결은 그들의 소곤거림을 듣지 못했다. 그는 눈앞의 계단을 바라보며 떨리는 손목을 잡고 발길을 되돌리고 싶은 마음을 억누르며, 심호흡을 했다.

녕결은 알고 있었다. 오늘의 이 계단이 어제의 계단보다 더 가파르고 더 길고 더 힘들 것이라는 것을.

2층에 올랐다. 녕결은 이마에 맺힌 땀방울을 살짝 닦아내고 항상 있던 서가 쪽으로 묵묵히 걸어갔다. 그리고 며칠째 보고 있지만 여전히 아무것도 기억하지 못하는 그 얇은 책을 꺼냈다.

2층은 조용했다. 그를 제외하고 버틴 학생은 단 한 명, 사승운이었다.

사승운은 가부좌를 틀고 서가 끝에 앉아 있었다. 그의 무릎 위에는 여전히 같은 책이 놓여 있었고, 창백한 얼굴은 먹을 묻히지 않은 새 종이와 같았다.

녕결은 그의 존재가 의아하지 않았다. 그는 술과에 들어갔으니 이렇게 오래 버티는 것이 전혀 새롭지 않았기 때문이다. 다만 그와 사승운 둘만 남은 이 상황이 서원에서 어떤 논쟁을 불러일으킬지 생각하지 못했을 뿐이다.

실제로 사승운은 녕결과 대결한다는 생각을 가졌다. 녕결은 전혀 몰랐지만 알았더라도 신경 쓰지 않았을 것이다. 자신이 왜 여기 와야 하는지 왜 이런 고통을 견뎌야 하는지는 자신만이 알고 있기 때문이다.

'내가 좋아하기 때문에. 내가 필요하기 때문에.'

이유는 이렇게 간단했다.

얇은 〈설산기해입문〉이 마치 큰 산처럼 그의 손을 짓누르고 있었다. 창밖으로 눈을 돌리고 다시 책을 읽고 다시 고개를 들어 휴식을 취했다.

처음보다 버티는 시간이 길어졌다.

물론 47번 골목으로 돌아오면 아무것도 기억할 수 없었지만, 분명 하루하루 지날수록 더 많은 것을 보고 있다는 것을 알고 있었다. 더 버틸 수 있는 힘을 얻은 까닭은 부적술이 들어간 글자에 대한 저항력이 세졌기 때문이 아니라 이 전투에서 이기려는 의지력이 강해졌기 때문이었다. 그리고 독서와 휴식 사이에 적절한 간격을 찾는 등 더 오래 버틸 수 있는 모든 방법을 찾고 있었기 때문이었다.

"이런 식으로 책을 읽다가는 너희는 곧 죽을 것이다."

시종일관 소해체를 베끼던 그 여교수가 천천히 고개를 들어 벼루 위에 붓을 올려놓고 몸이 휘청거리고 있는 녕결을 보며 말했다.

녕결은 겨우 책을 덮고 또 힘겹게 몸을 돌려 여교수를 향해 예를 올렸다. 서가 끝에 있던 사승운도 책을 덮으며 허리를 숙여 여교수에게 인사를 했다. 두 학생은 당연히 여교수가 줄곧 여기에 있는 줄 알았다. 다만 주위가 어떻게 변해도 그녀는 자신의 일에 몰두했다. 그래서 둘에게 그녀는 점점 풍경의 한 조각이 되어 존재하지 않는 존재가 되어 갔을 뿐이다.

그러던 그녀가 오늘 드디어 입을 열었다.

"구서루 2층의 수행 서적은 모두 대수행자들이 염력을 붓에 넣어 쓴 것이다. 다시 말하면 글자 하나하나가 모두 신부사(神符師)들의 훌륭한 작품이다."

여교수는 가부좌를 틀고 앉아 있는 사승운을 바라보며 말을 이었다.

"두 사람은 모두 의지력이 강하다. 근 십 년 동안 가장 끈기가 강한 학생들이라고 할 정도다. 하지만 신부사의 작품을 보기 위해서는 끈기만으로는 안 된다. 그것을 알아보고 이해하기 위해서는 동현 상(上) 경지의 능력을 갖추어야 한다."

그녀는 고개를 돌려 녕결을 보며 동정하듯 말했다.

"사승운은 이미 감지의 경지를 지났고, 곧 불혹의 경지에 들어갈 것이니 비교적 오래 버티는 것이다. 그가 이곳에서 얻은 깨달음은 그가 수행하는 데 도움이 될 것이다. 하지만 너의 체질은 수행에 적합하지 않다. 오직 의지로만 버티는데 그것은 너에게 백해무익하다. 안된 말이지만 이제 그만 돌아가거라."

녕결은 그 자리에 서서 한참을 침묵하다 다시 한번 여교수에게 공손하게 예를 올리며 진지하게 대답했다.

"학생이 감히 선생님께 여쭙겠습니다. 선생님은 동현 상(上)의 경지이신가요?"

여교수는 고개를 저었다. 녕결은 그 의미를 이해했다.

"그렇다면 선생님께서 처음 서원에 들어오셨을 때 이미 동현 상의 경지셨나요?"

여교수는 살짝 미소 지으며 질문의 뜻을 이해했다. 녕결은 다시 예를 올리며 간곡히 말했다.

"학생은 계속 보고 싶습니다."

여교수는 칭찬과 애정의 눈빛을 담아 그를 바라보았다.

"하지만 결국 능력껏 해야 한다. 네가 계속 고집을 부리다가 어느 순간 내가 말리는 날이 오더라도 너무 날 탓하지 말거라."
"네, 선생님."

얼마 후, 녕결과 사승운 두 사람은 다시 차례대로 실신했다. 집사 네 명은 이미 일상이 되어 버린 탓에 당황하지도 않았다.

두 사람의 몸무게조차 이미 알고 있었기에 무표정한 얼굴로 두 사람을 들고 또 뭐라고 소리 지르기도 귀찮아 그냥 내려갔다.

봄이 한창이었다.

만연한 봄숲의 울창함과 푸르름이 창을 통해 구서루 2층으로 스며들었다.

여교수는 창밖의 봄기운을 느끼며 미소를 짓고 고개를 저었다. 그리고 다시 고개를 숙여 소해를 베끼기 시작했다. 바로 그때 구서루 교관이 아래층에서 올라와 그녀에게 공손히 예를 올리며 말했다.

"선생님, 이해 안 되는 일이 하나 있습니다."
"요즘 나도 이해할 수 없는 일이 하나 있는데,
함께 이야기해 보자."

교관은 탄식하며 입을 열었다.

"두 학생을 며칠 동안 지켜봤습니다. 사승운은 수행의 기초도 있고
끈기도 있으니, 그가 버티는 것이 쉽지는 않지만 드문 일도
아닙니다. 하지만 녕결은 분명 속세의 평범한 사람에 불과한데
왜 이렇게 오래 버틸 수 있는 것인가요?"
"몇 년 전 스승님께서 말씀하신 것이 기억나는구나. 사람의 의지가
충분히 강하면 하늘도 두려워한다……. 아마 이 녕결이라는
아이가 바로 그런 의지가 충분히 강한 사람이 아닐까 싶다."

＊＊

그 후 며칠 동안 달라진 게 없었다. 아침에는 수업, 점심에는 식사, 오후에는 구서루 2층.

모든 학생과 교관의 눈길 속에서 녕결과 사승운 두 사람은 앞서

거니 뒤서거니 실려 나갔다. 이런 상황이 영원한 일상이 될 것 같던 어느 날, 마침내 변화가 생겼다.

녕결이 간식으로 준비한 떡 몇 개를 싸서 구서루에 들어가려고 할 때였다. 누군가 그를 막았다.

"너희들, 언제까지 이렇게 고집을 부릴 거야?"

사도의란이 김무채의 작은 손을 잡고 통명스럽게 그에게 말했다. 그러다가 그의 창백하고 여윈 볼을 보고는 마음이 약해졌다. 사도의란은 조금은 부드러운 소리로 말했다.

"지금 서원에서는 이미 너희들이 가장 의지력이 강하다는 걸 다 아는데 왜 이 짓을 계속하지?"

녕결은 눈을 비비고 그녀를 쳐다보았다. 그리고 이해가 안 된다는 표정을 지었다. 그는 정말 이해가 안 되었지만 그 표정은 사람들의 눈에 일종의 도발로 보였다. 사도의란은 화난 목소리로 말했다.

"지금 네 몰골을 좀 봐. 눈밑은 꺼멓고 얼굴은 허옇고…… 바람만 불어도 쓰러질 것 같아. 그 호색한 마귀 저유현과 똑같아. 우리는 모두 네가 수행을 할 수 없다는 것을 알아. 네가 2층에 올라간들 무슨 의미가 있어? 무엇 때문에 굳이 사승운 공자와 겨루고 있지? 진짜 또 올라갈 거야?"

저유현이 불쑥 끼어들었다.

"사도 아가씨, 말을 함부로 하면 안 되지. 내가 호색한은 맞지만 마귀는 아니지."

이어 그는 고개를 돌려 녕결의 창백한 얼굴을 보며 안타까운 얼굴로 매우 진지하게 말했다.

"솔직히 말할게. 더 이상 올라가지 마. 왜 이런 고집을 피워? 지금 포기한다 해도 다들 널 칭찬하지 않을까 싶어. 일반인인 네가 수행 천재인 사승운 공자와 지금까지 대등하게 버텼잖아?"

녕결은 그제야 말뜻을 알아듣고 웃으며 대꾸했다.

"정말 오해가 많네. 내가 2층에 올라가는 것은 그저 책을 보고 싶어서 그런 거야. 대결 같은 건 아무 관심 없어. 사승운 공자도 똑같이 생각할 거야."
"그가 어떻게 생각하는지 네가 어떻게 알아?"

사도의란은 다소 침울한 표정으로 말했다.

"서원에 들어온 것은 모두 다 한 가지 목표가 있기 때문이야. 바로 이층루에 들어가기 위해서지. 너도 못 이기는데 어떻게 이층루에 들어갈 자신이 생기겠어?"
"이층루?"

녕결은 어디서 들은 듯한 이야기가 떠올라 뒷머리를 긁적이면서 물었다.

"사승운과 나는 매일 이층루에서 책을 읽고 있지 않아?"

사도의란은 눈을 크게 뜨며 또 더 크게 놀란 듯 말했다.

"이층루도 몰라? 그런데 왜 매일 이렇게 악착같이 올라가는 거야? 서원의 이층루는 '구서루의 2층'이 아니라 아주 신비한 곳이야. 선현(先賢)들은 모두 이층루에서 공부했는데 지금도 그곳엔 세외고인들이 많다고 해."

녕결은 구서루의 지붕을 가리키며 물었다.

"그렇다면 또 그게 구서루의 2층과 무슨 상관이야?"
"이층루로 통하는 문이 구서루의 2층에 있으니까."

사도의란은 여전히 어이없다는 듯 말을 이었다.

"언어가 사람을 혼란스럽게 만드는 경우가 많지. 서원 이층루에
들어가는 것은 하늘의 별따기야. 최근 십 년 동안 일고여덟
명밖에 들어가지 못했어. 네가 그곳에 들어갈 생각이 없다면 굳이
사승운 공자에게 대들 필요가 있을까?"

녕결은 그녀를 보며 웃었다.

"사승운 공자 수행에 영향을 주지 않기 위해 그가 이층루에
들어갈 자신감을 꺾지 않기 위해 내가…… 스스로 포기해야
한다고?"

이 말에 주위가 일순간 침묵에 빠졌다. 그런 요구는 도리에 맞지 않을 뿐
만 아니라 심지어 너무 무례했기 때문이다. 사도의란 옆에서 침묵을 지키
던 김무채가 입술을 깨물더니 녕결에게 다가가 떨리는 목소리로 진지하
게 말했다.

"녕결 학우한테 부탁할게요. 사승운 공자…… 사승운 공자는
어제 귀가 후에 피를 토했어요. 그는 이제 더 이상 버틸 수가
없어요."

녕결은 매일 자신과 함께 계단을 오르던 사승운이 이렇게 많은 대가를 치르고 있는지 처음 알았다. 그는 자신이 밤마다 구토하는 모습을 걱정스럽게 바라보던 상상의 얼굴을 떠올리며 침묵에 빠졌다.

바로 그때, 종대준이 차갑게 그를 바라보며 끼어들었다.

"이런 사람에게 정중하게 부탁할 필요가 있나? 보통 사람이
이렇게 오랫동안 2층에 있을 수 있다는 사실을 믿을 수 없어.
승운이가 매일 2층에서 피를 토하며 책을 읽을 때 그가 그곳에서
뭘 하는지 누가 알겠어? 눈을 감고 정신 수양을 하고 있을지도
모르지."

사승운은 남진 출신이었고 이번에 장안으로 오는 길에 양관(陽關)을 지날 때 종대준의 집에서 묵었다. 둘의 우정은 이미 널리 알려져 있었고 서로를 아끼며 잘 어울려 다녔다.

악랄한 추측이었지만 또 매우 진실에 부합해 보였다. 녕결을 바라보는 학생들의 눈빛이 복잡해졌다.

그때 건물 밖 돌길에서 두 대의 마차가 다가왔고, 마차 안에서 창백한 얼굴의 사승운이 부축을 받으며 내려와 멍하니 이쪽을 바라보았다. 그리고 그는 아무 말도 하지 않았다.

녕결은 사승운이 별다른 뜻을 밝히지 않자 실망하며 귀찮은 듯 학생들을 향해 말했다.

"너희가 날 소인배라 생각한다면 대인배인 사승운 공자에게
올라가지 말라고 말리는 게 옳지 않겠어? 왜 나 같은 소인배에게
화풀이를 하는 거야?"

종대준은 여전히 어두운 얼굴로 그를 가로막았다.

"오늘은 올라갈 생각 하지도 마."

녕결은 어이없이 웃다가 소매를 천천히 걷어 올리며 물었다.

"서원이 네 집이야? 아니지? 그럼 구서루가 네 집인가?
그것도 아니지? 그럼 네가 날 이길 수는 있나?"

녕결은 종대준의 눈을 똑바로 보며 말했다.

"사과와 어과 두 과목은 내가 모두 갑등 상인 것을 알지?
네가 오늘 내 길을 막는 나쁜 개가 되겠다면 내가
널 때려죽인다고 해도 탓하지 마라."

사도의란은 이 말에 참지 못하고 웃었는데 김무채의 괴로운 표정을 보고
매우 부적절하다 생각하고 얼른 고개를 숙였다. 김무채는 눈시울이 붉어
지며 말했다.

"종대준도 친구를 지키려는 마음이 앞서서 그런 거예요.
그런 말은 하지 말았어야 했는데 제가 대신 사과드려요. 다만
2층은…… 정말 올라가지 말아 주세요. 이렇게 하면 어떨까요?
당신도 올라가지 말고, 우리도 사승운 공자에게 그만 올라가라고
권할게요. 그리고 둘이 비긴 셈으로 쳐요."

그 말에 사도의란이 연신 손뼉을 치며 좋아했다.

"이 방법 좋다! 이 방법이 좋아! 서로 기분도 상하지 않고……."

녕결은 미소를 띠며 두 소녀를 바라봤다. 그 옛날 어느 골목에서 뛰어 놀
던 풋풋한 여학생들, 여자 짝꿍을 위해 끊임없이 계략을 꾸미던 계집애
들……

'장안 귀인들의 자식들도 악의 없는 풋풋한
어린 소녀들일 뿐이네.'

녕결은 생각을 정리하고는 자신의 뜻을 분명히 밝혔다.

"내가 위층으로 올라가는 것은 나만의 이유가 있어서야.
무슨 대결 같은 것과는 관계없어. 사승운의 몸이 걱정된다면
그를 만류하는 게 옳아."

김무채는 흐느끼며 대답했다.

"사승운 공자는 자존심이 세서 말릴 수가 없어요."
"난 변성에서 온 소년 군사일 뿐이니 너무 교만해서는 안 된다?
그래서 그를 말리지 않고 나를 말리는 건가?"

김무채는 눈물을 닦으며 황급히 사과했다.

"죄송해요. 그런 뜻이 아닌데 제가 말실수를 했네요.
신경 쓰지 마세요."
"됐어."

녕결은 흐느끼는 소녀 곁을 지나가며 위층으로 향했다.

"내가 2층에 올라가는 것은 자존심도 아니고 자랑도 아니고
더 중요한 것들이 있어서 그래."

그의 뒷모습을 보며 사도의란은 여전히 의구심 가득 물었다.

"그것보다 더 중요한 것이 뭐가 있어?"

'뭐가 있냐고? 많지. 예를 들어 목숨.'

"녕결, 오늘 네가 위층에 오르면 어떤 결과를 초래할지 생각해."

종대준은 사승운이 걸어오는 것을 보고 시큰둥한 목소리로 말했다.

"호천이 인간에게 만물을 주었는데, 인간인 네가 할 일은 바로
받아들이는 일이야! 이 자리의 많은 사람들도 수행을 못하지만
너처럼 질투해서 억지를 부리지는 않아. 나는 네가 무엇을 하고
싶은지 잘 알아. 너는 지금 이층루에 들어갈 수 없다는 것을
알기에, 심술을 부리고 어떤 수단을 써서라도 사승운이 이층루에
못 들어가도록 막는 거지. 하지만 너의 그런 이기적인 행위가
얼마나 흉악하고 수치스러운 건지는 생각 안 해봤어?"
'서원의 이층루가 도대체 뭐길래 저러는 거야?'

그의 침묵, 그리고 그가 잠시 멈칫 하자 학생들은 잘못 받아들였다. 학생
들은 종대준의 말이 녕결의 속내를 들춰내 그가 난처해한다고 생각했다.
　　이야기가 점점 점입가경이 되어갈 때, 녕결은 2층으로 오르는 계
단 입구에서 천천히 몸을 돌려 조롱 섞인 어투로 말했다.

"오늘 이전에는 이층루가 뭔지 몰라서 들어갈 생각도 없었는데
이제 그곳이 뭔지 알게 된 이상 난 반드시 그곳을 들어갈 거다.
그때 너희들 중 놀라는 사람이 없었으면 좋겠네."

종대준은 분노가 최고조에 이르러 헛웃음이 나왔다.

"아직도 사승운 공자를 질투한다고 인정하지 않는 거야?"

구서루 밖에 서 있는 두 대의 마차. 그중 한 대는 사승운이 타고 온 것인
데 평범해 보이는 다른 한 대에서는 아무런 움직임이 없었다. 그런데 종

대준의 말이 떨어지자 조용하던 청색 장막의 마차에서 차가운 목소리가 들려왔다.

"온실의 꽃이 높은 설산의 연꽃을 질투하는 줄만 알았지,
 하늘의 매가 땅 위의 닭을 질투하는 줄은 몰랐네."

모질고 야박하지도 않고 조롱과 풍자의 말투도 아니었다. 하지만 이 말에 구서루 근처에 몰려 있던 학생들은 쥐죽은 듯 조용해졌다.
　종대준의 얼굴은 흉하게 일그러졌다.
　수치심과 분노.
　마차 안의 사람은 녕결을 온실의 꽃과 땅 위의 닭에 비유했고 사승운을 설산의 연꽃과 하늘의 매에 비유하고 있었다. 다시 말해 말 한 마디로 녕결이 당한 비아냥거림을 다 돌려준 것이다. 그것도 몇 배로.
　학생들은 일제히 그 마차로 시선을 옮겼다.

'누가 감히 양관 종대준과 남진 사승운을 비꼰단 말인가?'

종대준이 반격을 하려 할 때 또 누군가 격분하여 소리를 지르려 할 때였다.
　마차 속의 그 사람이 다시 입을 열었다.

"기량과 끈기가 남보다 못하면 더욱 노력하고 연마하여
 이길 생각을 해야지, 어찌 여자가 대신 사정하게 만드는 것이냐!
 무채, 너는 어릴 때부터 총명하고 세심한 아이였는데 최근
 몇 년 동안 무슨 일이 있었기에 이렇게 우둔해진 것이냐!"
"그리고 의란 너는 또 어떻고? 남진 사람을 도와 당인을 조롱해?
 어릴 적 말을 타고 거리를 휘저으며 아버지를 따라 남진 정벌을
 하겠다던 네 모습은 어디로 갔느냐? 강대함은 야유로 증명하는
 것이 아니다. 우리 대당은 결국 칼과 화살로 증명해냈다.
 돌아가서 반성해라!"

남진 사승운 공자를 조롱하고 이어서 두 명의 장안 귀녀들을 엄하게 꾸짖었다. 말투는 차분했고 그 차분함 속에 거부할 수 없는 강인함이 배어 있었다. 더욱 이상한 것은 사도의란과 김무채 둘 다 혼이 난 후에도 화를 내기는커녕 부끄러운 듯 고개를 숙였다는 점이다.

구서루 근방에 모여 있던 학생들이 뭔가 이상함을 느끼고 청색 장막 마차 안의 인물이 누구인지 모두 궁금해 했다. 다시 그 마차에서 목소리가 흘러나왔다.

"녕결, 본궁(本宮)에게 오거라."

본궁이라는 말에 모든 학생들은 무의식적으로 몸을 숙여 마차를 향해 몸을 숙여 예를 올렸다. 종대준은 다시 한 번 얼굴이 구겨졌는데 이번에는 분노 때문이 아니라 두려움 때문이었다.

대당 율법에 따르면 황태후, 황후 그리고 태자, 장공주(長公主, 첫째 공주)만이 본궁이라 칭할 수 있다. 하지만 대당 천계 시대에는 태후도 장공주도 없었다. 그렇다면 남은 것은 황후인데, 황후가 혼자 서원에 올 리는 없으니 남은 것은 한 가지 가능성뿐이었다.

천계 시대 유일한 공주, 공주가 자신의 현명함으로 조정으로부터 스스로를 본궁이라 칭할 수 있도록 특별 윤허를 받은 바 있었다. 그 마차에는 대당 천자가 가장 총애하는 공주 전하가 타고 있었던 것이다.

대당 백성이 가장 경애하는 공주 전하, 대당 젊은이들이 마음속으로 우상으로 여기는 공주 전하.

누가 감히 덤빌 수 있을까.

녕결은 약간 놀라며 학생들의 의구심 가득한 시선을 받으면서 청색 장막의 마차 앞으로 천천히 걸어갔다. 그리고 그제야 갓을 쓴 마부가 북산도 입구 혈전을 같이 했던 공주의 호위 대장 팽국도(彭國韜)인 것을 알아차렸다.

팽국도는 고개를 가볍게 숙여 인사했다.

"전하께서 찾으신다."

녕결은 목소리를 가다듬고는 마차 안을 향해 허리를 숙였다.

　"민초, 공주 전하를 뵙습니다."
　"네가 이미 서원에 들어간 이상 이제부터는 본궁에게 학생이라
　자칭하면 된다."
　"전하께서는 서원 선생님도 아니신데 왜 제가 제자가 됩니까?"
　'난 이미 대당 공주 신분을 회복했는데 네놈은 아직도
　그 모양이냐!'

이어는 어이가 없어 마차 장막을 휙 걷어 올리며 차갑게 말했다.

　"본궁이 서원에 들러 일을 보다가 자네가 서원에 있다는 것이
　생각나 옛 친구를 찾으러 왔다. 그러니까 본궁이…… 상상을
　좀 보고 싶다. 내일 공주 저택으로 그녀를 데려와 본궁에게
　보여주도록!"

녕결은 그녀를 힐끔 보았는데, 당시 청순하고 고운 모습으로 변장한 공주 시녀의 모습 대신 화려한 공주의 모습을 보고 오히려 마음이 많이 편안해 졌다.
　그는 반듯하게 예를 올리며 목소리를 부드럽게 했다.

　"전하께서 생각해주셔서 감사합니다."
　"요즘 매일 구서루 2층에 오른다 들었는데, 자기 몸을 소중히
　해라. 쓸데없는 고집에 목숨을 걸지 말고. 목숨을 아껴 나라를
　위해 힘쓰는 것이 곧 정도(正途)이다."

녕결은 몸을 세워 다시 해명하려고 고개를 들었다. 하지만 마차는 이미

움직이고 있었다.

청색 장막의 마차가 호숫가 돌길을 따라 천천히 멀어졌다. 울퉁불퉁한 돌길을 따라 마차는 심하게 흔들렸다.

턱을 괴고 있던 이어 공주는 마차의 흔들림 때문인지 더욱더 녕결이 얄밉다는 생각이 들었다. 그녀가 오늘 서원에 온 것은 다른 일이 있어서가 아니었다. 단지 녕결을 보기 위해서였다. 초원에서 함께 돌아오던 그 소년이 어떤 모습으로 변했는지 보고 싶었다.

자신의 초대를 거부하고 춘풍정 조 씨를 따라 밤에 살육을 하고, 하루 아침에 서숭산의 눈에 들어온 놈이 무엇이 특별한지 직접 보고 싶었기 때문이다.

하지만 더 직접적인 이유가 있었다.

서원 신입생 둘이 십여 일 동안 매일 구서루 2층에 올랐고 그중 하나가 녕결이라는 말을 들었을 때, 여청신 노인의 평가가 떠오르며 더 이상 호기심을 억누르지 못했기 때문이었다.

녕결을 다시 본 첫인상은 평범하지만 여전히 청아하고 깨끗한 용모를 갖추고 있었다. 몇 개의 주근깨도 얕은 보조개도 여전히 그곳에 있었다. 다만 안색이 이전보다 많이 창백해져서 건강해 보이지는 않았다. 이어 공주는 다시 녕결의 창백한 얼굴과 퉁명스럽고 냉소적인 표정이 떠올라 짜증이 솟구쳤다.

사실 종대준이 거기서 빈정거리며 그녀를 격분시키지만 않았더라면 그녀는 아예 녕결을 불러내지도 않았을 것이다.

★★

녕결은 구서루를 향해 걸어갔다.

하지만 학생들이 그에게 보내는 시선은 이전과 완전히 달라져 있었다. 충격과 의혹이 그들의 얼굴에 서려 있었다.

'서원 명부에 이력이 잘못 기재된 것은 아닐까? 위성이라는
작은 변성에서 온 군졸이 아니라 청하군 큰집안의 자제인가?
아니라면 공주 전하께서 어찌 그를 아시는 걸까? 심지어
특별히 그를 마차 곁으로 부르시지 않았는가.'

사도의란은 호기심 어린 눈으로 그를 훑어보았고 김무채는 그녀 뒤에 반
쯤 몸을 숨긴 채 부끄러워서 그를 쳐다보지도 못했다. 가장 난처한 입장
이 된 종대준은 이미 어디로 도망갔는지 알 수 없었다.

　　사승운은 창백한 얼굴로 약간 씁쓸한 웃음을 지었다. 그때 저유현
이 녕결 곁으로 다가가 다소 놀랍다는 표정으로 그를 보며 나지막이 감탄
했다.

　　"어쩐지 그때 간 대가께서 네놈에게서 돈을 받지 않더라니!
　　네놈의 배경이 이렇게 대단할 줄이야. 사실 사도의란 같은
　　성품의 아가씨는 친왕 전하를 내세워도 꿈쩍하지 않는데,
　　공주 전하 앞에서는 그들도 도리가 없지."
　　"그건 또 무슨 말이야?"
　　"간단해. 소위 장안 낭자군(娘子軍)…… 그게 바로 공주 전하가
　　어린 시절에 심심해서 만드신 거야. 사도 아가씨 같은 귀녀들은
　　모두 공주 전하께서 데리고 놀며 키운 화근이지."

녕결은 웃었지만 자신과 공주의 관계를 설명하지는 않았다. 그런 인연으
로 출세할 생각은 확실히 없었다. 하지만 그 관계의 모호함으로 편리함을
얻는 것은 그가 기꺼이 하는 일이었다.

　　녕결이 2층으로 올라가자 마침내 사승운도 움직였다. 그는 많은
학생들의 만류를 뿌리치고 휘청거리는 몸으로 힘겹게 한 걸음씩 앞으로
나아갔다.

　　녕결은 〈기해설산입문〉을 손에 들었지만 아직 펼치지 않았다.

　　사승운이 자신의 옆을 지나 서가의 가장 깊은 곳까지 걸어가 평소

처럼 가부좌를 틀고 앉자 그때 입을 열었다.

"넌 자존심 때문인지 모르겠지만, 난 진짜 필요한 게 있어. 그리고
넌 하늘이 내린 인재이고 난 그저 살아남기 위한 망명객일 뿐이니
우리 둘 사이의 간격이 너무 커. 네가 순간적인 승리감을 맛보기
위해 목숨을 걸지 않았으면 좋겠다."

사승운은 녕결이 이런 말을 할 줄은 생각지도 못했다. 그리고 그는 남진
의 인재답게 총명했다. 그는 잠시 침묵했다. 넋을 잃고 무릎 위의 책 표지
를 보다가 갑자기 벽을 짚고 어렵게 일어나 길게 예를 한번 올리고 천천
히 계단을 내려갔다.

녕결은 서쪽 창과 가까워 오후의 햇빛이 따사로운…… 사승운이
며칠 동안 가부좌를 틀고 있었던 자리로 옮겼다.

자신도 가부좌를 틀고 앉아보았다. 한참 눈을 감고서 앙상한 뺨을
문지르고 미소를 지었다. 그리고 그제야 눈을 뜨고 책을 펼쳤다.

"필기를 해봐라. 베낄 수도 가져갈 수도 없지만 도움이 될 것이다."

동쪽 창문 근처에 옅은 색 옷을 입은 여교수가 고개도 들지 않고 소해에
몰두하고 있었다. 이전에 그녀의 목소리를 들어본 적이 없었다면…… 이
말이 진짜 그녀가 한 말인지 몰랐을 정도였다.

녕결은 천천히 일어나 서쪽 창문 옆에 놓인 탁자로 걸어가 필묵지
연을 보고 한참 생각한 후 앉았다. 그리고 먹을 들고 벼루 안의 맑은 물을
갈기 시작했다.

구서루에서는 베끼는 것을 금했다. 물론 베끼려 해도 신부사의 작
품을 머릿속에서 걸러내 일반 글자로 변화하여 백지 위에 베낀다는 것은
보통 사람으로서는 불가능에 가까웠다. 또 구서루의 규칙상 책 위에 아무
런 흔적을 남길 수도 없었다. 시도는 해볼 수 있었지만 녕결은 이런 잔꾀
를 부려본 적이 없었다. 생사를 건 전투에서 넘어야 할 장애물 앞에선 어

떠한 잔재주도 우둔한 것이기 때문이다. 그때 필요한 것은 우둔함에 가까운 지혜일 뿐이었다.

'무엇을 써야 할까? 어떤 필기를 해야 하나?'

녕결은 붓을 들었지만 종이 위에 쉽게 붓끝을 내리지 못했다.
 그는 책에서 본 내용을 이미 잊어버렸던 것이다. 무엇을 써야 최소한 의미라도 있는지 몰랐다.

'내가 죽기 살기로 하는 이 일이 원래 별 의미가 없는 일 아닐까?'

그는 자조의 웃음을 지었다.
 그동안의 고생, 매일 밤의 고통…… 밤마다 상상이 뜨거운 수건을 자신의 이마에 얹어주던 기억들…… 녕결은 자신도 모르게 씁쓸해졌다.

'평범한 사람이 수행의 세계에 발을 들여놓는 일. 사실
 아무리 노력해 봐도, 그냥 정해진 실패를 더욱 비장하게
 보이게 하는 것…… 단지 그뿐 아닐까?'

그때,

'똑.'

먹물을 배불리 먹은 붓이 공중에 떠 있는 시간이 너무 길었던 것일까. 먹물 한 방울이 붓끝에서 새하얀 종이 위로 떨어졌다. 먹물은 종이 위의 섬유질을 타고 빠르게 번졌고 불규칙적인 아름다움이 한 덩어리로 드러났다.
 녕결은 그 묵흔(墨痕)을 보고 마음이 흔들렸다. 가장 깊은 곳의 쓸쓸함과 실의가 깨끗이 씻겨나갔다. 녕결의 마음이 절대적인 평온으로 변했다.

그리고 그는 깨달았다.

'모든 사랑이 아름다운 추억으로 남지 않으며 모든 동화가 행복한
결말로 이어지지 않듯이 모든 노력에 대한 보답이 있는 것은
아니다. 노력해서 무엇을 얻을지 스스로 결정하기는 어렵다.
그렇다면 노력하는 그 과정을 즐기면 된다.'

녕결의 마음은 하얀 백지처럼 깨끗해졌다.

'필기를 하지 못한다면 굳이 기록할 필요가 없고, 무엇을 기록하지
못한다는 것 자체가 필기라 할 수 있다.'

녕결은 깨끗한 종이 위에 새로운 글씨를 쓰고 있었다.

'다른 것을 쓰자. 예를 들어 지금의 기분이나 경험…… 지금 내가
건물에 들어와 있는 느낌…… 동쪽 창문 밖 담벼락과 고목에 새로
난 가지 그리고 조용한 여교수의 모습 등등…… 서쪽 창문의
석양이 촛불을 가를 때 나타나는 찰나의 빛…….'

그는 주먹을 불끈 쥐며 다짐하듯이 외쳤다.

"위로 올라가야 한다거나 다시 올라야 한다는 생각들…… 이전의
이런 걱정들은 이제 다 내려놓자. 난 원래 그저 소벽호의
장작꾼일 뿐이야. 어찌 억지로 날이 차가워졌다 말하려 하는가.
아직 가을은 오지도 않았는데."

그는 붓을 들어 종이 위에 아무렇게나 휘갈겼다. 특별한 생각 없이 단지
지금 이 순간의 기분에 따라 다소 산만하게 글을 썼다.
    붓을 종이 위에 대고 글씨를 써갈기면서, 답답하기 그지없던 가슴

이 마치 붓에 의해 지워진 것처럼…… 모든 생각이 먹물 방울처럼 지워지고 마침내 그 흔적을 찾을 수 없게 되었다.

> "구서루에 들어온 지 열이레. 하루하루 고생은 했지만 글자가
> 마음에 들어오지 않아 그저 글자들이 사라져가는 것을 지켜볼
> 수밖에 없었다. 정신 집중도 해봤고 이유 없는 달콤한 꿈에
> 빠지기도 했지만, 그 글자들은 항상 없었다."

녕결의 중얼거림은 글씨로 바뀌어 종이 위에 내려앉았다. 누구 하나 듣는 이도 보는 이도 없어도 상관없었다.

> "종이 위의 글씨가 허상이라면 왜 나는 그것을 볼 수 있는가?
> 만약 그것이 진실이라면 왜 나는 그것을 기억하지 못하는가?
> 만약 그것이 진실과 허상 사이에 존재한다면, 그것을 써낸 먹물은
> 진실인가 허상인가? 그것을 실은 종이는 진실인가 허상인가?"

이쯤에서 문득 쓰기 싫어졌다.

그는 손을 멈추고 종이 위에 적힌 글씨를 가만히 바라보았다. 먹물이 다 마른 후 그 얇은 책 속에 넣고 다시 책을 서가에 꽂았다.

그리고 동쪽 창가에 앉은 여교수에게 공손하게 예를 올리고 계단을 내려왔다. 그는 처음으로 실려 내려오지 않고 혼자 걸어 내려왔다.

여교수는 고개를 들어 소년의 허탈한 뒷모습을 오랫동안 바라보았다. 그리고 가볍게 한숨을 내쉬며 묵묵히 생각했다.

> '만 개의 나무와 천 개의 범선도 학생에게 나뭇가지 하나와
> 바람 한 줄기만 허락해줄 뿐이라고 스승님이 말씀하셨지.
> 저 소년은 의지가 강하니 염력도 약하지 않을 것이다. 하지만
> 그의 설산기해가 막혀 있으니 마침내 피를 토하고 허약해진
> 몸으로 침대에 누워 있는 결말을 맞이할 것이다. 비록 호천이

너를 불쌍히 여겨 건강함을 내리더라도 그렇게 80년을 산다 한들 무슨 의미가 있겠느냐.'

황혼이 짙어지면 어둠이 내려온다. 오늘 더 이상 2층에 오를 사람은 없는 것 같았다. 여교수는 필묵지연을 잘 정리하고 건물 옆길을 따라 뒷산 방향으로 걸어갔다.

＊＊

얼마나 지났을까. 밤의 어둠이 서원의 그 뒤편 큰 산을 뒤덮었다.

넓은 풀밭 사이 흩어진 서원 건물에 불이 켜져 마치 하늘에 떠 있는 별 같았다. 구서루 2층 북쪽 벽의 깊숙한 곳 서가 뒤에는 이상한 문양이 새겨져 있었다. 아무도 없는 조용한 밤중, 복잡한 모양의 문양이 한순간 밝아졌다가 소리 없이 옆으로 미끄러지면서 작은 틈이 생겨났다.

짙은 청색 서원의 학포를 입은 뚱보 하나가 그 틈새에서 기어나와 한참 동안 숨을 몰아쉬었다. 그는 화가 난 듯 뒤돌아 서가를 보며 원망했다.

"누가 이렇게 설계를 했는지…… 출구를 좀 더 크게 만들면
어디 탈나나? 서원에도 뚱보가 들어올 수 있다는 생각은
안 해본 건가?"

뚱보는 다시 몸을 돌려 서가로 걸어가며 혼잣말을 했다.

"나쁜 둘째사형, 입문 서적에 있는 내용으로 내기를 하다니……
나 진피피(陳皮皮)가 아무리 세상에 둘도 없는 천재라지만
어렸을 때 본 것을 어떻게 지금까지 기억하냐."

그는 구시렁대면서 서가에서 〈기해설산입문〉이라 적힌 얇은 책 한 권을

꺼내 만족스러운 듯 가볍게 툭툭 쳤다.

얇은 종이가 하늘하늘 바닥으로 날아 떨어졌다. 발끝에 떨어진 흰 종이를 보고 진피피는 잠시 멍하니 있었다. 쌀알 같은 눈동자를 몇 번 돌리더니 찐빵 같은 볼에 어렵게 두 줄의 주름을 쥐어짜며 궁금증을 나타냈다.

그리고 살찐 몸집을 고통스럽게 움직여 쪼그려 앉았다. 그는 귀엽도록 통통한 손을 내밀고 그 종이를 집은 후 몇 번이나 큰 숨을 내쉬었다.

"뚱보로 사는 게 세상에서 가장 불쌍한 일이야. 앉는 것도
이렇게 힘들다니……"

진피피는 스스로를 가엾게 여기며 고개를 숙여 떨어진 종이를 무심결에 읽었다.

"위로 올라가야 한다거나 다시 올라야 한다는 생각들……
이전의 이런 걱정들은 이제 다 내려놓자. 난 원래 그저 소벽호의
장작꾼일 뿐이야. 어찌 억지로 날이 차가워졌다 말하려 하는가.
아직 가을은 오지도 않았는데."

뚱보는 처음에 이게 무슨 말인가 싶었다. 그래서 혼자 중얼거렸다.

"사실 뚱보로 사는 게 제일 불쌍하진 않아. 물론 그 뚱보가
천재라면. 나 같은 뚱보 천재보다 너 같은 보통 사람이
진짜 불쌍하지."

일반 사람과 천재의 세계는 결코 통할 수 없다. 진피피는 이 불쌍한 놈의 고뇌와 절망을 이해는 하면서도 상대방의 고통을 자신의 고통으로 여길 생각은 없었다. 그래서 그는 종이를 다시 서가에 끼워 넣고 자신이 가지러 온 〈기해설산입문〉을 손에 쥐고 떠나려고 했다.

그때였다.

"잠깐!"

진피피는 다시 몸을 돌려 종이를 펼쳐 들더니 한참을 바라봤다.

"이놈이 글씨는 괜찮게 쓰네."

다시 종이를 책장 사이에 집어넣으려고 하다가 무엇엔가 이끌린 듯 몸을 돌려 종이를 꺼내 한참을 들여다봤다.

"괜찮은 게 아니라…… 글씨 정말 좋은데!"

떠나려다 다시 멈추고, 떠나려다 다시 멈추고……. 진피피는 스스로 생각해도 자신의 행동이 기이하다고 느꼈다. 입을 살짝 벌린 채 종이 위에 남아 있는 이 불쌍한 놈의 심정을 느끼며 중얼거렸다.

"호천께서 너를 가엾게 여기시어 이 좋은 글씨로 나를 설득해
네놈을 도와주라고 하시는 건가?"

사람은 먼저 결정을 한 후 명분을 찾는 법. 설령 그것이 허황된 핑계일지라도 그렇지 않은가.
　사실 진피피는 그냥 그렇게 하고 싶었을 뿐이었다. 이런 점에서 그는 어떤 사람보다도 훨씬 소탈했다.
　다만 오늘밤 자신의 행동이 누군가의 인생을 송두리째 바꿀 것이라고는 생각하지 못했다.
　동쪽 창가의 책상에 앉아 쏟아지는 별빛을 빌려 그 불쌍한 녀석이 쓴 말을 흥미롭게 바라보았다. 통통한 손가락으로 이따금씩 창틀을 두드렸다. 그 소리에 새들도 호응하듯 가볍게 울었다.

"구서루에 들어온 지 열이레. 하루하루 고생은 했지만 글자가

마음에 들어오지 않아 그저 글자들이 사라져가는 것을 지켜볼
수밖에 없었다. 정신 집중도 해봤고 이유 없는 달콤한 꿈에
빠지기도 했지만 그 글자들은 항상 없었다."

진피피는 녀석이 남긴 글귀들을 읽어 나갔다.

"종이 위의 글씨가 허상이라면 왜 나는 그것을 볼 수 있는가?
만약 그것이 진실이라면 왜 나는 그것을 기억하지 못하는가?
만약 그것이 진실과 허상 사이에 존재한다면 그것을 써낸 먹물은
진실인가 허상인가? 그것을 실은 종이는 진실인가 허상인가?"

진피피는 입을 쭉 내밀었다. 그 뚱뚱한 얼굴에 못마땅한 기색이 가득했
다. 그리고 그 기색은 이내 일종의 자부심과 자만심으로 변해 갔다.

"불쌍한 녀석! '보게 되면 산(山)이 아니지만 봐야 산이다'라는
허튼 소리를 믿지 마라. 호천께서 할일이 없어서 그런 화두를
내려주시겠느냐?"

진피피는 종이 뒤에다 자신의 생각을 적어 나갔다. 녀석에게 답안지를 살
짝 보여주는 기분으로.

"객관적으로 존재하는 것은 당연히 진실이다. 예를 들어 이 책에
쓰인 글씨는 지금 나의 자부심과 자만심보다 더 진실하지.
이 글씨가 진실임을 믿어야 하고 네 자신도 믿어야지.
네 스스로도 믿지 못하면 네 눈은 더욱 믿지 못할 터."

진피피는 중얼거리면서 계속 적었다.

"글씨도 객관적 실재, 종이도 객관적 실재. 다만 봄빛에 반사된

이 글자가 너의 눈에 비춰 너의 어리석은 머리로 이해하려고 하면
다시 허망한 존재가 된다."

"봄빛이 종이에 반사된다는 것도 이미 하나의 해석이고 네놈의
눈에 보이는 것 또한 하나의 해석이고, 그것을 네놈이 해석하려는
시도가 또 하나의 해석이다. 해석은 종종 오해이며 해석을
많이 할수록 원래의 모습과 달라지게 된다."

"이렇게 말해도 이해가 안 되면 이 천재가 가장 바보 같은
방식으로 예를 하나 들어주지. 사물의 객관적 진실은 벌거벗은
애인처럼 그냥 받아들이는 것이지, 너의 해석은 필요 없다.
애인의 가슴이 크든 작든 엉덩이가 둥글든 납작하든 그 자체가
객관적인 진실이고 너는 그녀를 조금도 변화시킬 수 없지."

"네가 음탕한 눈빛으로 그녀를 보고 또 그녀가 얼마나 아름다운지
생각하고 또 그녀를 가지고 싶다고 느낄 때, 이 모든 생각들은
'옷'으로 변한다. 네가 한 번 생각을 덧붙일 때마다 그녀의
아름다운 몸 위에 옷을 하나씩 입히는 것이지. 그래서 마지막에는
그녀가 처음에 어떤 모습이었는지 가슴이 얼마나 컸는지도
기억이 안 나게 되지."

"그럼 어떻게 이 문제를 해결할까? 방법은 간단해. 처음에 옷을
입지 않은 미인을 본 순간을 기억해봐. 그녀가 대하국의
성녀(聖女)이든 서릉 신전의 엽홍어(葉紅魚)든 그냥 아무 생각도
하지 말고 그녀를 가져버려! 애인은 가지는 거지 이해하는 것이
아니야!"

붓 하나에 솔직한 심정을 담아 휘두르자 진피피의 얼굴에 생기가 넘치고
만족스러운 표정이 드러났다. 어려서부터 천재로 여겨지던 그는 수년 간
고인(高人)을 따라 공부했다. 그에게 이렇게 거리낌 없이 또 허심탄회하게
남을 훈계할 기회가 언제 있었겠는가.

"말은 좀 거칠고 저속하지만 그 도리가 저속하지는 않지.

다만 내가 한 말로 네가 주화입마에 빠지지 않기를 바란다.”

동쪽 창문 밖으로부터 불어온 밤바람에 먹물이 말랐다.

그는 얼굴의 볼살을 흔들거리며 서가로 걸어와 그 종이를 〈기해
설산입문〉에 다시 끼워 넣고 서가에 꽂았다.

그는 오늘밤 둘째 사형과의 내기도 시들해졌다. 뚱뚱한 얼굴에 문
득 망설임이 스쳤다.

'이놈을 돕는 것은 구서루의 규칙을 위반하는 것인데……'

하지만 진피피는 스승의 다른 말을 떠올리며 책을 서가에 가지런히 정돈
한 후 소매를 한번 털고 호탕하게 걸어갔다.

“부자(夫子) 왈(曰), 규칙은 방귀다!”

　　　★★

녕결은 매일 아침 날이 밝기 전 노필재를 떠나 밤이 깊어진 후에야 장안
성으로 돌아왔다.

오늘은 처음으로 제 발로 걸어서 구서루를 내려왔다. 마차가 장
안 남문을 통과했을 때는 이미 밤이 깊어 있었다. 저유현은 그의 몸이 걱
정되어 특별히 그를 기다려 함께 장안성으로 돌아왔다. 두 마차가 노필재
문 앞에 멈추고, 그 동성의 부잣집 공자는 녕결의 뒷모습을 보며 말했다.

“악감정 없이 사승운에게 내려오라 설득했다니…… 녕결,
　네가 이렇게 마음이 넓고 덕이 깊고 기품이 고결한지 몰랐네.”
“계속해봐. 네가 내게 잘보이기 위해 얼마나 많은 좋은 단어들을
　생각해내는지 보고 싶네. 그런데 솔직히 말해서…… 사실

사승운에게 내려가라고 권한 것은 그의 몸이 걱정되어서가
아니라, 그가 매일 앉는 자리가 탐나서 그런 거야. 그 자리는
햇볕을 쬘 수 있거든."
"좋은 일을 하고도 칭찬받기는 싫다? 그렇다고 그런 자질구레한
이유를 대야 하나, 이 친구야."

저유현은 이 말과 함께 웃음을 남기고 마차를 재촉하여 골목을 빠져나갔다.
녕결도 웃었다. 소매를 저으며 가게로 들어가 상상이 건네준 수건
을 받아 얼굴을 닦았다. 그리고 의자에 털썩 주저앉았다.

"오늘도 입맛이 없네. 달걀부침 국수 한 그릇만!"
"도련님, 내일은…… 가지 마세요"

녕결은 상상의 말을 듣고 억지로 웃음을 참으며 말했다.

"며칠 전 휴일에 너하고 놀지도 못했는데, 내일은…… 쉬지 뭐.
참 오늘 서원에서 그 백치 공주를 만났는데, 너보고 놀러오라고
하더라고. 내일 거기나 가자."
"공주 전하께서 날 찾으셨다고요? 오, 저도 좋아요."

녕결은 편안한 마음으로 가볍게 말했다.

"쉬는 김에 두 번째 놈도 지워버리지 뭐."

상상은 멈칫했다. 그녀는 말없이 고개를 숙여 자신의 닳은 신만 바라보았
다. 아마 그 일은 상상이 별로 좋아하지 않는 모양이었다.
녕결은 하루 시간을 내어 구서루 2층에 오르는 대신에, 상상을 데
리고 공주부를 찾았다가 그 다음에 사람 하나를 죽이기로 했다.
상상은 확실히 이 결정을 좋아하지 않았다. 어려서부터 녕결의 살

인을 수없이 봐온 그녀는 사람을 죽이는 것이 싫은 게 아니라 녕결이 제대로 쉬지 않는 것이 싫었던 것이다.

하지만 달걀부침 국수는 여전히 맛있었다. 며칠 동안 녕결이 메스꺼워하고 구토가 심해서 산초나 파는 넣지 않았다. 하지만 녕결에게 상상이 만들어주는 국수는 여전히 맛있었다.

순식간에 국수 한 그릇을 비우고, 뜨거운 물에 발을 담갔다가 침대에 오른 녕결은 상상의 보살핌을 받으며 깊은 잠에 빠졌다. 그가 잠든 것을 확인한 상상도 이마에 나지도 않은 땀방울을 닦고 자신의 침상으로 올라가 달콤한 잠을 청했다.

밤이 얼마나 깊었을까.

"으음……."

녕결의 신음 소리에 상상은 눈을 떴다.

"우웩!"

녕결이 구역질을 하고 있었다. 상상은 작은 손으로 그의 등을 두드렸다. 이따금씩 등을 위에서 아래로 쓸어내렸다. 녕결은 창백한 얼굴로 침대에서 몸을 반쯤 내밀어 아래에 있는 대야에 대고 헛구역질을 해댔다.

구서루 2층에 오른 후부터 매일 밤 몇 번씩이나 이런 고통을 견뎌야 했다. 잠이 들면 낮에 보았던 글자들이 칠흑 같은 괴물로 변해 그의 머릿속 깊은 곳에서 솟구쳐 나와 쉴 새 없이 칼을 휘둘렀다. 곧이어 글자들은 팽창하면서 큰 배로 변해 그의 머릿속에 거친 파도를 만들어냈던 것이다.

녕결은 이것이 꿈이 아니라는 것을 잘 알고 있었다. 신부사가 만들어낸 글자와 자신의 정신세계 사이에서 생긴 격렬한 감응의 여파가 현묘한 방식으로 나타나는 것이라고 생각했다.

나를 가장 잘 아는 사람이 곧 나의 적. 하후 대장군을 가장 잘 아는 사람 중에 분명히 녕결이 있으니 이 말이 온전히 틀린 것은 아니다.

하지만 다시 생각해보면 나를 가장 잘 아는 사람은 결국 나 자신이다.

넝결은 자신을 잘 알았다. 그래서 막다른 골목에 몰리지 않는 이상 절대로 포기하지 않을 것이다. 그가 구서루 2층에 계속 오르기 위해서는 한시라도 서둘러 명단에 적힌 이름들을 제거해야 했다.

두 번째 이름은 전(前) 선위 장군 휘하의 부대장 진자현(陳子賢).

2

기해설산
혈

1

✦

닭백숙첩

✦ ✦ ✦ ✦

✦ ✦ ✦ ✦ ✦ ✦ ✦ ✦

2

o o o

○ ○ ○

천자의 총애를 받는 이어 공주는 1년의 대부분을 황궁에 머물지만 장안성 내에도 저택이 있었다. 이튿날 녕결과 상상이 간 곳은 장안 남성 한적한 곳에 위치한 공주부.

공주가 오늘 입은 옷은 붉은색과 검은색이 적절히 조화된, 몸매가 드러나는 치마에 밝고 화려한 수가 놓여져있었다. 옷깃을 감싼 옷과 산봉우리 같은 치마자락이 발등으로 내려와 화려했지만 세속적으로 보이지는 않았다.

　　"녕결은?"

상상 혼자 저택 뒤채로 들어오자 공주가 물었다.

　　"그를 못 본 지 꽤 되었는데 그 소년은 날 보러 올 줄도 모르네."

시중을 들던 태감이 난처한 얼굴로 대신 대답했다.

　　"남녀가 유별한데 개인적으로 공주 전하를 뵙는 것은
　　불경하다면서 밖에서 기다리겠다고 고집했습니다. 지금
　　팽 장군과 당직실에서 이야기를 나누고 있습니다."

상상이 변명하듯이 덧붙였다.

　　"도련님이 요즘 몸이 불편하세요."
　　"게으른 네 도련님이 어디서 힘이 나는지 매일같이 구서루 2층을
　　오르는데 몸이 어찌 편하겠어?"

"공주 전하, 그래도 저는 도련님이 대단하다고 생각해요."

이어는 가볍게 웃었다. 손으로 상상의 까만 이마를 건드리며 말했다.

"이 계집애야! 넌 맨날 도련님 도련님밖에 몰라. 그가 어디 도련님
같기나 해? 정말 내가 화가 나. 너처럼 부지런한 계집을 시녀로
얻다니 도대체 녕결은 전생에 나라를 구하기라도 했단 말인가."

이어는 상상의 손을 잡아 끌었다. 두 여자는 평상에 나란히 앉았다.

사람의 인연이란 참으로 기묘하다. 이어는 상상을 보고 첫눈에 친
근감을 느꼈고 녕결이 그녀를 소처럼 부리는 모습을 안타까워했고, 장안
으로 돌아오는 여정에도 '공주의 시녀' 신분으로 상상과 이야기를 나누었
는데 정감이 갔다.

상상은 어려서부터 녕결 밑에서만 자랐다. 그래서 신분의 높고 낮
음에 대한 개념이 별로 없었다. 공주 전하가 좋은 사람이라는 생각에 그
녀와 가까이 지내는 것을 거부하지 않았다.

이어는 상상에게 요즘 어떻게 지내는지 물었다. 상상은 서원 입학
시험을 비롯하여 자질구레한 이야기를 공주에게 다 들려주었다.

묵묵히 듣고 있던 이어는 갑자기 상상의 작은 손이 차갑고 거칠게
느껴져 애석해하며 말했다.

"녕결의 시녀로 살지 말고 이 저택에 와서 내 집사가 되면 어떨까?
남의 시중을 들 필요도 없고 그냥 날 위해 공주부 저택을
관리하면 돼."

공주부의 호위 당직방에서 팽국도는 창백한 얼굴의 소년을 보고 참지 못
하고 말했다.

"북산도 입구에서는 네가 얼마나 용맹했는데 지금 이 창백한

얼굴과 허약하기 그지없는 몸은 어찌 된 거야? 서원에 입학해서
며칠 책을 읽더니 폐물이 되어버린 건가?"

"팽 장군, 그날 구서루 앞에 계셨잖아요. 사실 이 일은 여러 말
해봤자 소용이 없어요. 그보다 같이 온 초원 만족들은요?
그리고 장군과 호위 형제들은 군공을 세운 셈인데 왜 아직
공주부에 있어요?"

"공주 전하께서 데려온 만족들은 모두 폐하께서 특별히
우림군으로 편성토록 하셨어. 알다시피 대당 우림군은 일부러
다른 나라 사람들을 많이 쓰지. 나와 호위들은…… 전하를 따라
초원에서 싸우며 여기까지 온 거야. 그래서 전하가 걱정도 되고
사실 떠나고 싶지도 않고…… 황실도 같은 뜻이야. 그래서
난 공식적으로는 기병 부통령이라는 직책을 가지고 있지만 주로
공주 전하를 곁에서 모시고 있어."

기병 부통령에 공주 전하 호위 대장. 바쁜 업무를 증명이라도 하듯 그 순
간 기병 군영에서 보고를 하러 들어왔고, 그는 녕결에게 양해의 말을 건
넨 후 황급히 나가버렸다.

　　이렇게 중요한 위치에 있는 사람이 왜 직접 녕결을 대접했는가?
　　물론 북산도 입구 전투에서의 우정도 있지만 무엇보다 팽국도는
사람을 끌어 모으려는 공주의 생각을 잘 알고 있었기 때문이다. 그리고
이것이 바로 녕결이 오늘 뒤채로 들어가지 않은 진짜 이유였다.

　　'조소수를 따라 밤중에 강호에서 황실을 위해 싸울 수는 있지만
　　빛의 세계로 나와 그 방대한 세력과 직접 마주치면 쥐도 새도
　　모르게 죽을 수 있겠지…… 멸문지화를 당한 선위 장군
　　집안처럼…… 얼마 전 47번 골목 담장 밑에서 눈을 감은
　　탁이처럼.'

＊＊

봄날의 청명한 햇살이 공주부를 비추었다. 앞뜰 돌로 쌓은 가산(假山) 옆에도, 대나무 의자 위에도 그리고 그의 몸에도 봄 햇살이 비추었다. 딱 좋은 온도가 구서루에서 느꼈던 서늘함을 모두 쫓아버렸다.

　"햇볕을 쬐고 있어요? 그런데 어머니는 저에게 햇볕을
　　못 쬐게 해요."

맑고 앳된 아이의 목소리가 의자 뒤에서 가볍게 울렸다. 녕결이 눈을 떠 뒤를 돌아보니 가산 옆으로 남자 아이의 작은 얼굴이 삐죽 나와 있었다. 까무잡잡한 건강한 얼굴, 사과처럼 붉은 뺨, 길고 예쁜 속눈썹. 하지만 아이는 조금은 겁을 먹은 표정이었다.

　녕결은 그 얼굴을 보자 탁이가 떠올라 가슴 어딘가가 시큰해졌다. 그는 의자에서 일어나 오랜만에 본 어린 남자아이를 향해 몸을 숙이며 부드럽게 말했다.

　"어린 왕자를 뵙습니다."

겁에 질린 듯한 남자아이는 이어 공주가 초원에서 데려온 의붓아들 소만(小蠻). 녕결은 북산도 입구에서 보고 처음 보는 것이었다.

　"전하께서 왜 어린 왕자가 햇볕을 쬐지 못하게 하셨을까?"
　"어머니께서 그러면 피부가 탄다고 하셨어요. 저는 공주 어머니의
　　아들이자 폐하께서 인정한 외손자이고, 대당 제국의 가장
　　자랑스러운 황족이기 때문에 검어도 되지만 너무 검으면
　　안 된다고 하셨어요."
　'공주의 의붓아들에 대한 사랑이 이 정도라고?'
　"가끔 햇볕을 쬐는 것도 괜찮아."

주위를 살피고 궁녀가 없다는 것을 확인한 소만은 언제 그랬냐는 듯이 점 잖은 모습이 사라지며 갑자기 어린아이로 변하여 녕결의 소매를 잡아당기며 말했다.

　　"이야기 좀 들려주실래요?"
　　'그때 불더미 옆에 들었던 동화를 아직도 기억하는 건가?'

녕결은 웃으며 소만에게 자신의 옆으로 오라고 손짓했다.

　　"난 이야기는 잘 못하고 이전에 했던 것은 '동화'라고 불러야
　　할 텐데."
　　"그럼 동화를 들을래요."

소만이 활짝 웃었다.

　　"좋아, 그건 내가 잘하지. 왕자가 초원의 '어린 왕자'이니
　　어린 왕자에 관한 동화를 하나 들려줄게."
　　"좋아요! 좋아요!"

녕결은 대나무 의자에 누워 하늘을 바라보며 입을 열기 시작했다.

　　"숲에 구렁이가 있었는데 덩치가 너무 커서 먹잇감을 잡은 후
　　씹지 않고 그냥 삼켜버렸지. 그리고 나서는 여섯 달 동안 내내
　　잠만 자면서 천천히 먹이를 소화하는 거야."
　　"…… 무서워요. 동화는 원래 즐거운 거 아니에요?"
　　"이제 시작이니 조급해하지 마…… 난 그 구렁이 이야기를 듣고서
　　상상대로 그림을 그렸지. 구렁이가 큰 짐승 한 마리를 집어삼키고
　　있는 그림. 그리고 어른들에게 보여주며 물었지. 무섭지 않아요?
　　그런데 어른들은 시큰둥하게 대답했어. 이건 모자인데

뭐가 무서워?"

소만이 신나게 손뼉을 치며 말했다.

　"뭔지 알겠다! 뱀을 모자 가장자리로 그렸고, 큰 짐승은
　모자 가운데로 그렸죠?"

넝결은 어이가 없어 소만을 바라보다 다시 말을 이었다.

　"내가 그린 것은 모자가 아니라 짐승을 삼킨 구렁이야. 그런데
　지금의 너처럼 어른들이 그것을 못 알아본 것이지. 그래서 내가
　아예 구렁이 뱃속 상황도 그려버렸어."

소만은 의심스러운 눈초리로 그를 바라봤다.

　"어린 왕자에 관한 동화라면서요. 어린 왕자는 언제 나와요?"
　"곧 나와."

얼마 지나지 않아 공주부 궁녀들이 소만을 찾아 앞뜰로 나왔다. 마침 공
주 전하와 상상의 대화도 끝이 났다. 넝결은 어린 시녀의 손을 잡고 공주
부를 나섰다.

　"공주는 좋은 사람이에요."

등에 멘 대흑산은 남성의 조용한 거리를 걷고 있는 상상의 허벅지를 규칙
적으로 두드렸다. 넝결은 길가 오동나무 사이로 흐려진 하늘을 보며 동문
서답했다.

　"비가 올 것 같네."

상상이 걸음을 멈췄다.

"도련님은 왜 공주를 싫어해요?"

녕결은 잠시 멈칫 했지만 상상에게는 자신의 진짜 생각을 알릴 필요가 있다고 생각했다.

"우리가 흔히 말하는 좋은 사람은 아니라고 생각했기 때문이야.
　물론 너에게는 잘해주지만."
"전하가 좋은 분이 아니면 당시 왜 초원으로 시집 가셨겠어요?
　또 왜 소만에게 그렇게 잘해주는 거죠?"
"세상의 모든 새어머니가 나쁜 사람은 아니지만 공주처럼 소만을
　자기 목숨보다 더 중요하게 생각하는 새어머니는 드물지."

같은 사실, 두 가지 관점. 상상은 언뜻 이해가 안되는 눈치였다.

'뚝, 뚝…… 뚝뚝뚝.'

봄날의 장안성에 빗방울이 떨어지기 시작했다. 녕결은 상상 등 뒤의 대흑산을 빼서 펼치며 걸음을 계속 옮겼다.

"일이 너무 비정상적이면 꼭 뭔가가 있지. 더군다나 공주는
　아직 젊은데? 모성애가 넘쳐서? 초원 만족의 금장왕정 선우(單于,
　우두머리)에 대한 감정이 소만에게 옮겨간 것이지. 그리고 보면
　그녀가 선우에게 미안한 마음이 컸던 것 같아. 나 같은
　변성의 군사들은 알고 있지. 그 선우라는 사람이 얼마나 대단한
　군주인지. 그런데 그 영웅 같은 군주가 영문도 모른 채 자신의
　백치 동생에게 죽임을 당했다고?"
"도련님, 무슨 말을 하고 싶은 거예요?"

"내 말은 공주 전하는 앞으로 평생 후회하며 살 거라는 거야.
왜냐하면 그 선우가 공주를 진심으로 사랑했었고 또 어쩌면
이 세상에서 유일하게 그녀를 진심으로 사랑한 남자이니까."
"못 알아듣겠어요."
"됐다."

상상은 한참 침묵을 지키다가 문득 입을 열었다.

"공주 전하가 선우를 죽였다고 생각하시는 거예요?"

녕결은 실눈을 뜨고 상상을 보며 말했다.

"상상 너, 평소에 게으름 피우려고 일부러 멍청한 척하는 거지!"

상상은 주먹을 살짝 쥐고 나지막이 물었다.

"증거는요?"
"이 세상에는 증거가 필요 없는 일들이 많아."

녕결은 보슬보슬 내리는 빗줄기를 보며 말을 이었다.

"당시 그녀가 왜 초원으로 시집을 갔을까? 첫째, 제국 내부의
어떤 세력으로부터 공격을 피할 수 있었기 때문이야. 둘째,
황후와의 싸움에서 스스로 물러난 듯이 보여 폐하의 동정과
백성의 존경을 받을 수 있었기 때문이지. 그리고 셋째, 초원에서
자신만의 힘도 키울 수 있었지. 하지만 그녀가 어떻게 영원히
초원에 있을 수 있겠어? 폐하께서 점점 연세가 많아지니
후계자를 정할 시기가 왔고, 그러니 그녀도 이제 돌아올 때가
된 거지. 하지만 선우가 그토록 사랑하는 여인이 그의 뜻을

어기고 다시 장안으로 돌아올 수 있는 방법이 무엇일까?"

"하지만 그때 전하는 겨우 열두세 살이었는데……."

"난 열두세 살 때 마적을 죽였어. 사람의 능력과 나이가
꼭 비례하지는 않아. 아까 내가 말한 것은 그냥 공주 전하가
그런 일을 할 이유가 있고, 또 이익이 있다는 거야. 증거는
없다지만 사실 그 대단한 선우를 죽일 수 있는 사람은 세상에
단 한 명. 선우가 가장 믿고 사랑하는 사람뿐."

"그래도 도련님의 짐작일 뿐이에요."

"나도 내 짐작이 틀렸으면 좋겠다. 나도 이 세상 이야기가
모두 동화였으면 좋겠어. 왕자와 공주는 영원히 행복하게
살고…… 그런데 초원의 왕자인 선우가 죽고 공주는 친정으로
돌아와 버렸네?"

상상은 약간 화를 내며 물었다.

"왜 도련님 눈에는 세상이 늘 그렇게 어두워요?"

넝결이 걸음을 멈췄다. 그는 상상을 한참 바라보다 차가운 목소리로 진지
하게 말했다.

"내가 그곳에서 살아남았을 때부터…… 길가 시체 더미에서
너를 주웠을 때부터…… 내가 본 세상은 늘 어두웠어."

이 말을 하고 그는 자신이 지나치게 떠들었다는 생각이 들었다. 부끄러운
마음에 크게 한 걸음 앞으로 내디뎠다. 서원 구서루가 부정적 영향을 끼
친 것인지 아니면 곧 누군가를 죽여야 한다는 생각 때문인지, 대흑산에
떨어지는 빗줄기가 더 이상 상쾌하지 않고 무겁게 느껴졌다.

"도련님이 또 전하를 백치라 욕하시는 줄 알았어요."

"정에 이끌리면 위험해. 남을 다치게 하고 또 마지막에 자신을
다치게 하니까. 이런 점에서 그녀는 백치가 맞지."
"근데 욕은 안 하시네요?"
"욕은 가능하면 안 하려고. 왜냐하면 정에 약한 백치들은……
다 불쌍한 사람들이거든."
"그나저나 소만과는 무슨 이야기를 하신 거예요? 궁녀의 표정이
별로 안 좋던데……."

녕결은 민산에서 등에 업은 여자 아이에게 동화를 들려주던 기억이 떠오
르며 그녀의 머리를 쓰다듬었다.

"내가 동화 구연을 잘하는 거 알잖아?"
"어떤 동화를 들려줬어요? 돼지 세 마리 이야기?"
"어린 왕자."
"어린 왕자? 그 동화를 소만이 알아들을 수 있어요?"
'못 알아들었을 수도 있었겠구나…….'

이렇게 두 사람은 한가로이 잡담을 나누며 동성으로 돌아왔다. 그렇지만
47번 골목으로 가지 않고 골목을 하나 더 돌아 동성의 더 깊은 곳으로 향
했다.

노필재는 오늘 문을 닫고 쉬는 날.

비가 점점 더 세차게 내렸고, 동성 거리의 행인들은 집이나 작업
장으로 돌아갔다. 녕결과 상상은 동성의 어느 외진 빈민가에서 걸음을 멈
추었다.

대흑산을 쓰고 어느 낡은 호천(昊天) 신묘(神廟) 처마 밑에 서 있었
다. 두 사람이 바라보는 것은 어느 대장간. 빗속에서 쇠를 두들기는 소리
가 울려 나왔다.

'탕, 탕, 탕, 탕…….'

"조금 있으면 대장간이 문을 닫을 거예요. 젊은 대장장이들은 오늘 주문받은 것을 정리하느라 바쁠 거고, 그 시간에 진자현은 뒤뜰로 돌아가 휴식을 취할 거예요. 최근 몇 년 동안은 그가 직접 쇠를 두드리는 일이 드물었다고 해요. 아마 그때는 그가 혼자 있을 것이고 마침 비가 오니 좀 더 일이 수월하겠네요."

녕결은 상상의 말을 들으며 또 어두운 하늘을 보며 묵묵히 시간을 계산하고 있었다. 시간이 다 되자 녕결은 상상에게 대흑산을 건네주며 기다리라고 말했다. 그는 갓을 쓴 채 빈민가 시장 서쪽으로 홀로 걸어갔다.

'척, 척……'

장화 밑바닥이 울퉁불퉁한 돌길에 고인 빗물을 밟으며 소리를 냈다. 그 소리는 비오는 소리에 묻혀 남의 눈길을 끌지는 않았다. 녕결은 멀지 않은 곳의 허름한 나무문을 보며 칼을 쥔 왼손에 조금씩 힘을 주었다. 그리고 머릿속으로 진자현에 관한 자료들을 떠올렸다.

'진자현. 47세. 전(前) 선위 장군 휘하 부대장. 선위 장군 임광원의 반역죄를 고발하는 공(功)으로 표창을 받았지만, 후일 천계 4년 함부로 전투를 도발해 공훈을 박탈당하고 군에서 축출당했다. 그후 집안에 원인 모를 변을 당해 아내와 이혼했고 아내는 어린 아들 둘을 데리고 고향으로 내려갔다. 그는 장안에 남아 동서 빈민가 시장에서 대장장이로 가난하게 살고 있다.'

탁이가 남긴 쪽지에 적힌 내용이었다.

쪽지에 적힌 사람들 중 두어 명의 고위 관원을 제외하면 모두 잘 살지 못했다. 대개 비참한 말로를 보내고 있었다. 이미 녕결의 손에 죽은 어사도 더 이상 높은 벼슬자리로 올라가지 못해 의기소침한 나날을 보내지 않았던가. 지금 녕결의 눈앞 대장간 뒤뜰에 있는 진자현 또한 초라한 나날을 보내고 있었다.

사실 녕결은 왜 이런 것인지 몰랐다. 어렴풋이 황제 때문이라는 것을 짐작은 했지만 그가 더 이상 확인할 길은 없었다. 그리고 지금 가장 중요한 것은 오늘 자신과 상상이 공주부에 초대받아 갔으니 자신을 의심하는 사람은 없을 거라는 점. 그래서 오늘 진자현을 꼭 죽여야 한다는 점이었다.

'탕, 탕…… 탕! 탕!'

칠이 벗겨진 나무문을 손가락으로 누르자 쇠를 두드리는 소리가 점점 더 커졌다. 그는 칼을 쥔 왼손을 천천히 들어올리며 오른손에 좀 더 힘을 줘 나무문을 밀었다.

'끼이익.'

빗물에 젖은 낡은 문이 흐느끼듯 소리를 냈다. 녕결은 곳곳이 깨진 돌계단을 차분히 내려가 뒤뜰에 있는 노인을 보고 말했다.

"진자현?"

낡고 얇은 저고리를 입은 노인. 어깨와 소매 귀퉁이에는 불에 그슬린 흔적이 있고 몇 뭉치의 시커먼 솜이 갈라진 천 사이로 삐져나와 있는 모습이 매우 처참해 보였다. 희끗희끗한 머리는 뒤로 아무렇게나 묶여 있었고 굵은 쇠 같은 두 손에 도끼를 들고 장작을 패고 있었다.

노인이 고개를 들었다. 탁한 눈망울에 의심의 기색이 스쳤다.

"내가 진자현인데."

녕결은 주위를 훑고서 뜰 안에 아무도 없다는 것을 확인했다. 그리고 몸을 돌려 문을 닫고 갓끈을 풀었다. 녕결은 칼을 쥔 채로 그 늙은 퇴역 장군에게 다가갔다.

갓이 빗길에 떨어졌다.

진자현은 느릿느릿 눈을 껌뻑였다. 손톱 아래 검은 흙이 가득한 왼손을 앞섶에 문지른 후 허리에서 검을 빼들었다. 동시에 도끼를 쥔 오른손을 들어 비바람 속에서 걸어오는 창백한 얼굴의 소년을 보며 쉰 목소리로 말했다.

"드디어 왔구나."

드디어 녕결의 칼이 왔다. 녕결이 쌀뜨물로 십여 일 동안 간 날카로운 도를 뽑았다.

번개가 한 번 내려쳤다.

박도는 비와 바람도 자를 듯 막힘 없이 진자현의 목을 향해 나아갔다.

'챙!'

진자현이 검을 세워 막았다. 두 개의 칼날과 칼날이 부딪히면서 빗물이 사방으로 튀었다. 하지만 그 소리는 쇠를 두드리는 소리에 모두 덮여버렸다. 거세게 내리는 빗속에서 녕결은 무표정한 얼굴로 앞으로 더 나아가 진자현의 목과 배를 향해 칼을 내질렀다. 칼은 노인이 든 도끼와 만나 차가운 마찰음을 냈다.

'탕! 탕! 탕탕! 탕……!'

빨갛게 달아오른 아궁이 옆에서 견습공 대장장이들이 벌겋게 달궈진 쇠를 집요하게 두들기고 있었다. 그들은 그 어떤 소리도 듣지 못하는 것 같았다.

'스르륵.'

'슥.'

"음."

얇은 옷이 잘리는 소리, 손목이 잘리는 소리, 또 비바람에 묻힌 신음 소리. 찰나의 시간에 녕결은 열일곱 번 찔렀고 진자현은 열여섯 번 막았다. 칼이 내뱉는 소리가 사라졌다. 비 소리와 바람 소리, 그리고 천둥 같이 쇠를 내려치는 소리만 남았다.

'쿵.'

진자현은 장작더미 옆으로 쓰러졌다. 몸은 온통 진흙투성이였고, 늙고 검은 얼굴에는 핏방울이 스몄다. 가슴과 배의 얇은 옷에는 무수한 구멍이 났고 그 구멍으로 잿빛 솜이 삐져나와 사방으로 날렸다.

가장 가운데 구멍은 매우 깊었는데, 녕결의 칼이 뼈를 지나 내장까지 닿은 모양이었다. 그곳에서 새빨간 핏물과 다른 색의 체액이 쉴 새 없이 솟아오르고 있었다.

녕결은 고개를 숙이며 천천히 칼을 거뒀다.

가슴 부위의 도끼 자국.

그는 은퇴한 장군이 밑바닥 시장에서 수년 동안 고생을 했음에도 이렇게 강할지는 생각도 못했다.

"캬아악…… 퉷!"

진자현은 쓰러진 채 피 섞인 가래를 뱉었다.

"난 내가 이미 이 세상에서 잊혀진 줄 알았다."

"그 사람들 중 네가 가장 잊혀진 사람일 수는 있지. 주인을 배반하고 부귀영화를 추구한 놈들이 감히 너를 조정에

기용하지는 못했겠지. 후회하고 있나?"

넝결은 차가운 빗물을 닦으며 죽기 직전의 노인에게 말을 던졌다.

"그래도 네가 잊혀졌으니 내가 널 죽이는 게 수월했지. 내가
얼마 전에 서원에 들어갔어. 그러니 널 죽이는 것이 내 서원 입학
축하 선물 같은 거라고 할 수도 있고."

진자현은 눈망울에 허망함을 가득 안고 나지막이 말했다.

"빨리 깔끔하게 죽여다오."
"시간이 아직 남았어. 너의 가난한 견습 대장장이들이
오늘 주문받은 것을 다 만들어내려면 시간이 많이 걸릴 것 같네.
그리고 읽어줄 시가 하나 있어."

그는 담담한 표정으로 더 담담하게 시를 읊었다.

"난 산천에서 왔다 네 명을 거두러. 난 강변에서 왔다 네 명을
거두러. 난 초원에서 왔다 네 명을 거두러. 난 연국 변경 아무도
없는 작은 마을에서 왔다 네 명을 거두러. 난 장안성 아무도
살지 않는 장군 저택에서 왔다 네 명을 거두러."

'장군 저택' 이라는 단어를 듣고 진자현의 탁했던 눈동자가 갑자기 번뜩
였다. 얼굴 표정도 조금은 개운해지는 듯 보였다.

"그렇구만…… 장군의 아들이 살아 있었군…… 네…… 네가……
서원에 들어갔다고? 좋네…… 좋아…… 내가 그동안 힘들게
살았지만 죽기 전에 알게 되는구나…… 선위 장군의 아들이 살아
있었다는 것을…… 또 잘 살고 있고…… 드디어 내가 편히 눈을

감을 수 있겠군."

"사는 게 힘들지 않은 사람도 있나?"

넝결은 빗물 고인 웅덩이를 발로 차며 중얼거렸다.

> "서예도 배워야 하고 올림피아드 수학도 배워야 하고, 피아노도
> 그림도 배워야 하고, 주말마다 엄마 자전거 뒤에 타서 이리저리
> 뛰어다녀야 했는데……학원이 집보다 더 익숙해. 네가 볼 때 내가
> 힘들었을까, 안 힘들었을까?"

진자현은 쉴 새 없이 피가 흘러나오는 상처를 움켜쥔 채 도무지 알아들을
수 없는 말을 들으며 고개를 저었다. 넝결은 개의치 않고 그를 바라보며
말했다.

> "그래도 그런 힘든 삶이 좋은 점도 있더라고. 서원 수과 시험은
> 껌이더군. 황당하게 이런 귀신의 집 같은 곳에 내가 왔네. 너희들
> 때문에 좋은날은 다 끝나고…… 아버지 죽고 어머니 죽고……
> 아는 사람들 다 죽고…… 그때 내가 네 살이었는데, 살아야 하나
> 죽어야 하나 하는 이런 개똥 같은 문제를 고민해야 했지. 내가
> 힘들었을까, 안 힘들었을까?"

네 살 때, 그는 처음으로 칼을 쥐고 사람을 죽였다. 그리고 검붉은 핏물이
도신을 타고 손가락 사이로 흘러 내려와 끈적끈적한 반고체로 변하는 것
을 보았다. 그는 그 이후로 손을 무수히 씻었지만 피비린내와 피 묻은 칼
에 밴 옅은 녹 냄새는 도저히 씻을 수가 없었다. 그 냄새는 그를 12년 내
내 따라다니고 있었다.

> "난 결혼한 적이 없어. 하지만 계집애 하나를 데리고 민산(岷山)
> 천지를 누비며 사람을 만날 때마다, 그 사람이 날 죽이고 그

계집애를 빼앗아 첩으로 삼을 것 같다는 생각을 했지. 내가
힘들었을까, 안 힘들었을까?"

녕결은 진자현의 시간이 얼마 남지 않았다는 것을 알았다.

"내가 이렇게 힘든 건 다 네놈들 때문이야. 그래서 내가 너희들을
죽여야만 편해지는 거지. 너희들 몸의 피가 끝까지 다 흘러야
내 손에 묻은 피가 깨끗이 씻어질 것만 같거든. 냉혈한 복수라
생각할 수도 있지만 나에게는 그저 손을 씻는 일일뿐이야."

녕결은 곧 죽을 노인의 두 눈을 똑바로 바라보며 말했다.

"너희들의 피로 내 손에 묻은 피를 씻는다."

그는 허리를 숙여 노인이 장작을 패던 도끼를 주워 노인의 귓가에 대고
나지막이 말했다.

"네가 눈을 감을 수 있는지 없는지는 명계(冥界)에 가서
장군 집안 사람들에게 물어봐."

도끼가 노인의 목을 잘랐다.

녕결은 빗물에 떨어진 갓을 주워 쓰고 나무문을 밀고 나갔다. 마
당에는 여전히 비가 내리고 대장간에서는 여전히 쇠를 두들기는 소리가
들려왔다. 더 이상 장작을 패는 사람은 없었고 그 장작을 패던 도끼는 노
인의 목덜미에 박혀 있었다.

전(前) 선위 장군 휘하 부대장 진자현. 현(現) 동성의 늙은 대장장
이는 눈을 뜬 채로 하늘에서 내리는 빗줄기를 바라보았다. 차가운 눈망울
에 암울한 절망감이 가득하여 눈을 끝내 감지 못한 듯이 보였다. 빗물이
그의 안구를 때리고 또 핏물을 깨끗이 씻어냈다.

＊＊

대흑산 아래 상상은 묵묵히 골목 쪽을 바라보고 있었다. 골목 입구는 텅비어 있었는데 어디선가 발자국 소리가 났다. 그녀는 재빨리 그곳으로 고개를 돌렸다. 서쪽 길목에서 갓을 쓴 녕결이 다가오고 있었다. 상상은 곧바로 녕결에게 달려가 우산을 씌워주었다. 그리고 서둘러 골목을 빠져나갔다.

탁이의 기름종이에 적혀 있던 두 번째 이름을 오늘 지웠다. 하지만 노필재로 돌아온 녕결의 기분은 그다지 좋아 보이지 않았다. 그는 몸에 묻은 빗물을 닦고는 발도 씻지 않은 채 그대로 침대에 누웠다. 긴장이 풀린 것일까 아님 구서루에서 몸과 정신이 피폐해진 탓일까. 아니면 서늘한 봄비를 맞은 탓일까. 상상이 솜이불 두 개를 덮어 주었지만 그의 몸에 따뜻한 기운이 느껴지지 않았다.

"내가 왜 서원에 들어가야 하는지 알아? 내가 왜 목숨을 걸고
구서루로 가는지 알아? 내가 왜 죽을 힘을 다해 '그 세계'에 발을
들여놓아야 하는지 알아?"

상상은 문 앞에 쭈그리고 앉아 생강탕을 끓였다. 어김없이 찾아오는 녕결의 헛소리에도 아랑곳하지 않았다.

"터무니없는 질문이지…… 하지만 넌 알잖아…… 다른 사람들은
모르지…… 어사 하나, 늙은 대장장이 하나를 죽이는 데도 이렇게
힘이 들다니…… 어떻게 하후를 죽이고 친왕을 죽일 수 있을까?"

그는 고개를 돌려 천장을 바라보며 중얼거렸다.

"하후는 강하다. 수행의 길을 걷지 않고 무도(武道)의 최강자를
죽일 수는 없어."

상상이 그를 쳐다보지도 않고 담담하게 말했다.

> "공주 전하가 말씀하셨어요. 도련님이 매일 구서루에 가서 고생만
> 하니까 몸이 상한다고. 수행의 길을 걷기 전에 하후가 죽기도
> 전에 도련님이 먼저 아파 죽겠네요."

상상은 생강탕을 한 대접 들고 녕결에게 다가왔다. 녕결은 입술을 벌리고
혀로 핥듯이 한 모금 마셨다.

> "희망이 허망일 수도 있지만 희망이 없는 것보다는 나아.
> 그래서 노력해야 해."
> "도련님, 만약 호천께서 도련님을 끝내 수행의 길에 오르지 못하게
> 하면 어떻게 할 거예요?"
> "호천께서 그렇게 나쁘다면…… 난 하늘을 거스를 거야."
> '도련님의 발작과 망언이 또 시작되었구나……'

상상은 퉁명스럽게 그를 눕히고는 저녁 준비를 하러 부엌으로 가버렸다.
　　한밤중에는 녕결의 헛소리가 더 많아졌다. 열이 심하게 났기 때문
이었다. 창백한 두 뺨에 건강하지 못한 홍조가 가득했다. 넋을 잃고 천장
과 상상을 번갈아 보는 모습이 눈동자 초점도 제대로 맞추지 못하는 듯했
다. 그리고 마르고 튼 입술을 벌려 쉰 목소리로 이상한 말을 지껄였다. 상
상은 녕결이 하는 말을 도저히 알아들을 수가 없었다.

> "자전거 뒷자석, 등록금, 장작칼, 초콜릿, 피, 민산, 피, 위성, 피,
> 초원, 피, 장군 저택 안에 온통 빌어먹을 피…… 무엇 때문에?
> 무엇 때문에? 도대체…… 무엇 때문에!"

녕결은 상상의 차가운 작은 손을 잡았다. 상상은 그의 이마에 얹은 물수
건을 바꿔주고 그를 품에 안고 등을 토닥이며 말했다.

"네, 다 그들 잘못이에요. 도련님과는 상관없어요.
 아무 상관없어요. 그들이 나쁜 사람들이에요."

새벽녘 장안, 비가 그치고 녕결의 열도 내려갔다.

"물……."

아무 반응이 없자 녕결은 힘겹게 고개를 돌렸다. 상상이 자신의 침대 머리맡에 앉은 채로 잠이 들어 있었다. 미안한 마음에 조용히 침대에서 일어나려 했는데 그 바람에 상상을 깨우고 말았다. 상상은 황급히 일어나 그를 침대에 다시 눕힌 후 뛰어갔다. 녕결은 허둥대는 그녀의 뒷모습을 보다가 문득 입을 열었다.

"참 내가 쓸모없지?"
"도련님, 아직도 헛소리예요?"
"〈태상감응편〉을 몇 년을 보고도 깨치지 못하고,
 〈기해설산입문〉은 한 글자도 기억하지 못하고…… 이렇게
 필사적으로 해도 수행의 문턱 근처에도 못갔는데……
 지금은 단지 사람 하나 죽였다고 불평을 늘어놓고 병까지
 앓다니…… 정말 쓸모없어."

＊＊

같은 시각, 높고 웅장한 주황색 담 너머 기이한 꽃과 푸른 나무로 둘러싸인 황궁의 어서방 안. 대당 천자(天子) 이중이(李仲易)는 문턱 앞 멀지 않은 곳에서 나뭇잎에 떨어지는 빗방울을 멍하니 바라보고 있었다.
    황후는 방금 그를 모시고 세수를 마치고 아침을 먹었는데 오늘따라 황제는 갑자기 어서방에 가려고 했다. 대당의 황제 폐하, 모든 신하들

위에 군림한 남자. 일반 사람들은 그가 아무런 걱정이 없을 것이라 생각하지만, 지금 그가 어화원을 바라보는 준수한 얼굴에는 분명 답답함과 불안감이 서려 있었다.

> "부자(夫子)께서 또 천하를 돌아다니러 가셨으니 언제 돌아올지
> 모르겠네. 조소수 이놈도 결국 가버렸는데…… 언제 다시
> 돌아올지 모르겠구나."

이중이는 장안을 떠난 스승과 친구들을 생각하며 마음이 무거워졌다. 비온 뒤 새벽 꽃과 젖은 나무들을 보며 쓸쓸한 마음과 함께 허탈함이 밀려왔다. 그래서 누구의 방해도 받지 않는 이 방 안에서만 그는 진정한 평정을 얻을 수 있었다. 그는 긴 한숨을 내쉬며 다른 이들에게 보여준 적 없는 자신의 글씨 몇 자를 쓰며 자신의 심정을 토로하려다 갑자기 표정이 굳었다.

서가에 꽂힌 책의 기울어진 방향이 예전과 다르다는 것을 눈치챘기 때문이다.

어서방은 황후와 공주 외에는 아무도 황제의 허락 없이 드나들지 못한다. 책과 족자를 포함한 모든 어서방 물품은 황제가 직접 정리한다. 황제의 미간이 서서히 찌푸려졌다. 황제는 서가 앞으로 다가가 허리를 살짝 숙였다. 그의 가느다란 손가락이 서가 위를 미끄러지듯이 스치다가 가장 깊은 곳에서 멈췄다.

비첩(碑帖)과 심천각(尋天閣)에서 온 선조의 희귀본이 놓인 서가.

> '지난번 짐이 정리할 때 왼쪽에서 오른쪽 방향으로 기울어져
> 있었는데 방향이 바뀌었다…… 설마 누가 짐의 서가를
> 건드렸는가?'

그의 손가락이 가장자리 책의 모서리를 가볍게 누르며 손가락 관절에 살짝 힘을 주자 한 줄의 책들이 원래 있던 대로 반대 방향으로 기울어졌다. 그리고 그곳에 숨겨진 종이 한 장이 드러났다. 황제는 종이를 꺼내 책상

에 올려놓고 그곳에 쓰인 몇 글자를 보며 인상을 썼다.

한참의 침묵이 지난 후 엄숙한 목소리가 조용한 어서방에 울려 퍼졌다.

"누가 짐의 어서방을 건드렸는가!"
'타다닥.'

얼마 후 세 명의 태감이 달려와 동시에 무릎을 꿇었다. 그들은 책상 옆에 서 있는 황실 호위 통령 대인을 보며 간절한 눈빛으로 도움을 청했다. 호위 통령 서숭산은 조심스럽게 황제에게 다가가 나지막이 말을 건넸다.

"폐하, 감히 어서방에 몰래 들어온 사람은 없습니다."

평소 관대하고 온화한 성품을 자랑하던 황제 이중이가 책상을 내리치며 차갑게 물었다.

"그렇다면 이 글자들이 어디서 왔다는 말이냐?
명계(冥界)의 귀신이 쓴 것인가?!"

그는 다시 한 번 글자를 보며, 마치 자신의 마음속에 파고들 것 같은 글자들을 보며 잠시 멈칫한 후 명했다.

"이번 달에 벌어진 일이다. 조사하여 짐에게 보고하라!"

서숭산은 공손히 허리를 숙여 예를 올리며 곁눈으로 글자를 힐끔 보았다. 그러다가 문득 어떤 '대담한 소년'이 떠오르며 몰래 떨었다.

'그 새끼……!'

황제는 그의 모습을 보며 차갑게 물었다.

"왜? 생각나는 게 있느냐?"

서숭산은 능청스럽게 미소를 지었다.

"소신은 황궁의 어느 학자가 쓴 글이 잘못하여 어서방에
어찌 왔는지 생각하고 있었습니다. 그나저나……
글씨가 참 좋습니다."

황제는 그를 노려보며 훈계하듯 말했다.

"짐이 너에게 글씨나 감상하라고 부른 것 같으냐? 좋은 글씨인지
짐이 모를까봐! 짐의 뜻은 어떤 간 큰 놈이 감히 짐의 어서방에
들어왔는지 알아내라는 것이다. 게다가 감히 짐이 아끼는 붓으로
글씨를 쓰다니!"

서숭산은 더 이상 대꾸를 하지 못하고 난감한 표정으로 어서방에서 물러
났다. 어서방 문을 닫고 정원으로 한 발 내디뎠을 때 그는 비로소 등이 진
땀으로 온통 젖은 것을 느낄 수 있었다.

＊＊

잠시 후 그는 어느 외진 곳 어둑한 처마 밑에 모습을 드러냈다. 그리고 얼
굴이 창백하게 질린 어린 태감을 바라보며 이를 악물고 차가운 목소리로
말했다.

"너도 암행 호위의 일원인데 그때 그놈을 어서방 뒤편 당직실로

데려가라 했더니 어찌 어서방 밖에 두고 갔느냐!"

어린 태감은 몸을 부들부들 떨며 말했다.

"통령 대인께서 그때 어서방 주변을 비우라 명하셔서 제가 거기에
있으면 눈에 띌까봐…… 그리고 넝 씨 그 녀석이 어서방인 줄
뻔히 알면서도 들어갈 거라고는 꿈에도 생각하지 못했습니다."
"이제 와서 이런 이야기가 다 무슨 소용이냐. 그 백치 녀석은
이미 어서방에 발을 들였는데……."

서숭산은 태감을 노려보며 말했다.

"폐하께서 지금 이 일을 조사하라 명하셨다. 폐하의 안색을 살피니
그놈을 잡으면 적어도 곤장 열 대는 명하실 거다. 그러니
명심해라. 그 백치는 입궁한 적도, 어서방에 들어간 적도 없다.
알겠느냐?"

어린 태감이 울상을 지으며 떨리는 목소리로 말했다.

"통령 대인, 그냥 사실대로 밝히면 안 됩니까? 저희가
그 녀석 대신 책임을 질 필요가 있을까요?"
"어리석은 놈! 백치는 지금 나의 부하야! 폐하께서 내가 그런
백치를 암행 호위로 임명했다는 걸 아시면? 그리고 폐하께서
그래도 화를 풀지 않고 나에게 죄를 물으시면 난 어찌하란
말이냐!"
"그놈은 조 대인과 관계가 있으니, 폐하께서는 조 대인과의 정을
생각하시지 않겠습니까?"
"젠장! 조소수 때문에 내가 그 백치 대신 누명까지 써야 하나?!"

서숭산과 어린 태감이 이 일을 감추려고 할 때 대당 황제 이중이는 어서방에서 그 글씨를 넋을 잃은 채 보고 있었다.

그러다 갑자기 서가 옆으로 가서 잠긴 상자를 열고 남에게 거의 보여주지 않은 자신이 쓴 글씨 하나를 꺼내 나란히 놓았다.

춘풍정 사건 당일 밤 황제가 친필로 쓴 글씨. 원래 조소수에게 하사하려 했는데 조소수가 떠나면서 내버려 두었던 글씨.

"물고기가 바다에서 뛰어오르니……."

황제는 얼굴을 찌푸리며 옆의 글씨를 보고 중얼거렸다.

"피안의 하늘에 꽃이 핀다? 장안에서는 필 수 없고 짐의 대당을
떠나야만 필 수 있다는 말인가?"

천자의 분노는 어느새 그날 조소수와의 다툼을 떠올리며 새로운 의미로 변하고 있었다.

"물고기가 뛰어오르는 바다는 결국 짐의 바다. 꽃이 피는 피안의
하늘이야 말로 진정한 자유의 하늘. 짐이 십여 년 동안이나
그놈을 가둬놓았으니 그를 놓아주는 것이 어쩌면 빚을 갚는 것에
지나지 않을 수도 있겠구나. 다른 이에게 자유를 주는 것이 곧
짐에게 자유를 주는 것이 아니겠는가."

황제의 얼굴이 점점 펴지고 신분 차이는 컸지만 자신과 심성적인 기질이 매우 닮은 그 친구를 생각했다.

'그는 아마 꽃이 만발한 울창한 숲에서 푸른 적삼을 휘날리며
걷고 있겠지. 짐도 그를 따라 장안을 멀리하며 마음의 평화와
자유를 찾고 싶구나.'

하지만 그는 대당의 천자. 비로소 이해했지만 여전히 화가 풀리지는 않았다. 그는 다시 한 번 그 글씨에 눈길을 주면서 외쳤다.

　　"네가 쓴 것이 도리에 맞다 해도 짐은 너를 결코 용서하지 않을
　　것이다. 감히 짐을 풍자하다니! 도대체 누가 쓴 글씨란 말이냐,
　　젠장…… 그리고 왜 이렇게 잘 썼어?"

황제는 분노한 듯이 보였지만 이미 마음의 매듭은 풀어졌다. 황제는 유심히 그 글씨를 보았다.

　　'처음에는 곧고 법도가 엄숙해서 좋다고 생각했는데, 이제 보니
　　글씨들이 날씬하고 고르구나. 골격은 웅장하지만 그 힘이 차가운
　　먹물 속에 숨겨져 있다. 맑고 힘차고 강하면서도 부드럽고……
　　정말 최고의 작품이구나!'

황제는 누구에게랄 것도 없이 소리쳤다.

　　"이…… 이…… 참 좋은 글씨다! 도대체 누가 쓴 것이냐? 짐보다
　　많이…… 훨씬 많이 잘 썼구나!"

녕결이 어서방에 몰래 들어온 날 평했듯이 황제는 글씨를 잘 쓰지는 못하지만 감상 수준은 매우 높았다. 그는 더욱 더 글씨에 집중했고 심지어 그날 녕결이 글씨를 쓰며 오랫동안 참던 가려움을 풀어내는 느낌마저 받게 되었다. 이 몇 자의 글씨가 마치 바다 건너 닿을 수 없는 곳의 희미한 꽃나무 가지처럼 휘날리며 최근의 답답함을 모두 다 쓸어버리는 것 같았다.

　　"좋은 글씨야. 정말 좋은 글씨야!"

그는 책상을 치며 외쳤다.

"여봐라!"

잠시 후 세 명의 태감이 또 한 번 어서방 바닥에 엎드렸다. 그리고 또 다시 서숭산에게 구원의 눈길을 보냈다. 서숭산은 애써 불안감을 억누르며 능청스러운 얼굴로 다가와 물었다.

"폐하, 소신이 암행 호위를 동원해 암암리에 조사를 하고
    있습니다. 다만…… 아직 소식이 없습니다."

황제를 잘 아는 대신 중 하나인 서숭산. 그는 황제가 원한을 품는 사람이 아니라는 것을 알고 있었으며, 대당의 정체성에 지장을 주지 않는 한 어떤 사건이든 한 시진이 흐르면 더 추궁하지 않는다는 것도 알았다.
    그런데 오늘은 평소와 달리 연이어 압박을 주었다.
    황제는 그를 쳐다보지도 않고 턱 밑 긴 수염을 어루만지며 명했다.

"이 글씨를 누가 썼는지 알아보고 짐에게 보고하되
    이 서예 대가를 놀라게 하지 말고 공손히 대하라. 음……
    찾으면 궁으로 모셔라. 짐이 그에게 가르침을 청할 것이다."
"네?"

서숭산은 놀라움에 더 이상 말을 잇지 못했다.
    잠시 후 관복이 식은땀으로 젖은 황실 호위 부통령 서숭산은 다시 어느 외진 곳 어둑한 처마 밑에 나타났다. 난감하여 말로 표현할 수 없는 표정의 어린 태감을 보며 그는 망연자실하게 말했다.

"그 백치가 화(禍)를 복(福)으로 받을 것 같아."

어린 태감은 모처럼 밝게 웃으며 말했다.

"통령 대인, 좋은 기회입니다. 암행 호위 가운데 폐하께서
좋아하시는 서예가가 나온다면 통령 대인 얼굴도 아주
빛나실 겁니다."
"그럴 기회도 없고 얼굴이 빛날 것도 없다. 적어도 지금은 그렇다.
명심해라. 그 백치, 아니 녕결은 여전히 궁에 들어온 적이
없는 것이다."

어린 태감은 깜짝 놀라며 물었다.

"통령 대인, 왜 그러십니까?"

서숭산은 우는 것처럼 웃으며, 악다문 이 사이로 신음을 뱉듯이 말했다.

"왜냐하면…… 전에는 못 밝히다가, 이제 다시 밝히면……
황제를 기만하는 것이니까."
"이 일이 참…… 복이 화가 되었습니다."
'아…… 절호의 기회를 군주 기만죄로 만들어버렸다니!
처음부터 그놈 대신 내가 누명을 뒤집어썼어야 했는데. 보물산이
눈앞에 있는데 호미를 들지 못하네.'

서숭산은 크게 후회했다. 어린 태감이 눈치를 보다가 조심스럽게 제안을
했다.

"통령 대인께서 폐하께 좀 전까지는 그 사람이 녕결이라
생각하지 못했는데 조사를 하다보니 생각이 났다고 말씀드리면
어떨까요?"
"어리석은 놈!"

서숭산은 마치 화풀이라도 하듯 꾸짖었다.

"죄를 물을 때 생각이 안 나다가 상을 받을 때 갑자기
생각이 난다? 폐하께서 정말 바보인지 아느냐? 폐하께서
신하들이 자신을 정말 바보로 여기는 것을 아시면
어떻게 될 것 같으냐?"

그는 울분을 억누르며 나지막이 다시 말했다.

"군주 기만죄는 절대 시인하면 안 돼. 처음에 시인하지 않았으니
끝까지 시치미를 떼야 해."
"만약 넝결이라는 것이 밝혀지면 어떻게 합니까?"
"시간. 진리를 검증하는 유일한 기준은 시간뿐. 이것이 그 백치가
말한 유일한 '백치 같지 않은 말'이다. 시간을 끌어야 해.
시간만이 죄를 덜 수 있는 유일한 방법이야."

＊＊

따스한 봄바람이 잔디밭을 지나 꽃나무 사이를 뚫고 골목으로 파고들었
다. 바람은 서당 창문과 분홍색 벽 사이로 난 틈새를 파고들어 젊은 학생
들의 얼굴을 스쳤다. 따뜻하고 나른해서 딱 춘곤증에 시달리기 좋은 시절
이었다.

하지만 병 서당의 학생들의 졸린 얼굴에는 모두 의혹의 표정이 드
러워 있었다. 책상 하나가 비어 있었기 때문이다. 세 번째 종소리가 울리
자 일부 학생은 구서루로 향했다. 그곳에서도 그 녀석의 모습을 발견하지
못한 학생들은 교관에게 물었다. 그들은 오늘 그 녀석이 온 적도 없다는
답변만 받았다.

의문의 눈초리는 더 짙어졌다. 사도의란과 김무채는 무엇인가 의
논을 하고 종대준은 미간을 찌푸리고 서가 옆에서 무언가 골똘히 생각을
했다.

구서루 2층 동쪽 창가, 옅은 색의 서원 교관복을 입은 여교수는 손에 들고 있던 붓을 내려놓고 차분히 고개를 들어 입구 쪽을 바라봤다. 그리고 끝내 아무도 올라오지 않자 얼굴에 실망하는 기색이 스쳐갔다. 그녀는 그 녀석이 목숨을 걸고 올라오는 것에 찬성하지는 않았지만 그 모습을 좋게 본 것은 사실이었다. 오늘 그 학생이 오지 않은 것을 보고 그녀는 그가 결국 포기했다고 추측하며 마음속 깊은 곳의 아쉬움을 삼켰다.

'결국 끝까지 버티지 못했네…….'

계단 쪽에서 소리가 들렸다. 여교수가 입구 쪽을 바라봤지만 그 학생이 아니었다. 다소 경박해 보이는 학생 하나가 올라오고 있었다. 저유헌은 동쪽 창가로 와 긴장한 채로 예를 올리며 공손하게 무언가를 말했다. 여교수는 담담한 미소를 지으며 답했다.

"병이 났구나…… 그 소식을 나에게 알리는 것도 잊지 않다니 정말 예의 바른 학생이구나. 마음 편하게 요양하며 병을 치료하라 전해주렴."

여교수는 마음이 다소 편안해지며 다시 소해체에 집중했다.

그런데 그 녀석이 병이 났다는 것을 아직도 모르는 사람이 있었다.

깊은 밤. 별들이 밤의 숲 끝에 걸려 구서루 안으로 흩어지며 마루에 은서리를 뿌리고 있을 때 서가 끝에서 다시 복잡한 문양이 갑자기 밝아졌다가 미끄러져 나갔다. 그곳에서 진피피가 힘겹게 빠져나왔다. 그리고 뚱뚱한 손가락으로 그 얇은 책을 정확히 찍어 꺼내 뒤적거렸다.

'그대로잖아? 답글도 남기지 않았다고?'

진피피는 실망하여 소리쳤다.

"아직도 안 봤다고! 내가 서원의 규칙을 어겨가면서까지
가르침을 줬는데 넌 어찌 소중히 여기지 않느냐?"

일이 좀 기묘하고 재밌게 흘러갔다. 진피피는 줄곧 자신을 천재라 여겼
고, 천재는 남들과 다른 행동의 품격을 가져야 한다고 생각했다. 예를 들
어 대사형은 줄곧 얄미운 미소를 지으며 호수의 물을 마시고 둘째 사형은
괴상하고 높은 모자를 쓰고 서원 여학생들만 보면 진지하게 심리 상담을
해주었다. 물론 괴벽은 스승님이 가장 많이 가지고 있다. 그런 사실을 떠
올리고 진피피는 자신도 천재로서 독보적인 무엇인가를 하려 했다.

　　　훗날 서원의 흑역사와 천하의 야사(夜事)에 들어갈 어떤 일. 예를
들어 서원의 규칙을 어겨가며 어떤 불쌍한 놈을 가르치고 누구의 눈치도
안 보고 쓴 저속한 문구로 누군가의 삶을 바꾸는 것. 사실 그는 그 불쌍한
녀석이 깨달을 수 있는지가 중요한 것은 아니었다. 하지만 그놈이 아무런
반응조차 하지 않자 상황이 좀 변했다. 진피피는 매우 진지해졌다.

　　　＊＊

그날 새벽 봄비가 그치고 몸의 열이 내리자, 녕결은 마차꾼을 통해 저유현
에게 자기 대신 닷새 동안 병가를 내 달라고 부탁했다. 매일같이 달걀부침
국수와 산라면과 닭감자찜을 먹었다. 의자에 앉거나 누워 휴양을 하거나
정신을 가다듬었다. 칼을 갈아도 글을 써도 마음이 진정되지 않았다. 그렇
다고 홍수초에 가서 마음을 달래거나 하는 일은 절대 하지 않았다.

　　　"산라면을 더 먹으면 토할 것 같은데?"

닷새가 지난 날 아침, 그는 단호하게 눈앞의 그릇을 밀어냈다. 상상의 눈
빛 공세를 아랑곳하지 않고 그녀가 남긴 죽 반 그릇과 만두 두 개를 순식
간에 먹어 치운 후 밖으로 나가며 말했다.

"저녁에 또 닭감자찜을 먹으면 이 도련님은 가출할 거야."

상상은 녕결이 한입도 먹지 않은 산라면을 들고 또 그 위에 떠 있는 쇠고기 몇 조각을 보며 입술을 쭉 내밀었다.

'위성에서는 쇠고기를 국수에 넣어 먹을 상상이나 했었나?'

하지만 녕결은 뒤도 돌아보지도 않고 서원 표식이 있는 마차를 타고 관도를 따라 장안 남쪽에 위치한 큰 산으로 향했다. 날이 밝아오고 있었다.

　　　　　* *

녕결이 다시 서당에 들어오자 한바탕 소란이 일어났다. 그는 저유현뿐 아니라 사도의란과 김무채의 눈빛에 담긴 진정한 걱정과 관심을 볼 수 있었다.
　　오늘 수업은 서과(書科). 남진(南晉) 시문(詩文) 맥락에 대한 강의였다. 녕결이 좋아할 법한 수업이지만, 어찌 된 일인지 녕결은 서예는 좋아하지만 시에는 전혀 관심이 없었다. 지루한 시간이 지나고 종소리가 울리자마자 녕결은 교관에게 예를 올리고 바로 식당으로 향했다.
　　여전히 2인 분의 점심, 그리고 호숫가 세 바퀴의 산책. 그의 움직임을 살피던 학생들은 모두 속으로 감탄했다. 사승운이 피를 토하며 포기했고 녕결은 닷새 동안 병가를 냈다. 하지만 지금 이 순간 녕결은 마치 아무 일도 없었던 것처럼 행동했다.
　　구서루 앞에서 저유현이 걱정스러운 표정으로 물었다.

"또 2층에 올라갈 거야?"
"그럼. 며칠 쉬었으니 서둘러야지."

저유현은 미치광이를 보듯 그를 쳐다봤다.

"너 또 토하고 싶은 거야?"
"토하고 토하다 보면 곧 익숙해져."

넝결은 웃으며 답했지만 순간 멍해졌다.

    '방금 내가 한 말이 왜 이렇게 익숙하지? 어디서 들어본 것
    같기도 하고…….'

2층으로 올라간 그는 서가로 먼저 가지 않고 동쪽 창가로 다가가 책상에
앉아 있는 여교수를 향해 예를 올렸다.

    "다시 돌아왔습니다."
    "몸이 버틸 수 있겠느냐?"
    "버틸 수 있습니다."

넝결은 그새 통통해진 뺨을 만지며 말했다.

    "걱정을 끼쳐드려 죄송합니다."
    "걱정하지는 않았다. 다만 내가 구서루에서 7년 동안 책을
    베껴 고요함이 익숙하지만 누군가 조용히 옆에 있는 것도
    나쁘지 않더구나."
    "제가 최대한 이곳에 더 오래 머무르겠습니다."

여교수는 미소를 지으며 고개를 끄덕였다. 그리고 손을 저으며 편한대로
하라는 표시를 했다. 넝결은 예를 올리고 돌아서서 서가에서 바로 그 얇
은 책자를 꺼냈다. 이제 그 책은 눈을 감고도 찾을 수 있었다.

    "휴."

그는 심호흡을 하고 다시 〈기해설산입문〉을 펼쳤다. 그리고 자신이 끼워 놓았던 얇은 종이를 발견했다. 그것은 자신이 어디까지 읽었는지를 표시 하기 위한 것이었다. 다만 그 총명함은 실제로 아무런 의미가 없어 보였 다. 종이를 끼워놓은 곳은 첫 장. 그리고 그 종이는 영원히 첫 장에 꽂혀 있을 가능성이 짙었다.

　　'내가 이렇게 많은 글을 썼었나?'

그는 종이를 들어 창에 비춰보았다. 그리고 곧바로 뒷면을 보았다. 종이 에는 작은 해서체 한자인 승두소해(蠅頭小楷)체로 쓴 글씨가 빼곡히 적혀 있었다. 글을 남긴 사람은 세세한 규칙까지 따지는 승두소해체로 썼지만 묘하게도 쌀알 같은 글씨에 진솔함과 함께 호탕함과 거만함까지 보였다.

　　"불쌍한 녀석! '보게 되면 산(山)이 아니지만 봐야 산이다'라는
　　허튼 소리를 믿지 마라. 호천께서 할 일이 없어서 그런 화두를
　　내려주시겠느냐?"

녕결은 종이 뒷장에 쓰인 글귀를 읽어 내려갔다.

　　"글씨도 객관적 실재, 종이도 객관적 실재. 다만 봄빛에 반사된
　　이 글자가 너의 눈에 비춰 네 어리석은 머리로 이해하려고 하면
　　다시 허망한 존재가 되지."

녕결은 점점 글귀 속으로 빠져들었다.

　　"봄빛이 종이에 반사된다는 것도 이미 하나의 해석이고 네놈의
　　눈에 보이는 것 또한 하나의 해석이다. 그것을 네놈이 해석하려는
　　시도가 또 하나의 해석이다. 해석은 종종 오해이며 해석을 많이
　　할수록 원래의 모습과 달라지게 된다."

녕결의 눈빛이 달라지기 시작했다.

"이렇게 말해도 이해가 안 되면 이 천재가 가장 바보 같은
방식으로 예를 하나 들어주지. 사물의 객관적 진실은 벌거벗은
애인처럼 그냥 받아들이는 것이지, 너의 해석은 필요 없다.
애인의 가슴이 크든 작든 엉덩이가 둥글든 납작하든 그 자체가
객관적인 진실이고 너는 그녀를 조금도 변화시킬 수 없지."

이제 녕결은 넋이 나간 것처럼 눈동자에 초점을 잃고 있었다.

"그럼 어떻게 이 문제를 해결할까? 방법은 간단해. 처음에
옷을 입지 않은 미인을 본 순간의 화면을 기억해봐. 그녀가
대하국의 성녀(聖女)이든 서릉 신전의 엽홍어(葉紅魚)든
그냥 아무 생각도 하지 말고 그녀를 가져버려! 애인은 가지는
거지 이해하는 것이 아니야!"

따뜻한 봄바람이 구서루 안팎으로 가볍게 불어왔다. 오후의 햇살이 서원
곳곳을 노랗게 물들였다. 붉은 노을 속에서 벌레들이 괴성을 지르고 날
갯짓을 하며 짝을 부르고, 가끔 바람이 강하게 불 때면 숨을 죽였다. 건물
안 서가 옆에서 녕결은 조각상처럼 굳은 채 오랫동안 움직일 수 없었다.
그 승두소해체의 글귀는 마치 천둥처럼 그의 머릿속에서 터질 듯이 끊임
없이 울리고 있었다. 잠시 후 그는 떨리는 손가락으로 〈기해설산입문〉을
펼쳤다.

책을 힐끔 보고는 다시 시선을 거뒀지만 가슴은 주체할 수 없이
울렁거리기 시작했다. 그 종이에 적힌 글을 통해 그 '문' 뒤에 무엇이 있는
지 알 수는 없었지만 마침내 그곳으로 통하는 문이 어디에 있는지 알 것
같았다.

'누가 이런 글귀를 남겼을까? 누가 몰래 나를 돕고 있는 걸까?

그는 왜 이러는 걸까?'

그는 슬며시 고개를 돌려 동쪽 창가를 봤지만 여교수는 여전히 차분하게 고개를 숙여 자신의 소해체를 쓰고 있었다.

'아니야, 저 교수님이 이런 상스러운 말을 쓸 리 없어. 그렇다면 혹시 아래층에 있는 구서루 교관? 아니야, 그는 뼛속까지 규칙을 지키는 사람인데 날 가르치려 했으면 대놓고 말했을 거야.'

녕결은 고개를 저으며 곤혹스러운 듯 창밖을 바라봤고, 숲속 깊은 곳에서 전해오는 수컷 곤충들의 울음소리를 들으며 자조적인 웃음을 지었다.

'서원의 어떤 철없는 교수가 이런 글을…… 만약 사도의란 같은 여학생들이 보면 분노해서 펄쩍펄쩍 뛰겠구면.'

비록 그 방식이 저속하고 천박했지만 그 내용은 간단명료하여 이해하기 쉬웠다. 더러운 것 속에서 도를 찾는다. 녕결은 이 사람에 대해 탄복하지 않을 수 없었고 그 사람은 일종의 천재라고 생각했다.
　녕결은 매우 진지해졌다. 그리고 다시 〈기해설산입문〉을 펼쳤다.
　진피피는 분명 이 '불쌍한 사람'의 이해 능력을 과소평가했다. 설령 마지막 두 단락을 쓰지 않았더라도 그렇게 천박한 예를 들지 않았더라도 녕결은 그 진의를 이해할 수 있었을 것이다.

'이해하려 하지 않고 생각하지 말고 글 자체만 보고…… 이것이 바로 신부사의 본뜻이었나? 그러면 내가 할 일은 그 글자 자체만 보고 그 글자의 의미는 생각하지 않는 것이다.'

새로운 독서 방식이었지만, 사실 글자를 보며 그 글자의 뜻을 모른 체하는 것, 심지어 모른 체하는 것이 아니라 글자의 뜻을 잊으라는 것은 상당히 어렵고 난해한 일이었다.

　　'아는 글자를 다 잊어라? 어떻게 해야 잊을 수 있지?'

서쪽 창문 밖의 봄 햇빛이 쏟아지자 녕결의 얼굴은 옅은 광택을 띄었다. 갑자기 녕결의 눈썹 끝이 살짝 올라가더니 녕결의 눈동자에도 한 줄기 빛이 스쳐갔다. 그리고 여러 해 전 그가 처음 서예를 시작했을 때 썼던 글자, 최근 몇 년 동안도 나뭇가지로 수없이 바닥에 썼던 글자 하나를 떠올렸다.

　　'영(永).'

길 영(永)자는 서예를 쓰는 사람이라면 누구나 친숙한 글씨다. 이전 생에서 배웠던 동진(東晉) 시대 최고의 서예가 왕희지 선생은 영자의 여덟 획이 서예의 모든 필법을 갖추었다고 여겼다.
　　이것이 그 유명한 영자필법(永字筆法).
　　녕결은 눈동자가 더욱 더 밝아졌다. 영자를 하나하나 뜯어서 다시 조합하면 기본적으로 모든 글자를 다 만들 수 있었다.

　　'그렇다면 영자필법으로 글자를 뜯어서 다시 만들면 내가 모든
　　글자를 다른 방식으로 인식할 수 있다는 것 아닌가?'

이것은 지혜로운 방법인가 총명한 방법인가, 아니면 그저 멍청한 생각일 뿐인가. 녕결은 숨을 깊게 들이마신 후 주저 없이 〈기해설산입문〉의 첫 장을 펼쳤다.

　　'천지에 호흡이 있고, 그것이 곧 숨결이다…….'

녕결은 첫 글자 천(天) 자를 뚫어지게 바라봤다. 더 정확히 말하자면 그의

눈에 전체 글자는 없었고 오직 천(天) 자의 첫 획, 평평한 가로획만 보였다. 그런 후 두 번째의 짙은 가로 획, 이어서 담담한 긴 삐침과 마지막 오른쪽 파임. 눈에 보이는 것은 분명 전체의 글자인데 필획만을 보고 머릿속에 조합하지 않는다. 듣기에는 쉽지만 사실 매우 어려운 일. 보통 사람들이 할 수 있는 일이 아닌 듯 보였다.

하지만 십여 년 넘게 단련한 서예. 그래서 녕결에게 글자를 분해하는 것은 이미 일종의 본능으로 변했다. 정신이 나눈 필획을 조합하려고 할 때, 그의 머릿속 깊이 새겨진 영자는 그가 본 필획을 천자의 한 부분이 아닌 영자의 한 부분으로 이해하게 만들었다.

물론 그렇다 하더라도 이런 황당함을 진실로 받아들이기에는 매우 어려웠다. 그의 등은 이미 땀으로 흠뻑 젖었고 속눈썹은 고통스럽게 떨리고 있었다.

하지만 오늘 책의 그 먹 글씨는 예전처럼 눈동자에 들어온 후 모호한 '먹 덩어리'로 번지지 않았다. 오히려 뚜렷하게 그의 시야에 들어오며 마치 바람이 불지 않는 호수에 떠 있는 나뭇잎처럼 조용했다. 녕결은 그저 조용히 그 획들을 보고 그 삐침과 파임의 방향과 기세를 보았다. 마치 미풍 아래 고요한 호수 위 나뭇잎들이 천천히 동서남북으로 흘러가는 것을 보는 듯했다. 거친 파도와 바람도 없고 춘풍정의 폭우와 초원의 마적 떼도 없었다. 그의 두 손은 더 이상 떨리지 않고 메스꺼움도 없고 실신도 없고 그저 평온함만 남았다.

구서루 밖 숲속의 벌레들은 다시 흥겹게 노래를 부르며 행복한 봄날을 축하하고 새롭고 기묘한 세상이 눈앞에 펼쳐지는 것을 축하했다. 부드러운 봄바람이 그 노랫소리를 감싸며 창문 안으로 흘러 들어와 구서루의 허전하고 조용한 공간에서 맴돌고 가끔씩 소년에게 다가와 옷자락을 털었다. 마치 그 안에 무언가 보이지 않는 힘이라도 흐르는 듯했다.

동쪽 창가의 여교수는 뭔가 감지한 듯 눈을 가늘게 뜨며 고개를 들어 창밖의 벌레 소리, 봄바람 소리를 조용히 듣고서 고개를 돌려 녕결을 바라보며 미소를 지었다.

'그것이 곧 숨결……'

녕결은 숨쉴 식(息)이라는 글자를 보고 순간 마음이 흔들렸다. 그 글자는 필획으로 분해되지 않고 온전한 구조로 눈에 들어와 버렸다. 마치 개구쟁이 목동이 고요한 호수에 돌을 던지자 물결이 일듯 차분하게 호수에 떠 있던 나뭇잎들이 흔들리며 불안해지기 시작했다. 이미 여러 차례 경험이 있지만 이 '숨결'이라는 글자는 여전히 그의 정신세계에 거대한 파장을 가져왔다.

"으음."

그는 오른손을 재빨리 내밀어서 바닥에 받치고 겨우 몸을 가누고서 억지로 고개를 돌렸다. 다시 책을 읽지 못할 정도로 얼굴이 창백해졌다. 하지만 정신은 잃지 않았다.

'힘들지만…… 이대로 한다면 길은 있겠어.'

그는 급하게 일어나지 않고 따스한 봄 햇살에 눈을 감은 채 기억을 떠올렸다. 머릿속의 획들, 고요한 호수 위에 차분히 떠 있는 나뭇잎들…….
얼마나 지났을까. 그는 눈을 뜨고 활짝 웃으며 일어나 서쪽 창가에 있는 책상으로 가서 붓을 들고 잠시 생각하다 '그 사람'에게 답장을 쓰기 시작했다. 우선 상대방에게 진심으로 감사를 표한 후 자신의 해법과 의혹도 솔직하게 썼다. 이 방법이 과연 가능할지에 대한 평과 가르침을 부탁했다.

'책을 보며 명상할 때 마치 호수의 나뭇잎이 흐르는 것을
본 것 같습니다. 그것이 신부사가 쓰신 필획의 진의입니까?
호수 위의 나뭇잎이 떠내려가 흩어지는 것을 보고 어렴풋이
규칙을 본 듯하고 가슴과 기해혈에도 뭔가를 느낀 것

같습니다……. 그것이…… 염력입니까?'

녕결은 따뜻한 봄바람에 먹물이 마를 때까지 기다린 후 조심스럽게 종이를 반으로 접어 예전과 같은 곳에 끼워 넣었다. 그리고 서가에 책을 꽂은 후 여교수에게 가서 예를 올린 다음 몸을 돌렸다.

그러다가 순간 녕결은 동작을 멈추었다.

'이분은 성품이 훌륭하고 선량하게 보여. 천박하게 글을 남긴
그 사람도 나를 가르치는데 이분은 더욱 더 날 돕고 싶어
하지 않을까?'

녕결은 다시 몸을 돌려 지극히 공손하게 입을 열었다.

"선생님, 학생이 방금 책을 읽으면서 억지로 글자의 뜻을
잊어보았는데 뭔가 깨달은 것이 있었습니다. 이렇게 책을 계속
읽어도 되겠습니까?"

여교수는 고개를 들어 그를 바라보다가 한참 후에야 미소를 지었다.

"서원의 규칙에 따르면 술과 학생이라 하더라도 '이층루'에
들어가기 전에는 자신의 이해력만으로 구서루의 장서를
볼 수 있다. 넌 수행의 소질은 없지만 의지력 하나로 그 도리를
깨달았다. 네 말이 다 옳은 것은 아니지만 그것만도 대단한
것이다. 다만 서원의 규칙을 어길 수 없으니 한 마디밖에 해줄
수가 없겠구나."

녕결은 허리를 깊이 숙여 말을 기다렸다. 여교수는 수년간 써온 잠화소해체를 보며 담담하게 말했다.

"글자를 보고 형체를 잊고 뜻을 담는다…… 마음은 있지만
  하지 않는 것이 곧 그리움이다."

녕결은 자신이 그렇게까지 하지 못했다는 것을 알고 있었다. 그가 사용한
방법은 형체를 해체시키는 것이었지 형체를 잊는 경지까지는 가지 못했
기 때문이다. 그는 여교수의 가르침을 중얼거리며 아래로 내려갔다.

　　　　　★ ★

이미 어둠이 짙게 깔려 있었지만 구서루 아래는 여느 때와 달리 시끌벅적
했다. 사도의란은 김무채의 손을 잡고 맨 앞에 있었고 저유현은 계단 옆
에, 그리고 사승운과 종대준은 먼발치에 서 있었다.

　　"무슨 일이야?"

사도의란이 놀란 눈으로 그를 바라봤다.

　　"혼자 걸어서 내려왔어?"
　　"저번에도 그랬는데?"
　　"장난은 그만하고 서원의 관습대로 입학한 후에는 서당별로
　　　모임을 가질 거야. 장안에 오래 머문 사람들이 지방이나 외국에서
　　　온 동창들에게 장안성을 구경시켜주는 의미도 있고. 원래 진즉
　　　했어야 했는데 네가 병가를 내서 오늘로 미룬 거였어."

오늘 사도의란은 학포를 벗고 연보라색 옷을 입었다. 평소와 달리 명문가
의 교양 있는 아가씨의 면모를 유감없이 발휘하고 있었다.

　　"그러자."

"시원한 성격 맘에 드네. 진자현과 몇 놈들은 집안일 핑계로
　내뺐는데 지금 어느 도박집에서 놀고 있을지 누가 알아."
'진자현?'

그녀가 말한 진자현은 당연히 서원 동창이자 서점을 운영하는 부자 집안
공자 진자현이었지만 녕결은 얼마 전 대장간에서 눈을 감지 못하고 죽어
간 늙은이를 떠올렸다. 녕결의 생각과는 상관없이 사도의란은 학생들을
돌아보며 말했다.

"혹시 구경하고 싶은 곳, 먹어 보고 싶은 음식이 있어?
　없으면 내가 정한다."

학생들 모두 다른 의견이 없었다. 사도의란은 녕결을 보며 말했다.

"그럼 우리 술 마시러 갈까?"
"너 편한 대로 해."
"그럼 지난번에 저유현이 너와 홍수초를 가면 돈을 내지 않아도
　된다 했으니 홍수초로 가자. 괜찮지?"

녕결은 순간 멈칫하면서 안 된다고 외치려 했다. 하지만 그녀는 이미 몸
을 돌려 사람들에게 홍수초로 간다고 밝히고 있었다. 구서루 앞은 순식간
에 떠들썩해졌다. 고산군에서 온 학생 하나는 감탄하여 말했다.

"천하제일 가무단의 진면목을 드디어 오늘 보는구나."

대하국 도성(都城)에서 온 학생도 진지하게 말했다.

"대당 천자가 가장 좋아하는 가무를 꼭 보고 싶다."

모두 가무에 대해 말하고 있었지만 진정으로 보고 싶은 것은 아름다운 기녀들이었다. 물론 사도의란과 같은 여러 명문가 여식들과 동행하니 방탕하게 놀지는 못하겠지만 절세 미녀를 가까이서 보는 것만 해도 영광스러운 일 아니겠는가. 당황한 녕결은 옆에 있는 저유현을 붙잡고 귓속말로 물었다.

"여자도 기방 출입이 가능해?"
"장안 낭자군이 못 가는 곳은 없어. 더구나 홍수초는
　황궁에서도 중시하는 가무단인데 가무를 보러 간다는데
　누구도 뭐라 할 수 없지."

어디선가 왜소한 체구의 학생 하나가 위축된 듯 물었다.

"나도 따라가도 돼?"

천재라고 소문난 임천 왕영이었다. 사도의란은 냉랭하게 답했다.

"왕영, 넌 안 돼. 넌 우리 병(丙) 서당이 아니고 정(丁) 서당이잖아."

대당의 풍조는 엄격함과 개방적인 풍류 사이에 있었다. 더 정확히 말하면 양쪽 끝을 밟고 이리저리 자유롭게 흔들렸다. 국사(國事)를 논할 때에는 실질적이고 엄격했지만 문학과 풍월을 읊을 때에는 개방적이었다.
　　누구도 이 두 가지 방식이 충돌한다고 생각하지 않았다. 조정의 대신도 자택 근처 작은 술집에서 기녀와 함께 풍류를 즐길 수 있고, 기방의 행수가 변방의 전쟁을 이야기할 때 눈물을 훔치며 나라에 기부금을 낼 수도 있었다. 장안성에서 기방이라 하면 단연 먼저 언급되는 곳이 홍수초. 정식 이름도 간판도 없었지만 가히 대당 제국 기방의 간판이라고 할 수 있는 곳이었다.

그런데 오늘밤 그곳에 약간의 혼란이 일었다.

서원의 젊은이 20여 명이 수줍게 고개를 숙이거나 또 득의양양하게 고개를 들며 건물에 들어섰다. 가무를 즐기던 재력가와 조정 관원들의 표정이 굳어지며 재빨리 그곳을 떠났다. 사도의란은 그중 한 명이 자신의 넷째 숙부임을 알아차리고 웃음을 삼키며 집사를 불렀다.

"홍수초를 다 빌릴 수는 없겠지만 우리들이 앞자리를 채워서
가무를 본다 해도 문제는 없지?"

집사는 조금은 난감한 표정으로 답했다.

"당연히 문제는 없는데…… 사도 아가씨, 오늘도
도련님으로 불러야 합니까?"
"이놈 역시 눈치가 있어."

사도의란은 눈치를 슬쩍 보다가 몰래 은자를 건네며 말했다.

"술과 과일, 음식을 빨리 차려줘. 오늘은 어떤 돈 많은 사람이
사는 날이야. 참, 육설 아가씨를 모셔줘. 저번에는 궁에
들어갔다는 핑계를 댔지만, 오늘까지 그러면 너무
티 나는 거 알지?"

집사는 난색을 표하며 말했다.

"입궁하지는 않았습니다. 하지만 폐하께서 공주 전하가 돌아오신
기념으로 축하연을 열 예정이라 가무단 아가씨들은 가무 연습에
정신이 없습니다. 더구나 육설 아가씨는 가무단을 이끄는 분이라
간 대가께서 특별히 한 달 동안 휴가를 주셨습니다."

홍수초를 대표하는 아가씨는 수주아지만 육설은 가무단을 이끌고 있어 신분이 조금 달랐다. 심지어 그녀의 가무는 황후도 칭찬할 정도였다. 그러니 그녀가 손님을 모시고 술을 마시는 것을 강요할 사람은 아무도 없었다.

녕결은 저유현과 함께 가장 구석진 곳에 앉아 사도의란과 집사의 대화를 듣고 감탄하며 고민하고 있었다.

'술값을 계산한다는 돈 많은 사람이 누구지?'

저유현이 그의 생각을 읽고는 동정하듯이 말했다.

"내가 보기엔 네가 오늘 덤탱이를 쓸 것 같네."

저유현은 부채를 펼치며 비아냥거렸다.

"오늘밤 거부는 틀림없이 녕씨 성 가진 사람이야."

이 말을 마친 후 그는 일어나 그 집사를 향해 소리쳤다.

"화소(華紹)! 너 눈이 멀었어? 내 옆에 누가 앉아 있는지 안 보여? 어서 육설과 수주아를 불러와!"

화소라 불리는 집사는 이 소리를 듣고 가슴이 떨리기 시작했다. 그리고 저 공자 옆에 앉은 사람이 아가씨와 놀고도 돈도 주지 않는 부도덕한 놈인 것을 확인하자 저도 모르게 몸이 굳었다. 하지만 기방에 종사하는 사람이 어찌 생각과 행동이 일치하겠는가. 그는 속으로 녕결의 부모와 조상까지 욕하고 있었다. 하지만 표정은 온화한 꽃송이로 변해 아첨하는 듯한 웃음을 지으며 공손했다. 그리고 몸을 돌려 한적한 위층을 향해 고함을 질렀다.

"아가씨들! 녕결 도련님이 오셨습니다!"

이 소리에 얼마나 많은 사람들이 우왕좌왕했는지 모른다. 서원의 학생들은 일제히 놀란 시선을 녕결에게 던졌다. 사도의란은 저도 모르게 입이 벌어졌고 김무채는 더 이상 자연스러운 표정을 유지하지 못했다.

'홍수초에서 녕결을 모르는 사람이 없는 거야?'

무대에서의 악기와 노래 소리가 그치며 건물 안은 조용해졌다. 하지만 다급하게 얼굴을 내미는 미인은 없었고 녕결을 향해 웃거나 인사하는 아가씨도 없었다. 심지어 아가씨 대신 상황을 살피러 오는 시녀 하나도 나타나지 않았다.

사도의란을 포함해 학수고대하던 학생들의 얼굴이 실망감으로 번져갈 때, 건물 안쪽에서 발소리가 요란하게 울려 퍼졌다. 크고 작은 구슬이 옥쟁반에 떨어지는 듯 크고 작은 빗방울이 춘풍정에 떨어지는 듯한 소리가 들렸다. 그리고 뒤뜰에서 예닐곱의 아가씨들이 시녀를 데리고 뛰어나와 녕결 곁으로 다가왔다.

"왜 며칠 동안 안 보였어?"
"어디 아팠어?"
"무슨 일 있는 거 아니야?"

한바탕 소란이 일었다.

그때 가장 조용한 꼭대기 층에서 귀여운 어린 소녀 하나가 나타나 불쾌한 듯 말했다. 소리친 이는 간 대가의 하녀 소초였다.

"녕결, 상상은 왜 안 왔지? 또 그녀를 노필재에 가둬놓은 건가?"

홍수초 아가씨들이 녕결을 좋아하는 것은 세 가지 이유에서였다.

첫째, 기방에서 보기 힘든 어린 소년이 말도 바르게 하고 행동도 귀엽고 아가씨들도 존중했다.

둘째, 수주아는 순전히 개인적인 이유 때문에 그를 좋아했지만 다른 아가씨들은 그녀의 얼굴을 생각해서라도 좀 더 친근하게 대했다.

하지만 가장 중요한 이유는 간 대가가 이 소년에게 관심을 보였기 때문이었다. 남자를 쳐다보지도 않고 심지어 혐오하는 듯한 간 대가에게는 매우 드문 일이었다.

물론 서원 학생들은 이런 이유를 알 리 없었다. 그저 그의 옆에 모인 아름다운 아가씨들을 보고 노래 선율 같은 그녀들의 목소리를 들으며 어리둥절해 있었다. 사도의란은 최대한 의연한 척하며 말했다.

"저유현의 말이 거짓은 아닌가봐. 홍수초에서의 녕결이……
잘난 척하는 내 사촌 오라버니들보다 훨씬 커 보이네."

이때 녕결은 육설 아가씨의 손을 잡고 사도의란에게 다가와 말했다.

"사도 아가씨, 육설 아가씨를 제가 데려왔습니다.
다만 육설 아가씨가 요즘 가무 연습하느라 고생이 많으시니
일찍 돌려보내주십시오."

사도의란은 속으로는 기뻤지만 드러낼 수는 없었다. 그녀는 화가 난 척하며 대꾸했다.

"여자들끼리 대화하는데 네가 왜 참견이야?"

이 말을 마치자마자 그녀는 육설에게 몸을 돌려 공손히 예를 올리고 진지하게 말했다.

"육설 언니, 오늘 운 좋게 언니를 봤는데 호선무(胡旋舞)의

중삼로(中三路)를 가르쳐주실 수 있을까요?"

육설은 눈살을 약간 찌푸렸다. 피곤한 건 사실이었지만 그렇다고 장안 명문가 귀녀의 부탁을 거절할 수도 없었다. 그때 김무채도 일어나 미소를 지으며 말했다.

"육설 아가씨, 사도 언니가 중삼로를 배우고 싶어 하는 것은
운휘 장군님의 예순 잔치에 보이기 위해서예요. 꼭 좀
부탁드려요."
"그렇군요. 그럼 오늘밤 제가 한번 보여드리지요. 다음에도
편하게 연락주세요. 여기 오셔도 좋고 제가 사도 저택으로
찾아가도 됩니다."

호무(胡舞)는 이름과 달리 초원 만족과 아무 관련이 없고 월륜국에서 유래한 춤이다. 알려진 바에 따르면 호무는 월륜국 서쪽 어느 부락에서 제사를 지낼 때 추는 춤으로 경쾌한 박자가 특징이다. 특히 상반신은 천녀(天女)가 꽃을 뿌리는 듯 고정하고 허리를 빠르게 떨며 노래의 박자에 따라 걸어가는 대조적인 모습이 고혹적인 미감(美感)을 만들어낸다. 이 춤은 난이도가 상당히 높은데, 천하 최고의 호무희(胡舞姬)가 장안성 내의 홍수초 안에 있었다. 그녀가 바로 육설이었다.
　　비파와 피리 소리가 은은히 들리고 약간 어두운 불빛 아래 주렴이 젖혀지며 복부가 드러난 무희복을 입은 육설이 날아들 듯 나타났다. 부드럽게 처진 눈빛, 가슴 앞에 모은 두 손. 손끝도 속눈썹조차도 떨리지 않았지만 하얀 눈 같은 그녀의 맨발은 음악과 함께 느릿느릿 움직이고 있었다. 비파 소리가 빨라질수록 두 발이 가볍게 무대를 밟는 걸음걸이 또한 빨라졌다. 무희복에 싸인 허벅지와 엉덩이가 빠르게 떨리고 드러난 복부에 미세하게 아름다운 주름이 일고……

　　"와……!"

'짝짝짝짝짝짝……!'

춤이 끝나자 수많은 함성과 갈채 소리가 천장을 뚫을 듯 울려 퍼졌다. 사도의란은 고마운 마음을 담아 육설에게 술 한잔을 권했다. 육설은 다소 피곤한 기색을 비치며 술잔을 비웠다. 그리고 양해를 구하고는 뒤뜰 자신의 거처로 돌아가 휴식을 취했다.

미인과 호무는 가장 좋은 술안주였다. 20여 명의 서원 학생들은 너도나도 흥분하여 술잔을 비웠다.

그 중심에는 녕결이 있었다. 친하든 안 친하든 여러 가지로 이유로 그에게 술을 권하기 시작했다. 녕결은 술을 좋아했고 또 몇 년 동안 상상과 함께 하며 기본적으로 술을 마시지 않은 날이 거의 없었다. 다만 안타깝게도 또 슬프게도 주량은 조금도 늘지 않았다. 녕결은 친구들의 거친 술 공격에 어느새 인사불성의 상태로 빠져들고 있었다. 그는 눈을 억지로 뜨며 달려오는 적들을 물리치려 했지만 이미 말은 더듬고 있었고 손발은 자신의 의지와 다르게 움직이고 있었다.

그는 달을 보며 고독한 척 술잔을 피하려 했지만 여전히 밤하늘에는 달이 없었다. 난간에 기대어 호수에 술을 부으며 물고기들을 대신 취하게 하고 싶었지만 이미 난간까지 갈 수가 없었다.

지난 생이든, 이번 생이든.

또 다시 기억을 잃었다.

어느새 그의 술상은 건물 뒤쪽, 작은 연못과 대나무가 가까이 있는 난간 쪽으로 옮겨져 있었다. 하지만 그는 자신이 무엇을 하려고 했는지 벌써 잊어버렸다. 어렵게 고개를 드니 사도의란이 그의 옆에서 난간에 기댄 채 넋을 잃고 별을 바라보고 있었다. 그녀의 주량은 녕결보다 센 것이 분명했다.

그녀는 밝은 눈빛으로 입을 열었다.

"녕결, 공주 전하는 어떻게 알게 된 거야?"
"길에서."

"길에서? 길에서 어떻게 만났는데?"

"길에서 주웠어."

"뭔가 기억이 잘못된 것 같은데…… 공주 언니는 네가 길에서
주울 수 있는 분이 아니야."

사도의란도 취한 것이 분명해 보였다. 그렇지 않다면 공주 전하를 언니라
고 부르지 않았을 테니까. 어렸을 적에야 그렇게 불렀는지 모르지만 제법
크고 나서, 그것도 다른 사람 앞에서 그렇게 부르는 것은 분명히 공주 전
하에 대한 불경이었다. 하지만 술 취한 녕결에게는 중요한 것이 아니었다.

"아…… 내가 잘못 기억했네. 길에서 주운 것은 모두 보배지
백치일 리 없지. 내가 공주와 어디서 만났더라…… 맞아, 너 내가
위성의 군사였던 것은 알지…… ?"

"위성이 멀어?"

"개평에서 가까워."

"개평은 또 어디야?"

"위성과 가까워."

사도의란은 기가 막혀 말문이 막혔다.

"그래, 그래 알았어. 그곳이 변군 요새인 것은 알겠고,
그럼 그곳에 가기 전에는 어디 있었는데?"

"산에."

"산?"

"민산."

"민산은 커?"

"쓸데없는 소리."

"그럼 민산 이전에는?"

"……"

"그전에는?"

"음…… 너무 어려서 기억이 잘 안 나. 내가 고아인 것만
알고 있어."

난간 옆에서 이루어진 대화는 여기까지였다.

넝결이 너무 취했고 그의 혼란스러운 생각과 대답에 대화가 더 이
상 깊게 진행되지는 못했다. 바로 그때 잠시 자리를 비웠던 수주아가 돌
아와 어색함을 달랬다. 그녀는 눈살을 찌푸리며 넝결의 뒤통수를 보다가
고개를 저으며 그를 일으켜 세웠다.

"사도 아가씨, 그는 술을 잘 못 마셔요."

수주아의 품에 비스듬히 누운 넝결이 깨어났다. 그는 정신이 없었지만 얼
굴에 누군가의 풍만한 가슴이 닿은 것을 느꼈다. 무심결인지 본능인지 모
르지만 두 손으로 누군가의 허리를 안고 심지어 얼굴을 더 가까이 붙이고
그곳에 얼굴을 비비기도 했다.

사도의란은 그 모습을 보며 화가 났다. 그녀는 손으로 얼굴을 가
렸다. 그녀는 당당한 운휘 장군 집안의 귀녀가 아닌가. 재미로 찾은 기방
에서 누군가 감히 자신 앞에서 아가씨를 희롱하는 장면을 보게 될 것을
상상이나 했겠는가.

넝결은 술을 너무 많이 마신 터라 자신이 비비고 있는 것이 여인
의 가슴인지 커다란 만두인지도 구분하지 못했다. 다만 아직 시집도 안
간 소녀의 눈에 이 장면은 도저히 감당하기 힘들었다. 그래서 다시 넝결
을 붙잡고 일으켜 술잔을 억지로 권했다.

넝결은 수주아의 허리를 놓지 않으려 하고 손가락은 옷 속으로 들
어가 부드러운 피부를 만지며 쓸데없는 말을 해댔다.

"너무 좋아…… 이게 술 마시는 것보다 좋아……
다시는 술을 안 마실 거야……."

수주아는 간지러워 낄낄거리며 말을 받았다.

"더 만지면 은자를 받을 거야."
"나도 이천 냥이나 가진 사람인데 은자가 모자랄까?
중도 너를 만지는데 난 왜 못 만지나? 하룻밤 함께
보내는 게 어때?"
'중이 뭐지?'

수주아가 녕결의 헛소리를 듣고 눈빛으로 사도의란에게 도움을 청했다.
사도의란은 녕결의 얼굴을 강제로 잡아당겨 수주아의 가슴에서 떼냈다.
그리고 얼굴 가까이에 대고 큰 소리로 말했다.

"술 많이 마셨으니 빨리 집으로 돌아가. 집에 기다리는
사람도 없어?"

녕결은 갑자기 유유히 깨어나 초점 없는 눈으로 밤의 어둠을 바라보며 중
얼거렸다. 난간 옆에서 밤바람을 너무 오래 맞은 탓인지 사도의란에게 마
음이 동한 것인지, 혹은 그녀의 말 속에 중요한 단어가 녕결의 혼을 건드
린 것인지 알 수는 없었다.

"있지, 집에 기다리는 사람이 있지."

이어진 행동은 두 여인의 예상을 완전히 빗나갔다. 그는 사도의란의 손을
뿌리치고 자신을 부축하려는 수주아를 피한 후 비틀거리며 건물 안으로
들어갔다. 그리고 장부를 관리하는 사람에게서 붓을 빼앗고 장부 종이를
한 장 찢어 흐릿한 눈으로 초서 몇 글자를 휘갈겼다.

"47번 골목으로 갖다 줘."

수주아가 다가가 보니 아주 조잡한 글씨 몇 자가 적혀 있었는데 글씨 틀이 삐뚤어져 있고 글씨의 필획이 심하게 날아가 있어서 자세히 보지 않으면 도저히 알아볼 수가 없었다. 겨우 읽은 그 내용은 다음과 같았다.

'상상, 이 도련님이 오늘 취해서 집에 못 들어가.
남은 닭백숙 데워 먹는 것 잊지 마.'

수주아는 그가 술에 취한 귀여운 모습에 웃음을 참지 못하고, 그의 왼팔을 붙잡아 부축하며 말했다.

"그만 마시고 이따가 내가 마차에 데려다 줄게."

넝결은 그녀의 손을 잡았다.

'술에 취해도 정신은 있다는 말이 일리가 있어.'
"오늘밤은 집에 안 간다!"
"동창들이 다 모여서 노는 건데 네가 이러는 것은 보기 좋지 않아.
고상함은 다 어디 갔어?"
"난 그냥 변성에서 온 군사인데 고상함이 어딨어? 착한 누나야,
오늘밤에 나를 좀 속물로 만들어 주면 안 될까?"
"술김에 미친 척하지 마. 깨면 후회한다. 평소 정신이 똑바를 때는
뭐 가능할지도……."

사도의란이 불쑥 끼어들었다.

"넝결, 그런 헛소리 도무지 못 들어주겠다."

수주아도 그녀의 말에 동조하며 말했다.

"동생, 잊은 것 같은데…… 간 대가께서 아무도 널 모시지 말라고 엄명을 내리셨어. 그런데 네가 여기서 속물 행세를 할 수 있겠어?"

수주아의 이 말이 끝나자마자 냉담한 표정의 작은 시녀 소초가 해장탕 한 그릇을 들고 나타났다.

"간 대가께서 더 이상 그에게 술을 먹이지 말라고 말씀하셨어요. 그리고 너…… 녕결! 이 해장탕 마시고 바로 목욕한 후에 나를 따라 위층으로 올라가야 해. 간 대가께서 하실 말씀이 있으시대."

소설에서는 늘 '고수의 품격'을 표현하는 문장 구조가 있다.

'때마침, 말이 끝나자마자, 바로 등등.'

간 대가의 시녀 소초의 출현이 바로 이런 고수의 품격을 대변한다. 심지어 그녀의 말에도 '고수의 효력'이 있었다. 소초의 말이 떨어지자마자 학생들은 녕결이 쥐고 있던 술 주전자를 빼앗았다. 그리고 순간 건물 안이 조용해졌다.

녕결은 소초를 따라 목욕을 하러 갔다. 조용한 난간 주변으로 사도의란과 김무채가 다가와 수주아에게 물었다.

"녕결이 운 좋게 간 대가의 마음에 들었다 하더라도 최소한 당신과 육설 아가씨는 일부러 그에게 환심을 살 필요가 없을 텐데…… 왜 그렇게 잘 대해주는지 궁금하네요."
"그날 밤 간 대가께서 아가씨들에게 모두 그를 더 이상 초대하지 말라고 분명히 말씀하셨어요. 그럼에도 불구하고 그는 제 발로 늘 여기 와요. 왜 그럴까요?"

수주아는 미소를 지으며 자문자답했다.

"왜냐하면 그 소년이 여기 와서 저희들과 하는 것은
진짜 이야기를 나누는 것이에요. 저희들도 사실 사람들과 단순히
대화를 나누고 싶어 한답니다."

사도의란은 손으로 턱을 괴며 난간에 기대어 생각에 잠긴 듯했다.

"저희는 그와 대화하는 것을 좋아해요. 저희는 평소 어떤
대화에서도 마음속 깊은 이야기를 할 수 없기 때문이에요.
또 녕결도 저희와 수다를 떠는 것을 좋아해요. 그는 뼛속까지
새겨진 압박감이 있어 수다로 긴장을 푸는 느낌이죠. 그 압박감이
무엇인지는 모르지만 말이에요. 어찌 보면 홍수초 같은 기방에서
저희 같은 아가씨들과 대화를 나누어야만 그가 진정 편한 마음을
가지는 것 같기도 해요."

사도의란의 눈에 호기심이 가득했다.

"그에게 무슨 대단한 압박감이 있을까요?"
"녕결의 삶에 어떤 문제가 있었는지는 모르겠지만 문제가
있었다는 것은 확실히 알 수 있죠. 장안 귀인 아가씨들의 눈에는
그가 그저 평온하고 소박한 소년일 수 있지만 저희 같이 세상만사
다 겪어본 불쌍한 사람들은 그의 몸속에 숨겨져 있는 불쌍함을
알아볼 수 있답니다."

장안성의 이름난 기녀는 속삭이듯이 마지막 말을 했다.

"그리고…… 저도 부모가 없는 고아랍니다."

★ ★

붉은 문을 열고 주렴을 걷었다. 녕결은 등불이 어둡고 조용한 방으로 들어갔다. 그는 해장탕 두 사발을 마시고 온수 목욕을 한 후였다. 이미 술기운이 반으로 줄어 있었다.

완벽한 몸매가 옷 사이로 살짝 살짝 드러나는 여인이 눈앞에 희미하게 보였다. 하지만 이어서 넓은 이마와 눈가의 잔주름을 보며 녕결은 차라리 지금 자신이 더 취했으면 좋겠다는 생각이 들었다. 곧이어 자신에게 닥칠 일이 무엇인지 알고 있었기 때문이다.

"며칠 동안 너를 못 봐서 네가 서원에 들어가 수양을 하고
지식을 탐구하는지 알았다. 그런데 보아 하니 학문은 늘지 않고
술을 마실 담력만 늘었구나."
'딸꾹.'

그는 이 부인이 특별한 인연도 없는 자신을 엄하게 대하는 것이 전혀 이치에 맞지 않다고 생각했다. 하지만 상대방의 엄격함 속에 배려가 있다는 점을 알기에 눈물을 참고 훈계를 받아들일 수밖에 없었다.

"그동안 서원에서 무엇을 배웠는지 말해보거라."

녕결은 소초가 건네주는 차를 받아들고 두 모금 마셨다. 다급하게 목을 가다듬고 서원에서의 생활을 간 대가에게 진지하게 이야기했다.

"넌 성실한 편이지만 예과와 서과에 아무런 기초도 없으니
이 두 과목에 더 공을 들여야. 자포자기하는 심정으로 신경을
안 쓰면 안 된다. 네가 서원을 떠나 조정에 들어가든 타국으로
파견되든…… 서신을 쓰는 능력은 매우 중요하다."
"네."

"네가 구서루에 매일 간다 하니 이층루에 대해서도
  알게 되었겠지?"
"네."
"언제 이층루에 들어갈 수 있을 것 같으냐?"

녕결은 소매를 들어 입을 가렸다. 트림도 나오는 것 같고 구토도 나오는
듯 싶었다. 녕결은 억지로 참으며 대답했다.

"그런 곳에 갈 수 있는 사람은 수행의 천재들뿐이지요.
  제 몸은 수행의 자질이 없으니 이층루에 들어갈 욕심을
  내지도 못합니다."
"이 녀석! 서원 같은 좋은 곳에 들어갔으면 그 기회를 소중히
  여겨야지 무슨 욕심이 어쩌니 하는 소리나 지껄이고……."

그녀는 예전에 '그놈'이 나귀를 타고 시문을 읊으며 우쭐대듯 이층루에
들어가는 것을 직접 봤다. 아쉬움을 달래고 싶은 마음이 큰 간 대가는 계
속 말했다.

"서원은 원래 기적을 일으키는 곳이다. 그런데 네 스스로가 기적이
  일어날 수 없다고 생각한다면 누가 널 도와주겠느냐?"

녕결은 검은 나귀를 타고 서원에 들어가 천하에 엄청난 명성을 날리다가
비바람에 부평초처럼 사라진 선배를 몰랐으니 당연히 지금 간 대가가 왜
자신 같은 볼품없는 인간에게 이렇게 관심을 쏟는지 몰랐다.

"저번에도 말했듯이 저유현 같은 부잣집 공자는 놀 기회가 있다.
  하지만 가난한 소년인 네겐 그런 기회마저 없다. 오늘도 그렇다.
  사도 아가씨와 김 아가씨와 같은 장안 귀녀는 놀 수 있지만 넌
  놀 수 없다. 그들은 너와 친하게 지내는 것을 그저 재미로 여긴다.

이런 뜻이 악의는 아니지만 너에 대한 진정한 존중은 아니다. 그들과 진정한 친구가 되려면 그들이 존중할 만한 능력과 도량을 갖춰야 하고 다시 말해 만약 네가 이층루에 들어갈 수 있다면 세상 모든 사람들이 너의 친구가 되리라 믿는다."

간 대가는 금선난화로(金線蘭花露)로 가볍게 목을 축인 후 말했다.

"앞으로 기분 전환을 하러 여기 오는 것은 좋지만 횟수가 너무 잦아서는 안 된다. 더욱이 술을 많이 마셔서도 안 된다. 난 본래 풍월에 사는 행수이고 사람들이 기방에 출입하는 것을 천한 행위로 생각하지는 않지만, 그렇다고 사람의 발전에 도움이 되는 일이라고 생각하지도 않는다. 대당은 인재를 중시하니 네가 재주가 있기만 한다면…… 상층이든 하층이든…… 안이든 밖이든…… 변성 군사이든 장안 귀족이든…… 대당 제국은 너를 묻혀두지 않을 것이다."

녕결은 예를 올린 후 물러나 내려왔다. 모임은 이미 끝난 후였다. 집사에게 물어보니 결국 사도의란이 값을 치른 모양이었다.

'은자 이천 냥을 당분간 더 유지할 수 있겠네.'

수주아에게 작별의 말을 하고 싶어 몸을 돌리는 순간 소초가 사정없이 그를 마차로 몰아 태웠다. 그녀는 마부에게 47번 골목으로 최대한 빨리 태워 보내라 명했다. 빠르게 달리는 마차의 흔들림에 녕결의 속도 울렁거렸다. 녕결은 진지하게 어떤 문제를 고민하기 시작했다.

'주량을 늘려 기방을 편하게 다니기 위해서라도 수행의 길에 들어서야 하는 건가?'

넝결이 술이 덜 깬 채로 쓸데없는 생각을 하고 있을 때, 수주아의 작은 정원에 또 다른 손님이 들어왔다. 수주아는 어사 장이기 같은 단골손님을 제외하면 어느 정도 손님을 고를 권한이 있었지만 지금 들어온 이 손님을 보자마자 밤이 깊었음에도 정신을 차리고 직접 차를 따르며 대접했다.

"얼굴 좀 씻어라. 너같이 예쁜 아가씨가 나처럼 더러우면 안 되지."

마르고 키가 큰 노인. 낡은 두루마기를 걸쳤는데 두루마기에는 기름때가 여기저기 묻어 있었다. 옷깃에는 어디서 묻혔는지 쌀알 몇 톨이 보여 더러워서 쳐다보지 못할 지경이었다. 얼굴이 더럽지는 않았지만 턱 아래 듬성듬성 난 몇 가닥의 긴 수염과 역삼각형의 눈모양이 더없이 추접스럽게 보였다. 하지만 수주아는 웃으며 그의 말대로 나가서 다시 단장을 했다. 물론 간 대가가 특별히 당부하긴 했지만 그녀는 상대방이 누구인지조차 몰랐다.

하지만 그녀에게 사실 외형적인 것들은 중요하지 않았다. 중요한 것은 이 도사는 항상 소탈하며 호탕했고, 겉으로는 호색한이라 외치고 다녔지만 실제로는 아무것도 하지 않고 항상 선을 지키며 놀다 갔다는 것.

수주아가 나가고 마르고 키 큰 도사가 혼자 술을 따라 마시려 하는데 술 주전자 옆에 아무렇게나 던져져 있는 구겨진 종이 한 장을 발견하였다. 종이는 장부에나 쓰는 평범한 종이인데, 그 안에서 은은하게 글씨가 배어나오고 있었다.

수십 년 동안의 수행 습관. 그는 본능적으로 종이를 탁자 위에 펼쳐 놓았다. 구겨진 종이 위에 쓰인 한 줄의 글씨. 글자와 글자 사이는 실로 이어진 것처럼 복잡하게 꼬여 있고, 더군다나 비뚤어져 있는 글씨체는 보는 사람의 얼굴을 찡그리게 만들었다.

'상상, 이 도련님이 오늘 취해서 집에 못 들어가.
남은 닭백숙 데워 먹는 것 잊지 마.'

글씨를 보며 도사는 얼굴색을 바꾸었는데 놀랍게도 싫어하는 기색이 아니라 기쁨의 빛이 가득했다. 닭발처럼 생긴 글씨를 천천히 음미하던 도사의 눈길이 '닭백숙'이라는 글씨에 닿았다.

앙상한 고목 같은 오른손 검지를 술잔에 집어넣은 후, 탁자 위에 한 획 한 획 베끼기 시작했다. 손가락 끝에 묻은 술이 붉은 나무 탁자 위에 미끄러지며 글자가 되고, 종이에 적힌 '닭백숙' 세 글자와 거의 흡사하게 적혔다. 그러자 마치 은은한 기류가 도사의 손끝을 타고 술에 스며들어 단단한 붉은 탁자의 깊은 곳까지 스며든 듯 순식간에 퍼져나가 미세한 회오리바람으로 변해 사라져버렸다.

그때 밖에서 단장을 하던 수주아는 무엇인가 느낀 듯 물이 담긴 대야에 비친 별들을 보고 넋을 잃었다. 왠지 집이 너무 그리웠다. 상상 속에서만 존재했지 실제로 그녀의 인생에서 한 번도 없었던 따뜻한 집이 그립고, 또 한 번도 맛본 적 없는 어머니의 닭백숙 냄새가 그리워 눈물이 대야에 떨어졌다.

도사는 손가락으로 술을 묻혀 붉은 나무 탁자 위에 소탈하게 또 아주 바르게 종이 위에 있는 글자들을 모사했다. 그는 마지막으로 손가락을 입에 넣어 쪽 빨고 나서 뒷짐을 진 후 몸을 숙여 그 글자들을 뚫어지게 쳐다보았다. 볼수록 그의 표정은 헝클어졌다. 머리를 가로젓는 빈도가 더 많아지고, 표정은 점점 더 망연자실해지며 웅얼거렸다.

"이게 무슨 서법이지? 본 적이 없는데…… 원기 파동도 없는데
왜 이렇게 필의(筆意)가 충만하지? 엉망진창으로 흩어져 있는데
집중해서 보면 왜 가슴이 철렁 내려앉지?"

도사는 벌떡 일어서 고개를 저으며 방안을 반 바퀴 돌다가 다시 빠른 걸음으로 탁자 앞으로 와 또 한 번 얼굴을 찌푸리며 말했다.

"말이 안 돼! 말이 안 돼! 말이 되나? 아니야. 말이 안 돼!"

3대 종파 간이나 각 국가 간에 아무리 싸워도 누구도 신부사에게 불경할 수는 없었다. 세상에 수행자는 적고, 신부사는 더 드물었기 때문이다. 세속의 문예(文藝)와 세외(世外)의 수행을 가로지르는 신부사가 붓을 들면 비바람이 일었다. 신부사가 붓을 놓으면 귀신도 놀랐다. 수행의 세계나 전쟁에서는 신부사가 거의 둘도 없는 자원이었기에 가장 숭고한 예우를 받았던 것이다.

대당 제국은 천하제일의 강국이었지만 대당의 신부사는 통틀어 열 명이 넘지 못했다. 그마저도 대부분 일찍 속세를 떠나 서원이나 산림에 은둔해 남은 생을 도(道)를 구하거나 천지의 비밀을 찾는 데 바치고 있었다. 그러니 속세를 돌아다니는 신부사는 더더욱 없었다. 호천도 남문이 보유한 신부사 네 명 중 두 명은 사실 서릉 신전에서 위세를 과시하기 위해 장안으로 보낸 사자(使者)에 불과했다.

현재 호천도 남문에 있는 신부사는 단 두 명뿐이었다. 심야에 홍수초를 방문한 마르고 키 큰 도사가 바로 그 두 명 중 하나였다.

그의 이름은 안슬(顔瑟). 대당 국사(國師) 이청풍(李淸風)의 사형(師兄)이자 호천도 남문의 대공봉으로, 독한 술과 미인 그리고 서예를 좋아했다.

부적술로만 따지면 당대 가장 뛰어난 인물이었다. 봄비가 내리던 그날 밤, 작은 골목에서 빗물을 이용해 반나절 동안 우물 정(井)자 부적을 하나 그려서 지명 이하 무적의 수행 천재 왕경략을 비참하게 우는 뚱보 아이로 전락시킨 사람이 바로 안슬 대사였다.

신부사가 존경받는 것은 신묘한 부적술 외에도 절묘한 경지의 서예였다. 심지어 세간에는 이런 말도 있었다.

'서화(書畵) 대가가 수행에 소질이 없으면 신부사가
될 수 없지만, 모든 신부사는 역사에 이름이 남을 서예
대가이거나 대화가(大畵家)이다.'

안슬 대사는 기방에서 노는 것을 즐겼지만 그가 원한다면 언제든 천하의

대문호(大文豪)가 될 수 있었다. 그런 그가 지금 낙서 같은 글씨 하나에 이해가 안 된다며 고개를 절레절레 흔들고 있는 것이다.

초서(草書)로 쓴 글자 스물아홉 개. 신부사 안슬 대사를 고뇌하게 한 것은 녕결의 '서예 기술'이 아니라, 녕결이 글씨를 쓸 당시의 심경과 필의(筆意)가 딱 들어맞았기 때문이었다.

녕결은 오늘 구서루에서 깨달은 바가 있었고 글의 뜻을 잊고 형체를 기억하고, 깨달음의 기쁨에 동창들과 기방에서 술에 취하고 이성의 끈을 놓은 찰나 아무렇지 않게 붓을 들었다. 자연스럽게 낮에 깨달은 이치에 따라 모든 법(法)과 도(道)를 잊은 채, 만취 상태에서 무의식 속에 남은 규칙마저 버린 채 매화와 포도나무 가지를 마구 꺾듯이 술기운을 빌려 흐트러짐과 혼란스러움 그리고 불명확함을 추구한 것이었다.

만약 장안성의 또 다른 서예 대가가 이 초서를 봤다면 큰 감흥을 느끼지 못했겠지만, 신부사의 눈에 들어가자 그는 마치 60여 년 동안 자신이 긁지 못한 등의 어느 은밀한 곳을 누가 긁어주는 듯한 느낌을 받은 것이다.

글씨에 뜻이 있다는 것은 한 획과 다음 획이 한 글자를 구성하여 쓰는 자의 마음이라는 뜻이고, 그 뜻이란 곧 그의 생각이 담긴다는 것이다. 하지만 녕결의 글씨에는 생각이 담기지 않았고 뜻이 통하지 않았으나 그 마음의 뜻이 먹에 빠져 시원하게 빠져나오지 못하고 있었다.

하지만 안슬 대사가 직접 모사하니 아무리 강한 족쇄라도 글씨 안에 담긴 마음의 뜻이 손가락 끝의 술을 거쳐 딱딱한 붉은 탁자 안으로 스며들었고, 그리고 술 향기와 함께 공기 중으로 퍼져나가 홍수초 안에 가득 퍼졌던 것이다.

상상에게 보내는 전갈의 글. 이 글을 쓸 때 녕결은 술기운이 한창이라 몰랐다. 이 글은 녕결이 홍수초에 남아 외박을 하겠다는 뜻이었다. 그런데 그 글에 감춰진 진의가 드러나자 그의 속마음까지 드러나고 말았다. 녕결 자신마저 이러한 마음의 뜻, 진의를 생각하지 못했을 것이다. 어쩌면 그가 진의를 인정하고 싶지 않았는지도 모른다.

서쪽에 매화 몇 그루가 심겨 있는 정원에서 육설 아가씨는 통소를 품에 안고 마당 구석에 떨어진 지 오래된 매화를 보며 남쪽 고향의 봄을 그리워하고 있었다. 동쪽에 대나무 몇 그루가 심어져 있는 정원에서 수주 아는 하늘의 별들을 멍하니 보다가 진주처럼 맑은 눈물을 퉁퉁하고 매끄 러운 뺨에 흘리고 있었다. 그녀의 눈물은 물이 담긴 대야에 떨어지면서 가볍게 소리를 냈다. 홍수초 가장 높은 곳에 위치한 방 주렴 뒤에서 간 대 가는 침대 옆 그놈의 초상화를 보며 저도 모르게 눈물을 흘리며 낮은 소 리로 원망했다.

> "가호연(軻浩然), 이 죽일 놈아! 그때 내가 닭백숙을 끓여놓고
> 매일같이 당신을 기다렸는데 오지 않았어. 이제는 당신이 먹고
> 싶어도 못 먹어. 지금 당신이…… 땅 밑에서 잘 지내고 있는지
> 모르겠네……."

그녀는 눈썹을 한번 치켜세우더니 손에 있는 손수건을 꽉 쥐고 일어났다. 그리고 급히 두 걸음 걸어 난간으로 가서 아래층 건물들을 바라봤다. 그 녀는 수주아의 처소에 있는 그 도사의 신분을 알면서도 전혀 두려워하지 않는 표정으로 노여운 기색과 함께 나지막이 욕을 했다.

> "이 노인네가 진짜! 하필 내 건물에 와서 내가 그놈을
> 떠올리게 해?"

그때 수주아가 방으로 들어오며 안슬 대사에게 물었다.

> "어르신, 방금 닭백숙 냄새가 나는 것 같았는데
> 어디서 나는 거예요?"
> "닭백숙 냄새가 아니라 고향의 냄새야."

안슬 대사는 고개를 저으며 종이에 적힌 글씨를 가리켰다.

"이 사람이 이 글을 쓸 때 급하게 가서 닭백숙을 먹고 싶었던 거야.
닭백숙이 꼭 맛있는 것은 아니었을 텐데…… 난 그냥
이 상상이라는 여자가 그의 사나운 아내인지 엄격한 모친인지
궁금해. 그를 이 지경으로 만들었다니…….."
"이건…… 녕결이 쓴 건데?"

수주아의 수려한 얼굴에 의혹이 가득했다.

"집에 가고 싶은 모습도 아니었고, 상상은 그의 아내가 아니라……
그의 어린 시녀예요."
"어린 시녀? 더 말이 안 되네……."

안슬은 고개를 저으면서 허무한 생각에 말을 아꼈다.

'어린 시녀와 남은 닭백숙 한 그릇이 왜 그토록 그의 마음에
걸렸을까…….'

＊＊

다음 날 아침, 안슬 대사는 마차를 타고 떠났다. 더 이상 녕결이 어떤 인물인지 묻지 않았다. 잠시 후 수주아가 하품을 하며 눈을 떴을 때 무의식적으로 탁자를 쳐다봤지만 그 너덜너덜한 종이는 이미 온데간데 없었다. 물론 어제 도사가 붉은 탁자에 술로 쓴 글자도 이미 말라 흔적을 찾을 수 없었다.
　　그녀는 웃으며 찻잔을 내려놓았다. 손목에 차고 있던 푸른 팔찌가 탁자에 가볍게 부딪혔다. 동시에 아주 미세한 붉은 가루가 날아올랐다. 그녀는 그 모습을 신기하게 바라보다가 비단 수건으로 탁자를 살짝 문질렀다. 붉은 가루 밑으로 아주 조잡해 보이는 글씨들이 눈앞에 드러났다.

글씨의 흔적은 깊지 않았지만 그 흔적은 나무에 박혀 있어 지울 수가 없었다.

입목삼분(入木三分, 서예가 왕희지가 목판에 글을 쓴 후 글을 새기는 사람이 목판을 깎을 때, 먹물이 목판에 세 푼이나 배어 있었다는 고사에서 유래한 말로 필력이 강하다는 뜻)!

수주아는 마르고 키가 큰 도사가 신부사인 것을 몰랐으며 녕결이 장래에 얼마나 잘될지도 예측할 수 없었다. 하지만 오랜 세월 수많은 사람들을 만나오면서 생긴 자연적인 본능으로 자신의 시녀에게 말했다.

"이 탁자를 거둬서 잘 보관해줘."

안슬 대사는 기방을 나와 낡은 마차를 타고 얼마 가지 않아서 겨드랑이에 황색 종이 우산을 끼고 있는 젊은 도인을 만났다.

"사백(師伯)! 분부하신 일은 다 알아냈습니다. 이름은 녕결이라고 하고, 얼마 전 공주 전하께서 초원에서 돌아올 때 길잡이를 맡았는데…… 여청신 어른이 본 적이 있다는데 수행의 자질은 없음을 확인했습니다. 얼마 전 서원에서도 술과에 들어가지 못했습니다."
"아……."

안슬은 절로 탄식이 나왔다.

'서릉 신전에 부탁이라도 해서 대신관(大神官)들의 힘을 모아서라도, 신술(神術)을 이용해 강제적으로 그놈의 혈을 뚫어야 하는 것인가? 부적술의 후계자를 찾는 것은 정말 어려운 일인데, 어젯밤에 드디어 한 녀석을 만났다고 생각했는데 선천적으로 수행의 자질이 없다니…… 참으로 안타깝구나!'

녕결은 자신이 기방 장부에서 종이 한 장을 찢어 초서로 쓴 글 하나가 훗날 '닭백숙첩'과 '안씨목각탁본'이라는 양대(兩大) 명첩(名帖)을 이룰지는 상상하지도 못했다. 지금 그는 여전히 47번 골목의 이름 없는 소년 주인 장이고 서원에서 열심히 공부하는 학생일 뿐이었다.

2

✦

진피피

2

◑ ◑ ◑

다음 날 새벽, 술이 깬 후 그는 얼마나 여러 번 데웠는지 모를 닭백숙을 먹은 후 부뚜막을 치우러 가려는 상상을 보며 진지하게 말했다.

> "어젯밤 너무 기분이 좋아서 과음을 했네. 너무 취해 오자마자
> 잠들어 미처 알려주지 못 한 게 있어."
> "도련님이 그렇게 술을 많이 마시는 건 정말 드문 일인데,
> 무슨 좋은 일이 있었던 거예요?"
> "구서루에서 그 책들을 읽는 법을 발견한 것 같아."

녕결은 웃으면서 손가락 하나를 내밀며 말을 이었다.

> "백 분의 일의 희망일 수도 있지만 어쨌든 희망이 있는 것이고,
> 가능하면 내가 그 가능성을 꼭 잡고 싶어."

희망이라는 것은 어떤 때에는 절망의 부정일 뿐이었다. 그런 의미의 희망은 오래 가기 힘들고 운명에 의해 십 수 년을 농락당한 녕결은 그 사실을 누구보다 잘 알고 있었다.

> '희망이 실망으로 실망이 절망으로 변하고, 희망을 더 크게
> 가질수록 후회와 아쉬움은 더 깊어진다.'

하지만 그는 희망의 끈을 놓은 적이 없었다. 복수를 하기 위해, 자신의 이름을 남기기 위해서는 반드시 '그 세계'로 들어가야 했다. 자신이 모든 희망을 버리면 그 결말은 실망에서 그치는 것이 아니라 절망이 될 것이기 때문이다. 은은하게 존재하는 그 희망을 붙잡기 위해 녕결은 자신의 몸과

정신 상태를 제일 좋게 만들어야 했다.

＊＊

여느 때처럼 수업이 끝나자 2인분의 점심을 먹고 호수 세 바퀴 산책을 하고, 계단을 올라 쉬지 않고 책을 읽었다. 먹글씨를 보고 영자필법으로 책의 모든 글자를 간단한 필획으로 분해하고, 그 필획의 방향과 기세를 느끼며 일부러 글자의 뜻을 잊으려 했다.

며칠이 지난 오후, 마침내 그는 〈기해설산입문〉의 중간까지 읽었다.

그의 눈에 들어온 글씨들은 수천 개의 필획으로 분해되고, 다시 수천 개의 각양각색의 의미를 알 수 없는 영(永) 자로 조합되어 그의 체력과 정신력을 거의 소진시켰다. 녕결은 뻑뻑한 눈을 비비며 말없이 고개를 돌렸다. 창밖에서 갈수록 색이 더 짙어지는 푸른 나뭇잎을 바라보며 책을 덮었다.

계속 이렇게 억지로 책을 보는 것이 아무런 의미가 없다는 것을 깨달았기 때문이다. 설령 자신이 마지막 남은 정신력까지 착취하더라도 결국 자신이 초경에 들어가는 것에는 아무런 도움이 되지 않는다는 것을 알았다.

'그런데 날 도와주던 그 신비한 사람은 어디로 사라진 거야?
왜 그 후로 한 마디도 남기지 않는 거지?'

녕결은 윤회를 시작한 요란한 매미 소리를 들으며 명상에 들어갔다.

책 위의 글자를 영자필법으로 필획과 마음의 뜻으로 분해하고 또 강제로 마음을 흩어지게 하여 그 뜻을 망각했다. 이렇게 하면 그 수(數)는 많지만 정신세계의 어느 한 구석에 조용히 정박시킬 수 있었다. 하지만 명상을 시작하면 그 필획과 마음의 뜻이 사납게 요동치기 시작했다.

첫날, 닝결은 명상을 강행하고 억지로 염력을 만들려 하면 매우 위험해진다는 것을 알았다. 그래서 이후로 시도하지 않았는데 지금은 희망이 실망으로 변하려고 할 즈음이었다. 이제는 그냥 희망이 점점 사라져 가는 모습을 바라볼 수만은 없었다.

시도라도 해야 했다.

그는 가부좌를 틀고 조각상처럼 움직이지 않았다. 따뜻한 봄바람이 서쪽 창 밖에서 불어와 그의 얇은 청색 학포 위에 간간이 파문을 일으켰고 그 흔적들이 가슴 바깥 푸른 장삼의 표면에서 천천히 부풀어 오른 후 다시 평평해지기를 반복했다. 마치 영혼을 가진 것처럼, 혹은 어떤 기묘한 생명이 다시 살아난 것처럼.

하지만 그 흔적들은 가볍게 오르내리기를 반복하다가 결국 서로 연결되지 못하고 방구석에 고립되어 서로 접촉하지 못했다. 영혼들이 서로 통하지 못하고 결국 생명이 무기력하게 점점 쇠락해갔다.

서원 어느 호수에서 바람에 의해 작은 물결이 만들어졌다. 작은 부평초 몇 개를 밀어 흔들리고 흩어지게 하지만 부평초가 어떤 방향으로 나아가든 결국 호숫가의 뭍에 부딪쳐 다시 돌아왔다.

어느 깊은 산속 밀림을 뚫고 사찰을 찾아내어 나무문을 두드렸더니 주지승이 일찍이 천하를 돌아다니기 위해 떠났다는 소식을 듣고서 고개를 저으며 계단을 내려올 수밖에 없었다. 돌아오는 길에 숲길을 돌아보며 실의와 분노를 감출 길이 없었다.

구체적인 의미가 없는 필획들…… 가로 세로 선과 삐침, 파임들의 먹점들이 그가 명상을 시도하려는 순간 부쩍 생동감이 생겼다. 먹 자국들에 예리한 금속의 테두리가 생기고 초원 만족 금장 부족의 예리한 칼로 만든 진(陳)으로 변했다.

붓끝의 습기가 많아지면서 춘풍정 밖 처량한 비가 되어 무섭게 떨어지기 시작했다. 떨어지던 빗방울은 예리한 검으로 변하고, 끝없는 폭우로 변하여 엄청난 충돌을 일으켰다. 갑자기 천하를 휘두르던 검이 그쳤다. 춘풍정에 내리던 비도 그쳤다.

"푸!"

녕결은 가슴에 심한 답답함과 은은한 통증을 참지 못하고 고개를 숙여 기침을 하기 시작했다. 쉬어버린 기침 소리가 구서루 2층의 고요함을 순식간에 찢어버렸다. 급히 소매를 들어 입을 가렸는데, 푸른 소매에 붉은 피의 흔적이 묻어 나왔다.

"부자(夫子)께서 억지로 하는 것은 재미없는 일이라 하셨다.
너의 몸이 수행에 부적합하지만 의지력이 매우 강해 흥미로운
방법을 찾긴 했다만…… 안 될 바에는 억지로 버티지 말거라."

어느새 여교수는 녕결의 곁으로 다가와 부드러운 눈빛으로 그를 바라보며 나지막이 말했다. 나이를 알 수 없는 여교수가 진짜 위험할 때 자신을 억지로 명상에서 끌어낸 것이라 추측하며, 녕결은 자조 섞인 웃음과 함께 일어나 입가의 피를 닦았다. 여교수는 웃으며 고개를 끄덕이고는 점화소해 서첩을 집어 들고 서가 깊은 곳으로 걸어가 어딘가를 통해 구서루에서 나갔다.

건물 밖은 이미 황혼의 빛이 짙어가고 있었다. 하지만 녕결은 바로 자리를 뜨지 않고 서쪽 창가에서 매미들의 끊어졌다 이어졌다 하는 소리를 듣다가, 책상으로 다가가 먹을 갈아 종이 위에 글을 써내려갔다.

＊＊

구서루 2층 깊은 곳 서가에서 밝은 문양이 나타났다가 양옆으로 소리 없이 미끄러졌다. 그 틈으로 낑낑대는 거친 숨소리와 함께 진피피가 어렵게 비집고 나왔다. 그는 곧바로 서가 앞으로 가 얇은 〈기해설산입문〉을 꺼내 펼쳤고 그 짙은 눈썹을 치켜들고 가벼운 탄성을 지르며 쩝쩝거렸다. 그는

결국은 참지 못하고 고개를 저으며 감탄했다.

"이놈이 진짜 대단한 놈이긴 하네. 이런 멍청한 방법을
생각해냈다고? 그리고 심지어 그것을 조금씩 이해하기
시작했다고? 하지만 이 책도 제대로 이해를 못하면서 수행을
한다고? 이놈은 천재인 거야, 백치인 거야?"

진피피는 잠시 침묵한 후 책상에 앉아 먹을 갈고 답장을 썼다.

'너 아직 어린 애야? 어떻게 이런 기본적인 도리도 몰라?
네가 혈이 안 통하면 그냥 안 통하는 거야. 천지의 호흡과 공감할
수 없다는 뜻이야. 다른 방법이 없어. 그래도 구체적인 이치를
묻는다면 간단한 비유를 하나 들어주지. 우리 몸은 악기와 같아.
예를 들면 피리나 통소? 염력은 통소 안에서 돌아다니는 공기
같은 거야. 악기가 있다고 해서 무조건 좋은 곡을 연주할 수 있는
것은 아니야. 왜냐하면 소리가 통소의 뚫려 있는 구멍에서
나오기 때문이지.'

진피피는 잠시 붓방아를 찧었다.

'너는 구멍이 막힌 통소와 같은데 그것을 어떻게 연주해?
천지는 네 연주 소리를 듣지 못하는데 어떻게 감응하겠어?
너의 설산기해혈이 그렇게 많이 막혀 있는데 도대체 뭘 어떻게
하려는 거야?'

진피피는 답장을 마저 쓰고는 다시 책장 속에 끼워 넣었다.

★ ★

"안녕."

"그래, 안녕."

"오늘 서과 교안은 다 베꼈어?"

"아직…… 그러니까 지금 이렇게 안절부절못하지."

"나도 서둘러야해. 평소에 교관 선생님이 수시로 점수를 매긴다고 했는데 그 점수는 학기 시험에서 큰 비중을 차지해. 만약 학기 통과를 못하면 완전 낭패야."

"학기 평가에 이 성적도 들어가?"

"숙부에게서 들은 바로는 그래. 만약 오 박사님이 그 3748자(字)에 달하는 벌연격문(伐燕檄文)을 외웠는지 검사하면 난 못해. 그때 꼭 시작하는 구절 몇 개라도 일러줘야 해."

"당연하지. 근데 난…… 일러줘도 못 외워."

아침의 서원 정문 앞. 마차에서 내리는 학생들이 저마다 인사를 하며 시끌벅적했다. 녕결도 학우들 사이에 서서 웃으며 대화를 나눴다.

'세월이 흘렀고, 달은 사라졌지만 어떤 일들은 언제나 그렇듯 비슷하구나.'

일 년에 세 번인 학기 시험은 서원에서 가장 중요한 행사 중 하나. 마지막 졸업 시험이 가장 중요하긴 했지만, 젊고 승부욕이 강한 학생들이 어떻게 그냥 넘어갈 수 있겠는가. 물론 겉으로는 다들 엄살을 피울 뿐.

　　특별한 것 없는 오전 수업이 서원의 문학 박사인 오진천(吳塵天) 선생의 짙은 교주(膠州) 사투리 억양으로 시작되었다. 오 박사가 연나라 정벌을 앞두고 왕숭인(王崇仁)이 쓴 벌연격문을 눈물이 날 정도로 격앙해서 낭독했지만 사실 아무도 그의 말투를 알아듣지 못해 서당의 분위기는 다소 답답했다. 다행히 오 박사는 학생을 일으켜 세워 외우라고 시키지는 않았다. 그리고 세 번째 종이 울린 후 녕결은 곧바로 구서루로 향했다.

'쿵쿵쿵.'

재빠르게 2층으로 올라 여교수를 향해 예를 올리고, 빠른 걸음으로 서가에 꽂힌 〈기해설산입문〉을 펼쳐 빽빽한 글씨가 적힌 종이를 꺼내어 흥분을 억누르고 읽었다.

긴 침묵…… 기나긴 침묵. 녕결은 한참 뒤에야 고개를 들어 어이없게 웃으면서 창밖의 무성한 숲에서 나는 매미 소리를 들으며 낮은 탄식을 내뱉었다.

"이런 이치였구나…… 난 소리를 못 내는 통소였어."

녕결은 고개를 숙여 우둔한 석산을 보듯 자신의 가슴을 바라봤다.

"그나저나 이런 비유를 할 수 있는 사람은 천재구나."

그는 씁쓸한 표정을 지으며 다시 책을 서가에 올려놓고 서가 사이를 천천히 걷기 시작했다. 그때 문득 두 번째 줄, 서가 가장 아래 구석에 놓인 책에 그의 시선이 꽂혔다. 책 이름이 그로 하여금 어떤 사건을 떠올리게 했기 때문이다.

〈오섬양론호연검(吳贍煬論浩然劍)〉

바로 호연검이라는 세 글자가 그가 만났던 수행자를 떠올리게 한 것이다. 북산도 입구 전투에서 푸른 적삼을 입고 이어 공주를 암살하려 했던 대검사. 서원에서 퇴출당한 그가 수행한 것이 호연검이었다. 녕결은 그 책을 뽑아 들고 잠시 망설이다가 평소에 자신이 앉았던 곳으로 돌아와 책장을 펼쳤다.

"윽!"

책장을 펼치는 순간 그의 얼굴은 창백하게 변했다. 그는 급히 주먹으로 가슴을 세차게 내리쳤다. 그리고는 재빨리 책에서 눈을 뗐다.

그는 여전히 영자필법으로 책을 읽었지만 그 책의 필의가 너무나 예리했다. 마치 호숫가 뭍에 부딪혀 돌아오지도 못하고 사납게 앞을 향해 찌르고 있는 듯이 느껴졌다. 그 한 번의 찌름은 정말 차가운 검이 자신의 심장을 뚫어내는 것처럼 느껴졌다. 그 아픔은 공포스러울 정도였다. 보통 사람이었다면 경련을 일으키며 실신할 정도였지만, 녕결은 이보다 더한 경험도 여러 번 했기에 다행히 정신을 잃지는 않았다.

그가 열한 살 되던 해 한번은 상상을 데리고 망망한 민산을 건너다 발을 헛디뎌 절벽으로 떨어진 적이 있었다. 다행히 절벽 틈 사이로 나온 단단한 나무에 걸려 목숨은 건졌지만 하늘을 향해 뻗은 검과 같은 나뭇가지에 가슴이 관통되는 중상을 입었었다. 하지만 그럼에도 여전히 살아남은 그였다.

"아프면 통하지 않은 것이고 통하면 아프지 않다.
불멸의 진리구만!"

그는 고개를 저으며 소매로 입술을 가린 채 조심스럽게 기침을 했다. 그런데 이상하게도 그의 얼굴은 낙담의 기색보다는 흥분으로 가득 찼다.

'아프면 통하지 않은 것이다? 그럼 아픔을 참고 억지로
통하게 하면 안 아프겠지?'

이 순간 녕결은 은하수가 구천에 떨어진 것과 같은 폭포와 황야 평원에서 솟구치는 기름을 느꼈다. 그리고 소설 속에서 본 수많은 선현(先賢)들을 떠올렸다.

경맥이 막혔다가 한밤 자고 나서 뚫린 놈들, 공력이 다 폐기되어 무덤에서 몇 년 자고 일어났는데 절세 강자가 된 놈들, 자신의 두 대동맥이 잘리고도 후에 천하무적이 된 놈들, 경맥이 모두 끊어졌지만 결연한

의지로 대종사(大宗師)가 된 놈들······.

'이놈들도 다 되는데 왜 내가 안 되지? 그놈들이 마지막에
성공한 것은 결국 의지. 나의 뚝심이 그들보다 약하다고?'

녕결의 깨끗한 눈망울에 매섭고도 다소 교만한 빛이 스쳐갔다. 그는 서가
를 짚고 힘겹게 일어섰다. 그리고 서쪽 창가 옆 책상으로 가서 '그놈'에게
한 구절을 남겼다.

'이제야 전 책을 보는 것이 중요한 게 아니라 제 몸의 혈을 통하게
해야 한다는 것을 깨달았어요. 만약 호천이 선천적으로 제 혈을
통하지 않게 정해 놓았다면 저는 할 수 없이······ 스스로 그것을
뚫을 수밖에 없네요.'

＊＊

다음 날 수업이 끝난 후 종소리가 울렸지만 병 서당 학생들은 평소처럼
자리를 뜨지 않고 눈길을 돌리며 의아한 표정을 지었다.
　　사승운과 종대준 그리고 그의 무리 몇 명. 갑 서당 학생들이 무슨
일인지 찾아왔기 때문이다. 남진 사승운 공자는 더 이상 구서루에 오르지
않았기에 얼굴빛이 좋았고, 병 서당 학생들의 경계심 가득한 눈빛을 받으
며 녕결에게 서신 한 장을 건넸다.

"청첩장이야? 아니면······ 사승운 공자께서 밥이라도
한 끼 사겠다는?"

종대준은 정색을 하며 대신 답했다.

"도전장이다. 한 달 후 서원 학기 시험에서 누가 1등을 하는지
보자. 입학시험 때 너도 세 과목 갑등 상(上)을 받았으니."

녕결은 이런 일을 예상하지 못한 듯 약간 얼떨떨했다. 시험 성적으로 승
부하는 이런 재미없는 일은 너무 오랜만이었기 때문이다. 지난 생 초등학
교 1학년 때 어머니에게 대걸레로 혼쭐이 난 후로 언제나 만점인 그였기
에, 그 이후로는 그에게 도전하려는 동창들이 없었다. 사실 더 중요한 것
은, 이번 생에서 그에게 도전이란 항상 칼끝에 서 있는 생사를 넘나드는
것이었다. 짧은 침묵과 온화한 웃음. 물론 보는 사람마다 다르게 해석할
수 있는 신호였다.

"혹시 겁나는 것 아니지?"

그 순간 병 서당은 수군대기 시작했고 누군가 고함을 쳤다.

"녕결, 도전장을 받아줘!"

사도의란도 녕결에게 무슨 말을 건네려 했으나 녕결이 고개를 저어 그녀
의 말을 막았다. 그는 손을 내밀어 서신을 받아들며 사승운에게 말했다.

"소매를 자르는 결투도 아니고 손바닥을 베는 사투도 아니잖아.
네가 이런 유치하고 귀여운 방법으로 자존심을 회복하겠다면
기꺼이 받아주지. 하지만 뭔가 내기를 해야겠지? 물론 지나치면
안 되니 진 사람이 구서루 대들보를 안고서 '황후 마마,
사랑합니다'를 외치는 정도로 하면 어떨까?"

다소 과장된 웃음소리가 터져 나왔고 사승운도 웃으며 답했다.

"군자의 싸움은 학업의 진보를 바랄 뿐이다. 진 사람이 밥 한 끼

사는 걸로 하지."

넝결은 다소 못마땅한 듯 말했다.

"군자의 싸움? 그럼 내가 도전을 받아주지 않으면 내가 군자가
아니란 말인가? 난 군자도 아니고 군자가 될 생각도 없지만,
말 하나로 사람을 이렇게 궁지에 모는 것은 군자가 아니라
생각하는데."

사승운은 안색을 붉히면서 더 이상 아무 말도 하지 않았다.

넝결은 유치한 장난이라고 생각했지만, 사승운의 도전장을 받은
것은 사실 귀찮아서였다. 그는 지금 모든 정신이 구서루 2층에, 혈 구멍
하나 뚫리지 않은 '우둔한 산'에 쏠려있었기 때문이다. 그는 다시 구서루
에 올랐고 '그놈'에게서 답장이 없는 것을 보고 살짝 실망했다.

그렇지만 아랑곳하지 않고 다시 〈오섬양론호연검〉을 꺼내 가부
좌를 틀고 책을 읽기 시작했다.

자신의 앞에 우뚝 솟은 산이 있다면 지금 그가 해야 할 일은 우공
이산(愚公移山, 우공이라는 노인이 집을 가로막은 산을 대대로 흙을 파서 나르겠다고 하여
이에 감동한 하늘이 산을 옮겨주었다는 고사로 어떤 일이든 끊임없이 노력하면 반드시 이루
어짐을 뜻하는 말)의 정신이고, 설령 그 산을 넘지 못하더라도 바람이 잘 통
하는 구멍을 억지로 파내야 하는 것이었다.

인간이 하늘을 이긴다는 것은 매우 아름다운 희망이고, 정신적인
측면에서 끊임없이 전진할 동력을 주는 경우가 많다. 하지만 현실에서는
매사가 의지만으로 되는 것은 아니다. 우공도 그 잔혹한 진실을 애초에
알지 못했을지 모른다.

이후로 며칠 동안 붓과 먹이 검처럼 가슴을 찔렀다. 영자필법으로
분해한 호연검의 필의는 예리한 칼날처럼 넝결의 몸 안에 무형의 구멍을
뚫었지만 그 구멍은 빠르게 무너져 통로를 만들지는 못했다. 하지만 넝결
은 여전히 그 통로를 억지로 뚫기 위해 정신력과 체력을 엄청나게 소모

했다. 명상의 횟수가 갈수록 많아지고 염력을 동원하여 산을 깨는 횟수가 많아짐에 따라 그의 얼굴은 점점 창백해졌다. 목은 점점 타들어가고 귀에서는 윙윙 소리가 울리며, 가슴과 복부에 엄청난 고통이 전해져왔다. 상처 입은 허파는 호흡에 영향을 미치기 시작했고, 밤마다 기침 소리가 갈수록 커지고 목소리도 쉬어갔다. 동시에 상상의 수면 시간도 점점 줄어들었다.

결국 어느 날 새벽 그는 피를 토했다.

의원은 연민의 눈길로 몸을 잘 보양하고 더 이상 기방에 출입하지 말라는 말을 남기고 은자 20냥을 챙겨갔다. 하지만 이렇게 큰 대가를 치르고도 넝결 몸 속의 산, 그 우둔한 산, 그 설산(雪山)은 여전히 그곳에서 침묵을 지키며 경멸의 눈으로 넝결을 바라보고 있었다.

　　　　★ ★

그러던 어느 날 밤, 진피피는 둘째 사형이 내린 임무를 완성한 후에야 다시 별빛을 받으며 구서루로 숨어들었다.

그는 얇은 책을 펼쳐드는 순간 저도 모르게 하마터면 소리를 지를 뻔했다.

　　"너 정말 백치야? 천하에 서릉 신전에서 대강신술(大降神術)을
　　펼치는 것, 호천광휘(昊天光輝)를 이용해 사람의 혈을 억지로 뚫는
　　것을 제외하고는 누가 정녕 하늘의 뜻을 거역해 운명을 바꿀 수
　　있다는 말이야! 스스로 혈을 뚫어? 정말 건방지고 어리석기 짝이
　　없구나!"

오랜만에 서릉에 있는 도화산(桃花山)이 떠오른 진피피는 더욱 분노하여 소리를 질렀다.

"세 명의 대신관(大神官)이 반평생 수행을 하여 만든 대강신술을
펼치게 할 방법이 어디 있단 말인가? 이 타고난 천재인 본인도
통천환 몇 개를 얻어먹을 수 있었을 뿐이야!"

그는 녕결의 불행에 슬퍼했고 녕결의 맹목적인 노력에 분노했다. 그는 화
를 참지 못하고 붓을 들어 종이 위에 휘갈겨 썼다.

"혈을 뚫고 싶다고 다 뚫을 수 있다면 세상 사람들이
모두 수행자겠지! 이 백치 같은 놈아!"

★★

녕결은 답신의 존재를 보고 기뻐했지만 그 내용을 보고 분노했다.

'냉혈한 같은 놈. 스스로 혈을 뚫으려 한 사람들은 모두 죽었다고?'
"사람이 죽는다고? 그럼 마종(魔宗) 놈들은?"

녕결의 눈에 실망한 기색이 가득했다.

'머리가 희끗희끗한 그 남자가 이르기를 모든 사람은
다 식신(食神)이 될 수 있다 했는데, 왜 모두 수행자가 될 수는
없는 거야!'

긴 침묵이 흘렀다. 그는 마침내 〈오섬양론호연검〉을 계속 보는 것을 포기
했다. 녕결은 끈기가 있었고 어떤 어려움도 마다하지 않았지만 용기와 끈
기는 어리석은 고집과는 달랐다.
　　　녕결은 그 신비로운 글귀를 쓴 이가 누구인지 몰랐지만 그가 수
행의 천재라 확신했다. 수행에 대한 이해가 자신보다 훨씬 앞선다고 믿었

다. 그가 죽는다 했으면 자신은 죽을 것이다. 그는 실망감을 감추지 못하며 다시 붓을 들었다.

'오늘은 안 보겠지만 내일은 볼 거예요. 그리고 이제
〈기해설산입문〉 대신 〈오섬양론호연검〉을 보고 있으니 그곳에
답신을 남겨주세요. 그리고 질문이 하나 있어요. 사람마다 체질과
자질이 다르고 또 세상 대부분의 사람들이 천지의 숨결을 감지할
수 없다면, 만약 이것이 호천이 우리들에게 내린 운명이라면,
너무 불공평한 거 아닌가요?'

＊＊

늦은 밤 진피피가 다시 구서루에 나타났다. 그리고 또 분을 참지 못하고 헛웃음을 터트렸다.

'갈수록 가관이구만…… 내게 도움을 청하는 거야 아니면
내게 명령을 내리는 거야? 건방지게…… 어디서 이런 어리석은
놈이 나왔을꼬.'

진피피는 생각과 달리 자신도 모르게 서쪽 창가로 가서 넝결의 글에 답을 하기 시작했다.

사실 그는 '이 불쌍한 놈'이 계속 마음에 걸렸고, 무언가 도움을 주면서 스스로 만족하고 싶기도 했다. 도움을 주는 것도 중독성이 있었다. 진피피는 그놈의 이름이 무엇인지, 남자인지 여자인지, 젊은이인지 늙은이인지 알 수 없었지만 처음부터 도와준 이상 마치 늪에 빠진 것처럼 쉽사리 손을 빼기 힘들었다.

다음 날 넝결이 책을 뽑았을 때 종이 위에 날뛰는 두 줄의 글씨를 보고 그는 쓴웃음을 지었다.

'이 세상에 공평이라는 것이 어디 있는가. 호천께서는 설산의 햇빛처럼 언제나 구름 위의 연꽃만 예뻐하실 뿐이다. 산자락 돌멩이 틈새에 있는 작은 풀을 돌볼 여유가 없다. 세상에 하나 밖에 없는 천재인 이 몸은 그 연꽃이고, 넌 혈 하나 통하지 않는 작은 풀이지. 그러니 너 같은 작은 풀은 이 모든 것을 의심하지 말고 그저 받아들여야 하는 것이다.'

"세상에 하나 밖에 없는 천재?"

넝결은 중얼거렸다.

'도대체 어떤 새끼지?'

넝결은 그 신비로운 자의 정체를 더욱 의심하게 되었다.

'단어나 비유의 선택이 덕망 있는 교수는 아니고, 사승운이나 종대준처럼 어릴 적부터 온실에서 자란 난초같이 철없는 망나니인 것 같은데……'

다만 그가 자신을 일컬어 천재라고 할 때의 말투는 당연해 보였고, 이미 세월에 의해 수없이 증명된 절대적인 진리 같았다. 예를 들면 물은 높은 곳에서 낮은 곳으로 흐른다, 산라면은 맛있다, 상상은 부지런하다 등과 같이.

그러나 자부심에 관해서 넝결은 절대 남에게 뒤지지 않았다. 전생에 어릴적부터 각종 취미반에서 수학 올림피아드까지 모든 분야에서 1등을 석권했고, 신중국(新中國) 교육제도가 키워낸 무적의 모범생 소년이었던 자신을 여전히 '진정한 천재'라고 절대적으로 믿었다.

그래서 이렇게 답했다.

'연꽃과 작은 풀에 대해 논쟁할 필요는 없지만 만약 이 세상에

진정한 천재가 정말 하나라면 당신일 수는 없어요. 왜냐하면
그게 바로 저니까. 그러니 다시 질문하죠. 호천께서 진정한
천재만 아껴준다 했는데 그럼 진정한 천재인 제가 왜 수행을
못하는 거죠?'

＊＊

세상에서 가장 많은 신도(信徒), 가장 많은 세외고인(世外高人), 가장 많은
부와 권력을 가진 서릉(西陵) 신국(神國)에는 당연히 가장 많은 천재가 있
다. 지금도 낡은 신전의 깊은 곳에 있는 일곱 권의 천서(天書) 앞에서 얼마
나 많은 천재들이 묵묵히 수행을 하고 있는지 모른다.

　　세상에서 가장 존경을 받고 가장 많은 은자를 보유한 부자(夫子)와
같은 절세의 인물이 있는 대당 서원에도 수많은 천재들이 있다. 지금도
이층루의 여러 석상 뒤에서 얼마나 많은 천재들이 평온하게 살고 있는지
모른다.

　　이제 16년의 짧은 생을 살았지만 이미 서릉 신국과 대당 서원에
서 모두 공부한 진피피는 자신이 수행에 있어 가장 걸출한 천재임을 일찌
감치 확인했다. 그래서 불가지지의 불가지인을 만나도 그는 교만할 자격
이 충분히 있었다. 그래서 그가 넝결에게 말한 것은 교만의 표현이 아니
라 사실의 진술이었을 뿐이었다.

　　지금 그는 마침내 자신보다 더 교만하고 자신만만한 놈을 만났다.
문제는 자신만이 유일무이한 천재라고 자부하는 그놈이 혈 하나 통하지
않고 수행이 무엇인지도 모르는 우둔한 의지만 가진 불쌍한 놈이라는 사
실이었다.

　　'그래. 너의 총명함과 뚝심, 그리고 강인함을 인정하지. 그런데
무슨 자격으로 나 같은 천재와 겨루려고 하는 거지?'

진피피는 분노를 이기지 못하고 창밖에서 같이 분노하는 매미 소리와 함께 붓을 들고 미친 듯이 쓰기 시작했다.

'네가 영자필법으로 글자를 해체하고 그 멍청한 방법으로 책을
읽고, 또 호연검 책을 봤을 때 검기로 심폐가 다치고……
좋아. 그럼 내가 질문을 하나 하지. 그 심폐의 상처는 어떻게
치료하는지 아느냐? 전초자(錢草子) 같은 독이 있는 식물은 말할
것도 없고 쑥은 어떻게 달여야 하지? 불의 세기와 시간은 어떻게
조절해야 하지? 백지(白芷)와 백과(白果)는 어떻게 처리할까?
절편으로 썰어야 하나, 가루로 만들어야 하나? 홍삼과 흑설탕의
용량은? 그리고 어떤 비율로 섞지? 감람과 개사철쑥은 어떨 때
쓰이나? 대답하라!'

＊＊

'쑥, 백지, 백과, 홍삼, 흑설탕, 감람, 개사철쑥?'

녕결은 종이 위에 쓰인 난삽한 답글을 보며 글쓴이가 정말 격분하여 미친 듯이 휘갈겼다는 것을 단번에 알 수 있었다.

'일이 정말 재밌어지네.'

그리고 순간 상대방의 뜻을 알아차렸다.

'넌 수행의 천재이니 수행에 관련한 문제로 날 시험하는 것이
불공평하다 생각한 거지? 그러니 수행과 관련 없는 약을 달이는
문제를 낸 것이고. 또 천재라는 것을 증명하기 위해 네가
의약 분야에도 능통하다는 것을 보여주려는 거지?'

상대방의 글을 보면서 녕결은 웃었다.

　"교만함이 극에 달한 놈이군."

녕결은 웃다가 갑자기 그 웃음을 거두었다. 확실히 이 문제를 어떻게 풀어야 할지 모르기 때문이다. 민산에서 약초를 캐어 상처를 치료한 적은 있었지만 명상에서 심폐를 다친 것은 어떻게 고쳐야 할지 알 길이 없었다.

　'이 교만한 놈의 콧대를 어떻게 꺾어주지?'

잠시 고민하던 녕결은 눈을 번쩍 뜨며 붓을 쥔 손에 힘을 주고 종이 위에 웅장한 기세로 글을 쓰기 시작했다.

　"당신이 낸 문제에 전 답을 할 수 없어요. 하지만 공평하게
　하기 위해 저도 당신에게 문제를 내죠."

별빛 아래 서쪽 창가 책상에는 종이가 하나, 둘, 셋 놓여 있었다. 진피피는 종이 위에 빽빽이 쓰여 있는 소해체 글씨를 보고 눈을 점점 더 부릅뜨다 두피에 쥐가 날 것 같았다.

　'이게 무슨 문제야? 무슨 문제가 석 장이나 돼?'

그는 무의식적으로 문제를 읽기 시작했다.

　"호천의 빛이 온 세상에 퍼져 마치 소몰이꾼처럼 자애롭게
　모든 생명을 주시하고 있다. 당신이 그래도 자신이 좀 총명하다고
　생각한다면 호천이 기르는 소떼의 수를 계산해 볼 수 있겠는가."

진피피는 고개를 갸웃거렸다.

> "소떼는 대당 제국 북방의 개평(開平) 시장에 모여 네 무리로
> 나뉘어 성문을 통과했고, 만족의 초원으로 가서 한가로이 풀을
> 뜯어먹는다. 첫 번째 무리는 우유처럼 하얗고, 두 번째 무리는
> 검은 윤기가 흐른다. 세 번째 무리는 황갈색이고, 네 번째 무리의
> 털은 얼룩얼룩하며 화려하다. 모든 무리에는 암컷과 수컷이
> 섞여 있다."

읽어나갈수록 이상한 문제였다.

> "각 무리의 수컷 비율은 흰 소 수 더하기 누런 소 수 더하기
> 검은 소의 3분의 1의 2분의 1, 여기서 검은 소 수는 얼룩한 소의
> 4분의 1 더하기 5분의 1 더하기 누런 소 전부⋯⋯
> 누런 소 수컷과 얼룩한 소 수컷이 함께 있으면 삼각형을 이룰 수
> 있어 어떤 소도 안으로 들어오지 못한다⋯⋯."

진피피는 읽는 데에만 해도 머리에 쥐가 날 지경이었다.

> "각 무리 소의 수를 정확히 답하시오."

그리고 마지막 문장을 보면서 그의 화는 천장 끝에 닿았다.

> "참고로 말하면 난 일곱 살 때 이 문제를 풀었다."

진피피는 빽빽한 먹글씨를 노려보며 붓대를 깨물고 머리를 긁적였다. 발을 동동 구르고 입술을 깨물고 긴 숨을 들이마시고 다시 붓 끝을 핥았다. 계산을 시작하다 포기하고 또 붓대를 물고 머리를 긁적였다⋯⋯ 낮은 소리로 욕하고⋯⋯ 밤이 깊었지만 떠나지 못했다.

'꼬끼오!'

서원 뒷산에 안개가 걷히고 닭이 울자 진피피는 뚱뚱한 몸을 이끌고 구서루를 나왔다. 밤새도록 종이를 노려본 탓에 눈에는 온통 핏줄이 서고 평소 단정하게 묶인 머리카락은 마치 닭이 파헤친 풀더미처럼 흐트러져 있었다. 그 모습이 밤새 글을 읽었다기보다는 밤새 어머니에게 회초리로 혼이 난 불쌍한 아이 같았다.

　　돌바닥으로 된 서원의 정원, 석평(石平). 그곳 깊숙한 데 위치한 회당에 이따금씩 책 읽는 소리와 질문 하는 소리가 들렸다. 안으로 들어가는 진피피의 얼굴에 부끄러운 기색이 가득했다. 그는 이를 악물고 문을 밀었고 보지도 않고 사방을 향해 공손히 예를 올린 후 나지막이 몇 마디 말을 했다.

　　잠시 후 회당에는 놀라움과 함께 조롱의 웃음이 울려 퍼졌다.

"세상에 우리 막내 사제가 못 푸는 수과(數科) 문제가 있다고?"
"천하의 유일한 천재가 풀지 못하는 것을 우리가 어떻게 풀어?"
"피피야, 장난치지 마."

이때 한 사람이 회당 문 앞에 나타나자 웃음소리가 뚝 끊겼다. 진피피를 비롯한 모든 사람들이 재빨리 일어나 예를 올렸다.

"둘째 사형을 뵙습니다."

둘째 사형이라 불리는 사람은 키가 크고, 꽤 고풍스러운 관모를 쓰고 있었다. 평범한 서원 학생 복장을 했지만 허리에는 금실로 짠 비단 띠를 두르고 있었다. 그리고 검과 같이 멋진 눈썹에 준수한 눈, 정숙한 표정과 더불어 온몸에서 신중함과 성실함이 묻어나왔다.

"일 년 중 봄이 가장 귀하다. 아직 봄이 지나지 않았는데 너희는

벌써 이렇게 산만하단 말이냐! 하루 중 아침이 가장 귀하다. 이제
겨우 아침이 되었는데 너희는 벌써 또 이렇게 시끄럽게 웃고
떠들고 있단 말이냐!"

듣는 이들은 둘째 사형을 대사형보다 더 어려워했다. 심지어 부자(夫子)보
다 더 어렵게 생각했다. 하지만 일찌감치 이렇게 진부하고 상투적인 논조
에 익숙해져 있었기 때문에 사형의 말이 귀로 들어와 콧구멍으로 나갔고,
대수롭지 않은 표정으로 미소를 지으며 능숙하게 대처했다.

　　막내인 진피피는 아직 능숙하지 못했다. 둘째 사형의 따가운 눈초
리에 재빨리 흐트러진 머리카락을 정리하고, 또 학생복을 힘주어 당기며
매우 공손하고 예의 바르게 손에 들고 있는 종이 몇 장을 둘째 사형에게
건넸다.

　　"입학시험에서 여섯 과목 모두 갑등 상(上)이었는데, 네가 풀지
　　못하는 수과 문제가 있단 말이냐?"

둘째 사형의 말은 비웃음이 아니라 진정한 의혹이었다.

　　"응?"

둘째 사형은 종이 위의 문제를 훑어보더니 미간을 찌푸리며 입술을 떨었
다. 한참 만에 입을 열었다.

　　"이…… 이건…… 누가 이렇게 어리석은 문제를 냈어? 산법이
　　너무 복잡해서 정확히 계산하려면 시간이 얼마나 걸릴지
　　모르잖아. 난 아직 연구할 고대 예법이 남았으니 너와 한가하게
　　이 문제를 가지고 놀아줄 시간이 없어. 혼자 풀거라."

말을 마치자마자 둘째 사형은 소매를 털고 뒷짐을 진 채 돌아서서 안개가

둘러싸인 울타리 쪽으로 곧장 걸어갔다.

'엄숙함으로 교만함을 감추는 둘째 사형은 이런 식으로
피해가시는 구나……'

학생들은 순간적으로 웃음이 나오려 했지만 그에게 들킬까봐 재빨리 손
으로 입을 틀어막았다. 하지만 진피피의 얼굴에는 웃음기가 조금도 없었
다. 심지어 뚱뚱한 얼굴에 경련이 일며 울부짖었다.

"사형! 그래도 단서라도 좀 주고 가셔야죠!"

둘째 사형은 진피피의 애원을 듣고도 고개를 돌리지 않은 채 손을 휘휘
저으며 소리쳤다.

"안 한다고 했으니 안 할 거야. 그 엉터리 문제를 계산하면 얼마나
큰 숫자가 나올지…… 나는 오히려 호천의 목장이 어딘지
궁금하다."

둘째 사형은 얼굴의 홍조를 감추려고 뒤를 돌아보지 않았다.

'좋아. 내가 이런 엉터리 문제를 풀 수 없다는 걸 인정하지. 하지만
네가 풀 수 있다는 것을 믿을 수 없군. 심지어 일곱 살 때? 당장
답을 알려주지 않으면 억지를 부린다고 생각할 거다. 솔직히 말해
서원에서 나에게 억지를 부리면 또 오늘 부끄러운 나머지 화까지
낸 사람에게 억지를 부리면 심각한 결과를 초래할 거다. 이건
경고가 아니라 호의적인 가르침이라고 생각해라.'

녕결은 서쪽 창가 옆에 서 있었다. 오른발을 의자 위에 디디고 오른팔을
창틀에 얹어 턱을 괸 자세였다. 그는 그놈의 답글을 흥미진진하게 바라보

며 이따금씩 득의양양한 표정을 지었다.

"하하하, 부끄러운 나머지 화를 냈다고?"

저도 모르게 입에서 튀어나와 버린 말소리에 여교수가 녕결을 쳐다봤다. 그녀는 무슨 영문인지 몰랐다. 소매 문제 때문에 부끄러워 화를 낸 사람이 이충루의 둘째 사형이라는 사실을 알았다면 그녀는 즐겁게 웃었을까 아니면 진땀을 흘렸을까.

녕결은 답을 찾지 못할 때의 고통과 분노를 아주 잘 알고 있었다. 답글을 쓴 그놈이 자신을 비난한 것은 그저 답을 알고 싶은 절박한 심정에서 나온 것일 뿐이었다.

창밖의 봄볕은 최후의 찬란함을 내비치고 숲속의 매미는 처음처럼 목숨을 건 울음을 내지르고 있었다. 녕결은 옅은 웃음과 함께 소매를 걷어 먹을 갈고, 가볍게 붓을 들어 종이 위에 글을 적었다.

'답을 알고 싶어? 그럼 그 약재를 달이는 문제의 답을 알려줘.
그럼 이번 대결에서 우리가 비긴 것으로 하지. 싫다면 계속
대결해도 되고.'

＊ ＊

다음 날 밤, 녕결이 노필재에 돌아오니 상상이 아침에 남은 산라면 한 그릇과 함께 채소 식초절임과 나물 무침을 꺼내놓았다.

'은자 이천 냥이 있는데 날 왜 이렇게 박대하는 거야?'

평소 같으면 바로 어린 시녀를 구박했겠지만 오늘은 기분이 좋아 그저 고개만 한번 젓고 나서 젓가락을 들었다. 그는 초라한 반찬일망정 저녁 식

사를 맛있게 먹으며 오늘 장사에 대해 몇 마디 묻기만 했다.

　　"도련님, 오늘 기분 좋죠?"
　　"응."

녕결은 너무 오래되어 약간 까맣게 변해버린 절임 채소 하나를 입에 넣고
질겅질겅 씹으며 말했다.

　　"요즘 서원에서 재밌는 놈을 알게 되었거든."
　　"동창생이요? 남자예요, 여자예요?"
　　"아직 본 적은 없는데, 아마…… 남자일 걸? 아니야!"

녕결은 그 '음담패설'을 생각하며 단호하게 말했다.

　　"아마가 아니라 확실히 남자야. 게다가 너무 옹졸하고 여자에게
　　괴롭힘을 당한 불쌍한 남자야."
　　"옹졸하고 불쌍하고…… 그 두 가지는 별개인 것 같은데요?"
　　"옹졸한 건 기질이고, 불쌍한 건 경험이고."
　　"못생겼다는 말인가요?"
　　"아직 못 만났다니까."

녕결은 품에서 종이 한 장을 꺼내 그녀에게 건네며 분부했다.

　　"종이에 약재 몇 가지가 적혀 있는데 달여서 먹는 방법도 있으니
　　내일 약방 가서 약 좀 지어다 달여봐. 그리고 명심해. 다른
　　사람들은 못 보게 해야 해."
　　"왜요?"
　　"내 추측이 맞다면 그놈은 서원 이층루의 학생이야. 이 처방전도
　　이층루의 묘법이 틀림없어. 우리가 그놈 덕을 톡톡히 봤으니

소문내지 않는 게 좋아."

구서루 아래층은 여러 사람들이 오고갔지만 위층은 여전히 고요했다. 여교수는 동쪽 창가에 앉아 잠화소해체를 쓰고 있고, 소년은 가부좌를 틀고 바닥에 앉아 생각에 빠졌다. 그리고 가끔 일어나 종이 위에 몇 자를 쓰고 책 속에 끼워 넣었다.

밤이 되면 뚱뚱한 소년이 찾아와 서신을 읽고 다시 서쪽 창가로 가 답글을 몇 마디 썼다. 가끔 장문의 글을 쓸 때도 있었다. 때로는 수려하고 때로는 자유분방한 글씨가 종이 위에 쉴 새 없이 쓰였다.

녕결과 진피피, 서로 정체도 모르는 두 녀석이 이런 식으로 교감을 이어갔다.

★★

늦봄을 지나 초여름이 되었다.

그들의 한 필과 한 획은 조롱과 웃음 사이에 소리 없이 스며들면서 평온하고 아름답게 펼쳐져갔다.

'무명(無名) 형(兄)씨, 책 속 글자의 검의(劍意)를 좀 부드럽게 할 수
있는 방법이 없을까?'
'백치, 부드러우면 그게 검의냐? 그런데 어제 그 수과 문제는
너무 이상해. 숫자 간의 관계라는 말이 무슨 말이냐?'
'백치, 모르는 것을 다 이상하다고 하지 마라. 그런데 정말 혈을
뚫을 수 있는 방법은 없는 거야? 호천께서 나 같은 천재에게
이렇게 불공평하게 대한다는 걸 아직도 믿을 수가 없어.'
'있긴 하지만 희망을 가질 일은 아니야. 그리고 천재와 백치는
백지 한 장 차이야. 그런 희망을 가진 사람은 천재든 아니든
결국엔 불쌍한 백치가 된다. 그리고 한 번 더 말하는데, 엊그제

그 수과 문제는 정말 이상해.'

'마종 사람들이 쓰는 방법이 있다 하던데. 천지의 숨결에 감응하는
것이 아니라 천지의 숨결을 몸에 넣으려는 방식…… 혈이 통하지
않으면 이런 방법으로 수행을 할 수는 없을까? 그리고 아래는
내가 세 번째 내는 수과 문제야. 열심히 풀어보셔. 자꾸 나에게
답을 알려달라고 하지 말고.'

'이 문제는 초급 수준이잖아? 날 모욕하는 거냐? 그리고 마종에
대해서는 내가 미리 경고하는데, 서원에서는 그나마 괜찮은데
밖에서는 이 두 글자를 입에도 올리지 마라. 그렇지 않으면 천하
정도(正道)의 강자들에게 참혹하게 쫓길 것이다. 그리고 하나 더
알려주면, 마종처럼 천지의 숨결을 체내에 넣는 수행 방식도 혈이
통해야 가능한 거야. 그래야 체내에 들어간 천지의 숨결이 몸에서
흐를 수 있지.'

'안타깝네. 다른 길이 좀 있나 했더니.'

녕결과 진피피 사이의 서신 교환은 여러 날 동안 이어졌다.

'영자필법을 생각해 낸 것만으로도 넌 특이한 놈이야. 그래서
네가 다급한 나머지 정말 마종의 수법을 배울까봐 걱정이다.
안타까워해서는 안 되고, 오히려 다행이라 생각해야지.
네가 만약 마도(魔道)에 빠지면 후일 내가 부득이하게 널 검으로
반토막 내야 할 수도 있으니.'

'네 말에 일리가 있지만 그래도 안타까운 건 어쩔 수가 없네.'

'그나저나 우리는 서신 친구인 셈이지? 그런데 넌 왜 지금까지
내가 누군지 묻지 않지? 궁금하지도 않다는 건가? 이 천재와
알게 된 것을 엄청난 인연이라 생각하지 않는 거야?'

'난 남의 일이 궁금하지 않아. 그리고 너도 내가 누군지
묻지 않았잖아.'

'좋아, 너는 누구고 어디에서 왔지? 어느 서당에 속해 있지?

혹시 집에 예쁜 여동생 있니?'

'내 이름은 녕결이야. 위성에서 왔고, 서원 병 서당에 다녀. 집에는
어리고 숯검댕이 같은 어린 시녀가 있지. 넌 누구며 어디에서
왔어? 집에 사나운 처와 용감한 첩이 있나? 그래서 네가 여자를
그렇게 증오하나?'

'내 이름은 진피피, 서릉에서 왔다. 그리고…… 끝.'

'듣기로 5년 전 서릉에서 온 수험생 하나가 여섯 과목 모두
갑등 상을 얻어 서원 교관들이 다 뛰어나와 구경했다고 하더라.
백 년 만에 나온 최고의 성적이라고 하던데, 그게 너라고?'

'그렇지. 바로 본인이다. 넌 지금 나를 경외하고 숭배하는 마음이
절로 생기고 있겠지?'

'난 세 과목 갑등 상, 두 과목 정등 하, 한 과목은 포기.
이것도 백 년 만에 나온 유일무이한 성적이라던데, 내가 왜
널 경외하고 숭배해야 하지?'

'그 성적은…… 보기 드물게 용감한 수준이네. 독한 놈. 좋아,
일단 네가 나와 대등하게 대화할 자격이 있다는 것을 인정하지.'

'서릉 사람이 왜 당국에 와서 공부해?'

'난 서릉의 어느 명문가에서 태어났지. 가업은 네가 상상할 수
없을 정도로 컸고, 나 같은 천재라면 당연히 가업을 물려받을
운명이었지. 문제는 나와 똑같은 천재성을 가진 뛰어난 형님이
있었다는 거야. 물론 그 천재성은 나보다 조금 모자랐지만.
더 큰 문제는 그 형님이 내가 어렸을 때부터 나에게 잘해주셨고,
가주(家主)께서 가업을 나에게 모두 물려주는 것에도
불평 하나 없었다는 거야. 또 난 가업을 계승할 생각이 없었고,
형님이야말로 가업을 계승할 가장 적합한 사람이라고 생각했어.
하지만 가주께서 허락하지 않았고 난 마음이 불편해서 열 살 때
몰래 집을 빠져나왔다.'

'열 살 때 가출을 했다고? 어른들이 널 찾지 않았어?'

'왜 찾지 않았겠어? 날 못 찾은 거지. 그래서 당연히 내가 서원에

있다는 걸 짐작하실 거야. 너는? 넌 왜 서원에 들어왔고, 또
왜 그동안 그렇게 목숨을 걸고 수행을 하려 했지?'
'서원에 들어온 건 당연히 대당 제국의 관원이 되고 싶어서였지만,
수행을 더 하고 싶은 건 사실이야. 왜 그렇게 목숨을 걸었는가
하는 건…… 내가 할 일이 많기 때문이야. 지금 목숨을 걸지
않으면 후에 목숨을 잃을지도 모르기 때문이야.'
'무슨 일이기에 그렇게 심각한 거야?'
'그건 너에게 말해줄 수 없어.'

구서루에서의 서신 교류는 처음엔 수행과 수과 문제로 시작했지만 점점
더 서로의 삶에 대한 호기심으로 발전했다. 또 진피피의 처방전 덕에 녕
결의 몸은 건강해지면서 더 이상 기침도 하지 않았다. 아직 일면식도 없
는 두 젊은이는 그렇게 서로에게 친숙해지고 있었다.
　　녕결은 진피피가 어젯밤 남긴 서신을 보고 문득 며칠 전 본 서신
의 내용이 떠올랐다.

　　'진피피 가문이 그를 찾지 못했으니 서원에 있음을 짐작할 수
　　있다? 그럼 그놈 가문이 천하에서 꺼리는 곳이 이 신성한
　　서원뿐이라는 거잖아. 서릉 신국에서…… 이렇게 강한 가문이
　　어디지?'

녕결은 손에 든 서신의 내용을 다시 한번 읽었다.

　　'네가 이층루를 들어오면 날 볼 수 있겠지.'
　　"문제는 내가 어떻게 이층루를 들어갈 수 있느냐네."

호천은 확실히 불공평했다. 녕결은 '이층루' 세 글자를 볼 때마다 저도 모
르게 마음이 암울해졌다.

'구서루 2층에서 이층루를 고민하고 있다니……'

그때 녕결은 자신과 멀지 않은 곳 벽에 붙어 있는 서가 아래쪽 바닥에서 긁힌 자국을 발견했다. 짙은 색 나무 위에 얕게 긁힌 자국이라 자세히 보지 않으면 발견하기 어려운 흔적.

녕결은 그곳으로 다가가 쪼그려 앉은 후 손가락으로 살짝 만져보았다.

오랜 세월 동안 마찰에 의해 생긴 흔적. 그 서가 양쪽에 복잡하지만 의미심장한 무늬가 새겨져 있었다. 원형과 사각형으로 이루어졌는데 구체적인 형상이 아니었기에 다소 초라하고 보기 흉한 문양이었다.

'구서루 추녀와 조각 하나하나가 모두 정교한데, 이 서가에 새겨진 문양은 특이하게 조잡하네.'

녕결은 느릿느릿하게 그 흔적을 더듬었고 눈을 감아 손가락 사이사이로 들어오는 촉감을 느꼈다.

'소설에서나 보던 비밀 통로 같은 건가? 진짜 이층루로 가는 길인가?'
"서가를 비틀어 열어서 뒤에 무엇이 있는지 보거라."

녕결이 깜짝 놀라 재빨리 눈을 뜨고 뒤로 돌아보니 여교수가 어느새 뒤로 와 온화한 미소를 짓고 있었다. 심지어는 격려하는 눈빛으로 자신을 바라보고 있는 것이 아닌가. 하지만 녕결은 그 눈빛의 진의(眞意)를 몰라 그저 쓴웃음을 지으며 다시 서가의 무늬들만 바라보았다.

그 순간 머릿속에 번개 같은 빛이 번쩍하며 스쳐갔다. 주작대로에서 주작상을 봤을 때 또 황궁에서 그 처마의 신수상(神獸像)을 봤을 때의 느낌이 되살아났다. 그리고 어렴풋이 어떤 일들이 떠오르기 시작했다. 녕결은 점점 온몸이 굳어가며 감히 어떤 불경한 행동도 하지 못하겠다는 생각으로 머릿속이 채워지기 시작했다.

3

깨어난 주작상

2

"여름 날씨가 너무 더워. 장안성이 이 점은 참 별로야."

녕결은 대나무 의자에 누워 이마의 땀을 닦으며 말했다.

"새벽이 되어야 조금은 시원해질 텐데…… 그 차예사(茶禮師) 저택 옆에 작은 호수가 있는데 거긴 우리 집보다 좀 더 시원하겠지?"

상상은 수건을 찬물에 적시며 나지막이 대꾸했다.

"도련님, 그 집이 우리 집보다 시원해서 그 사람을 죽이는 거예요? 복수 그 따위 게…… 그렇게 재밌어요?"

장안성은 여름 더위만 제외하면 불평할 것이 없는 도시다. 6월이 되니 해는 갈수록 길어지고 온도는 점점 높아졌다. 간간이 불어오는 바람마저 혐오스러운 습하고 뜨거운 기운을 품고 있었다. 짙푸른 잎사귀를 시들게 하고 포도를 보라색으로 물들게 했다. 왕공 귀족들에게 얼음을 꺼내게 하고, 서민들에게 창을 열게 만들었다.

47번 골목 점포와 집들의 문과 창문이 모두 열려 있었다. 도난의 위험과 비교해 보면 더위를 먹고 죽을 확률이 확실히 더 커 보였다.

다행히 이 작은 골목에는 회화나무 그늘이 있었다. 그 덕에 낮에는 햇볕에 많이 노출되지 않고 밤에는 바람이 좁은 골목을 거치면서 빨라져 상대적으로 시원했다.

'척.'

집안 어른이 짓궂은 아이를 훈계하는 소리 같지만 실제로는 사람들이 우물 물에 적신 수건으로 자신의 기름진 땀으로 범벅이 된 등을 치는 소리였다.

"안 된다면 안 되는 거야! 이렇게 뜨거운 날씨에, 설마 네 다리를
　따뜻하게 해 줄 사람을 찾는 거야?"

골동품 가게의 부부는 이렇게 뜨거운 날씨에도 첩을 들이는 문제로 옥신 각신했다. 47번 골목 사람들은 이미 그 말을 너무 많이 들어서 이것이 부부 금실을 위한 색다른 설정 놀이가 아닐까 하는 의구심마저 들었다.

이런 날에 드디어 노필재 뒤뜰이 진가를 발휘했다.

녕결은 상반신을 드러낸 채 상상이 건네준 물수건을 받으며 대나 무 의자에 누워 있었다. 상상은 오늘 남색 꽃무늬 옷을 입었는데 팔다리 를 다 걷었지만 처마 안팎의 더위는 그녀를 답답하게 만들었다. 몸이 허 하고 땀이 쉽게 나지 않는다고 더위가 느껴지지 않는 것은 아니었기 때문 이다.

"도련님, 저도 옷 좀 벗어도 될까요?"
"상상, 넌 비록 어리지만 그래도 여자야. 남자 앞에서 웃옷을
　벗다니! 이제 곧 다 큰 아가씨가 될 텐데 정신 좀 차려."

상상은 그를 원망스러운 눈빛으로 노려보며 화제를 바꿨다.

"도련님, 좀 전 제 질문에 아직 답 안 하셨어요.
　복수하는 일이 그렇게 재밌냐니까요? 며칠 간격으로
　죽이러 가고…… 지겹지도 않아요?"
"재미로만 사나?"

녕결은 무덤덤하게 콧구멍을 후볐다.

"우리가 매일 밥 먹고 뒷간에 가는 것도 지루하지 않아? 그래도
해야 하잖아. 밥을 안 먹으면 굶어 죽고 똥을 안 싸면 답답해서
죽으니까. 사람을 죽여 복수하는 것도 재미없지만 마음 편하게
살기 위해 해야 하는 일이야."

저녁으로 상상이 만든 곱창 국수를 게 눈 감추듯 먹었다.
　녕결은 허름한 겉옷과 특색 없는 모자를 쓰고 복면으로 얼굴을 반
쯤 가렸다. 천으로 감싼 대흑산을 들고 마당 뒷문을 통해 어둠 속으로 사
라졌다. 녕결이 조용한 동성 거리를 지날 때 서늘한 밤바람도 거리를 스
쳐갔다.
　지친 사람들도, 경계심 가득한 개들도 모두 잠들었다. 간간이 푸
른 돌바닥을 지나가는 급수차의 바퀴 소리만 요란하게 나다가 이내 동성
에서 멀어져 갔다.

　'쿵.'

급수차가 남성 모처 시장 입구를 지날 때, 큰 물통 틈새에 웅크리고 앉아
있던 녕결이 바닥으로 뛰어내렸다. 그리고 순식간에 골목의 어둠 속으로
빨려 들어갔다. 그는 상상이 손으로 그린 지도를 어둠의 빛을 빌려 마지
막으로 확인했다. 장안 골목을 누비며 돌아다니는 까만 얼굴의 어린 시녀
는 어떤 주의도 끌지 않았을 것이다.
　오늘 그는 탁이가 유지로 남긴 명단에 있는 세 번째 이름을 지울
계획이었다.
　안숙경. 마흔한 살. 전직 군부 문서감정사. 인장과 다도에 능숙한
이 사람은 군부에서 쫓겨난 이후로 장안에서 유명한 차 도매상에게 특채
로 뽑혀 차예사(茶禮師)가 되었다. 탁이의 조사에 의하면 그해 선위 장군
반역죄 심판에서 결정적인 물증을 그가 직접 감정했다.
　서신 세 통. 어쩌면 그 사람이 직접 위조했을 수도 있었다.
　연국 변경 마을 학살 사건과는 애매모호한 관련이 있었다. 하후가

이끄는 대군이 연국으로 진격하다 민산 언저리에서 도착 기한을 어겼을 때, 안숙경이 그 부대에 있었다. 다만 군부 문서 감정사가 왜 피 냄새로 가득한 전선에 나섰는지는 이해할 수 없는 일.

안숙경은 차 도매상이 사 준 호숫가 근처 작은 건물에 살고 있었다. 녕결은 호숫가를 걸었다. 점점 가까워지는 건물을 보고 드문드문 규칙도 없이 심긴 고풍스러운 대나무 담장을 보았다. 뭔가 이상하다는 불길한 느낌이 들었다.

'너무 아늑한 것 아닌가?'

한 평의 땅도 금이라고 할 수 있는 장안에 사는 것은 쉽지 않다. 번화한 도시에서 아늑함은 존귀함과 부유함을 뜻한다.

'아무리 호탕한 거상이라고 해도 자신의 수하 차예사에게
이런 건물을?'

녕결은 작은 건물 앞으로 가 정원 안 돌계단 아래의 석조 의자를 바라보았다. 녕결은 잠시 멈칫한 후 문을 열고 들어갔다.

'끼익.'

작은 등잔불 하나가 켜져 있고 마른 체구의 중년 남자가 돌 의자에 앉아 있었다. 그는 왼손에 허름한 찻잔을 들고 오른손으로 오동나무로 만든 잔받침을 들고 있었다. 그는 문을 밀고 들어오는 소년을 차분히 바라보았다. 그의 앙상한 뺨에 희미한 미소가 번지더니 이내 작은 목소리로 말했다.

"다도(茶道)란 사실 복잡한 절차와 의식으로 장엄함을 드러내는
것뿐이다. 많은 사람들이 차를 마실 때 목욕을 하고 향을 피우고,
호천께 예를 올리지. 찻잔을 씻는다든가 뭐 이런 것들을 해야

한다고 생각하지. 하지만 내가 가장 좋아하는 것은 단순히 큰
찻잔을 들고 간단하게 마시는 것. 아마 군대에서 밴 습관일
것이다. 나란 사람은 직접적인 것을 좋아한다…… 이렇게 더운
여름밤, 소년이 집에서 자지 않고 호숫가를 거닐다니……
날 죽이러 왔겠구나."

대나무 울타리로 가려진 호수 옆 작은 건물이 고요하고 어두컴컴하다.

차예사는 곤호석으로 만든 식탁에 앉아 있었다. 상 위에는 빛이
죽은 찻잔과 찻주전자가 놓여 있고 식탁 옆에는 작은 숯화로가 놓여 있었
다. 화로 위 주전자 입에서 옅은 안개가 스며나오고 있지만 아직 물이 끓
고 있지는 않았다.

이처럼 무더운 여름밤, 중년 차예사는 화로에서 나오는 열기를 느
끼지 못하는 것 같았다. 그는 눈이 내리는 겨울밤 손님을 기다리는 주인
처럼 평온하다.

이 사람이 바로 안숙경(顔肅卿).

넝결은 확신했다. 조금 전 호수 옆에서 느꼈던 경계심으로 미루어
볼 때 상대방은 자신이 올 것을 눈치 챘고, 또 그 이유도 알고 있었다. 넝
결은 곁눈질로 대나무 울타리 밑의 차 부스러기를 보고 의자에 앉으며 물
었다.

"단도직입적으로 묻지. 선위 장군 집안 멸문지화 사건, 연국 변경
마을 학살 사건과 관련 있는 것 맞지?"

사실 안숙경은 넝결이 온 것은 알았지만 왜 왔는지는 몰랐다. 그 사건들을
기억하는 사람이 더 이상 세상에 남아 있지 않다고 생각했기 때문이다.

"나와 관련이 있지. 그러니 군부에서 앞길이 창창했던 내가 왜
지금 차를 파는 장사꾼 집안 차예사가 되었겠나. 그 일
때문이라면 네가 찾은 사람이 내가 처음이 아닐 텐데……

다른 사람들은 어떻게 지내고 있나?"

"그들도 잘 지내지 못해. 적어도 너만큼 잘 지내지는 못하더군.
　이 정도면 좋은 환경 아닌가?"

안숙경은 탄식했다.

"왜 내가 그들보다 잘사는지 아나? 난 아직 제국에 쓸모가
　있기 때문이야."

아무렇게나 걸친 옷, 화로 위 아직 끓지 않는 물, 차가 따라지지 않은 찻
잔, 이 모든 것은 그가 초저녁 잠에서 깨어난 지 얼마 되지 않았다는 의미
였다. 녕결의 움직임을 눈치챘기 때문에 일어났을 뿐 매복 공격을 예상한
것은 아니었다.

'차나 끓이는 차예사가 왜 도와달라고 하지도 않고 도망가지도
　않았지? 무엇을 믿는 걸까? 차예사 하나가 제국에 무슨 쓰임새가
　있다는 거지? 차예사가 무슨 자격으로 진자현보다 나은 생활을
　하는 거지?'

녕결은 순간 여러 가능성을 생각했다. 심지어 불가능해 보이는 가능성까
지 추측해보고 있었다.

"넌 왜 도망가지 않지?"
"내가 왜 도망을 가야 하지?"

안숙경은 부드러운 미소로 소년을 바라보며 다시 물었다.

"내가 깨어 있는데, 네가 어떻게 나를 죽일 수 있을까?"
'펄럭.'

안숙경이 말을 마치며 소매를 가볍게 털자, 상 위에 자루가 없는 어두운 검 하나가 나타났다.

　　'뭐야? 이 차예사가…… 수행자!'

탁이의 정보에 없었고 상상도 알아채지 못했다. 어느 누구도 군부의 전직 문서 감정사가 또 이름 없는 차예사가 검술에 능통한 수행자라는 것을 알지 못했다.

　　"네가 도망가지 않으면 내가 도망가야지."

말이 끝나자마자 녕결은 망설임 없이 뒤돌아서 건물 밖으로 질주했다. 안숙경은 소년의 뒷모습을 보며 흥미로운 표정을 짓다가 고개를 갸웃거렸다.

　　"수행자를 죽이러 와서 그렇게 쉽게 도망갈 수 있겠나?"

강한 자신감과 살의를 담은 말이 여윈 중년 남자의 입술 사이로 새어나왔다. 그는 왼손에 쥐고 있던 찻잔을 내려놓으며 오른손으로 왼팔의 소매를 걷어 올렸다. 그리고 왼손의 검지와 중지로 건물 밖을 향해 비스듬히 가리켰다.

　　'웅웅웅웅웅……'

멋지고 부드러운 손짓을 따라 상 위의 작은 검이 마치 어떤 신기한 힘이 주입된 것처럼 낮은 소리를 내다가 갑자기 튀어 올랐다. 그리고 한 줄기 어두운 빛으로 변해 동트기 전 가장 어두운 밤의 빛을 찢으며 건물 밖으로 날아갔다.

　　'획!'

녕결은 등이 미세한 바늘에 찔린 듯한 따끔함을 느꼈다. 하지만 복면 밖으로 드러난 미간에는 어떤 놀라움도 없었고 오직 침착함과 냉정함만이 있었다. 그는 대나무 울타리를 넘어갈 것처럼 보였지만 예상과 달리 왼발로 무겁게 땅을 디디며 뛰어올랐고, 오른발로 재빨리 굵은 대나무 줄기를 밟았다.

'탁! 탁! 탁! 탁! 탁!'

두 발을 교차하며 대나무 줄기를 타고 올라가자, 대나무가 크게 흔들리며 대나무 잎이 마치 부러진 화살처럼 바닥에 떨어졌다. 그는 대나무 울타리 끝까지 올라가서 아슬아슬하게 검이 일으킨 빛을 피했다. 그리고 무릎을 약간 구부렸다 펴며 대나무의 반동을 이용해 번개처럼 건물 안으로 날아갔다.

'휘익!'

화살 같은 몸이 날아갈 때 날카로운 칼은 이미 도집에서 나와 그의 손에 쥐어져 있었다. 칼은 마치 눈보라가 일 듯 안숙경을 향해 내질러졌다.
차예사가 수행의 강자라는 사실을 알게 된 후, 그는 오늘밤 다시 공포스러운 생사의 갈림길에 섰다고 생각했다. 하지만 그는 물러설 생각이 없었다. 어차피 수행자 앞에서 도망치는 것은 곧 죽음. 북산도 입구에서 팽국도가 싸우는 모습과 춘풍정에서 조소수가 수행자 둘을 상대하는 모습에서 그는 교훈을 얻었다.

'수행자 앞에서는 물러서면 안 된다.'

그래서 그가 물러선 것은 후퇴가 아니었다.
이 보 전진을 위한 일 보 후퇴.
이 보 전진하여 사람을 죽인다!

'쨍!'

녕결은 몸을 비틀어 칼을 휘둘렀다. 뒤에서 날아온 어두운 검광(劍光)을 날려보낸 후 바닥에 떨어졌다. 첫 대결에서 도신에 쌀알만 한 흠집이 생겼고 그의 허름한 천 두루마기 위에 아주 작은 구멍 하나가 생겼다. 하지만 그의 눈매에 여전히 두려움은 없었다.

녕결은 두 다리를 대못처럼 바닥에 박은 채 두 손으로 도병을 꼭 쥐었다. 허리를 살짝 숙여 사방을 경계하며 어둠 속의 상황을 살피고 있었다.

'획!'

다시 한번 그는 칼을 휘둘렀고 오른쪽 어깨를 내주고 어둠 속에서 날아온 검광을 피했다. 눈으로 볼 수는 없었지만, 손에서 전해오는 미세한 진동을 통해 적어도 자신의 도신이 비검(飛劍)을 스쳤음을 확인했다.

'윙윙윙윙……'

간간이 울려 퍼지는 소리. 그는 그렇게 멀지 않은 곳 의자에 앉아 있는 안숙경을 쳐다보며 비검의 위치를 알아내려 노력했다. 한 걸음 앞으로 내디뎠다.

'슥.'

떨어지던 대나무 잎이 무형의 힘에 의해 잘려 나갔다.

'스윽.'

녕결은 본능적으로 허리를 뒤로 젖혔다. 어두운 검광이 다시 한번 그의 어깨를 스치며 지나갔다.

'탁!'

그는 재빨리 오른손으로 바닥을 치며 일어섰다. 두 발을 재빨리 교차해 그의 발 앞 돌 틈 사이로 파고든 검광을 피했다. 검광은 어디론가 다시 날아가 자취를 감췄고 녕결은 이전보다 세 걸음 물러선 위치에 섰다.

식탁 오른편의 작은 등잔은 옅은 빛을 토했고 안숙경은 한가로이 돌 의자에 앉아 웃는 듯 마는 듯 알 수 없는 표정을 지었다. 두 사람 사이의 거리는 고작 몇 걸음. 그 몇 걸음이 이토록 넘기 어려웠다. 어두운 검광이 어디에 있는지 모르기 때문이다.

녕결의 생에서 처음으로 혼자 수행자와 싸우는 전투. 오늘밤 죽음을 맞이할 가능성이 높다는 것을 알고 있는 그는 당연히 두려웠다. 하지만 생사가 걸린 문제에서 두려움이 가장 쓸모없는 감정이라는 것도 알고 있었고, 두려움과 긴장을 흥분으로 변화시켜야만 생과 사를 뒤집을 수 있다는 것도 알았다.

'휙! 챙!'

비검이 다시 날아왔다. 그는 허공에 칼을 휘둘러 검광을 막았다. 아무렇게나 내지르는 것처럼 보였지만 수많은 전투에서 다듬어진 본능과 신체 통제력으로 급소는 피하고 있었다.

'챙! 챙! 챙! 챙!'

검광은 쉬지 않고 그에게 달려들었다. 비록 급소는 피했지만 그의 몸은 검광에 의해 여기저기 상처가 생겼다. 피가 그의 피부를 적신 후 겉옷으로 스며나와 흐르기 시작했다. 그래도 녕결은 여전히 양손으로 도병을 꽉 쥐었다. 두 발을 돌바닥에 박았다. 아무런 표정 없이 돌 의자에 앉은 강자를 쳐다보며 당황하거나 겁먹지 않았다. 흥분하지도 않았다.

  "변성에서 온 군인?"

안숙경은 점점 미소를 거두며 피를 흘리는 소년을 보고 담담하게 말했다.

  "연속 열네 번을 찔렀는데, 너를 죽이지 못하고 작은 상처들만
  남겼다…… 변성 군인들만이 가지고 있는 신체적 본능인가?
  하지만 하나 알려줘야겠어. 작은 상처는 피를 조금밖에 흘리게
  하지 못하겠지만 그 피도 오래 흐르면 죽는다."
  "알아. 그래서 이 피가 다 흐르기 전에 네 머리를 자를 거야."
  "그럴 기회는 없다."
  '칙칙칙칙……'

마침내 작은 화로에 올려진 주전자에서 물이 끓기 시작했다. 뜨거운 수증
기가 주전자 입에서 뿜어져 나왔다. 차예사는 주전자를 들어 찻잔에 물을
부었다. 끓는 물에 떠올랐다가 다시 천천히 가라앉는 찻잎을 보며 안숙경
은 말했다.

  "아침 차를 마셔야 해서 너와 더 놀아주지 못하겠네."

          ＊ ＊

불혹의 경지에 든 검사(劍師).
      녕결은 희망을 품지는 않았지만 절망하지도 않았다. 그는 절망이
란 이미 죽은 사람에게만 어울린다고 굳게 믿었다. 끓인 물이 찻잔 속으
로 쏟아져 들어갔다. 녕결은 그 장면을 뚫어지게 보았다. 안숙경의 어깨
와 손을…… 그의 일거수일투족을 보며 자신의 전투 의지를 약화시키려

는 상대방의 어떤 말도 듣지 않았다. 그때 녕결의 눈이 번뜩였다.

'손으로 찻잔을 쥐면 더 이상 비검을 지휘할 수 없다.'

녕결은 못처럼 단단하게 박힌 두 다리에 힘을 주었다. 도병을 몸 쪽으로 당겼다가 다시 발을 디딤과 동시에 내질렀다. 몸을 기울인 채 상대방에게 호랑이처럼 달려들었다.

안숙경은 정면에서 불어오는 강한 도강(刀剛)을 느꼈다. 검을 들고 필사적으로 달려드는 소년 군사를 보았다. 그의 눈동자에 연민과 조롱의 기색이 드러났다. 그는 오른손을 소매에서 내밀고 손가락을 풀어 밤바람에 살살 털었다.

'ㅊㅊㅊㅊㅊ······.'

바람이 찢어지는 듯한 소리.

그 소리는 녕결의 몸을 휘감는 기류에서 나는 것이 아닌, 그 뒤쪽 귀신도 모르게 튀어나온 어두운 검영(劍影)이 밤의 어둠을 찢는 소리였다. 검영이 녕결의 등 뒤를 향해 날아왔다.

'휙!'

바람에 날려 떨어지던 대나무 잎들이 공포에 질린 듯 순식간에 사방으로 흩어졌다. 주전자 입에서 나오던 수증기가 갑자기 얼어붙은 듯 정지했다가 아주 천천히 땅으로 내려앉았다.

갑자기 시간이 느려졌다.

'이것이 검사가 전력을 동원했을 때의 위세인가?'

등 뒤에서 전해오는 서늘함. 검영이 닿기도 전에 이미 가슴을 찌르는 듯

한 날카로운 통증을 느꼈다. 녕결은 곧 사신(死神)의 손이 자신의 등을 스칠 것이라 느꼈다. 하지만 그는 여전히 피하지 않고 뒤돌아보지 않고, 호랑이처럼 난폭하게 앞으로 달려가고 있었다.

그는 물러설 곳이 없었고 이렇게 가까운 거리에서는 피해도 소용이 없다는 것을 알았기 때문이다.

이 순간은 오직 달려야 했다. 죽음을 향해 달리거나 또는 죽음보다 더 빨리 달려야만 마지막 희망이라도 가질 수 있었다.

안숙경과 두 발짝의 거리.

녕결은 등 뒤에 있는 죽음의 기운을 아랑곳하지 않았다. 눈을 부라리면서 상대방의 목덜미를 향해 온몸의 힘을 검에 실어 세차게 내질렀다. 안숙경은 자신에게 향하는 도신을 보았다.

그 순간 왼손에 든 찻잔이 입술에 닿았지만 아무런 표정 변화도 없었다. 그 어떤 조그만 움직임도 없었다.

천지 숨결의 바다와 감응한 자신의 염력으로 통제하는 검이 녕결의 등으로 향하는 것을 똑똑히 보았다.

'칼날이 나의 목에 닿기 전에 넌 죽을 것이다.'

녕결의 칼과 안숙경의 목덜미까지의 거리 3척(尺).

안숙경의 비검과 녕결의 등까지의 거리 1척.

수행자의 비검은 세상 최고의 검객이 휘두른 검보다 빠르다.

녕결은 필사적으로 기회를 잡았다. 하지만 안타깝게도 이 마지막 기회도 자신의 목숨을 앗아갈 뿐이었다. 그는 안숙경을 조금도 다치게 할 수 없을 것 같아 보였다.

남은 것은 죽음뿐.

하지만 녕결은 죽지 않았다.

그는 칼을 내지르는 동시에 소리 없이 왼손을 풀었다. 그 손을 아주 자연스럽게 등 뒤로 뻗었다. 그리고 천에서 삐져나온 딱딱한 물건을 잡았다. 크고 검은 우산, 대흑산.

＊＊

길고 안정된 손가락이 대흑산 손잡이를 잡고 힘껏 돌렸다. 대흑산을 감싸고 있던 낡고 굵은 헝겊이 찌그러지며 볼록하게 올라오더니 마침내 찢어졌다. 헝겊 안에 숨겨져 있던 검은 빛깔이 드러났다. 검은 빛은 회전하며 허공을 찢었고 마치 오랫동안 잠복해 있던 창룡(蒼龍)이 땅에서 포악하게 머리를 드는 것처럼 튀어 올랐다.

'펑!'

대흑산이 회전하면서 펼쳐졌다. 그 면적이 갑자기 넓어지며 마치 봄바람을 응축해서 순식간에 날아온 검은색 꽃처럼 녕결의 등 뒤에서 활짝 피어나 어두운 검영(劍影)을 가렸다.

'스읍.'

대흑산이 찢어지는 소리도 격렬하게 충돌하는 소리도 없었다. 마치 오래된 낙엽이 검은 늪에 빠지듯, 마치 지친 모기가 검은 간판 위에 사뿐히 내려앉듯, 고속으로 진동하며 윙윙거리던 비검이 대흑산으로 날아와 떨어졌다.

'툭.'

검은 늪에 떨어진 오래된 낙엽은 서서히 가라앉았다. 간판 위에 내려앉은 지친 모기가 맥없이 허공으로 추락하며 생의 종착지로 향했다. 예리했던 작은 검이 모든 생명력을 잃은 듯 대흑산에 내려앉으면서 동시에 천천히 바닥으로 추락했다. 천지 원기의 세계에서 선 하나가 끊어졌다.

안숙경의 표정이 돌변했다. 자신이 더 이상 본명검(本命劍)을 감지하지 못하는 것을 깨닫는 순간 날카로운 포효가 입에서 튀어나왔다. 동시에 왼손은 거칠고 초라한 찻잔을 놓았다. 두 손바닥을 서로 마주쳐 녕결이 한 손으로 꽉 쥐고 내지르는 도신을 잡았다.

그의 손바닥과 녕결의 도신은 닿지 않았다. 머리카락 한 가닥 굵기 정도의 간격. 하지만 그 미세한 공간에 어떤 힘이 가득 찬 듯 보였다.

"으아아아아아악!"

다시 한번 포효가 건물 안에 울려 퍼졌다. 지면에 떨어진 검이 그 소리에 놀란 듯 튀어 올랐으나 매우 처참하고 허무하게 다시 떨어졌다. 마치 늦가을 얼어붙은 땅에 떨어진 늙은 모기처럼, 양 날개가 얼어 죽기 전 마지막 몸부림을 치듯.

안숙경의 두 눈에 살의가 스쳤다.

"으아아아아아악!"

그는 다시 한번 포효하며 두 손바닥을 교차시켰다. 칼을 쳐내는 동시에 몸을 비스듬히 날렸고, 오른손 손가락을 검 모양으로 만들어 녕결의 목을 향해 찔렀다.

투박한 찻잔이 무겁게 바닥에 떨어져 깨졌다. 흑적색의 자갈흙이 사방으로 튀었고 뜨거운 물이 찻잎과 섞여 흩뿌려지며 하얀 수증기가 겁에 질린 듯 허공에 흩어졌다.

안숙경의 손가락이 검으로 변해 녕결의 목을 향해 내질러질 때 몸이 약간 왼쪽으로 기울었다.

가장 빠른 직선 거리보다 조금은 먼 거리. 안숙경이 의도했다기보다는 그의 본능적인 기피. 안숙경은 무의식적으로 검은 우산에 조금이라도 닿지 않으려고 했다. 커다란 검은 우산, 기름때가 묻어 있는 더러운 우산의 검은 천이 동트기 전의 마지막 밤의 어둠보다 더 어두워 보였다.

그는 이 검은 우산이 무엇인지 몰랐다.

수행의 세계에서 오랜 시간 머물렀다. 최근 십여 년은 군부를 떠나 차향을 맡으며 또 다시 검사로서의 경지를 한 단계 끌어올린 그였다. 하지만 그는 수행자의 본능에서 솟아오르는 공포심을 느낄 수밖에 없었다. 약간 기울어진 각도, 내면 깊숙한 두려움으로 인한 느린 반응…… 이 절체절명의 위기에서 녕결에게 마지막 대응 시간을 주었다.

녕결은 대흑산을 자신의 몸 왼쪽에서 오른쪽으로 등 뒤에서 가슴 앞으로 움직였다. 대흑산은 마치 큰 호수 위에 떠 있는 꽃이 흘러가듯 부드럽게 미끄러지며 그의 몸 전체를 가렸다.

안숙경의 손가락은 대흑산을 세게 찔렀다.

미끌미끌하고 메스꺼운 느낌.

안숙경은 손끝과 우산 면이 닿은 곳을 보면서 마음 깊은 곳에서 두려움이 솟아나왔다. 몸이 심하게 떨리기 시작하며 안색이 창백해졌다. 동시에 자기 몸 안의 염력, 그 염력과 감응한 천지의 원기도 내면의 두려움과 함께 솟구쳤다.

대흑산은 가장 깊고 끝이 없을 것 같은 밤처럼 모든 빛을 삼켰다.

안숙경은 자신이 벼랑 끝에 몰렸다는 것을 알았다. 그는 손가락을 거두지 않았다. 밝은 빛이 어둠과 만나면 반드시 승부가 나야 한다. 낮이 되거나 혹은 밤이 되거나, 일출과 일몰의 순간…… 누구도 물러설 수 없다.

"으아악!"

처량하고 듣기 거북한 울부짖음. 십여 년 동안 숨어 있던 수행자가 자신의 모든 실력을 응축해 염력을 통제했다. 설산기해를 통해 몸 주위로 염력을 발산했다. 자신이 감지할 수 있는 모든 천지의 원기를 동원해 손가락에 염력을 응집시켰다. 염력은 검기(劍氣)로 변해 대흑산을 향해 내질러졌다.

수행자의 사납고 예리한 손가락은 검(劍)의 기운이 되어 대흑산의 표면에서 우산의 손잡이로 내려왔다. 이어서 손잡이를 쥔 녕결의 왼손에 닿았다.

넝결은 고개를 숙인 채 왼손과 양쪽 어깨로 대흑산을 받쳤다.

'뻐걱.'

손목뼈가 어긋나는 소리가 들렸다. 이를 악물며 한 발짝도 물러서지 않고 공포의 힘을 견뎠다.

대흑산을 방패로 삼고 칼을 뒤로 빼든 변성의 군사. 초원에서의 전투 최전선에서 만족의 포악한 공격을 필사적으로 저항해내던 군사. 그는 물러설 수 없었다. 한 번 물러서면 천 리가 무너지고 말 것이다.

대당 변성 군대의 엄격한 규율과 용맹한 기세가 넝결에게서 발현되었다. 넝결의 몸 안에서 소중한 무언가가 우산 손잡이를 타고 대흑산 속으로 흘러 들어갔다. 그래서 그는 칼을 쥔 오른손을 들고 공격할 수는 없을 듯 보였다.

숨막히는 교착 상태가 얼마나 오래 지속되었는지 몰랐다.

조용히 떨어지는 죽엽(竹葉)도, 차가워지는 수증기도 모두 이 팽팽한 긴장감을 느끼는 것 같았다.

"헙!"

안숙경의 창백한 얼굴에 핏줄이 나타났다가 사라졌다.

대흑산이 조금 뒤로 물러났다. 우산 손잡이가 넝결의 왼손 엄지와 검지 사이에서 미끄러져 그의 머리를 세차게 때렸다.

'퍽!'

넝결의 입과 코에서 핏물이 뿜어져 나와 복면의 가장자리를 타고 흘러내렸다. 핏물은 그의 앳된 얼굴을 붉게 물들이고 있었다. 그 순간 대흑산 너머 안숙경의 눈가에도 핏물이 흐르기 시작했다. 안숙경의 눈자위는 점점 어두워졌고 염력을 너무 많이 소비한 탓에 곧 죽을 지경이었다.

이제 누가 더 오래 버티느냐의 싸움.

대흑산의 손잡이가 마치 큰 산처럼 녕결을 짓눌렀다. 그의 입과 코에서 피가 쉴 새 없이 쏟아져 나왔다. 검은 복면은 이미 피에 완전히 젖어 검붉은 색으로 변했다. 선혈이 복면의 가장자리를 타고 흘러 그의 신발 위로 떨어지고 있었다.

녕결은 어렵게 고개를 들어 대흑산 가장자리 너머로 차예사를 바라보았다. 안숙경의 수척한 뺨은 더욱 야위어졌고 눈언저리가 움푹 들어간 모습이 오래 버틸 수 없을 것 같았다. 우산 손잡이에서 전해지는 압박이 약해졌다. 녕결은 왼손으로 대흑산 손잡이를 꼭 쥔 채 오른손으로 도병을 움켜 쥐었다. 그리고 다시 한 발 앞으로 나아갔다.

한 걸음. 커다란 대흑산은 마치 부서지지 않는 방패가 되어 안숙경을 한 발짝 뒤로 밀었다.

"으아아악!"

초원 맹수들의 날카로운 울부짖음이 앳된 소년의 입에서 터져 나왔다. 녕결은 몸 안에 남은 마지막 힘을 동원해 오른손에 쥐고 있던 칼을 앞으로 내질렀다.

'푹!'

칼날이 안숙경의 목덜미 깊은 곳으로 꽂혀 들어갔다.

뼈가 부서지고 살점이 잘리는 파열음.

녕결의 칼은 마침내 안숙경의 목 반대편에서 삐져나왔다. 안숙경의 두 눈에 불가사의한 기색이 스쳤다. 여전히 소년을 노려보다가 갸우뚱 무너지면서 머리가 떨어졌다.

안숙경의 머리는 목에서 잘려 나와 땅바닥에서 두 번 튀어 올랐다. 그리고 아직 온기가 채 가시지 않은 찻물 속으로 굴러 들어갔다.

대흑산이 천천히 내려왔다. 녕결은 눈을 부릅뜨고 땅에 떨어진 머리를 보며 가쁜 숨을 몰아쉬었다.

"너는 차예사에 익숙해진 거야. 그러니 더 이상 진정한
검사라고 불릴 수 없어. 왜냐하면 넌 이미 근접 호위 하나 두는
것조차 잊어버렸기 때문이지."

새벽녘의 어둠이 그렇게 깊었다.

장안성은 조용했고, 행인 하나 없는 장안의 거리에는 개나 고양이
한 마리도 보이지 않았다.

남성 어느 집 입구에서 피칠갑을 한 소년이 뛰쳐나왔다. 그는 겨
우 뛰고 있었지만 이미 힘이 다 빠져버린 두 다리가 휘청거리며 이따금씩
땅에 세게 넘어지기도 했다. 복면을 따라 선혈이 계속 땅에 떨어졌다. 그
의 시야는 이미 흐릿해져 있었다. 출혈이 많은 탓인지 자신이 어디로 뛰
어가는지도 모르고 있었다.

"내가 원하면 반드시 네 명을 거둔다."

그는 무의식적으로 이 말을 반복하며 집으로 돌아가는 길을 찾았다.

좀 전에 관아의 나팔 소리를 들었다. 얼마 남지 않은 그의 이성은
빨리 그곳을 벗어나야만 한다고 말하고 있었다. 만약 장안성의 우림군이
들이닥친다면 그에게 남은 건 죽음밖에 없을 것이다.

그는 계속 뛰었다. 하지만 그는 자신이 주작대로를 질주하고 있다
는 사실도 알지 못했다.

등에 맨 대흑산이 가끔씩 튀어 올라 살짝 벌어졌다가 다시 내려갔다.

피칠갑이 된 복수 소년.

명계에서 올라온 악귀.

등 뒤에서 검은색 연꽃이 피어오르고 있었다.

녕결은 밤길을 달리며 때때로 팔을 들어 턱에 묻은 핏물을 닦아냈
다. 등 뒤의 대흑산은 연신 그의 등을 쳐대고 있었다. 시간이 흘러갈수록

그의 눈빛은 어두워졌다. 복면 밖으로 드러난 미간은 점점 더 찌푸려졌다. 고통을 이겨내려고 하는 의지가 드러났다.

그의 시야는 갈수록 흐려졌다. 길가의 말뚝이나 시장거리 입구의 점포들이 눈에서 점점 변형되어 사나운 이빨과 발톱을 드러낸 괴물로 변해갔다. 그의 호흡은 점점 가빠졌다. 들이마시는 숨결은 빙하처럼 차가웠고, 허파에서 뿜어져 나오는 숨결은 용암처럼 뜨거웠다. 갈수록 발걸음이 휘청대고 느려졌다. 발걸음은 청석판에 걸리고 그의 생각은 점점 더 흐트러졌다.

그는 현재 자신의 위치와 처지까지 잊어가고 있었다.

'일단 달려야 한다. 최대한 멀리 도망가야 한다.'

골수에 새겨진 본능이 그를 47번 골목 노필재로 이끌었다. 그 까무잡잡한 계집아이를 보아야만 안전하다는 생각이 강인한 집념을 만들어낸 것일까. 그 집념은 자신이 가장 경계하는 주작대로를 달리고 있다는 인식마저 가릴 정도로 강했다.

무수한 상처에서 흘러나오는 핏물이 대흑산으로 흘러가 끈적끈적하고 기름진 우산 면에 흡착되었다가 다시 방출되었다. 천천히 떨어지는 핏물은 지면에 닿아 검붉은 꽃을 피우고는 청석판의 틈새로 스며 들어갔다.

아침이 되지 않았지만 아침 바람이 불기 시작했다. 어느 집 처마 밑에 널어놓은 빨래가 바람에 흔들렸다.

주작대로 저 멀리 구름 속에서 높이 솟은 용운기(龍雲旗)가 펄럭였다.

아침 바람 속의 발자국 소리와 은은한 피비린내가 한곳에 어우러져 천년의 청석 틈새에 숨어 있는 생명들을 깨웠다.

대당 장안성에서 가장 넓고 곧게 뻗은 주작대로가 순식간에 지옥의 불길로 변했다. 녕결은 자신의 두 발이 마치 뜨거운 자갈을 밟고 있는 것처럼 느껴졌다. 걸을 때마다 밑창이 타들어가고 그 불길이 순식간에 그의 살과 피를 태워버릴 것 같았다.

그는 여전히 질주하고 있었다.

한 걸음 한 걸음이 고통스러웠다. 매 걸음마다 수많은 칼에 베인 듯했다.

"윽!"

그는 신음 소리와 함께 가슴을 움켜쥐었다.

'털썩.'

그가 쓰러졌다.

보이지 않는 창(槍)이 새벽 하늘에서 떨어졌다. 창은 그의 살점과 뼈, 그리고 내장을 뚫고 그의 몸을 관통해 세차게 그를 지면에 처박은 것 같았다. 불에 타는 듯한 고통이 한순간에 사라졌다. 더 큰 고통이 전해져 왔던 것이다.

가슴에서 전해져 오는 고통…… 모든 것을 찢어버리고 파괴할 것 같은 고통이 다른 모든 고통을 없애 주었다.

녕결은 허망한 눈으로 자신의 가슴을 보았다.

자신의 눈에 비친 울렁거리는 주작대로를 보며 순간, 눈에 보이는 모든 것에 그림자가 있다는 사실을 발견했다.

진실하고 거리가 먼 허망하고 조작된 그림자. 그는 사물들의 짓이 겨진 진실과 허황된 환상 사이에 서 있었다. 귓가에서 누군가의 숨결 소리가 들렸다. 그는 피투성이인 손으로 칼을 움켜쥐고 마지막 사력을 다해 일어섰다. 고개를 돌렸지만 아무도 보이지 않았다.

주변은 여전히 기이하게 변형된 세계.

그는 마치 설산처럼 하얗게 질린 얼굴로 그 숨소리가 들리는 곳을 필사적으로 찾으려고 했다. 길가에 곧 땅으로 쓰러질 것 같은 말뚝이 숨을 쉬고 있었다. 매일같이 말과 함께 묶이며 목이 메는 고통과 답답함을 말하고 있었다.

거리에 있는 술집의 황색 천막이 숨을 쉬고 있었다. 밤마다 술꾼들에게 놀림을 당하는 불쾌함과 불안감을 말하고 있었다.

어느 집 담장에서 머리를 내민 회화나무가 숨을 쉬고 있었다. 너무 많은 가문의 야사를 봐서 곧 말라 죽을 것 같다고 말하고 있었다.

돌사자상 밑에 떨어진 푸른 잎이 숨을 쉬고 있었다. 자신은 아직 떨어질 때가 아니었다고 말하고 있었다.

돌로 조각된 사자가 숨을 쉬고,

나무로 만들어진 누각이 숨을 쉬고,

발밑에 돌로 된 석판이 숨을 쉬고,

새벽바람이 숨을 쉬고,

멀리 있는 황성이 숨을 쉬고,

가까이 있는 회색 담벼락이 숨을 쉬고,

장안성이 숨을 쉬고,

온 천지가 숨을 쉬고 있었다.

예쁘고 귀여운 소녀의 가벼운 숨소리 같고,

깊고 깊은 조정(朝廷)의 엄숙한 숨소리 같고,

불안하게 도망가는 방랑객의 절망적인 숨소리 같고,

냉담하고 오래된 역사의 무자비한 숨소리 같다.

닝결은 거리에서, 골목에서, 후원(後園)에서, 황궁에서, 사방팔방에서 들려오는 숨결 소리를 들으며 외롭게 길 한복판에 서 있었다.

그는 칼자루를 놓고 두 손으로 귀를 막았다. 하지만 각양각색의 숨소리가 선명하고 힘차게 귀에 파고드는 것을 막을 수는 없었다.

'털썩.'

그는 어두운 주작대로 한복판에서 무릎을 꿇었다. 대흑산은 여전히 그의 등을 덮고 있었다. 핏물이 대흑산을 타고 청석판 위로 흘러 틈 사이로 스며들었다. 푸른 석판을 평평하게 놓아 만든 주작대로에 핏방울이 만들어낸 검붉은 꽃이 피어났다. 남성에서 북쪽으로 피어 있는 피의 꽃이 검붉은 선을 만들어냈다. 그것은 대흑산 끝에 맺힌 핏물과 은은하게 연결되었다. 혈선(血腺)이 마지막으로 가리키는 곳은 바로 주작대로 끝에 우뚝 서 있는 주작상(朱雀像)이었다.

황제의 가마가 다니는 길, 어도(御道)라 불리는 주작대로.

그 끝에 우뚝 서 있는 주작상은 천 년이 넘는 대당 제국의 역사를 담고 있었다.

의기양양한 선황(先皇)들을 얼마나 많이 맞이했는지. 결국 세월을 이기지 못한 웅주(雄主)들을 얼마나 많이 떠나보냈는지. 분노하지 않아도 위엄이 가득한 그 두 눈은 언제나 평온하여 조금도 흔들리지 않았다.

주작상의 두 눈은 여전히 위엄 있게 평온했지만, 주작의 머리 위로 말로 표현할 수 없을 정도로 아름답게 뻗어 있는 깃털 세 개 중 하나가 천천히 치켜세워졌다. 깃털은 마치 조각상의 돌멩이를 뚫고 진실의 세계로 나올 것 같았다.

대흑산과 함께 쓰러져 의식을 잃은 녕결은 먼발치에 있는 주작상에 이렇게 기이한 변화가 생겼다는 것을 모르고 있었다. 그리고 먼 옛날로부터 날아온 것 같은 숙연한 파멸의 기운이 자신을 뒤덮고 있다는 사실도 몰랐다.

그의 피는 여전히 돌 틈새로 흐르고 흘러 주작대로 중앙으로 멀리 흘러, 주작상의 장엄한 깃털의 바위틈 사이로 흘러갔다. 소리 없이 주작의 화려한 깃털 틈으로 흘러들어간 핏물이 검붉은 안개로 증발되었다. 그리고 보이지 않는 고온의 힘에 의해 순식간에 무형의 공허함으로 정화되어갔다. 주작대로 청석판 위의 검붉은 피꽃들도 증발하기 시작했다.

한 송이 한 송이 사라지면서 돌 틈새에 열은 핏물은 눈에 보이는 속도로 계속 증발했다. 마침내 대흑산 아래에 와서 핏물을 타고 곧바로 녕결의 몸속으로 들어갔다.

뜨거운 불은 보이지 않았다.

타는 듯한 뜨거움도 느껴지지 않았다.

하지만 눈에 보이지 않는 무형의 뜨거운 기운은 세상을 모두 태울 기세였다.

넝결 몸의 핏물은 빠르게 증발되어 무형의 기체가 되어 흩어졌지만 걸친 옷의 형태는 전혀 변하지 않았다. 옷 밖으로 드러난 팔뚝, 복면 밖으로 드러난 얼굴은 빠르게 붉은색으로 변하고 있었다. 이마에 내려온 앞머리는 노랗게 시들어 갔으며 청석판에 놓여 있던 두 손의 손톱은 수분이 빠르게 빠져나가며 바스락거리기 시작했다.

푸른 잎 하나가 아침 바람에 날려 넝결의 손등으로 떨어졌다. 여전히 윤기가 흐르는 푸르름. 개미 한 마리가 낙엽을 타고 그의 손등으로 올라 반대편으로 내려왔다. 개미는 여전히 살아 있었지만 넝결은 주작상에서 뿜어져 나온 현묘한 무형의 화염에 타죽을 듯이 보였다.

'툭.'

검은 그림자가 내려 깔리며 그 불쌍한 개미가 깔려 죽었다.

아침 바람에 흔들린 대흑산이 넝결의 몸을 덮고, 검은 연꽃처럼 가볍게 바람에 흔들렸다. 우산이 흔들리자 푸른 잎은 순식간에 얼어붙었고 아침 바람을 맞아 무수한 얼음 알갱이로 변해 사방으로 흩어졌다.

절대적이고 음산한 기운이 대흑산에서 퍼져 나와 넝결의 뜨거운 몸속으로 스며들었다.

잠시 후 그의 볼과 팔뚝의 붉은빛이 점점 사라져 눈같이 하얀빛이 나타났다. 황색으로 시들어버린 머리카락에 새까만 윤기가 흘렀고 두 손톱도 다시 빛을 발하기 시작했다.

먼발치 주작상의 두 눈은 여전히 엄숙하게 평온했지만 마치 무엇인가를 감지한 듯 넝결이 누워 있는 방향을 한번 쳐다본 것 같았다.

순간 주작 머리 위의 화려한 깃털 세 개가 나란히 세워졌다. 동시에 넝결의 몸을 덮고 있던 대흑산이 더욱 빠르게 요동치기 시작했다.

**

검은 황원에 검은 바람이 불고 검은 바람이 검은 흙에 휘몰아쳐 공중으로 흩어졌다. 마치 하늘에 떠 있는 태양의 빛이 검어진 것처럼 보였다.

황원의 먼 곳에 검은 설산이 있었다. 검은 태양 아래 끊임없이 녹아내리고 쉴 새 없이 무너져 내렸다. 녹은 눈은 검은 흙과 검은 자갈에 뒤섞여 검은 햇빛을 반사하며 세차게 흘러내렸다. 검은 설산이 곧 무너질 듯했다. 검은 물의 홍수가 천하를 무너뜨리려는 순간 갑자기 밝은 빛이 세상에 찾아오며 한없이 따뜻한 기운을 뿜어냈다.

녕결은 이 공간 어딘가에 서서 망연자실한 눈빛으로 또 어쩌면 담담한 눈빛으로 눈앞에 펼쳐지는 장대한 세계의 멸망 장면을 보고 있었다. 여기가 어디인지는 모르지만 최소한 꿈이 아님은 알고 있었다. 그의 느낌은 뚜렷하면서도 명확했다. 마치 하늘의 절반을 차지하고 있는 광명(光明)을 보며 그것이 광명의 밤인 것을 확신하는 것처럼.

광명의 밤. 하늘의 반을 차지한 빛이 검은 빛을 가리고 또 설산이 녹아 무너지는 속도를 늦추었다. 밤하늘에서 내려오던 음산한 기운은 다시 황야를 휩쓸고 있는 홍수를 응결하기 시작했다. 검은 물은 달갑지 않은 듯 검은 얼음과 검은 눈(雪)으로 변했다.

온 세상이 다시 만들어졌다.

무너져 내리던 검은 설산은 다시 우뚝 섰다. 천지가 고요함을 되찾고 밤은 다시 밤이 가져야 할 색으로 돌아왔다. 황원의 얼음과 눈은 언제 사라졌는지 보이지 않았다. 아무것도 변한 것이 없는 듯 또는 모든 것이 변한 듯 창공의 태양은 온화하게 세상을 비추었다. 봄볕은 설산의 눈을 녹였다. 물과 얼음이 깊은 곳으로 콸콸 스며들어 사라졌다. 황원의 설산 아주 먼 곳에서 작은 물줄기가 솟아올라 졸졸 흐르더니, 점점 퍼져 나가 푸른 하늘을 향해 흘러갔다. 물가에는 허약해 보이지만 더없이 강인한 풀 한 포기가 자라고 있었다.

＊＊

세계는 사라졌고 녕결은 깨어났다. 그는 개미의 시체를 보고 얼음 알갱이로 변해 흩어진 낙엽을 보았다. 그는 힘겹게 몸을 일으키며 생각했다.

'일단 달려야 한다. 최대한 멀리 도망가야 한다.'
'삐익…… 다그닥 다그닥 다그닥.'

멀리서 희미하게 들려오는 관아의 나팔 소리와 말발굽 소리를 들었다. 그는 입술을 깨물고 억지로 정신을 가다듬었다. 그리고 중상을 입은 몸으로 휘청거리며 옆의 골목으로 뛰어 들어갔다. 청석판에 남은 핏물은 이미 자취를 감췄다. 마치 수십 차례의 비에 씻긴 후 봄볕에 말려진 듯 깨끗했다. 녕결의 몸에 묻은 핏자국도 방금 홍수초에서 목욕을 한 듯 모두 사라졌다.
다만 그는 정작 그 이유를 알지 못했다.

'도대체 무슨 일이 생긴 거지?'

그에게는 모호한 인상만 남았을 뿐 주작상과 대흑산 간의 신묘한 싸움에 대한 기억은 조금도 남아 있지 않았다. 옆 골목으로 들어서자마자 그는 칼에 베인 흔적이 가득한 겉옷을 벗었다. 그제야 옷에 핏자국이 하나도 없는 것을 발견했다.

'이게 어떻게 된 일이지?'

녕결은 강한 의혹이 솟구쳤다. 하지만 그는 생각할 시간조차 없었다. 그는 겉옷을 어느 민가에 던져버렸다.
가슴의 통증은 여전했다. 하늘에서 내려온 그 보이지 않는 창이 아직도 그의 가슴에 꽂혀 있는 것만 같았다. 한 걸음 한 걸음 내디딜 때마다 얼굴색이 하얗게 질렸다. 미세한 떨림으로도 창에 관통당해 찢어진 심장의 상처가 터질 것 같은 느낌이었다.

그는 어느 민가의 낮은 담장을 잡고 힘겹게 뛰어넘었다.

새벽잠을 자고 있는 사내가 입고 있던 푸른색 적삼을 벗겨 재빨리 몸에 걸쳤다. 옷을 입으면서 급히 몸을 살폈는데 비검에 베인 상처는 이미 다 아물어 있었다. 하지만 그 모습이 자연스럽게 아문 것이라기보다 불에 타 눌러 붙은 듯했다.

다행히 피는 멈췄지만 부상 정도는 여전했다. 동트기 전 마지막 어둠을 빌려 녕결은 동성 골목을 힘겹게 걸어갔다. 때로는 나무 뒤로 피했고 때로는 처마 끝에 올라가서 점점 더 가까워지는 나팔 소리와 말발굽 소리를 피했다.

마침내 47번 골목에 도착했을 때 그는 자신이 늦었다는 것을 깨달았다. 장안 관아의 아리(衙吏)들이 쏟아져 나왔다. 그들은 쇠사슬을 들고 점포마다 문을 두드렸다.

녕결은 손으로 입을 틀어막아 강한 기침의 충동을 억눌렀다. 골목의 그림자 속으로 들어가 벽에 등을 기댄 채 다급하게 숨을 쉬었다.

'덜컹 덜컹 덜컹.'

마차 한 대가 골목 입구에 나타났다. 마차에는 서원 표식이 선명하게 새겨져 있었다. 어둠 속에 몸을 숨긴 녕결은 매일 자신을 서원으로 데려다주는 이 마차를 주시하며 마음속으로 묵묵히 시간을 계산하고 있었다.

'하나, 둘, 셋!'

마지막 남은 힘을 발에 실어, 벽을 세게 걷어찼다. 허리를 숙인 채 비스듬히 골목 안으로 뛰어들어 번개처럼 마차 장막을 열고 안으로 뛰어 들어갔다. 작은 소란에 골동품 가게 주인에게 무언가를 묻던 아리가 고개를 돌렸다. 텅 빈 골목 입구에는 마차 한 대만 덩그러니 움직이고 있었다.

"이렇게 이른 시간에 마차가?"

골동품 가게 주인이 하품을 하며 아무렇지 않게 대답했다.

"저건 노필재 주인장을 서원으로 모시는 마차입니다.
　매일 이 시간에 저기서 기다리지요."

서원이라는 말에 아리는 자조 섞인 웃음을 지으며 마차로 가려던 발걸음
을 돌렸다.

"이 거리에서 서원에 입학한 사람이 있다니……
　정말 쉽지 않은 일인데."

마차 안에서 아리와 골동품 가게 주인이 대화하는 것을 지켜보던 녕결은
아무 문제가 없음을 확인하고 장막을 내리며 나지막이 말했다.

"단형(段兄), 가시죠."

단씨 성을 가진 마부는 귀신이라도 본 듯 깜짝 놀라며 말했다.

"녕결 학생? 언제 타셨어요? 가게에서 나오는 것을 못 봤는데……
　오늘은 일찍 일어나셨네요."
"예과 교안 복습을 못해서 좀 일찍 가서 하려고요."

녕결은 이 말을 마치고 몸을 숙였다. 급히 소매로 입을 가리고 기침을 했
다. 답답하면서도 가슴이 찢어질 것 같은 기침 소리. 마부는 걱정스러운
얼굴로 물었다.

"괜찮으세요?"

"어제 너무 더워 얼음물을 두 번 끼얹었었더니……."

"열상풍은 위험하죠. 그래도 젊고 화(火)가 많아 그런 것이니
  저녁에 돌아와서 맑은 냉차 한잔 드시면 괜찮아지실 거예요."

화가 많다는 소리를 듣고 녕결은 저도 모르게 두려움이 생겼다. 고개를
숙여 자신의 소매를 바라보았다. 그곳에 피가 묻어 있는 것을 발견하고
손으로 소맷자락을 감싸 쥐었다.

       ★ ★

장안의 남성은 청아한 지역이다. 그 호숫가의 작은 건물은 그중에서도 더
청아했는데 그런 곳에 살 자격이 있는 사람은 부유한 상인이거나 귀인이
었다.

    차예사 안숙경은 조정에 들어가지는 못했지만 상류층에서는 제
법 명성이 있었다. 그 건물에서 시끄러운 소리가 나고 이웃이 안숙경의
잘린 머리를 발견하자마자 장안 관아와 우림군은 곧바로 수사에 나섰다.
이때는 성문이 열린 지 얼마 되지 않은 시간이라 흉악범을 성 안에 가두
기 좋았다. 관아 아리들은 골목 곳곳을 탐문했고 우림군은 대로의 길목을
지켰다. 성문의 검열은 한층 더 강화되었다. 하지만 엄격한 검열도 예외
는 있는 법. 적어도 서원 표식이 있는 마차를 수색할 군사는 거의 없었다.

    굳은 표정의 군사는 마부에게 그저 몇 마디 물은 후 손을 흔들어
통과를 지시했다.

    '몸에 핏자국이 남아 있었으면 큰일 날 뻔했네.'

아침 첫 햇살이 장안성에 내려오고 청아한 소년의 얼굴을 비춰 창백한 얼
굴을 더욱 창백하게 만들었다. 녕결은 눈을 가늘게 뜨고 저 세상의 검은
햇빛을 떠올렸고, 오늘 새벽 자신에게 일어난 수많은 난해한 일들을 생각

하며 마차 바닥에 칼을 숨겼다.

　　마차가 서원에 도착했다. 녕결은 평소처럼 서원 안으로 향했다. 꽃향기 가득하고 풀이 무성한 돌길이 오늘따라 너무 길게 느껴졌다. 걸을 때마다 고통이 느껴졌지만 태연한 표정을 지었다.

　　'수업을 들어가진 못하겠어.'

녕결의 발걸음은 구서루로 향했다. 아직 때가 이르니 구서루 교관도 네 명의 집사도 보이지 않았다. 녕결은 스스로 문을 연 다음 벽을 짚으며 매우 힘겹게 위층으로 올라갔다. 서가에 꽂힌 책을 보니 순간 강렬한 독서 충동이 솟구쳤다.

　　'이곳에 오는 것이 내 생애 마지막일지도 모른다. 이 소중한
　　책들을 보는 기회도 마지막일 수도……'

하지만 그는 서가에서 책을 꺼낼 수 없었다. 그는 힘겹게 서가 끝으로 걸어가서 서쪽 창가 아래 늘 앉던 바닥에 털썩 주저앉았다.

　　'잠시 후 여교수가 오겠지? 그녀에게 뭐라고 설명하지? 아니지,
　　어차피 이대로 눈을 감으면 다시 깨어나지 못할지도 모르는데
　　그런 고민을 할 필요가 있을까?'

출혈이 많은 탓인지 녕결의 머릿속은 혼란스러웠다. 마치 멍청한 백치가 된 것 같았다. 마치 봄바람에 제멋대로 흩날리는 버들가지처럼 좀처럼 방향을 찾지 못했다. 그는 고개를 숙여 자신의 가슴을 멍하니 바라보았다. 무언가 속이 텅 비어 있는 느낌.

　　감당하기 힘든 찢어지는 고통을 느꼈다. 떨리는 손을 들어 그곳을 천천히 만져 보았다. 창공에서 날아든 창도 검붉은 피도 만져지지 않았다. 하지만 자신의 손이 끈적끈적한 피범벅이 되는 느낌을 받았다. 그리고

자신의 가슴에 확실히 창이 내려 꽂혀 구멍이 뚫렸다는 확신이 생겼다.

보이지 않는 큰 구멍.

'이렇게 영문도 모르고 죽는 걸까?'

고통스러웠다. 고통과 함께 졸음이 밀려왔다. 눈꺼풀이 납처럼 무거워지면서 계속 아래로 감기려 했다. 그는 등 뒤의 대흑산을 풀어 옆에 두고 벽에 기대 두 눈을 감고 자연스럽게 다리를 쭉 폈다.

'비오는 날 탁이가 회색 담장 옆에서 이런 느낌이었을까?'

가볍고 부드러운 발자국 소리.

단정한 차림새의 여교수가 천천히 자신에게로 걸어 왔고 그녀는 벽 아래 앉아 있는 녕결을 보고 놀란 표정을 지었다. 곧바로 그녀의 시선이 대흑산 위로 떨어졌다. 그녀의 눈길이 다시 녕결에게로 향했을 때에는 온화한 얼굴에 호기심이 가득했다.

"주작을 화나게 한 것이…… 너냐, 아니면 검은 우산이냐?"

그녀는 죽음을 앞둔 소년을 구해줄 마음이 없는 듯 가볍게 한숨을 쉬며 안타깝게 말했다.

"정말 궁금하네. 수행에 자질이 전혀 없는 불행한 소년이 왜 나도 알아차리지 못한 비밀을 이토록 많이 가지고 있는지. 어떤 약속에 묶여 있기에…… 안타깝게도 난 널 도울 수가 없어. 하지만 네가 살 수 있다면 미래에 어떤 모습으로 변할지 정말 보고 싶구나."

청아한 눈매에 나이에 어울리지 않는 아름다운 모습을 가진 여교수는 바닥에 앉아 있는 녕결을 보며 담담하게 말을 이었다.

"내가 대신 병가를 신청해주마. 그리고 호천께서 행운을 내려
정말 네가 살 수 있기를 바란다. 하지만 이번에 살아남지
못한다고 하더라도 나를 너무 탓하지 말거라. 그건 네가 일이 년
일찍 나타난 탓일 뿐."

잠시 후 그녀는 맑은 물 한 그릇과 만두 두 개를 그의 곁에 놓아두고, 여
느 때처럼 동쪽 창가에 있는 책상으로 가서 잠화소해체를 베끼기 시작했
다. 마치 그녀와 멀지 않은 곳에 곧 죽음을 맞이할 소년이 있다는 것을 전
혀 모르는 듯이.

창밖의 아침 햇살이 점점 더 화사해지고 매미 울음소리는 점점 더
커지고, 초여름의 더위에 기온도 점점 올라가고 있었다.

대신과 귀인들이 거주하고 있는 장안성의 치안은 더없이 좋았다. 춘풍정
사건은 황제의 묵인 하에 이루어진 일이었기에 논외로 하고, 손바닥을 베
는 공식적인 결투 외에는 비정상적인 사망 사건이 일어나는 경우가 극히
드물었다.

그래서 남성 호숫가 살인 사건이 일어나자 장안 관아에는 긴장감
이 흐르기 시작했다. 신임 사법 참군은 검시관을 데리고 부검을 했다. 백
여 명의 아리들은 땀을 뻘뻘 흘리며 장안 거리를 뛰어다니고 있었다. 당
연히 새로 부임한 장안 부윤 상관양우의 안색도 좋을 리 없었다.

"대인, 전문가의 소행으로 보입니다. 주변을 조사했는데
아무런 단서를 찾지 못했습니다. 하지만 주작대로 뒷골목에서
옷 하나를 발견했는데 범인의 것으로 추정됩니다."

사건을 맡고 있는 관원이 낡아 빠진 옷을 건네며 난처하게 말했다.

"관원들이 일을 잘 못하는 것이 아닙니다. 우림군도 같은
상황입니다."

"경험이 많은 관원에게 이 옷에 대해 조사하도록 시켜라.
옷감에서 실마리를 찾을 수 없으면 바느질에서 찾아라."
"이미 조사하였는데 이 옷은 기성복입니다. 몇 년 전에
생산된 것인데 엄청 많이 팔렸습니다. 그래서…… 어떤 단서도
찾을 수 없었습니다."
"조정에서 관원들을 키워낸 것은 일을 하기 위함이다.
조사하기 힘들면 조사를 안 해도 되는 것인가?"
"대인, 흉악범이 남긴 이 겉옷에는 무수한 구멍이 나 있는데,
이상하게 혈흔이 한 방울도 묻어 있지 않습니다. 소인의
판단으로는 두 가지 가능성밖에 없습니다."
"말하라."
"첫 번째 가능성은 이 흉악범이 아주 튼튼한 연갑을 입고 있는
것입니다. 허나 몇 군데 찢어진 위치를 보면, 제국 최고의
연갑이라고 해도 거기까지는 방어하기 힘들었을 것입니다."

부하는 더욱 목소리를 낮추며 설명했다.

"그럼 두 번째 가능성만 남은 건데…… 이 흉악범이 무도 정상의
강자이고 군용 칼이나 심지어 비검도 그의 옷만 베었을 뿐 그의
호신 원기층을 뚫지 못한 것입니다."

상관양우는 부하를 바라보는 눈빛이 순간적으로 차가워졌다. 그런 강자
는 제국에서도 몇 명 찾아보기 힘들었기 때문이다.

"무슨 헛소리를! 그 정도의 무도 강자는 대당에 공훈을 세운
네 명의 대장군들밖에 없다. 그분들은 어명을 받고 줄곧 국경
지대를 지키고 있고 설령 그분들이 지금 장안에 있다고 하더라도,
넌 지금 그분들이 이 살인을 저질렀다고 말하고 싶은 것이냐!"

부하는 연신 허리를 굽히며 그런 뜻이 아니라고 부인했다.

"타국의 무도 강자라면…… 더욱 불가능해."

상관양우의 표정이 더욱 어두워졌다.

　'그런 자가 장안에 들어오면 조정이 엄격하게 감시할 터.
　조금이라도 이상한 짓을 하면 국사(國師) 대인께서 그들을 직접
　진압하셨을 텐데…….'
　"이것도 아니고 저것도 아니고, 그렇다면 무엇이 가능합니까?"
　"일반적인 절차에 따라 호숫가 살인 사건은 먼저 기록을
　잘 보관하고, 그 후로 너희들이 열심히 사건을 조사해서 조속히
　해결해라."

상관양우는 '조속히 해결해라'에 방점을 찍었다.

　'설령 조속히 해결하지 못 하더라도 조정 상층에서 물어보지
　않으면 누가 신경이나 쓰겠어? 시간이 지나면 다 잊힐 일.'

진범이 무도 강자일지도 모른다는 말을 들은 후, 신임 장안 부윤 대인의
마음에는 사건을 해결할 마음이 많이 사라졌다. 만약 사실이라면 이 사건
은 반드시 시끄러워질 것이다. 이 사건이 매우 광범위한 사람에게 엮여
있다면 장안 관아가 단독으로 해결할 문제가 아닐 터. 만약 다른 부(部)에
서도 나서지 않는다면 조정에서 누군가 이 일은 조용히 끝내고 싶어 한다
는 방증일 것이다.

　"성은이 망극합니다."

그는 두 손을 모아 북쪽을 향해 예를 올렸다.

"하관을 사법 참군에서 장안 부윤으로 승진시켜주셨습니다. 폐하께서 소신에게 이렇게 큰 은혜를 내려주셨으니 소신이 어찌 감히 폐하께 폐를 끼치겠습니까."

* *

남성에는 황색 벽돌로 만들어진 오래된 탑이 있다. 곳곳에 부서진 흔적이 있었고 푸른 담쟁이덩굴도 뒤엉켜 있었다. 언제 무너져도 이상하지 않지만 이 낡은 탑은 여전히 작은 사찰 사이에 세워져 있었다. 매년 봄 장안에는 수많은 기러기가 남쪽에서 돌아온다. 기러기는 고산군 심양호(潯陽湖)에서 여름을 보내기 전 늘 장안성을 지나 이 오래된 탑 주위를 맴돌았다.

물가에서 생활하는 기러기들이 번잡한 장안성에 나타나 이 탑에 관심을 가지는 이유는 아무도 알 수 없었다.

장안의 백성들은 시간이 지나면서 이 풍경에 자연스럽게 익숙해졌다. 그래서 그 탑은 기러기 탑이라는 뜻으로 만안탑(萬雁塔)이라고 불렸다.

만안탑 꼭대기에는 청동 불상과 경전들, 그리고 필묵과 함께 승려 하나가 살고 있었다. 승려는 탑에서 내려오는 일이 드물었고, 뒤뜰에서 불교에 관심 있는 부인들과 만나는 일은 더욱 드물었다.

그는 황양 대사(黃楊大師)라 불렸고, 대당 황제의 의형제 어제(御弟)였다. 높은 신분이지만 오늘 그는 자신과 버금갈 정도의 귀인을 손님으로 맞이했다. 대당 국사 이청산은 책상 앞에서 경전을 베끼고 있는 승려를 보며 말했다.

"어젯밤에…… 주작이 깨어났습니다."

황양 대사는 고개도 들지 않고 담담하게 답했다.

"선현들이 남긴 신물(神物)은 그 움직임에 자연히 진의(眞意)가

있는 법. 아직도 속세에 갇혀 사는 우리 같은 속인(俗人)들이
어찌 그 뜻을 알겠습니까? 청산 도형(道兄)도 스스로 걱정거리를
만드실 필요가 있을까요?"
"속세에 몸을 담고 있는데 어떻게 속세의 일에 휩쓸리지 않을 수
있을까요?"

황양 대사는 고개를 들더니 갑자기 동문서답을 했다.

"폐하께서 궁에 계시는데 당신은 어찌 궁에서 나왔습니까?"
"규율은 죽어 있는 것. 사람이 죽은 것에 구속되어서는
안 됩니다. 폐하께서 대부분 궁에 계신다고 저도 매일 궁에
갇혀 있어야 할까요? 당신도 날마다 만안탑에 숨어 경전을 보며
수행만 하고 있지 않습니까? 전 대당 국사이기도 하지만 호천도
남문의 주인이기도 하니 할 일이 많습니다. 그리고 장안에서 누가
감히 폐하께 누를 끼칠 일을 저지르겠습니까?"
"호천도 남문이라…… 대당은 억지로 호천도에서 남문을
갈라 나오게 했는데, 당신이 매년 서릉에 갈 때마다 어떻게
그 호천 대신관(大神官)들의 따가운 시선을 막아낼 수 있는지
놀라울 따름입니다."
"눈을 감고 신전 위에 앉아서 사숙(師叔) 사백(師伯)들의 얼굴을
보지 않고 그분들의 말도 듣지 않고, 도화나무가 없는 도화산에
서서 깊은 산속 장엄한 종소리를 듣지 않으면 됩니다.
더구나 남문에서 매년 은자도 바치는데, 설마 저를 반역자로
죽이겠습니까? 그렇게 하려면 서릉의 그 도사 늙은이들이 우리
대당 제국을 먼저 멸망시켜야 하겠지요."

황양 대사는 웃었지만 더 이상 아무 말도 하지 않았다.
호천도 남문은 대당 제국과 서릉 신전 사이의 균형을 상징했고,
더 정확히 말하면 대당 제국이 종교 전쟁에서 얻은 최고의 승리를 표상했

다. 그러니 세상에 오래 존재할수록 서릉 호천도 고인(高人)들이 더욱 난 감해진다. 하지만 황양 대사는 불종을 수행하는 입장에서 이 일에 대해 너무 많은 견해를 밝히는 것은 부적합하다고 생각했다.

"어젯밤 주작이 깨어났습니다."

이청산은 다시 대화를 이전의 화제로 돌렸다.

"걱정하는 것을 원하든 원치 않든 이미 많은 사람들을 놀라게
했습니다. 전 대당의 국사로서 조정의 물음에 답해야 합니다."

황양 대사는 책상 위에 펼쳐진 불종 경전을 바라보았다. 경전 위에 주사 심혈(朱砂心血)로 쓰인 붉은 먹 글씨를 보며 침묵하다가 갑자기 답했다.

"그래서 저에게 답을 찾으러 왔습니까?"
"주작이 깨기 전 남성에서 검사 한 명의 머리가 잘렸습니다."

이청산은 좁은 탑의 끝으로 가서 작은 창을 통해 창밖을 바라보았다.

"죽은 검사는 전(前) 군부 문서 감정사. 그가 서릉을 모셨고
그의 검결은 호천도 남문의 것이라는 사실을 아는 사람은 많지가
않습니다. 하지만 관건은 그것이 아닙니다. 제가 서릉을 대신해
제국에 죄를 물을 이유도 없고. 제가 관심이 가는 것은 그 검사가
죽기 전에 검기를 이용해 범인의 겉옷을 찢고 상처를 입혔는데,
그 범인은 피 한 방울 흘리지 않았다는 점입니다."
"무도 정상의 강자?"
"제국의 무도 강자들이 그럴 리 없고 남진이나 대하국,
연국 출신의 무도 강자들은 조정의 감시 속에 있으니 그럴
가능성은 희박합니다. 그래서 의심되는 것이…… 월륜국의

수행 승려가 잠입해서 저지른 짓이 아닌가……."

황양 대사는 미소를 지으며 다시 한 번 물었다.

"그래서 저에게 답을 찾으러 왔습니까?"
"세간에 당신이 황야에 있는 불가지지(不可知地)에 갔었다는
말이 있던데, 사실 전 그것이 소문이 아니라 진실이라는 것을
압니다. 따라서 월륜국 수행 승려에 관한 일이라면 당연히
당신에게 물어봐야겠지요."
"전 공식적으로 대당 평주(平州) 관아 사람입니다. 그리고
월륜국 수행 승려가 괜히 장안성에 침입해 살인을 하는 모험을
저질렀다는 것 또한 믿을 수 없습니다."
"그럼 살인범의 옷에 피 한 방울 묻지 않은 일을 어떻게
설명합니까?"
"주작이 분노해서 깨어났고 천지의 숨결을 응집해 무형의 불로
만들었습니다. 그 불은 만물을 태울 수 있는데 하물며 핏자국
따위는 말할 것도 없지요. 어쩌면 그 살인범은 이미 잿더미가
되었을지도 모릅니다."

대당의 어제, 불법에 정통한 승려의 담담한 서술이 바로 사건의 진상을
꿰뚫고 있었다.
　　하지만 그렇다고 모든 것이 다 설명되는 것은 아니었다. 이청산은
미간을 찌푸리며 물었다.

"주작을 깨어나게 하고 또 분노하게 할 수 있는 사람이 세상에
몇이나 될까요? 만약 정말 전설 속의 인물들이 와서 그렇게
한 것이라면 그들이 왜 살인을 저질렀을까요? 또 왜 아무런
전조도 없었을까요?"
"그래서 제가 처음에 말하지 않았습니까? 속세에 갇혀 사는

우리 같은 속인들이 그 진의를 어찌 알겠느냐고. 장안에 왔을지도 모르는 그 전설 속의 인물이 지명의 경지를 뛰어넘어 천계나 무거의 경지라면 그분의 목적을 당신이나 나 같은 사람이 짐작할 수 있는 것이 아닙니다."

성현(聖賢), 신물(神物), 천계(天啓), 무거(無距). 이 현묘한 단어들이 만안탑 꼭대기의 좁은 공간에 메아리쳤다. 그리고 그들은 대당 국사와 불종의 대사라 할지라도, 이런 세속을 벗어난 존재에 대해서는 침묵할 수밖에 없었다.

"천계 13년은…… 정말 평온할 날이 없군요."

이청산이 한숨을 내쉬며 침묵을 깼다.

"별일 아닌 듯하지만 마음이 불안하니 점이라도 쳐야 하지 않나
싶습니다."
"불종의 제자는 '선(禪)'을 수행하지 '명(命)'을 수행하지 않습니다.
전 점을 믿어본 적도 없고, 또 당시 흠천감이 별을 보고 내린
판단으로 얼마나 큰 파문이 일어났는지 잊지 마세요. 지금
생각해봐도 어둠이 별빛을 가리니 나라가 망할 것이라는
말은…… 정말 황당무계합니다."

이청산은 창밖에 유유히 떠다니는 구름을 보며 말했다.

"구름에 호흡이 있고 마음이 있고 또 별들의 움직임에 뜻이
있습니다. 지금 황당무계해 보이는 운명의 추측도 운명이 다음
고비를 직면할 때가 오면 그 추측이 황당무계한 것이 아니라
운명이라는 것 자체가 그 본질상 황당무계해지기 쉽다는 것을
깨닫게 될 것입니다."
"설령 국사 대인의 말씀이 틀리지 않더라도 또 아무리 하늘의

뜻을 엿보는 재주가 있더라도 자신의 명(命)을 대가로 치러야
한다는 것을 잊지 마세요. 흠천감이 무수한 풍파를 일으켰을
때 황후 마마께서 자신의 결백을 증명하기 위해 점을 쳐 달라
부탁했음에도 승낙하지 않았던 대인이 오늘은 어찌하여
스스로의 명을 줄이려 합니까?"

"천기를 예측할 수 없습니다. 그리고 나 이청산은 대당의
성대함을 몇 년이라도 더 보고 싶은데 어찌 스스로의 명을
재촉하려 하겠습니까…… 하지만 큰 병을 앓는 한이 있더라도 이
판 위에 어떤 변수가 놓였는지는 보고 싶군요."

황양 대사는 속으로 한숨을 쉬었지만 더 이상 상대를 막으려고 하지는 않
았다. 그는 책상 위 불경과 필묵을 치우고, 바둑판과 바둑알을 꺼내 책상
위에 올려놓았다. 이청산은 창에서 몸을 돌리고 바둑알을 한 움큼 쥐었
다. 소매를 흔들어 흑백의 바둑알을 바둑판에 던졌다.

'촤락.'

수십 개의 무광 바둑알이 목조 바둑판에 부딪쳐 회전하다가 오랜 시간이
지나서야 잠잠해졌다. 바둑알은 운명의 뜻에 따라 묵묵히 자신의 자리를
찾았다.

이청산과 황양 대사의 시선이 동시에 바둑판 위로 떨어졌다.

바둑판의 종횡선은 인간 세상이 가는 길, 바둑알은 여객의 마차.
마차가 길목에 머물며 친구가 되거나 적이 되거나, 또는 차 한 잔을 마신
후 다시 만나지 않거나…… 언제나 같이 평온하기도 하고 또 분쟁이 일어
나는 것도 여전하다. 오직 마차 한 대가 하늘로 통하는 큰길 한복판에 서
서 전진하지 않고 또 물러서지도 않았다. 동행한 여객들과 인사도 하지
않고 또 소란을 피울 마음도 없어 보였다. 그저 침묵하며 길을 막고 서 있
다. 이 길의 막힘이 종횡무진 교차하는 길들을 달라 보이게 만들었다.

남쪽으로 향하는 사람은 남쪽으로 갈 수 없고, 서쪽으로 가는 사

람은 서쪽에 다다를 수 없다. 칼을 빼 든 이는 적을 만날 수 없고, 사랑하는 연인은 서로 안을 수 없다. 평온이 어색해지고 분쟁이 혼란스러워진다.

"이것이 바로 그 변수인가?"

검은 바둑알 하나. 종횡의 선들 사이에서 침묵하며 서 있는 검은 색 마차.

대당 국사의 표정은 아무런 변화가 없었지만 눈에 보일 정도로 창백해진 얼굴색은 곧 큰 병이라도 앓을 듯했다. 이청산의 지치고 쉰 목소리가 침묵을 깨뜨렸다. 그의 목소리는 공허했고 희비의 감정을 알아볼 수 없었다.

"이 변수는…… 곧 죽는다."

황양 대사는 잠시 그 검은 바둑알을 보다가 천천히 두 손을 합장하여 자비로운 표정을 지었다. 이때 이청산의 눈동자에 이색의 기운이 스쳐갔다.

"아니야. 또 변수가 있다."

＊＊

밤이 되었지만 여름의 더위는 가시지 않고 창밖의 매미 울음소리는 여전했다.

구서루 2층은 여느 때처럼 고요했고 동쪽 창가의 그 청수하고 가냘픈 여교수는 어느새 자리를 떠났다. 서쪽 창가 아래서 죽음을 앞둔 소년은 여전히 벽에 기대어 앉아 창백한 얼굴로 두 눈을 질끈 감고 있었다. 이제 곧 영원한 꿈나라로 빠져들 것처럼.

멀지 않은 곳, 벽에 붙어 있는 서가 옆면의 복잡한 무늬가 번쩍이며 소리 없이 옆으로 미끄러져 나갔다. 잠시 후 여름 학포를 입은 뚱보 소년이 헐레벌떡 그곳을 비집고 나왔다. 힘겹게 쭈그리고 앉아 서가 가장 아랫줄에서 〈오섬양론호연검〉을 꺼내려던 참에 뚱보 소년의 눈빛이 번 뜩이며 돌아섰다. 멀지 않은 곳, 벽에 붙어 꼼짝도 하지 않고 잠든 소년을 보았다.

뚱보는 감탄했다.

"서원에 녕결보다 더한 놈도 있는 거야?"

＊＊

마음 속 깊은 곳부터 믿어 왔던 어떤 인과 규칙 때문에 녕결은 오늘 자신 이 죽을 것이라는 사실을 믿지 못했다. 하지만 오늘 입은 상처가 너무 심 했고, 가슴에 박힌 그 무형의 장창(長槍)은 이미 그의 인지 범위를 넘어섰 다. 그래서 그는 이 세상에 온 지 16년 만에 어쩔 수 없이 본격적으로 죽 음을 직시해야 했다. 그는 마지막 정신의 끈을 잡으며 어렵게 눈을 떴다.

마지막 남은 힘으로 고개를 돌려 주변을 살폈다. 지금 그가 명계 (冥界)에 있는지, 세상에 정말 명계가 존재하는지 보고 싶었다. 그의 눈에 들어온 것은 이전 생에서 보았던 고향의 보름달같이 동그랗고 큰 얼굴. 그 얼굴은 가까운 허공에 나타났고 동그란 얼굴에 파여 있는 눈은 두 개 의 작은 점처럼 보였다.

작은 점에는 의심과 호기심으로 가득한 빛이 번쩍였다. 그리고 그 빛은 그를 주시하고 있었다.

"명계의 야차(夜叉)는 검다고 들었는데 아직 내가 죽지는
않았나 보네. 그럼 넌 누구지?"

놀란 이는 녕결이 아니라 진피피였다. 그는 눈을 동그랗게 뜨고 상대방의 창백한 얼굴을 바라보며 말했다.

"네가 누군지 내가 더 알고 싶은데."

넝결은 떨리는 손으로 답답하고 고통스러운 가슴을 만졌다. 눈동자를 돌려 주위를 살폈다. 아직도 구서루 2층, 창밖은 이미 어둠이 짙게 깔렸다. 창가의 여교수는 이미 떠나버렸다.

'여교수는 왜 날 못 본 척했을까…… 그리고 이런 밤중에 누가 이곳을……?'

그때 넝결의 머릿속에 어떤 생각들이 스쳐갔다. 그는 뚱보 소년을 보며 쉰 목소리로 물었다.

"진피피?"

진피피는 눈을 더욱 크게 떴다. 그래봐야 녹두에서 강낭콩으로 바뀐 정도였지만.

"넝결?"
"그래."

넝결은 보름달 같은 둥근 얼굴을 뚫어지게 쳐다보았다. 그리고 갑자기 눈에서 강렬한 화염이 솟아오르며 쉰 목소리로 사력을 다해 외쳤다.

"내가 죽는 것을 보고 싶지 않으면 어서 날 구할 방법을 생각해 봐!"

진피피는 왜 구해 줘야 하는지 묻지 않았다. 일면식도 없었지만 이미 그는 넝결의 성품을 알고 넝결에게 마음이 기울어 있었기 때문이다. 진피피는 넝결의 손목에 손가락을 얹고 잠시 침묵했다. 불가사의한 눈빛으로 넝결의 눈을 쳐다보며 물었다.

　　"이렇게 큰 부상을 입고도 어떻게 죽지 않았지?"
　　"아직 안 죽었다는 것이 죽지 않는다는 아니잖아. 나 곧 죽을 거야.
　　　백치, 계속 헛소리나 지껄일 거야?"
　　"백치, 이렇게 큰 부상을 입었는데 왜 장안성에서 치료하지 않고
　　　서원에 온 거야? 설마 일부러 나한테 와서 구해달라고
　　　하는 거야?"
　　"왜? 안 돼? 너 천재라며?"
　　"천재와 의술이 무슨 상관이야?"
　　"네가 낸 첫 번째 문제가 처방전이었잖아."
　　"처방은 안 죽은 사람을 치료하는 거지. 넌 이제 곧 죽을 몸이라
　　　어떤 처방전도 널 살릴 수 없어."

녕결은 정신이 혼미해져 이미 시야가 흐려지고 있었다.

　　"여기 온종일 누워 있었는데, 결국 서원에서는 아무도 나를
　　　신경 쓰지 않았어. 평소 그렇게 온화하던 여교수조차 무정하게
　　　나를 버리고 갔네. 그러니 넌 절대로 날 두고 갈 수 없어."

진피피는 녕결 옆의 맑은 물과 만두 두 개를 보고 말했다.

　　"사저(師姐)는 성품이 온화하고 조용하지. 뒷산 초가집에
　　　혼자 살고 말이 적은 편이지만, 그렇다고 널 버리고 가지는
　　　않았을 텐데……."
　　"대신 해명할 필요 없어. 서원은 당연히 냉담함 대신 온화함을
　　　추구하겠지."

녕결은 어두운 별빛 아래 더욱 모호해져가는 진피피의 둥근 얼굴을 보며

자조적인 웃음을 지었다.

　　"어차피 내 목숨은…… 너에게 달렸어."

이 말을 남기고 녕결의 눈꺼풀과 두 어깨가 아래로 처졌다. 녕결은 곧바로 깔끔하게 다시 의식을 잃었다. 진피피는 입을 벌린 채 기가 막히다는 표정을 지었다.

　　"이게 뭐야? 유언 한마디 없이 죽는다고? 이건 날 괴롭히는 거지.
　　이건 생떼야! 너처럼 구는 놈이 어뎄어!"

그는 화를 내며 몸을 쭈그리고 앉았다가 이내 아예 엉덩이를 깔고 바닥에 털썩 앉아버렸다. 그리고 손을 펴서 다섯 개의 통통한 손가락을 녕결의 가슴에 수십 번 대었다 뗐다. 진맥을 통해 녕결이 심한 부상을 입었다는 것은 짐작했지만 이번 동작으로 그 부상이 정확히 가슴과 기해설산 사이에 위치한다는 것을 알아냈다.
　　보통 사람은 물론이거니와 수행자들에게조차 치명적인 위치.
　　진피피는 아무리 봐도 천재로 보이지 않았지만 그는 확실히 서릉과 서원에서 공통으로 양성하고 있는 절세의 천재였다. 천재의 가장 중요한 기질은 자신감이다. 물론 그 자신감에서 발현되는 교만은 별로지만. 진피피의 자신감은 다방면에 걸쳐 있었다. 그는 녕결이 죽지만 않았다면 자신이 녕결을 치료할 수 있을 것이라 확신했다.

　　'기해설산의 치명상? 내가 천하계신지(天下溪神指)를 쓰고,
　　서원의 불기의신수(不器意信手)를 통해 천지의 원기를 모으면 불과
　　몇 초 안에 널 치료할 수 있지.'
　　"악!"

진피피는 갑자기 괴성을 질렀다. 숯불에라도 닿은 것처럼 재빨리 손을 거

됐다. 의심 가득한 눈길이 녕결의 가슴에 내려앉았다. 미간에 몇 겹의 주름이 잡혔다. 표정이 심각하게 굳어졌다.

"너무 이상해…… 너무 이상해…… 너무 이상해, 이럴 리가
없는데……."

살짝 벌어진 두툼한 입술이 쉴 새 없이 벌름거렸다. 진피피는 점점 자신감이 사라지며 목소리마저 떨리고 있었다.

"맹렬한 검의가 너의 몸으로 들어가 네 살과 피 그리고 내장을
파괴했지. 하지만 널 다치게 한 이는 기껏해야 동현 경지인데,
네 몸에 남은 검의가 어찌 내 천하계심지에 저항할 수 있는 거지?
스승님께서 내게 주신 군자불기의는 왜 아무런 소용이
없는 거지?"

녕결이 대답할 리 없었다.

"이 검의는 확실히 날카롭긴 하다. 수행자가 마지막으로 날린
필살의 일격이야. 수행의 자질도 없는 놈이 수행자를 이 지경까지
몰다니…… 너도 대단하긴 한데 일단 내가 널 고치지 못하면
내 앞에서 자랑도 못할 것 아니야?"

진피피는 갈피를 잡지 못해 홀로 중얼거렸다.

"잠깐! 네 가슴 속에 맴도는 이 음산한 기운은 또 어디서 온 거지?
어떻게 나의 도심(道心)을 건드릴 수 있지? 아니야! 어떻게
이렇게 뜨거운 기운이 있는 거지? 이 파멸적인 기운은 도대체
어디서 온 거지?"

진피피로서도 이해할 수 없는 일이었다.

> '도대체 무슨 일을 당한 거야? 네 몸에 왜 이렇게 기이하고
> 공포스러운 현상이 일어나고 있는 거지?'

그는 점점 놀란 기색을 거두었다. 두 눈을 감고 두 손을 천천히 무릎 위에 얹었다. 그리고 지금까지 알아낸 것을 생각하기 시작했다. 가끔 통통한 두 손을 들어 몸 앞의 허공에 의미를 알 수 없는 손도장을 조심스럽게 찍으면서 녕결 몸 안의 상태를 계속 살폈다.

시간이 얼마나 지났을까. 진피피는 갑자기 눈을 떴다. 하지만 그 두 눈에서 평정은 찾아볼 수 없었다. 끝도 없는 어리둥절함과 망연자실만이 배어 있었다.

그의 판단은 이랬다.

녕결은 수행자의 검의로 가슴에 중상을 입었다. 그리고 어떤 강하고 절대적으로 뜨거운 힘이 검의로 뚫린 가슴의 통로를 거쳐 직접적으로 녕결의 몸 안에 침입했다. 모든 혈자리가 꽉 막힌 녕결의 둔탁한 설산을 순식간에 파괴했다.

이치대로라면 기해설산이 부서지면서 녕결은 바로 죽었어야 했다. 하지만 어찌된 일인지 녕결의 몸 안으로 어떤 강하고 절대적으로 음산한 기운이 들어오면서 기존의 설산이 무너져 녹는 동시에 또 다른 설산을 만들어내었다.

진피피는 천재였다. 그는 녕결이 겪은 일을 눈으로 보지도 않았다. 국사 이청산처럼 명을 단축하면서까지 바둑알을 던져 점을 치지도 않았다. 그는 단지 녕결의 부상을 보고 당시의 상황을 비슷하게 추리했다. 다만 녕결의 상처가 어떻게 만들어졌는지 알았다는 것이 이런 상처를 치료할 수 있다는 의미는 아니었다.

> "체내 설산이 파괴되었는데 즉사하지 않고, 곧바로 다른 설산이
> 만들어졌다…… 아마 지수관의 대강신술도 이렇게까지는 못할

것 같은데. 호천신휘(昊天神輝)가 범인(凡人)의 혈을 통하게 하는
것이 아마 이런 파멸적인 재생의 길을 걷는 것이 아닌가 싶네."

진피피의 눈빛에 의혹의 기색이 더욱 짙어졌다.

"하지만 이놈의 몸 안에 호천광휘의 기운은 하나도 없는데?
그럼 서릉의 대신관 몇이 장안에 왔다고? 설령 그들이 갑자기
백치가 되어 왔다고 쳐도…… 그들이 반평생 수행한 경지를
소모하며 네놈의 혈을 뚫어줄 리가 없잖아!"

진피피는 기가 막힐 따름이었다.

"대강신술도 아니고 호천신휘도 아니라면 누가 네 몸에
손을 댄 거지? 현공사? 아니지, 그 대머리 승려들은 염불만 할
줄 알지 이런 수법은 없어. 마종? 불가능해. 지수관 스승……
어르신? 힘들어. 이렇게 신묘한 수법은 부자(夫子)께서나 하실
수 있을지 모르겠는데, 스승님은 지금 대사형과 여행 중이신데
벌써 돌아올 리가 없지."

그는 소리를 질렀다.

"이게 도대체 어떻게 된 일이야!"

진피피는 살찐 손가락으로 고통스럽게 머리를 긁었다. 그 모습이 마치 피
곤하고 늙은 소가 고통스럽게 연나라의 검은 흙을 쟁기질하는 것처럼 보
였다.
　　하지만 사실 지금 이 순간 가장 중요한 문제는 그것이 아니었다.
　　진피피는 알고 있었다.
　　녕결 체내의 기해설산이 파괴되어 다시 만들어지는 것이 겉으로

는 마치 거대한 기회를 얻은 것처럼 보이지만, 호천신휘의 보호가 없는 상황에서 이런 난폭한 파멸과 재생의 과정은 기본적으로 죽음과 같다. 지금 녕결의 설산은 언제 무너져도 이상하지 않을 정도로 불안정했다. 그의 숨결은 허무에 가까울 정도도 약했다. 이미 생기라는 것을 잃어버린 듯했다.

'이놈이 살아남으려면 어떻게든 생기를 불어넣어야 하는데…….'

천지간의 원기에도 삶과 죽음의 균형이 있다. 그런데 도대체 어디에서 난데없이 한 사람을 살릴 생기를 찾을 수 있단 말인가. 전설 속에서나 존재하는 어느 기이한 섬에서 만 년 동안 천지 원기를 먹고 자란다는 꽃의 열매를 찾아야만 이제 곧 죽음에 이를 녕결이 실낱같은 희망을 가질 수 있을 것 같았다.

'그 꽃의 열매를 어디서 찾아? 장안에도 없고 서원에도 없고,
대당 제국 어디에도 없어. 이 천재 진피피에게도 없단 말이야!'

진피피는 혼수상태에 빠진 녕결을 한참 바라보았다. 고개를 무기력하게 푹 숙인 후 품속에서 투명한 도자기병 하나를 꺼냈다. 얼굴에 괴로움과 망설임이 가득한 표정이 드러났다. 병을 들고 있는 그의 팔뚝이 심하게 요동치고 있었다.
　　진피피는 투명하고 작은 도자기병을 마치 거대한 서릉 도화산(桃花山)처럼 치켜들었다. 너무 무거워서 견딜 수 없을 것처럼 보였다.

　　　　★ ★

사람들은 높고 높은 하늘을 우러러보고 호천이 베푼 인(仁)과 애(愛)를 찬미했다. 하지만 아무리 수행을 열심히 하여 깨달음을 얻은 인물도 감히 하늘로 갈 수 있다 생각하지 않았다. 아무리 걷기 힘든 길도 하늘로 올라

가는 길보다 어렵지 않았고, 인간 세상에서 하늘로 가려고 시도했던 사람 중 성공한 이가 없다는 것을 알았기 때문이다.

　　호천 신전은 서릉에 있으며 세상에서 유일하게 호천의 뜻을 깨달을 수 있는 광명의 교문을 자칭했다. 그렇다고 어느 대신관이 날개를 달고 하늘로 올라가 호천신휘의 빛 한 줄기가 될 수 있었다는 말을 누구도 들어본 적이 없었다.

　　서릉에는 하늘과 통한다는 뜻을 가진 통천환(通天丸)이라는 영약(靈藥)이 있었는데, 그 이름만으로도 진귀함을 알 수 있었다. 어느 불가지지의 비밀을 간직한 이 약은 세상에 알려진 적도 없었고 그 수량 또한 매우 희소했다.

　　지금 진피피가 도화산처럼 들고 있는 투명한 병 안에 그 통천환이 두 알 들어 있었다.

　　"백 년 만에 나타난 수행 천재인 본인이 사문(師門)에 들어간 후
　　통천환 세 알을 하사받았는데, 당시 지수관에 있는 늙은이들이
　　난리를 쳤었지. 엽(葉) 사형도 당시 하나만 먹었다고 사흘 동안
　　성토를 했어…… 그래서 나도 한 알 먹고 하나는 후일에 목숨이
　　위태로울 때를 대비하여 남겨두었다. 마지막 하나는 사형이
　　수행의 경지를 돌파할 때 주려고 했는데…… 이걸 너에게
　　줘야 한다고?"

진피피는 투명한 병 속의 통천환 두 알을 바라보았다. 아쉬움이 가득한 표정이었다.

　　"통천환이 하늘로 올라가게 해주지는 못하지만 일반인이 먹으면
　　수명을 최소 십 년은 연장할 수 있고, 수행자가 먹으면 바로
　　다음 경지로 돌파할 수 있지. 통천환 한 알을 대하국의 군주에게
　　준다고 하면 최소한 처자 3만 명과 바꾸려 할 것이고, 어쩌면 그
　　군주 자리도 내줄지 몰라. 만약 마종의 당(唐)에게 주면 기꺼이

사문(師門)을 배신하고 서릉에 귀의할지도 모를 일."

진피피의 얼굴에 갈등의 빛이 더 짙어졌다.

"이렇게 귀한 통천환을 고작 너처럼 하찮은 놈의 상처를
치료하기 위해 줘야 한다고?"

통천환. 서릉 호천도문의 가장 귀한 성약(聖藥).

이 사실이 전해진다면 얼마나 많은 소란이 일어날지 상상할 수 없었다. 그래서 진피피는 몸부림을 치며 망설이고 있었다. 치열한 심리적 발악이 머릿속에서 끊임없이 펼쳐졌다.

얼마의 시간이 지난 후 마침내 뚱뚱한 소년은 원망스럽게 탄식하며 혼수상태에 빠진 녕결을 보고 무기력하게 말했다.

"그 승려들은 늘 사람 하나 구하는 것이 칠층석탑 쌓는 것 보다
중요하다 말하지. 그 못생긴 탑 하나 쌓는 것이 뭐가 중요한지
아직도 모르겠지만 그 말만은 일리가 있다 생각해. 난 비록
네놈의 작은 목숨이 이 통천환보다 중요하다고 생각하지는
않지만 통천환은 말을 못하잖아? 그리고 네가 제멋대로 무턱대고
나에게 목숨을 맡기고 혼절해?"

명분이란 모두 자신을 설득하는 구실에 불과한 법. 진피피는 비통한 표정으로 투명한 병의 도자기 마개를 열었다. 조심스럽게 환약 하나를 손바닥에 올려 녕결의 입술 앞으로 가져다 댔다.

빛도 없고 광택도 없고 향기도 없고…… 그 순간 밤하늘의 모든 새들도 날아오르지 않았고…… 은은한 약초 냄새만 풍겼다.

"네놈이 일찍 죽었으면 이 통천환을 아낄 수 있었을 텐데……
네놈이 서원에 오지 않았다면 또 골치 아픈 문제를 종이에

남기지 않았다면 나도 널 몰랐을 테고, 그럼 이 통천환을 아낄 수 있었을 텐데…….”

진피피는 눈을 질끈 감고 환약을 녕결의 입속에 집어넣었다. 옆에 있는 맑은 물을 그 입속에 부어넣었다. 그의 가슴을 가볍게 눌러 약을 소화시켰다.

　“이렇게 총명하고 끈기 있고 성품도 나쁘지 않은데, 하필
　　기해설산이 다 막혀서…… 이놈이 불쌍하긴 해. 너는 호천의
　　저주를 받은 소년이라 해도 과언이 아니야.”

녕결은 여전히 눈을 감고 있었지만 창백한 얼굴이 빠르게 붉어졌다.

　“이제 너의 설산이 파괴된 후 다시 만들어졌다. 혈자리 몇 개라도
　　통할 수 있을지 몰라. 그리고 하필 통천환만 치료할 수 있는
　　중상을 입었고…… 또 하필 세상에서 유일하게 통천환을 가지고
　　있는 나를 만났고…… 또 하필이면 내가 네놈이 죽어가는 것을
　　지켜봐야했고…… 그러니까 사실 너는 호천의 보살핌을 받는
　　소년인 거야.”

녹아서 붕괴된 설산이 절대적인 음산한 힘에 의해 한순간 재탄생했다. 그 장면은 신묘해 보였지만 사실 새로 만들어진 설산은 매우 불안정해 수시로 붕괴될지 몰랐다. 내부의 빙하 동굴은 그야말로 만신창이. 대부분의 동굴은 앞뒤로 관통되지 않고, 설산을 마치 흰개미가 먹은 나무 기둥처럼 연약하게 만들었다.
　　통천환이 물에 녹아 목구멍을 통해 아래로 천천히 스며들어갔다. 미처 녕결의 위장에 도달하지도 않았는데 은은한 별빛 같은 신휘(神輝)로 변했다. 그리고 그의 내장 사이사이로 흩어졌다.

신휘가 비추자 저 멀리 곧 무너질 듯 불안정했던 설산이 우뚝 솟아올랐다. 그 모습이 조용한 하늘 아래 서 있는 성녀(聖女)처럼 고결하고, 용맹한 전사처럼 단호했다. 그리고 눈이 천천히 녹아 흘러 발아래의 메마른 황야를 적셨다.

생명의 숨결이 기이한 공간의 세계에 가득 차올랐다. 그 숨결은 하늘 위의 태양에서 나오는 것이 아니라 세계의 본원(本源)에서 나오는 것이었다. 밤낮을 번갈아 가며 얼음 시냇물이 졸졸 흐르고 시냇가에서 두 번째 풀이 자라나고 또 점점 늘어나 푸른 초원으로 변했다. 푸른 풀 사이로 황색의 양떼가 신나게 뛰어다니고 들쥐가 땅 밑에서 즐겁게 풀뿌리를 뜯어먹었다. 초원 깊숙한 곳에 푸른 나무 몇 그루가 자라 보는 이들을 기쁘게 만들었다.

마지막 약기운이 녕결의 설산기해 사이로 녹아들었다. 녕결은 눈을 번쩍 떴다.

그는 피곤한 듯 벽에 기대어 동쪽 창에서 쏟아지는 아침 햇살을 바라보았다. 그리고 들리지 않을 정도의 작은 목소리로 웅얼거렸다.

"무엇이든 인과가 있고 존재의 원인과 이유가 있다. 호천께서
나를 이 세상에 데리고 온 데는 당연히 그 이유가 있겠지.
호천께서는 내 죽음을 지켜보지만은 않을 것이라고 믿었다."
"호천 어르신이 아니라 천재인 나 진피피가 너 죽는 것을
지켜볼 수 없었다. 명계에 한 발을 디뎠다 돌아온 놈이 감사함의
대상도 제대로 파악하지 못하네."

녕결은 피곤한 미소를 지으며 눈앞의 크고 동그란 얼굴을 바라보았다. 오랜 시간 추측했던 글쓴이 진피피가 이런 모습일지는 상상도 못했었다.

"어떻게 치료한 거야?"

진피피는 뚱뚱한 몸을 움직여 힘겹게 일어섰다. 두 손으로 허리를 짚고

시큰한 몸을 움직인 후 소매를 가볍게 한번 털었다.

"몇 번 말해? 내가 세상에 진정한 천재라니까. 이 상처를 의원에게
보여줬다면 넌 바로 관아에 들어갔겠지. 하지만 나에게는
옷소매를 가볍게 한번 터는 것과 같은 작은 일에 지나지 않아."

진피피는 소탈하고 호탕하게 말했다. 하지만 이때 누군가 그의 얼굴을 바
라보았다면 마음속 깊은 괴로움과 후회로 미세하게 경련이 일어나고 있
는 모습을 볼 수 있었을 것이다.

"내가…… 그 커다란 검은 우산을 좀 볼 수 있을까?"
"건네 줄 힘이 없으니 네가 알아서 봐."

진피피는 너무 쉬운 승낙에 멍해졌다. 이내 몸을 구부려 우산의 손잡이를
잡았다.
조금은 차가운 감촉. 손잡이는 제국 북방의 어떤 흔한 나무로 만
든 것이었고 검은색 우산 표면에 무엇인가 칠해진 듯 기름져 보였다. 딱
히 특별한 점은 없어 보였다. 그는 다시 우산을 녕결 옆에 놓으며 말했다.

"어젯밤에 잠시 짬을 내서 내가 뭐 좀 알아봤지."
"뭔데?"
"어제 주작이 깨어났다."

진피피는 녕결의 눈을 주시하고 있었다. 녕결은 주작이라는 말을 듣고 자
신이 혼절했을 때의 느낌이 떠올랐다. 몇 개월 전 상상과 대흑산을 쓰고
주작대로를 지났을 때 이유 없이 생긴 두려움이 떠올랐다. 하지만 그는
어제 새벽 주작상이 깨어났다는 사실은 정말 몰랐다. 그는 고개를 절레절
레 흔들었다.
진피피는 잠시 침묵하다 문득 말했다.

"어제 장안에서 검사(劍師) 하나가 살해당했어."

녕결은 침묵했다. 진피피는 웃는 듯 마는 듯 다시 말했다.

"네 몸엔 검의로 인한 상처가 많았어. 불에 타서 상처는 아문 듯
보이지만 오래된 상처는 아니야."

녕결은 힘겹게 웃으며 물었다.

"그래서 도대체 하고 싶은 말이 뭐야?"
"넌 이렇게 심각한 부상을 입고도 치료를 받지 않고 서원에 왔어.
그러니 네가 새벽에 검상(劍傷)을 입고 관아의 수색을 피해 여기
온 거지. 그런데 그 새벽에 주작상이 깨어났어. 넌 화염에 타서
상처가 아물었다. 몸에 피 한 방울 흔적도 남기지 않았지.
이 모든 것은 하나로 귀결돼."

진피피는 녕결의 눈을 보며 말했다.

"검사를 죽인 사람도, 주작의 심기를 건드린 사람도 바로
너라는 거. 그런데 내가 끝내 이해가 되지 않는 것은 이 모든 일을
한 네가…… 그저 보통 사람이라는 거야."
"대단해, 정말 대단해. 네 엉터리 추리가 정말 대단해."

진피피의 표정이 일그러졌다. 녕결은 개의치 않고 이어 말했다.

"그런데 네가 천신만고 끝에 날 살린 이상 나를 관아에 보내지는
않을 거잖아. 그러니 이런 재미없는 질문들을 늘어놓을 필요가
있어?"
"이 천재가 너에게 증명하려고 하는 거지. 넌 날 속일 수 없다!"

녕결은 미소를 지으며 답했다.

　"서릉에는 네가 말한 세속 세계 전체에 영향력을 끼칠 만한
　대가문이 없어. 천하에서 서원만을 꺼리는, 천하에서 강한 권력을
　가지는 곳은 단 하나, 바로 호천 신전. 넌 무슨 대가문의 상속인이
　아니라 호천도가 정한 후계자지. 네가 말한 어린 시절 스승님이
　호천도의 장교(掌教, 종교 지도자)야, 아니면 어느 대신관이야?
　그런데 내가 끝내 이해가 안되는 것은 서릉 호천 신전의 희망,
　격세로 지정된다는 호천도 장교의 후계자, 서원이 받아들인
　절세의 천재가…… 어떻게 이렇게 뚱뚱할 수가 있지?"

진피피는 놀라고 화가 나고, 자존심이 상했다. 아무것도 인정하지 않았지
만 순간 얼굴이 굳어지며 목소리를 낮추고 차갑게 말했다.

　"말 함부로 하지 마. 내가 널 지금 한 방에 때려죽일 수도 있어.
　너 같은 소인물이 잔머리 믿고 까불지 마."

뚱보 천재 소년의 표정이 엄숙해지더니 천하를 냉대하는 듯한 차가운 기
세가 뿜어져 나왔다. 하지만 녕결은 일말의 두려움 없이 벽에 기대어 미
소를 지으며 물었다.

　"사람을 죽여본 적은 있어?"

진피피는 건방지게 몇 마디 날리려다가 차마 말을 잇지 못하고 고개를 푹
숙인 채 자신의 발끝만 바라보았다. 녕결은 흥미로운 시선으로 그 모습을
바라보며 계속 물었다.

　"그래도 닭은 죽여 봤겠지?"

진피피는 고개를 숙인 채 뒷짐을 지고, 입술을 꽉 다문 채 뚱뚱한 몸을 좌우로 비틀었다. 그 모습이 마치 자존심이 상한 억울한 사내아이처럼 보였다.

"길에서 무심코 개미 몇 마리를 밟아 죽인 것 외에는 그 새하얀
손에 피 한 방울 하나 묻은 적이 없겠지…… 억지로 남들 흉내
내서 생사로 상대방을 위협하지 마. 괜히 비웃음만 사게 돼.
그리고 내가 미리 말하는데 오늘 일은 어디 가서 말하면 안 돼."

진피피는 소매로 얼굴을 가린 채 자리를 떠나버렸다.

4

✦

수행의 천재

✦ ✦ ✦ ✦

✦ ✦ ✦ ✦ ✦ ✦ ✦ ✦

2

o o o

아침이 밝아왔고 서원에 있으니 수업을 들을 수도 있었지만 몸도 지친 터에 어제 여교수가 자기 대신 병가를 내준다는 말도 떠올라 노필재에 가서 휴식을 취하기로 결정했다.

녕결은 대흑산을 지팡이 삼아 구서루에서 나왔다. 아침 산책을 나온 노인네처럼 몸을 숙인 채 아침 햇살을 맞으며 호수 가장자리를 따라 서원 정문 밖으로 향했다. 정문 밖에는 아름답고 푸른 풀밭이 펼쳐져 있고 그 사이에 차도가 숨겨져 있었다.

차도 가장자리와 풀밭 깊숙한 곳에 꽃나무가 불규칙하게 심겨 있었는데, 한여름에 들어서 꽃이 무성하게 피어, 살찐 나뭇잎과 어린 열매들을 대체하고 있었다. 푸른 나무 돌길 끝에 마차 한 대가 서 있었다. 그 마차는 그곳에서 얼마나 기다렸는지 말은 너무 지쳐 이미 고개를 떨구고 있었다.

마차 옆에 시녀복을 입은 어린 소녀가 쪼그리고 앉아 있었는데, 새까만 작은 얼굴이 피로와 걱정으로 약간 하얗게 변해 있었다.

어제 새벽 녕결이 사람을 죽인 후 돌아오지 않았다. 굳은 표정의 관아 아리가 탐문하고 다녔고, 길 위에서 분주하게 뛰어다는 우림군의 말 발굽 소리를 듣고서 상상은 문제가 생겼다는 것을 느꼈다. 그래도 그녀는 끝까지 불안감을 억누르며 침묵을 지켰다.

하지만 서원의 마차가 돌아왔음에도 녕결이 돌아오지 않자 그녀는 더 이상 마냥 기다릴 수 없었다. 다행히 마부에게 물어보니 녕결이 아침 일찍 서원으로 향했다고 했다. 상상은 잠시 생각한 후 은자 20냥을 꺼내 서원까지 태워 달라고 부탁했다.

그 후로 그녀는 이렇게 푸른 나무 옆에서 쪼그려 앉아 잠도 자지 않고 기다린 것이다. 녕결이 중상을 입었는지 몰랐다. 그럴지도 모른다고 추측했다. 그래서 서원 어딘가에 숨어서 상처를 치료한다고 생각했다. 다만 그녀는 감히 서원 교관이나 학생들에게 물어볼 엄두가 나지 않아 마냥 기다렸다.

푸른 나무 옆에 웅크리고 앉아 서원의 석문이 어둠에 싸였다가 다시 아침 햇살에 빛나는 것을 보았다. 서당의 등불이 켜졌다 꺼지는 것을 보았다. 헌 신발 앞에 개미가 왔다갔다하는 것을 보았다. 서원으로 사람들이 들어갔다 나오는 것을 보았다. 이 모든 것을 보았다. 하지만 그놈만 보이지 않았다.

마차를 타고 서원에 도착한 학생 중 몇몇은 그녀를 알아보고 웬일이냐고 사정을 물었다. 그녀는 대꾸도 하지 않은 채 서원 입구만을 바라봤다. 밤새도록 지켜봤다. 마치 한 평생을 기다린 것처럼 시간이 길게 느껴졌다.

그때, 상상이 드디어 그 녀석의 모습을 보게 되었다. 그녀의 하얗게 질린 얼굴에 핏기가 돌았다. 그녀는 뻑뻑해진 눈을 비빈 후 눈을 감았다. 작은 손을 가슴에 얹은 후 몇 마디 중얼거리다가 잽싸게 일어섰다.

'휘청.'

쪼그려 앉은 시간이 너무 길어 다리에 쥐가 나 넘어질 뻔했다. 녕결은 대흑산을 지팡이 삼아 느릿느릿 그녀에게 다가갔다. 익숙한 작고 검은 얼굴을 보았다. 그 작은 얼굴에 드러난 피곤함과 근심을 보며 마음에 애틋함이 솟구쳤다.

그동안 두 사람은 함께 생사를 넘나드는 순간을 너무 많이 겪었다. 생사를 넘나든 후 서로를 만나는 것은 여전히 가장 기쁜 일이었다. 그는 자연스럽게 두 팔을 벌려 상상을 품에 안으려 했다. 문득 어린 시녀가 위성에 있을 때보다 키가 조금 더 커서 이미 자신의 가슴 높이에 와 있는 것을 발견했다.

무의식적으로 멍하니 있다가 그녀를 껴안지 않고 손을 내밀어 그녀의 머리를 쓰다듬었다. 상상은 작은 얼굴을 들어 낄낄거리며 웃었다. 두 사람은 서로를 부축하며 마차를 향해 걸었다. 두 사람은 최대한 말을 아꼈다.

마부는 하품을 했다. 끌채에서 대충 잔 탓에 피곤했지만 손에 든 은자 20냥을 보며 그저 웃었다.

"이라!"

그는 오른손을 가볍게 움직여 채찍을 휘둘렀다. 말발굽이 땅을 밟는 소리와 함께 마차는 천천히 움직이기 시작했다. 그제야 녕결은 목이 잠긴 채 입을 열었다.

"너무 피곤해. 집에 가서 이야기하자. 마차 바닥에 칼을
   숨겨두었으니 이따가 꼭 챙겨."

마차가 47번 골목에 도착했다. 녕결은 오는 길 내내 죽은 듯이 잠들어 눈한 번 뜨지 않았다. 상상은 바닥에서 검을 꺼내 대흑산 속에 집어넣어 등에 멨다. 마부와 함께 마대를 끌듯 녕결을 노필재로 끌고 들어와 얇은 이불 속에 쑤셔 넣었다.

무더운 여름. 아무리 얇은 이불이라도 결국 솜이불이었다. 녕결의 얼굴은 새빨갛게 변했고 온몸에서 진땀이 났다. 그리고 얼마나 잤는지 모르지만 마침내 깨어났다.

그는 눈을 뜨고 주위를 살핀 후, 자신이 마침내 집에 들어왔다는 것을 확인하고 숨을 한 번 깊게 들이마셨다. 가슴 속 깊이 감추어둔 두려움이 드디어 밖으로 흩어진 듯 그의 손발이 다소 차갑게 느껴졌다.

"최근 너에게 말한 진피피라는 서원의 학생…… 기억해 줘.
   그놈에게 목숨을 빚졌어. 후일 적당한 시간, 적당한 장소에서……
   그에게 꼭 돌려줘야 한다고 잊지 말고 알려 줘."

상상은 이때 그의 몸을 닦아 주기 위해 뜨거운 물을 통에 붓고 있었는데,

그가 한 말을 듣고 어리둥절해하며 물었다.

"어떻게 돌려줘요?"
"이 세상에서 우리 목숨보다 더 중요한 것은 없어. 그놈이
어떻게 했는지 모르지만 내 목숨을 구했으니, 후일에 어떤 대가를
치르더라도 보답하는 것은 당연한 거야."

녕결은 생각에 잠긴 듯한 상상의 얼굴을 보며 덧붙였다.

"물론 우리 목숨을 대가로 보답할 수는 없지."
"도련님, 도대체 무슨 일이 있었던 거예요?"
"그 차예사는 수행자였어. 난 큰 부상을 입었는데, 그 이후로는
길거리에 쓰러진 것만 기억날 뿐 아무 기억이 없어……."

녕결은 눈살을 찌푸린 채 반복했다.

"정말 무슨 일이 일어났는지 모르겠어. 됐어. 먹을 것 좀
만들어줘. 배고파."

순간 녕결은 고개를 번쩍 들며 진지하게 애처로운 눈빛으로 덧붙였다.

"달걀부침 국수는 안 돼. 곱창 국수도 안 되고. 어제 남은
산라면은 더 안 돼. 도련님이 이렇게 죽을 뻔했으니, 돈 내고
맛있는 거 좀 먹자."
'설마 제가 그럴까요…… 이 돈도 모두 도련님이 부인을
맞이할 것을 대비해서 모으는 것일 뿐…….'
"걱정 마세요. 마부에게도 은자 20냥을 줬어요."

그녀는 고개를 숙인 채 나지막이 말을 이었다.

"도련님이 주무실 때 이미 골동품 가게 주인 아주머니에게
절임무 한 그릇을 얻어 오리와 함께 솥에 넣고 푹 삶고 있어요."

말을 마친 상상은 나무통에서 뜨거운 수건을 꺼내 녕결의 손에 닿을 만한
곳에 두고 밖으로 나갔다. 상상은 뜨거워서 이미 빨갛게 달아오른 작은
두 손을 앞치마 위에 살살 문질렀다.

'마부에게도 은자 20냥을 줬다.'

상상은 이 말을 통해 자신이 비록 어리고 검소하지만 사리분별을 못하는
어린 시녀는 아니라는 뜻을 전하고 싶었다.

녕결은 침대에 누워 분주한 상상을 바라보았다. 녕결은 그녀의 말
속에 감춰진 억울함과 노여움을 생각하며 웃음을 참지 못했다. 그때 상상
이 재빨리 창가로 다가와 퉁명스럽게 잘 쉬라는 말 한 마디와 함께 창문
을 닫아버렸다.

방 안이 순식간에 어두워졌다. 녕결은 탁자 위의 촛불을 바라보며
얼굴에서 웃음기를 지웠다. 온몸이 땀에 젖었다. 끈적끈적한 느낌에 짜증
이 나 몸을 닦으려고 젖은 수건을 향해 손을 뻗었는데 순간 이상한 느낌
을 받았다.

손가락과 수건 사이에 어떤 장애물이 느껴졌기 때문이다.

＊＊

'있는 것은 있고 없는 것은 없는 것이다.'

헛소리지만 불변의 진리. 세속 세계에서 존재와 부존재의 기준은 간단하다.
산처럼 보이는 것은 있는 것이다. 소리처럼 들리는 것도 있는 것
이다. 불처럼 만질 수 있는 것도 존재하는 것이다.

그렇다면 보이지 않고 들리지 않고 만질 수 없다면, 자연히 존재하지 않는 것이다.

하지만 이 기준이 수행의 세계에 적용되지는 않는다. 천지에 가득 찬 숨결 혹은 원기라는 것, 기해설산을 거쳐 울려 퍼지며 원기의 파동을 만들어 내는 염력은 평범한 사람에게는 감지되지 않는다. 보통 사람들은 볼 수도 들을 수도 만질 수도 없다.

그렇다고 존재하지 않는 것은 아니었다.

초경(初境, 첫 경지)은 초식(初識, 첫 인식)이라고도 불리는데, 수행자의 의지가 기해설산 밖으로 나가 천천히 천지의 숨결을 인식하는 것을 말한다. 감지(感知)란 수행자가 천지의 숨결을 처음으로 인식한 후, 이와 조화롭게 지내며 심지어 감각적인 교류와 접촉을 하는 경지를 뜻한다. 초경과 감지 이 두 가지 경지를 통칭하여 허경(虛境, 허상의 경지)이라고 부른다. 그리고 평범한 사람이 수행의 세계에 들어갈 수 있는지는 간단한 질문을 통해 쉽게 판단할 수 있었다.

'천지의 숨결을 보거나 듣거나 만질 수 있는가?'

넝결은 떨리는 자신의 손가락을 보며 손가락과 물수건 사이의 얇은 막을 보았다. 피어오르는 열기를 느끼며 그것이 자신의 것이 아님을 알았다. 이런 느낌은 '접촉'이라는 표현보다 '감지'라는 표현이 더 가까울 것이다.

인간의 뇌 속에 정신이 있고 정신은 생각을 만들고, 생각은 또 다른 생각을 낳는다. 염력이란 바로 '당신과 너무 너무 너무 같이 있고 싶다'는 생각…… 에서 나온 어떤 현묘한 힘, 즉 생각의 힘이다. 넝결은 중상이 다 낫지 않았기에 머릿속에 잡념 없이 오직 한 가지 생각뿐이었다.

'김이 나는 저 수건을 집어 들어 몸을 닦고 싶다.'

천지에 흐르는 그 숨결이 그의 생각을 알아듣고, 또 그 생각의 힘을 느낀 듯했다. 처마 사이에서 창문 틈에서 솜이불 속에서 땀방울에서 배어나와,

물리적 속도를 벗어난 속도로 그의 손가락 앞에 모여 축축하고 뜨거운 수건 위로 떨어졌다.

쥐 죽은 듯 고요한 방 안.

넝결은 월륜국의 그 유명한 화치(花痴, 꽃에 빠진 백치)처럼 멍하니 자신의 손가락을 보며 숨도 못 쉬고 눈도 깜빡이지 못하고, 온 힘을 다해 손가락이 마비되지 않도록 전에 없던 신중함으로 그 자세를 유지했다. 오랜 시간이 흐른 뒤 그는 극도로 느리게 눈썹 끝을 치켜올렸다. 느릿느릿 고개를 가웃거린 후 놀라움과 불안함에 휩싸여 자신의 손가락 끝을 보았다.

천천히 두 눈을 감고 흥분을 억누르며 명상을 시작했다.

모든 생각을 비우고.
본심을 고수하고.
의지대로 달린다.

이 세상에 온 지 16년. 체내 기해설산이 모두 통하지 않아 수없이 절망을 마주했던 넝결은 마침내 그 길고 평온한 숨결 소리를 처음으로 들었다. 아니, 느꼈다.

이것이 바로 천지의 숨결이라고 넝결은 감히 말할 수 있을 것 같았다. 이 길고 평온한 숨소리는 비록 아주 희미하지만 그가 들은 소리 중 가장 아름답다고.

소벽호에서 마적이 나가떨어지는 소리보다 미묘했다. 장이기가 눈을 부릅뜨고 몸부림치며 죽어가는 소리보다 짜릿했다. 심지어 주머니에서 은자가 부딪치는 소리보다도 더 아름다웠다.

길고 평온한 호흡 사이에 푸른 잎이 돋아나고, 화려한 꽃이 피어나고, 산이 솟아나고, 귤이 떨어지고, 물이 흐르고, 배들이 지나다니고, 땅의 광활함과 하늘의 고요함이 있다. 넝결은 천지 호흡의 아름다움을 어떤 말로 표현해야 할지 몰랐다.

한참을 생각하다 그때 들었던 허약한 숨소리와 비슷하다는 것을 떠올렸다. 길 옆 죽은 시체 더미에서 보랏빛을 띤 청색 옷을 입은 어린 여자 아이를 발견하고, 자신의 옷을 벗어 그 아이를 감싸 안은 후 밤새도록 들었던 그 허약한 숨소리. 그 순간 녕결은 며칠 전 새벽 길거리에서 의식을 잃기 직전 들었던 그 소리의 의미를 깨달았다.

말뚝의 소리, 술집 황색 깃발의 소리, 어느 집 회화나무의 소리, 돌사자상 밑에 떨어진 푸른 잎의 소리, 그리고 돌사자와 목조 전각의 소리, 거리와 황궁 그리고 성벽이 숨 쉬는 소리. 그것은 모두 천지가 내려준 숨결이었던 것이다.

길고 고요하며, 먼 옛날로부터 와 먼 미래로 향할 숨결. 손가락에 닿은 것이 실물이 아니었더라도 그 존재를 알 수 있었다. 방문과 창은 굳게 닫혀 있었지만 바람처럼 부드러운 파동이 그의 몸 주위를 맴돌고 있었다.

아니, 그 파동은 바람보다 짙고 고요하고 푸른 물처럼 부드러우면서도 물보다 더 가벼웠다. 녕결은 마침내 자신이 무엇을 감지했는지 확인하고 나서 그의 마음 속 깊은 곳에서 솟구치는 감정을 더 이상 억누를 수 없어 눈을 번쩍 떴다. 주위를 둘러보다 닫혀 있는 문 너머로 47번 골목의 그 회색 담장과 한 줄기 푸른 나무가 어렴풋이 보이는 것을 알아차렸다.

눈앞의 세상이 이전의 세계와 달라 보이지는 않았지만, 그에게 오늘 이후의 세상은…… 반드시 다를 것이었다.

그는 여전히 미세하게 떨리는 손가락을 내밀어 탁자 위의 탁한 촛불을 겨누었다. 숨을 천천히 들이마시고 자신의 염력을 기해설산 속으로 들어가게 했다. 그리고 한참이 지나서 서서히 방출했다.

'츠츠측.'

탁자 위의 촛불이 불안하게 흔들렸다. 손가락 때문인지 바람 때문인지, 아니면 그의 마음이 어지러워서 그렇게 보인 건지.

"이게 바로…… 천지의 원기인가?"

그는 손끝에 비록 눈에 보이지는 않지만 아주 얇은 '존재'가 있다는 것을 느끼며 혼잣말로 중얼거렸다.

"이것이 바로 천지 원기야!"

녕결의 자기 확신에 찬 앳된 얼굴에 의연함과 자부심이 가득해졌다. 녕결은 다급히 홑옷을 걸치고 신발도 신지 않은 채 침대에서 뛰어내렸다. 다리가 휘청거려 넘어질 뻔했지만 개의치 않았다. 뒤채로 통하는 문을 향해 뛰쳐나갔다.

'쿵.'

정강이가 물통을 들이박고 허리가 책상 모서리에 세게 부딪쳤다. 행복감에 충격을 받아 쓰러질 것 같은 소년은 통증을 전혀 느끼지 못했다. 문을 열고 뒤뜰로 뛰어들었다. 장작을 패고 있는 상상 앞에 서서 무언가 말을 하려 했지만 목이 잠겨 순간 소리가 나오지 않았다.

"도련님, 괜찮으세요?"

그녀는 습관적으로 까치발을 들고 녕결이 열이 있는지를 확인하기 위해 이마를 짚으려고 했다. 그런데 까치발을 들자 이미 그의 머리 위까지 닿을 수 있다는 것을 발견하고 슬쩍 웃음이 나왔다. 녕결은 그녀의 가는 팔을 잡고 작은 몸을 힘껏 끌어안았다. 마치 몇 년 전처럼 행복하게 외쳤다.

"네가 살아 있어 정말 좋아! 나도 지금…… 좋아!"

그는 몇 년 동안 울지 않았고 오늘도 울지는 않았다. 하지만 눈시울이 뜨거워지며 콧등이 시큰해졌다.
상상은 꽉 안긴 채 힘겹게 고개를 들고 녕결의 눈가에 물기가 흐르는 것을 보고 깜짝 놀랐다. 상상도 무언가를 짐작한 듯 두 줄기 눈물을 왈칵 쏟았다. 상상은 녕결의 허리를 힘껏 껴안고 통곡하며 말했다.

> "도련님, 엉엉…… 정말 큰 경사예요. 엉엉……
> 오리 고기 많이 드세요…… 엉엉……."

포옹이 끝나자 두 사람은 조금 거리를 두었다. 녕결은 어린 시녀의 까만 얼굴에 흐르는 눈물을 보며 무엇을 말하려다 끝내 입을 다물었다. 하지만 상상은 그 뜻을 알아듣고 흐느끼며 나지막이 말했다.

> "오늘은…… 송학루에서 배달을 시킬게요. 은자 6냥짜리
> 연회 음식으로……."
> "그 정도는 되어야지."

녕결은 그녀의 머리를 쓰다듬었다. 상상은 방으로 들어가 상자를 열어 은 자를 꺼낸 후 급히 나가려다 갑자기 걸음을 멈추고 뒤돌아보았다. 그녀는 입술을 깨물며 진지하게 말했다.

> "도련님, 이런 위험한 일을 하려면…… 다음엔 꼭 저를 데려가셔야
> 해요. 가게에서 기다리기만 하는 건 너무 힘들어요."

녕결은 힘을 주어 고개를 끄덕였다.

> "걱정 마. 앞으로 이런 일, 적어도 올해 안에는 아무것도
> 안 할 거야."

     ＊＊

오늘 노필재는 문을 일찍 닫았다.

문을 닫을 때면 내걸리는 목판의 문구도 '주인이 일이 있습니다'
에서 '주인이 경사가 났습니다'로 바뀌어 있었다.

　　경사에 술이 빠질 수는 없는 법. 두 사람은 매우 사치스럽게 송학
루의 은자 6냥짜리 연회 음식을 먹으며 술을 두 주전자나 비웠다. 음식이
비싸서인지 먹은 것이 아까워서인지 주량이 대단한 상상도 오늘따라 이
상하게 많이 취했다.

　　'내가 취하기도 전에 네가 먼저 취한다고?'

넝결은 상상을 안아 들고 침대에 눕히고 홑이불을 덮어주었다. 동그란 부
채를 들고 그녀 옆에서 부채질을 하며 귀찮은 모기를 쫓아냈다. 그동안
상상이 항상 그를 보살폈기에 이런 일은 오랜만이었지만 어릴 때 너무 많
이 해서 그 동작이 여전히 능숙해 보였다.

　　큰 행복감과 설렘, 흥분이 부채의 흔들림 속에서 점차 진정되어
갔다. 그리고 그는 자신에게 도대체 무슨 일이 일어난 것인지에 대해 생
각하기 시작했다. 그와 동시에 시선이 상상의 작은 얼굴 옆에 있는 대흑
산 위에 내려앉았다.

　　아직도 환상 같고 꿈 같았지만, 그날 새벽에 발생한 기묘한 일들
이 희미하게 떠올랐다.

　　호천께서 행운을 내려주지 않았다면 이미 죽은 목숨일 넝결. 그가
보기에는 상상의 머리 옆에 있는 대흑산이 바로 호천께서 그에게 내린 선
물이었다. 하지만 그 우산은 너무 평범해 보였고, 매우 크다는 점 외에는
별다른 특이점도 없었다.

　　'비검을 막은 우산……'

대흑산을 줍게 된 과정은 너무도 평범했다. 마치 그가 상상을 시체 더미
에서 주운 것처럼. 여러 해 전 넝결은 상상을 안고 관도를 걷다가 빗방울
이 하나둘 떨어지는 것을 보았다. 그때 때마침 길가에 버려진 검은 우산

을 보고 주운 것이다. 어린 소년이 작은 손으로 커다란 검은 우산 손잡이를 잡았을 때…… 이 세상에는 어떤 특이한 상황도 발생하지 않았다.

먹구름이 장대비를 내리지도 않았다. 먼곳의 민산이 흔들리지도 않았다. 검은 연기가 하늘로 솟구쳐 오르지도 않았다.

원래는 비가 그치면 그 검은 우산을 버리려 했다. 그 우산이 너무 더러워 개울물에 씻어도 깨끗해지지 않았고, 너무 무거워 여자아이를 안고 또 우산을 들고 다니기가 너무 힘들었기 때문이다. 실제로 한번은 버렸는데 어릴 때부터 상상이 그 우산을 안고 잠을 자서 그런지, 우산이 사라지자 상상은 울기 시작했다. 아무리 달래도 울음이 그치지 않자 어쩔 수 없이 그 우산을 다시 주워 왔다.

하지만 그 후로 수년간의 고난을 겪으며 상상의 울음과 녕결의 결단이 현명했다는 것이 증명되었다. 기름때 묻은 우산은 무슨 재료로 만들어졌는지 불에 타지도 않고 검과 화살에도 찢어지지 않았기 때문이다. 그때부터 녕결은 그 커다랗고 검은 우산을 대흑산(大黑傘)이라고 불렀다. 어린 두 사람이 험악한 환경에서 살아남을 수 있었던 데에는 이 우산의 공로가 너무도 컸다.

"우산이 있으니 사람이 있고 우산이 잊히면
　사람도 잊히는 법……."

장안성에 처음 들어올 때 상상이 한 말은 진짜였다. 십여 년 동안 가장 위험한 전쟁터에서 마지막 생사의 갈림길에서 녕결은 항상 자신의 목숨을 이 대흑산에게 맡겼다. 대흑산은 항상 그를 실망시키지 않았다. 동시에 그는 대흑산의 비밀들을 하나하나 발견하게 되었다.

불혹의 검사(劍師)가 평생 쌓은 수행의 위력을 담은 비검을 날렸지만 대흑산이 가볍게 막아낸 것은 그동안 대흑산이 보여줬던 물리적인 방어력을 넘은 또 다른 차원의 이야기였다.

'대흑산이 아마도 수행자의 능력도 억제할 수 있는 것 같다!'

다만 대흑산이 물도 불도 칼날도 수행자의 비검도 막아낸다면 매우 희귀한 재질로 만들어졌다는 뜻.

'그런데 무슨 재질로 만들어진 걸까?'

기름진 대흑산의 표면에서 조금은 차가운 기운이 뿜어져 나왔다가 또 순식간에 사라져버렸다.

"넌 도대체…… 어떤 물건이지……."

넝결도 눈이 감기며 침대로 쓰러졌고 얇은 이불을 사이에 두고 상상을 품에 안았다.

'톡.'

손에 들었던 부채가 가볍게 바닥에 떨어졌다.

＊＊

한낮의 황야.
　　태양 빛이 곧 밤이 올 것처럼 어두워졌다. 주위의 온도가 너무 낮아 가장 순결하고 절대적인 '흑(黑)'이 멀리서부터 번져와 온 세상을 차지하게 될 것 같다.
　　황야는 고요하지만 사람이 없는 것은 아니다. 많은 사람, 각양각색의 사람이 모여서 하늘을 쳐다보는 대신 넝결을 바라본다. 기대, 멸시, 의혹 등 그 시선에는 복잡한 감정들이 가득하다.
　　넝결은 꿈을 꾼다는 것을 안다. 하지만 명상할 때 꾸는 바다의 꿈이 아니라 언젠가 본 그 무서운 꿈이다. 황야에 있는 사람들의 눈에 어떤 시선이 담겨 있든 모두 미묘한 적개심이 숨어 있는 듯 느껴져 넝결은 온몸에 서늘함을 느낀다.

어둠이 황야 하늘 위를 덮으며 하늘을 반쯤 가린다.

'우르르…… 쾅!'

황야의 많은 사람들이 천둥소리에 쓰러져 고통스럽게 신음한다. 아직 서 있을 수 있는 사람들의 얼굴에 표정이 사라진다. 마치 생명이 없는 조각상처럼 고개를 들어 천둥소리가 울리는 곳을 바라본다.

성결한 빛이 순식간에 밤하늘의 어둠을 밝게 비춘다. 높고 먼 하늘 위, 성결한 빛의 중심 가장 밝은 곳에서 거대한 황금빛 문이 천천히 열리고 거대한 황금빛 용이 고개를 내민다.

천둥소리는 곧 문이 열리는 소리다.

꿈에서 깼지만 여전히 밤이었다. 넝결은 이마에 흐르는 땀을 닦고 침대맡에 앉아 깊게 잠든 상상을 바라보았다. 손가락을 뻗어 그녀의 찌푸린 얼굴을 펴주었다. 그리고 침대에서 내려와 냉차 한 잔을 따라 천천히 마셨다.

'첫눈에 보이는 세상이 수행자의 앞날을 결정짓지. 초경 때,
첫 인식 때 눈으로 본 것과 느낀 것은 그의 마음이 투영된
것이기 때문…… 수행자가 명상을 하면서 얻은 염력이 순수하고
강할수록 그가 느끼는 원기의 범위가 넓다……'

여청신 노인의 말이 문득 그의 머릿속을 스쳐갔다.

'난 뭐지? 빗물? 개울? 연못? 큰강? 또는…… 바다?'

넝결은 천천히 눈을 감고 두 손을 무릎에 올리고 명상 상태로 들어갔다. 자신의 생각과 마음을 기해설산으로 전하고 또 몸 밖으로 내보냈다. 잠시

후 정신세계의 명상이 현실 세계의 감지(感知)로 넘어 왔다.

그는 눈을 뜨고 오른손을 공중에 뻗었다. 허공에 멀리 퍼져 있는 그 기운을 감지할 수 있다는 것을 다시 한번 확인했다. 그리고 순간 전율이 흘렀다.

'바다인 것 같다…… 조용한 바다.'

여청신 노인의 다른 말이 머릿속을 스쳐갔다.

'……오경을 돌파할 가능성이 가장 높다고 여겨지는
남진 검성 류백이 초경에 감지한 것도 도도한 황하강……'

녕결은 수행의 자질이 없는 십여 년 동안, 식사를 할 때나 도박을 할 때나 독서를 할 때나 글쓰기를 할 때나 말 타기를 할 때나 사람 죽이기를 할 때도 쉴 새 없이 명상을 했다. 소년의 정신세계에 축적된 염력은 지극히 순결했다.

기해설산의 열입곱 개 중 마침내 열 개가 통하게 된 지금, 오랜 세월 동안 축적된 염력이 마침내 통로를 찾아 흘러나와 쩌렁쩌렁 울리는 악곡으로 연주되고 있었다.

천지의 숨결이 이 연주를 들었다. 퉁소에 뚫린 구멍이 많지 않아 연주가 다소 딱딱하고 어색했지만 이 연주에 담긴 음표 하나하나의 힘이 느껴졌다. 다만 그 힘이 너무 응축되어 천지의 숨결이 은근히 거부감을 가지는 것 같았다.

녕결이 감지한 천지의 숨결이 바다 같았다면 천지의 숨결을 감지한 녕결의 염력은 마치 많은 시련으로 다듬어진 예리한 바늘 같았다. 몸통은 극히 작지만 매우 굳세고 날카로운 바늘. 날카로운 바늘이 바다 속으로 떨어졌지만 어떠한 물결도, 아무런 소리도 일으키지 못했다. 그저 아주 쉽게 수면을 뚫고 어둠의 심해 속으로 가라앉아 버렸다. 물론 녕결은 이렇게 구체적인 문제를 몰랐고 부정적인 생각은 하지도 않으려 했다.

그는 어머니의 허벅지를 안고 반 년 내내 울다가 마침내 마음에 두고 있던 새 장난감을 얻은 남자아이처럼, 밤새도록 쉴 새 없이 명상하고 또 다시 염력을 내보내며 신기하고 아름다운 기운을 느꼈다.

그의 염력은 아직 탁자 위의 콩알 같은 촛불에도 영향을 주지 못했지만 그는 여전히 흥미진진했다. 다가온 새벽 노필재를 나설 때에도 잠은 못 잤지만 초췌한 기색이 전혀 없었다. 오히려 얼굴에 생기가 돌며 건강해 보였다.

'진짜 주인장이 경사가 났네!'

마차를 타고 서원에 도착했다. 푸른 풀밭, 무성한 나무, 산허리를 감은 안개, 동쪽의 청명한 아침 햇살. 구름으로 뒤덮인 흑백 건물과 처마들에서 아름다운 기운이 뿜어져 나왔다. 원래 아름다운 서원의 큰 산은 더욱더 아름답게 보였다.

"하하하!"

기분이 너무 좋아 오랜만에 만난 학생들을 볼 때마다 먼저 다가가 인사를 건넸다. 하지만 오늘 서원 분위기는 좀 달라보였다. 정확히 말하자면 녕결을 둘러싼 분위기가 좀 이상했다. 어떤 이들은 어색한 인사를 건넸고, 심지어 한 무리의 학생들은 그를 향해 손가락질을 했다.

'내가 너무 과했나?'

녕결은 영문도 모른 채 병 서당에 들어갔다. 놀랍게도 그와 제법 친분이 있는 동창들도 그에게 이상한 시선을 던졌다.

자리에 앉은 녕결은 저유현을 보며 나지막이 물었다.

"이틀 병가로 쉬고 왔을 뿐인데 왜 나를 보는 시선이 이렇게

달라졌지? 혹시 내가 절벽에서 뛰어내려 뜻밖의 경험을 한
사실을 모두 알고서 질투하는 건가?"

당연히 농담이었다. 하지만 평소 성격이 명랑하기 둘째가라면 서러운 저
유현이 얼굴의 웃음기를 지우면서 진지하게 되물었다.

"무슨 일이 있었는지 진짜 몰라서 묻는 거야?"
"진짜 모르겠는데? 제국이 또 연국을 치기라도 한데?"
"지금 농담이 나와?"

저유현은 녕결을 보며 탄식했다.

"교관부터 학생까지 온 서원이 이번 학기 시험을 지켜보고
있었는데 뜻밖에도 최종 결과는…… 사승운은 다섯 과목 갑등 상,
넌 시험도 보지 않았잖아!"
"아…… 학기 시험이 엊그제였구나. 정말 잊었어. 그런데 구서루
여교수께서 날 대신해서 병가를 낸 것으로 기억하는데."
"문제는 네가 병가를 냈다는 거야. 네가 시험만 치렀다면 아무리
성적이 나빴더라도 다들 너에게 아무 말도 하지 않았을 거야.
그런데 아무도 생각하지 못했지. 네가 시험도 못 볼 정도로
겁쟁이였다는 사실을……."
"그게 무슨 헛소리야? 그럼 내가 병든 몸으로라도 시험을 봤어야
한다고? 한 문제 풀 때마다 피를 토하고, 마지막 문제에서는 피를
흘리며 죽을 용기라도 있어야 했다는 거야?"

농담처럼 들렸지만 분노의 기색이 역력했다.

"너 정말 아팠어?"

저유현은 녕결이 진짜 화가 난 것을 보고 조심스럽게 물었다.

"네가 지금 이렇게 생생한 걸 보면 그 말을 누가 믿겠어?
어제 시험 성적이 발표되었는데, 임천 왕영이 한 과목 갑등 상,
나머지 과목은 모두 사승운이 갑등 상을 차지했어. 최근 몇 달
동안 너에게 자극받아 진짜 열심히 공부했다고 하더라고……
지금 서원에는 네가 사승운의 적수가 안 됨을 알지만 지는 것은
달가워하지 않아, 일부러 병가를 내고 도망갔다는 소문이 퍼지고
있어."
"무슨 소리야? 싸우지 않고 물러나는 것도 부끄러운 일이야.
부끄러운 일이지. 하물며 먼저 물러나…… 도전을 피하는 것은
더 말할 필요도 없겠지. 사실 난 이번 내기에 정말 흥미가 없었어.
최소한 내가 응한다고 한 이상…… 두렵지는 않았단 말이야.
그런 내가 일부러 꾀병을 부려 승부를 피했다고?"

저유현은 그제야 녕결의 말을 믿는다면서 어깨를 토닥였다.

"난 너를 믿어. 문제는 다른 사람들, 특히 갑 서당 학생들은
널 믿지 않을 거야. 사실 서원 대다수 사람들의 눈에는 지금의
네가…… 겁쟁이로 보일 뿐이야, 겁쟁이 말이야."

녕결은 쓴웃음을 지으며 고개를 저었다. 달갑지는 않았지만 그저 더 이상
변명하지 않기로 했다.

'이제 난 수행도 할 수 있게 되었는데, 이런 유치한 어린애들과
내가 옳으니 네가 옳으니 따질 필요가 있을까.'

녕결은 따지고 싶지 않았지만, 승리를 한 사람이 그의 앞에 와서 뻐기는
것을 막을 방법은 없었다.

세 번째 종이 울리자 녕결은 마음이 급해졌다. 빨리 구서루로 가서 진피피 그놈에게 글을 남겨야 했기 때문이다.

"종소리가 울리자마자 왔는데, 하마터면 너와 만나지도
못할 뻔했네. 왜 그렇게 서두르는 거지? 또 구서루에 가서 열심히
하는 척이라도 하려고? 아니면 그날의 내기를 모른 체하려고?"

사승운과 종대준이 녕결을 찾아왔다. 종대준은 나가려던 녕결을 막았고 그들을 앞세우고 들어온 학생들의 얼굴에는 오만한 웃음과 함께 억지로 짓는 웃음이 얼굴 가득 서려 있었다.

"그래도 몇 마디는 하고 가셔야지?"

사도의란이 화를 참지 못하고 일어서서 몇 마디 하려 했지만 김무채가 막으며 사승운 앞으로 가 부드러운 목소리로 축하를 전했다.

"몇 마디 하라고? 좋아. 그럼 간단히 몇 마디 하지."

녕결은 자신을 막은 종대준의 손을 치우며 덧붙였다.

"그런데 이 일이 너와 무슨 상관이지? 좀 비켜줄래?"

종대준은 잿빛으로 변한 얼굴로 부채를 흔들며 옆으로 비켜섰다. 녕결과 사승운은 서로 가볍게 인사했지만 곧바로 긴장감이 흘렀다. 녕결은 사승운의 얼굴을 보며 미소를 짓고서 입을 열었다.

"핑계는 없어. 내가 시험을 치르지 않았으니 내가 진 게 맞아.
내기는 밥 사는 걸로 기억하고 있는데, 맞지? 그래, 밥은 내가
살 테니 장소는 네 마음대로 정해. 누구를 얼마나 초대할지도

네가 결정하고."

사승운은 녕결이 이렇게 깨끗하게 패배를 인정할 것이라고는 생각하지 못 했기 때문에 순간 당황했다. 이를 바라보던 종대준은 친구가 너무 착해서 그렇다는 생각을 했다. 그는 냉소를 지으며 불쑥 끼어들었다.

> "시험에서 져서 망신을 당할까 봐 꾀병을 부려 시험을 안 보는
> 비열한 수법을 쓰다니! 너 같은 놈이 밥을 사준다 해도, 그곳에
> 다 너 같은 이상한 사람이 있을까 봐 겁나서 가지도 못하겠다!"
> "그 도전장은 사승운 공자에게서 받은 것으로 기억하는데 넌
> 뭔데 끼어들고 있어? 개밥그릇에 보리밥 붙어 있듯이 사승운
> 곁에 붙어 있지 말고, 밥이라도 얻어먹으려면 좀 가만히 있지?"
> "개밥그릇 뭐라구? 내가 개밥그릇이라는 거야?"
> "아니 개밥그릇이 아니야. 넌 그냥 보리밥 찌꺼기야. 밥풀때기!"

종대준은 얼굴을 붉혔다. 졸지에 밥풀때기라는 별명을 갖게 생겼으니. 사승운은 본래 가만히 있으려 했으나 너무나도 당당한 녕결의 태도에 화가 나서 저도 모르게 입을 열었다.

> "밥은 먹지 않아도 돼. 허나, 네가 한 행동이 서원의 명예에
> 먹칠을 했다는 사실은 알았으면 좋겠어."

녕결도 지지 않았다.

> "내가 학비를 내고 서원을 다니는데 서원의 명예까지 책임져야
> 하나? 무슨 개똥같은 소리! 그런 일은 나와 상관없어."

녕결도 점점 화가 끓어올랐다.

"내가 꾀병을 부려 시험을 피했다고? 그런 재미없는 말은 앞으로
입에 담지 않았으면 좋겠네. 원래 너희들과 친하지도 않지만
이참에 너희를 비방죄로 고소할 수도 있어. 비방죄 몰라?"

녕결은 당당했지만, 대부분의 학생들은 사승운과 마찬가지로 더욱 경멸
하는 시선으로 녕결을 바라봤다. 저유현이 헛기침을 두어 번 하고 원만히
수습하기 위해 웃으며 말했다.

"워워…… 진정들 해. 상대가 되지 못한다는 것을 알고
피하는 것도 일종의 작전이야. 작전이라고 작전. 전쟁을 할 때
흔히 쓰는 병법이잖아. 근데 다들 왜 이렇게 심각해?"

녕결은 저유현을 째려봤다.

"넌 날 도와주는 거야, 아니면 불난 집에 부채질이냐?"

그때 누군가 소리쳤다.

"못 이기면 순순히 패배를 인정하면 되지, 왜 그런 억지를
부리는 거야?"

녕결은 그곳으로 고개를 돌리지도 않고 웃으며 다시 말했다.

"난 너희들이 내 말을 믿든 안 믿든 신경 안 써. 날 겁쟁이라
불러도 돼. 또 너희들이 내가 억지를 부린다 생각해도 좋아.
어차피 난 너희들과 왈가왈부 따질 생각도 없으니까. 그날
공주 전하께서 말씀하신 것 생각 안 나? 너희들은 온실 안의
꽃일 뿐이야. 온실 안의 꽃. 아름답지만 온실 밖의 비바람은
피해야겠지. 하루 종일 이유 없이 여기저기 자랑질이나 하고,

어떻게 하면 자신의 강인함과 능력을 과시할까 머리를
쥐어짤 뿐이야. 너희들 수준은 딱 거기까지야."

녕결은 여전히 미소를 지으며 담담히 말했다.

"무슨 품행이나 도량 같은 말로 날 설득하려고 하지 마.
난 너희들과 달리 그 따위 것들에 신경도 안 써. 너희들이 유모가
들려주는 초원 마적 이야기에 겁을 먹을 때, 이 형님은 초원에서
마적 머리를 베어 공처럼 차고 놀았어. 너희들이 마적 이야기에
오줌을 지릴 때 말이야."

녕결의 얼굴에서 웃음기가 사라져 갔다.

"말했듯이, 너희들이 날 겁쟁이라 하든 무뢰한이라 비웃든
난 신경 안 써. 하지만 명심해. 그 비웃음이 내 귀에 들리게는
하지 마. 너희들의 머리가 그 마적들처럼 공으로 변하고
싶지 않으면."

이 말을 마치고 녕결은 가슴을 내밀며 호탕하게 밖으로 나가 버렸다. 그
누구와도 눈길을 마주치지 않고.

        ＊＊

녕결이 향한 곳은 서원 뒤쪽이었다.

'친하게 지내던 인간들도 날 믿지 않고 종대준 따위의 말에
놀아나다니…….'

저유현이 급히 달려와 녕결과 나란히 걸으며 감탄했다.

"자알 한다. 애들에게 제대로 미움을 샀네. 자아알 했어.
　앞으로 나도 너랑 거리를 두어야겠는데?"

저유현은 빙긋빙긋 웃음을 흘렸다. 녕결은 같이 웃으며 물었다.

"근데 왜 따라와?"
"넌 그들 모두를 어린애 취급했어. 그런데 최소한 장안
　기방 아가씨들은 내가 어린애가 아님을 증명해줄 수 있지."
"무슨 소리야? 네가 기방 호구라는 말이야?"
"네 그런 말들이 적어도 내게 상처를 주지는 않아. 후훗……
　더군다나 너와 잘 지내면 언젠가 홍수초 아가씨들과
　더 친해질지도 모르잖아? 물론 수주아 아가씨는 그냥 멀리서만
　볼게. 그래도 육설 아가씨는 내게 좀 소개시켜 주라."

녕결은 그를 힐끔 보고 웃음이 터졌다.

"나 때문에 동창들에게 미움을 사는 게 두렵지 않아?"
"두렵지 않냐고? 우리가 친하다는 건 모든 서원 사람들이 아는
　사실인데, 네가 그들과 사이가 틀어졌다고 내가 바로 너를
　버리면? 그놈들은 이제 내가 의리도 없는 놈이라고 손가락질하고
　다니지 않겠어?"

저유현은 자조 섞인 웃음을 지으며 걸음을 멈췄다.

"하지만 네 말대로 서원 애들…… 아니, 밥풀때기들 전체와
　싸울 수는 없으니 난 먼저 돌아가 볼게."

그 시각 병 서당에 모여 있던 학생들은 녕결의 말을 듣고 모두 어리둥절하고 있었다. 녕결의 말은 마음에서 우러난 진심이었지만 서당 학생들에게는 자신들에 대한 공격으로 느껴졌기 때문이다. 특히 사승운과 종대준은 오늘 녕결에게 모욕을 주러 왔는데, 상대방이 무지막지한 수법으로 모두 막아내고 오히려 자신들을 모욕해버린 것이다.

　"됐어. 그놈을 더 이상 상대하지 말자."

그 순간 한 학생이 못마땅한 표정으로 나지막이 말했다.

　"근데 그놈은 공주 전하의 오래된 친구인데……."
　"오래된 친구라는 말은 적절하지 않아. 전하께서 그를 한번 보고
　그냥 속아 넘어가신 거겠지."

종대준의 말에 몸집이 장대한 초중천이 머리를 긁적이며 말했다.

　"사실 내가 집안 어르신들께 여쭤봤는데, 다섯째 숙부님이
　고산군 도위 화산악에게 물어보셨대. 녕결은 원래 위성의
　군사였고 전하께서 장안으로 오실 때 힘을 좀 보탰나 봐.
　전하께서 그 일을 기억해 가끔 그를 배려해 주시는 것 같아."

초중천은 대당 16위(衛, 군영 단위) 대장군 초응도의 손자. 그래서 그가 한 말은 상당히 신빙성이 있었다. 종대준은 그의 말을 듣고 비웃으면서 말했다.

　"그날 구서루 앞에서의 만남은 그냥 우연이었겠지. 그리고
　전하께 힘을 보탰다는 것은…… 군사 하나가 힘을 보태면
　얼마나 보탰겠어? 천막을 치고, 말을 끌고, 말똥을 줍는 것에
　힘을 보탰나? 전하께서는 인덕이 있으시니 가끔 그를 배려해줄
　수 있겠지만 저런 하찮은 놈이 전하의 이름을 빌려 감히 몸값을

올리려 하다니! 인품이 참으로 비열하기 짝이 없어. 게다가
나보고 뭐 밥풀때기? 밥풀때기가 뭐야, 밥풀때기가."

침묵을 지키던 사도의란이 벌떡 일어나 종대준을 노려봤다.

"녕결이 언제 전하의 이름을 가지고 몸값을 올렸어? 전하께
녕결이 무슨 도움을 줬는지는 내가 더 잘아. 그리고 녕결의
성품이 비열해? 그럼 너처럼 뒷말이나 하는 건 뭔데? 좀 전에
그의 앞에서 당당하게 말하지 그랬어? 넌 그가 두려워 앞에선
감히 말 한마디도 못하면서."

종대준의 얼굴이 다시 잿빛으로 변했다.

"나, 나…… 난 그가 두렵지…… 두렵지 않아. 하지만 나처럼
점잖은 사람이 그 무뢰한과 싸움박질을 할 수는 없잖아?"

사도의란은 더 말할 가치도 없다는 듯 뒤돌아서며 퉁명스럽게 말했다.

"무채, 너 안 갈 거야?"

김무채는 사승운의 눈치를 살피고는 어색하게 웃으며 답했다.

"언니 먼저 가, 난 이따가…… 구서루에서 책 좀 보려고."

사도의란은 대꾸하기도 귀찮은 듯 사승운 앞으로 가 말했다.

"무채는 대당 제국 제주(祭酒) 대인이 가장 아끼는 손녀야.
네가 남진에서 제법 명성을 떨쳤다지만, 이층루에도 먼저
올라가길 바라."

그녀의 말뜻을 알아차린 사승운이 자신만만하게 대답했다.

"걱정 마. 열심히 할 거야."

종대준은 사도의란이 녕결을 편든 것에 분개하며 비아냥거렸다.
"사승운 공자가 이층루에 들어가지 못하면 이번 서원 신입생들은
아무도 들어가지 못하겠지. 설마 너는…… 녕결이 들어갈 수
있다고 생각하는 거야?"

사도의란은 화가 머리끝까지 솟구쳐서 대꾸도 하지 않고 돌아서서 밖으로 나가버렸다. 무언가 말을 하고 싶었다. 하지만 그녀도 녕결이 이층루에 들어갈 수 있는지 알 수 없었다. 그녀는 녕결 자신도 감히 그런 욕심을 부릴 거라 생각하지 않았기 때문에 아무 말도 할 수 없었던 것이다.

＊＊

구서루의 2층은 그 이층루가 아니었지만 녕결에게는 중요한 의미가 있는 2층이었다. 그는 동쪽 창가로 걸어가 온화한 얼굴의 여교수를 보며 평소처럼 예를 올렸다. 그날 자신을 방치한 이유에 대해 묻고 싶은 마음이 굴뚝같았다. 하지만 경솔한 행동이라 판단해 입을 닫았다. 여교수는 마치 그때 본 장면을 잊은 듯 평소와 다름없이 살짝 턱을 당기며 끄덕였고, 또 여느 때처럼 잠화소해체를 조용히 베꼈다.

녕결은 서가로 다가가 〈오섬양론호연검〉을 꺼내, 자신이 늘 앉던 자리로 가 책을 펼쳤다. 그는 자신의 기해설산이 몇 개나 뚫렸는지 알 수 없었다. 하지만 고요한 바다와 같은 천지의 숨결을 감지한 경험을 한 터라 지금 이 순간 매우 흥분해 있었다.

'얼마나 달라져 있을까?'

확실히 달라졌다.

먹글씨에 숨겨진 의미가 그의 눈을 통해 뇌로 들어가고 점차 몸속에서 퍼져나가 검날로 변해 돌아다니기 시작했다. 감당하기 힘든 아픔은 느껴지지 않았다.

그저 답답한 느낌이 들었다. 답답하고, 아주 답답하고, 미칠 듯이 답답한 느낌.

느낌이 안 좋았다. 그래서 책을 내려놓고 서쪽 창가로 가 진피피에게 글을 남기기 시작했다.

'우선 나의 기해설산혈이 드디어 통했으니 축해해줘.
둘째, 책을 읽어도 여전히 소용이 없네. 셋째, 간단히 실천할 수
있는 방법 좀 가르쳐줘. 마지막, 고마워.'

녕결은 아쉬움을 가득 안고 47번 골목으로 돌아와 내일을 기대했다.

'진피피가 뭐라고 할까?'

녕결은 이 아쉬움과 기대가 사실 매우 거만한 감정이라는 것을 몰랐다. 만약 서릉 호천 신전이나 불종의 대가들이 이제 막 초식 경지에 들어선 이가 하루 만에 본격적인 수행을 하려 한다는 것을 알면, 탐욕과 어리석음을 죄명으로 그를 추방시킬 게 뻔했다. 만약 서원 교관들이 자신의 제자 하나가 기해설산 열일곱 개 중 열개가 통했다고 서원의 절학(絶學)인 호연검을 배우려는 것을 알면 기겁을 할 것이다.

수행은 본래 선택받은 인간이 운 좋게 호천께서 하사한 선물을 습득한 것과 같다. 그런데 선천적으로 선물을 받지 못한 보통 사람이 수행을 할 수 있으려면?

그것은 하늘을 거스르고, 이른바 천명(天命)을 바꾸는 것.

천명을 바꾸는 힘은 신의 영역. 전설에 따르면 그런 능력은 서릉의 호천 신전만이 가지고 있으며 경지가 매우 높은 대신관들이 엄청난 대

가를 치르고서야 실행할 수 있었다.

전대 성현들이 직접 조각한 주작상, 신비하고 정체불명의 대흑산, 서릉 불가지지의 통천환. 이 세 가지는 각각 세상에서 가장 귀하고 신비한 존재이지만 그중 하나만으로는 신의 영역에 놓인 천명을 바꾸지는 못했을 것이다.

하늘은 스스로 돕는 자를 돕는 것인가. 그가 십여 년 동안 너무 힘들게 살았기 때문에 호천께서 보상을 내린 것인가. 녕결은 자신이 만난 것이 세상에서 가장 신묘한 행운인 것을 몰랐다. 알았더라도 그 도리를 완전히 깨닫지는 못했을 것이다.

그래서 하늘을 거스르고 운명을 바꾸었지만 여전히 아쉬워했고 불만이 가득했다. 그 아쉬움과 불만은 정말 사람을 어이없게 만드는 것이었다.

★★

진피피는 어이가 없었다. 진심으로 분노했다. 사실 그는 녕결이 정말로 수행의 길에 들어섰다는 것을 믿을 수가 없었다. 그가 당시의 상황을 짐작했고 또 녕결을 살려냈지만, 녕결이 진짜 역천개명(逆天改命, 하늘을 거스르고 운명을 바꾸다)을 할 수 있을지는 확신을 못했기 때문이다. 그래서 처음엔 충격을 받고 놀랐지만 이어진 글에 강렬한 부러움과 함께 질투심이 섞여 진심으로 분노했다.

> '우선 축하하고 싶지 않아. 이 일은 너무 황당하고 이해할 수
> 없기 때문이야. 둘째, 책을 읽어도 소용없는 것이 아니라, 수행의
> 백치인 네놈이 쓸모없는 것이야. 셋째, 지금 내가 질투하고
> 있다는 것을 인정하지. 그래서 널 가르치고 싶지 않아. 마지막,
> 먼저 호천과 18대에 이르는 선조들께 감사해라.'

＊ ＊

이전 생에서 아주 어렸을 때, 녕결은 한 마디 말에 세뇌되었었다.

　'사람이 파악한 지식은 원(圓)과 같다. 아는 것이 많아지면,
　원이 커진다. 그러면 자신이 모르는 것이 더 많다는 것을
　발견할 수 있다.'

녕결은 이 말이 싫었었다. 어머니와 선생님들은 왜 이렇게 이런 비관주의적인 논조로 자신을 가르치려 하는지 이해할 수 없었다. 하지만 그가 수행의 세계에 발을 들여놓은 지금, 이 말이 하나도 틀리지 않았음을 깨달았다. 그는 지금 모르는 것이 더 많아졌다.

　녕결은 진피피의 글을 무시하고 수행 서적을 계속 읽었다. 하지만 도무지 그 뜻을 이해하지 못했다. 초원에서 마적을 베며 익숙해진 직선적인 사고방식. 그래도 그것이 꼭 나쁘지만은 않았다. 그는 당분간 전진할 수 없다는 것을 깨달았다. 그는 깔끔히 책을 내려놓은 후 다른 중요한 일부터 먼저 처리하기로 마음먹었다.

　그는 상상과 함께 노필재에서 남몰래 기뻐했다. 마치 두 명의 백치처럼 서로를 바라보며 영문도 모른 채 허허 웃은 뒤 바로 남성으로 향했다.

　그날 밤, 남성의 유명한 구성(旬星) 도박장 입구에서 긴장한 표정의 두 사람이 목소리를 낮춰 의견을 나누었다.

　"상상, 우리가 너무 많이 이기면 도박장 사람들에게 추격을
　당하지 않을까?"
　"전 도련님이 생각하는 방법이 통할지가 더 걱정이예요.
　천지의 원기를 감지하면 통 안의 주사위 숫자를 볼 수 있다고요?
　자신 있어요? 돈을 다 날렸다고 눈이 벌게져서 날 잡아 팔면
　안 돼요."

"무슨 헛소리야. 너를 판다 해도…… 도박장이 안 받아줄지도
몰라. 네 꼴을 생각해봐. 누가 널 사겠어. 그리고 어젯밤에 내가
보여 줬잖아. 나는 평생 자신 없는 싸움을 한 적이 없어. 관건은
이기고 나서 어떻게 튀냐는 것인데……."
"무조건 이긴다고요?"

상상은 어떻게 도망쳐야 하는지는 전혀 걱정이 되지 않는 듯 태연했다.
허리띠에서 종이로 접은 별과 함께 상자를 건네며 나지막이 말했다.

"은자 2백 냥을 꺼내서 은표 한 장으로 바꿨고 이 상자 안에는
1백 냥 정도 더 있어요. 많이 따셔야 해요."

남성의 구성 도박장. 원래는 강호의 거물 중 하나인 몽 씨 패거리에서 가
장 돈을 많이 버는 곳이었다. 춘풍정 혈투 후 폐허가 되었고 두 달 전 다
시 문을 열었다. 지금은 그 배후에 있는 주인이 누구인지 아무도 알지 못
했다. 녕결은 화려한 간판, 원목 탁자, 높이 걸려 있는 초롱을 보고 소리를
지르고 싶은 욕망을 억지로 참았다.

그들은 위성과 개평 시장에 있는 도박장을 자주 찾곤 했다. 하지
만 이곳은 땀 냄새로 가득 차 아주머니에게 욕지거리나 퍼붓는 변방의 작
은 도박장과는 전혀 다른 세상이었다.

하지만 아무리 호화롭고 고귀하게 꾸며도 도박장은 도박장. 결국
인생을 판돈으로 걸고 혈투를 벌이는 곳. 각양각색의 사람들이 오갔고,
도박장 관리자는 그런 도박꾼들을 보는 데 익숙해진 듯 특별한 관심도 기
울이지 않았다.

구성 도박장 넓은 대청에서 관리자들도 수많은 도박꾼들도 아무
도 두 사람을 주목하지 않았다. 대신 그들은 서 있든 앉아 있든 모두 탁자
위에 놓인 주사위 잔, 혹은 삼각형 모양의 도박용 패쪽을 긴장된 표정으
로 쳐다보고 있었다.

녕결은 계산대로 가서 돈을 패쪽으로 바꾸었다. 판돈의 하한과 규

칙을 물어본 후, 다소 안심을 하며 상상을 데리고 대청을 천천히 돌아다 녔다.

그러다 주사위로 대소(大小)를 가리는 탁자에 사람이 하나 빠지자 잽싸게 비집고 들어갔다. 주사위 잔을 흔들고 대소에 거는 것. 도박장에서 가장 간단하고 빠른 승부. 이 두 가지 특징은 녕결이 매우 좋아하는 것이었다.

살인이나 도박이나 똑같았다.

주사위 3개, 9점을 기준선으로 크면 대, 작으면 소. 만약 주사위 3개가 모두 6이 나오면 표범 통살(通殺). 배짱이 있으면 표범에 걸 수 있고, 이긴다면 모든 돈을 딸 뿐만 아니라 총합이 건 돈에 사람 수를 곱한 금액에 못 미치면 하관(荷官, 주사위를 굴리는 사람)이 대표하여 배상해 주었다. 물론 이런 일은 극히 드물게 일어나지만.

청초한 외모의 여자 하관이 새하얀 팔을 마치 마술을 부르듯이 위아래로 흔들었다. 잔 안에 주사위 세 개가 촘촘하게 부딪히는 소리, 이어서 주사위 잔이 탁자 위에 내려앉는 소리가 들렸다. 녕결은 시선을 약간 아래로 향하고 있어서 다른 이들이 보기에는 망설이며 생각하고 있는 듯이 보였다.

실제로는 명상을 시작하여 머릿속의 염력이 기해설산을 지나 주변 천지의 숨결을 감지하고, 또 그 천지의 숨결을 이용하여 사방의 모든 존재들을 인식하고 있었다. 무형의 염력 파동이 천지의 숨결을 움직이고 사물 위에 떨어져 변형을 감지하고, 이 감지는 다시 천지의 숨결을 통해 그의 염력 파동에 반응했다. 그것이 뇌에 들어가면 선명하지는 않을지라도 눈으로는 볼 수 없는 어떤 장면을 형성했다.

'탁.'

갈색 탁자 위에 두툼한 손이 나타났다. 어느 옷가게 주인의 손. 주사위 잔에서 하관의 손이 떨어지자 그는 은자 50냥에 해당하는 패쪽을 '대'에 걸었다. 그의 얼굴은 평온했지만 남은 패쪽을 누르고 있는 손바닥이 미세하게 떨렸다. 녕결은 도박꾼의 심리 상태에 관심이 없었다. 아무리 뛰어난 도박꾼이라도 영원히 이길 수는 없다는 사실을 알고 있었기 때문이다.

그래서 그는 자신의 '기묘한 부정(不正)'으로 돈을 따고 싶었다. 그리고 남들이 볼 수 없는 것을 자신이 볼 수 있는가에만 집중했다.

"손바닥 아래에 있는 남은 패쪽이 은자 두 냥밖에 안되는 것
    같은데 여전히 덤덤한 모습을 보이네요?"

물론 '볼 수 있다'는 말은 정확하지 않았다. '감지'할 수 있는 것은 패쪽의 가장자리와 그 위에 새겨진 희미한 무늬 정도였다. 마치 눈으로 본 것 같은 효과는 없었다. 만약 그런 것이 있었다면 역사적으로 많은 수행자들이 여자의 가슴을 훔쳐보다 코피가 나 정신이 나가고, 결국 정력이 지나치게 빠져 죽었을 것이다.

'2, 3, 3.'

하관이 사방을 바라보며 온화한 미소와 함께 양손으로 주사위 잔을 열었다. 탁자 위 옷가게 주인의 손이 굳은 채로 잠시 멈추었다. 그는 다섯 손가락을 아래로 내리며 마지막 패쪽을 움켜쥐었다. 그리고 주위 사람들을 향해 억지로 웃음을 지어내고는 자리에서 일어났다.

그 자리에 상상의 작은 몸이 비집고 들어왔다.

'팅팅팅……'

낭랑한 주사위 부딪히는 소리가 다시 울렸다. 주사위 잔이 청수한 여자 하관의 하얀 손을 따라 위아래로 움직이다가 탁자 위에 떨어졌다.

'탁.'
"여러분, 판돈을 거셨으면 손을 떼십시오."

여자 하관은 미소를 지으며 주변을 향해 규칙을 한 번 더 말했다.

> "주사위 잔이 탁자에 내려온 후 정해진 시간 내에 판돈을 걸지
> 못했다면 차분하게 다음 판을 기다리십시오."

반원형 탁자 위에는 작고 귀여운 모래시계가 놓여 있었다. 떨어지는 모래가 사람들을 재촉하기 시작했다. 넝결은 무심히 떨어지는 모래를 보며 서둘러 검은 주사위 잔에 집중했다. 너무 긴장한 듯한 그 모습에 탁자에 있는 손님 누군가가 웃음을 터트렸다.

> "어느 집 아이가 구성에 놀러 왔나 보네! 오랜 본다고 알 수
> 있는 게 아니야, 아가야."

넝결은 개의치 않았다. 자신이 진짜 알 수 있다고 말할 수는 없는 노릇 아닌가. 하지만 그는 어젯밤 내내 실험을 해서 자신이 알 수 있음을 확인했다. 통 속에 물이 얼마나 차 있는지 침대 밑 상자에 은자가 몇 개 있는지, 창문 너머 쪼그려 앉아 있는 상상이 눈을 감고 있는지 뜨고 있는지. 반복된 훈련을 통해 자신이 감지한 천지 원기로 태산을 흔들 수는 없어도 최소한 태산을 '보는' 것은 가능하다는 것을 확인했다.

넝결의 통제하는 천지 원기가 검은 주사위 잔의 두꺼운 벽에 들어갔다. 그 순간 넝결의 몸이 뻣뻣하게 굳었다.

> '어떻게 된 거지? 보이지 않는다!'

넝결은 미간에 주름을 지었다. 필사적으로 염력의 강도를 높여 철옹성 같은 주사위 잔 안으로 찔러 넣었다.

> '뚫려라!'

염력에 의해 극도로 응축된 천지의 원기가 마치 날카로운 무형의 바늘로 변한 듯 마침내 파고들었다. 아름다운 촉감을 느끼며 잔 밑부분에 조용히 누워 있는 주사위 세 개를 보고 녕결의 얼굴 주름이 자연스럽게 펴졌다. 그는 은표로 만든 작은 별을 꺼내 '대' 구역에 가볍게 놓았다. 하관은 그가 귀엽다는 듯이 미소를 지으며 천천히 잔을 들었다.

　　'4, 5, 6.'
　　"대(大)!"

여자 하관은 가느다란 손가락으로 은표로 접어 만든 별을 펼쳐 여러 도박꾼들에게 보여주었다. 그리고 대나무로 만든 자로 은자를 끌어 녕결 앞으로 밀었다.

　　주사위 대소 한 판에 2백 냥. 보기 드문 풍경이었지만 규칙은 규칙. 다양한 크기의 패쪽이 녕결 앞에 겹겹이 쌓여 보는 이의 마음을 요동치게 했다.

　　"어린 녀석이 크게 노네. 저놈 저거 표정 좀 봐. 거만하지도
　　않고. 어린 나이에도 불구하고 여간 침착한 게 아니네, 허 참."

한 중년 도박꾼이 혀를 내둘렀다. 녕결은 웃었지만 아무 말도 하지 않았다.

　　'당신도 잔을 꿰뚫어볼 수 있다면, 나처럼 침착할 겁니다.'

수행을 통해 깨달은 사람들은 인적이 드문 곳에서 도(道)를 구하거나 속세를 벗어난 가치를 추구하는 것이 일반적이었다. 은전을 벌려고 도박장으로 달려가 아버지의 원수라도 갚듯 주사위 잔을 노려볼 리가 없었다. 하지만 눈앞에 벌어지는 도박판은 녕결에게 생각할 시간이나 반성의 기회를 주지 않았다.

　　주사위 잔이 쉴 새 없이 위아래로 흔들렸고, 녕결 앞의 탁자에는

패쪽이 점점 산처럼 쌓여갔다. 연속 일곱 번의 승리. 매번 판돈을 걸 때마다 패쪽은 쌓여갔다. 이미 그의 앞의 패쪽은 천 냥이 넘었다. 돈이 물처럼 보이는 구성 도박장에서도 보기 드문 광경이었다.

넝결의 탁자로 구경꾼이 몰려왔다. 하관은 억지로 웃음을 지어 보였다. 그녀는 도박꾼들에게 휴식을 취하러 간다고 하면서 안으로 들어가 버렸다.

도박장 측은 중년 남자 하관으로 교체했다. 어떤 단골손님이 바뀐 하관을 알아보았다. 구서 도박장의 진정한 고수 하관인 것을 알아차리고는 가볍게 소리를 질렀다. 넝결과 대결하려는 도박꾼은 없었다.

교체된 하관이 나타나자 주변 도박꾼들은 저희들끼리 쑥덕거린 후 우선 한 판을 지켜보기로 결정했다. 넝결은 부정 행위를 하고 있는 셈이었다. 그렇다면 도박장 측은 부정행위를 할 수 있을까? 물론 위성이나 개평 시장의 도박장에서는 가능한 일이었다. 하지만 장안의 명소 구성 도박장에서 그런 수단을 동원하지는 않을 것이었다. 그래서 그들은…… 넝결의 승리를 눈뜨고 지켜만 봤다.

연속 세 판의 승리.

넝결을 새까맣게 에워싼 도박꾼들이 더 이상 참지 못하고 잇달아 넝결의 선택에 따라 패쪽을 걸기 시작했다. 도박장 측은 돈을 더 빠르게 잃었다. 하관의 얼굴이 점점 어두워졌다.

'팅팅팅…… 탁.'

하관은 다른 손님은 보지도 않은 채 넝결을 보고 미소를 지었다.

"손님, 걸었으면 손을 떼십시오."

넝결은 대나무 자를 하관과 가장 가깝고, 또 탁자에서 가장 협소한 구역에 가져다 놓았다. 그의 패쪽이 너무 많고, 그는 매번 모든 패쪽을 걸었기에, 도박장은 그가 패쪽 전체를 걸 때 패쪽 대신 대나무 자를 대신 사용하라 말한 것이다. 즉, 녕결은 자신의 재산 전부를 걸었다.

"와!"

장안에서 풍채와 도량을 중시하는 도박꾼들도 이미 위성에서 고함치는
군사 도박꾼들과 마찬가지로 상스럽게 비명을 지르고 있었다.
　　"표범!"
　　"표범? 그렇게 자신이 있나?"
　　"목소리 좀 낮추게…… 너무 많이 이겨 도박장에 미움을 살까봐
　　일부러 지는 것은 아닐까?"
　　"무슨 소리야! 지금 전 재산을 걸었잖아!"

구경꾼들은 너도 나도 한 마디씩 참견했다. 하관은 녕결에게 다시 한 번
물었다.

　　"손님, 확실합니까?"

녕결은 넋을 잃고 있었다. 산더미 같은 패쪽 때문이었다. 상상이 팔꿈치
로 옆구리를 툭 쳤다. 녕결은 그제야 정신이 든 듯 말없이 고개를 끄덕였
다. 이번에는 하관이 정신이 나간 듯 보였다. 그는 마치 주사위 잔이 산이
라도 된 듯 좀처럼 움직이지 못했다. 그러다 갑자기 고개를 들더니 녕결
을 보며 쓴웃음을 지으며 나지막이 말했다.

　　"친구를 사귀어 보시겠습니까?"

녕결은 주사위 잔을 열라고 재촉하지 않았다. 그는 하관의 말뜻을 알아듣
고는 미소를 지으며 고개를 끄덕였다. 녕결은 상상의 귀에 대고 몇 마디
건넨 후 같이 자리에서 일어났다. 하관은 손을 내밀어 그를 안내했다.
　　도박장 계산대 뒤편 호화롭게 꾸며진 방. 녕결과 상상은 그곳으로

안내되었다. 방문이 닫히자 바깥의 떠들썩한 소리가 순식간에 사라졌다. 주렴 뒤쪽에서 약간 뚱뚱한 중년의 부자 상인이 나와서 녕결에게 예를 올리며 말했다.

"구성 도박장 지배인입니다. 대인께서 저희 체면을 봐주셔서
감사합니다."

따고 나서 어떻게 일어서야 할지가 고민이었던 녕결. 도박장에서 먼저 손을 내밀었으니 그는 주저하지 않고 잡았던 것이다.

"도합 사천 사백 냥을 거셨는데, 마지막 판은 표범이 맞습니다.
규칙대로 한다면 도박장이 다 배상을 해야……."
"규칙은 압니다. 허나, 그냥 두 배만 주시죠."
"정말 도량이 넓으시군요. 그럼 조금 더 맞춰 일만 냥을
채워드리겠습니다. 다시 한 번 주인과 도박장을 대표해 감사의
마음을 전합니다."

잠시 후, 도박장 하인이 녕결의 패쪽을 모두 은표로 바꿔 왔다. 상상은 매서운 눈빛을 보내 은표를 세려고 했다. 그런 상상을 녕결은 제지했다. 하지만 그도 곁눈질로 두툼히 쌓인 겹겹의 은표를 보고 입술이 마르는 것을 느꼈다.

"앞으로도 언제든 놀러 오십시오."
"감사합니다."

상대방은 명확하게 말은 안 했지만 실제로는 우회적인 경고였다.

'앞으로는 절대 오지 마. 또 오면 그땐…….'

녕결이 상상과 함께 그 방을 나서려 할 때였다. 지배인은 문득 좋은 생각이라도 난 듯 웃으며 제안했다.

> "아직도 손이 근질거립니까? 그럼 서성 쪽에 최근에 새로 연
> 도박장으로 가보십시오. 준개 대인께서 운영하시던 전당포를
> 바꾼 곳입니다. 최근에 열어 시설도 좋지만 무엇보다 판이
> 여기보다 크지요."
> '준개? 조소수 형님이 말했던 그놈들 중 하나?'

구성 도박장 지배인은 창가에 서서 서성 쪽으로 향하는 두 사람을 바라보았다. 그들이 어둠 속으로 사라지는 것을 보고 지배인은 고개를 저었다. 그때 중년 하관이 주사위 잔을 들고 들어왔다.

> "저놈은 확실히 수행자가 맞습니다."

중년 하관은 죽은 몽 씨가 대하국에서 초빙한 도박술의 절정 고수였다. 평소에는 거의 나서지 않는데 오늘은 직접 나서서 도박판에 끼어들었는데도 결국 시원하게 졌다. 도박장의 생리, 즉 도박꾼보다 도박장이 확률상 훨씬 유리함을 잘 아는 그는 단번에 지금 벌어진 사태에 대한 분석을 내렸다.

> "지배인님, 그놈에게 너무 잘해주신 것 아닙니까? 너무 순순히
> 놔준 것 같은데요?"

그러나 지배인의 생각은 달랐다.

> "몽 아저씨는 죽었다. 그럼에도 우리가 여전히 도박장을
> 운영할 수 있었던 것은 궁에 계신 어룡방 일곱째 진씨 어른이
> 오갈 데 없는 우리를 불쌍히 여기셨기 때문이다. 그런데 우리가

어떻게 감히 소란을 피우겠는가. 그리고 그놈이 진짜 수행자라면 우리가 뭘 할 수 있겠느냐."

'쨍그랑!'

차분히 이야기하던 지배인이 하관에게서 주사위 잔을 건네받아 세차게 바닥에 집어던졌다. 잔 안쪽으로 금색의 막이 보였고 그 위에 무늬가 새겨져 있었다.

"알다시피 주사위 잔에는 연금(軟金)으로 된 막이 있지. 그럼에도 저놈이 연금 막을 뚫고 안을 들여다볼 수 있었다고? 수행의 경지가 이미 초경과 감지의 두 허경(虛境)을 넘어 실경(實境)으로 들어갔다는 뜻…… 우리가 은전을 내놓는 것 외에 달리 할 수 있는 것이 무엇이 있었겠는가."

'어떻게 그렇게 어린 소년이 벌써 불혹의 경지에……?'

하관은 더욱 화가 솟구치는 듯 입술을 파르르 떨며 말했다.

"그런 대단한 인물이 도박장에는 왜 왔을까요? 서성에 가서도 그렇게 건방을 떨 수 있는지 한 번 보고 싶군요. 아무리 준개 대인이 죽었다지만 그 도박장 뒤에는…… 보통 수행자가 감히 건드릴 수 있는 사람들이 아니니."

지배인은 그 말에는 별다른 대꾸를 하지 않았다. 다만 깨진 주사위 잔의 연금 막을 보고 불쾌한 듯 중얼거렸다.

"이런 경우가 어디 있단 말인가. 똥을 밟아도 왕창 밟았어. 수행자가 도박장에서 돈을 번다는 말은 들어본 적이 없는데…… 망할 놈의 수행자 체면이 있지……."

지배인은 고개를 들어 창밖으로 밤의 어둠을 바라보며 탄식했다.

"똥을 밟아도 제대로 밟았어, 똥을 말이야."

＊ ＊

상상의 낡은 허리띠 속에는 2백 냥짜리 은표가 들어 있었다. 불룩 튀어나온 허리 모양이 보기에 좋지는 않았지만 그녀는 그저 이따금씩 정신 나간 사람처럼 웃을 뿐이었다.

"도련님, 호호호…… 진짜로 호호호……
크크, 서성의 그 도박장에 또 가요?"
"당연히 가야지. 이렇게 돈 버는 게 쉽다니……
이런 기회는 자주 있는 게 아니야. 그러니 벌 수 있을 때
배가 터지도록 벌어야지."

녕결은 찢어지게 가난하게 살아왔기 때문에 돈을 매우 좋아했다. 장안에서도 1만 냥의 은자는 거금이었다. 그 두툼한 은표가 녕결의 이성을 잃게 만들었다.

서성에 새로 생긴 도박장은 구성 도박장보다 더 크고 더 화려했다. 하지만 다음에 벌어진 상황은 이전과 조금도 달라진 것이 없었다. 판마다 번번이 이겨 돈을 땄다. 도박장 하관들의 안색이 잿빛으로 변했다. 그가 도박장을 너덜너덜하게 만들었을 때쯤에 마침내 한 사내가 나타났다.

푸른 적삼을 걸치고, 푸른 장화를 신고, 푸른 모자를 쓴 사내가 녕결을 노려보며 나지막이 말했다.

"이보게 친구, 형님이 자네를 높이 평가하여 친히 차를
한잔 대접하고 싶다 하시네."

키가 큰 남자가 서성 성벽 각루 가장 높은 곳에서 돌담에 기대어 바람을 쐬고 있다. 몸이 너무 말라 그가 입고 있는 푸른 옷은 마치 대나무 장대에 걸린 듯 밤바람이 불 때마다 스산한 소리를 냈다. 황성의 성벽은 아니었지만 장안 서성의 성벽. 누가 이곳에 마음대로 올라갈 수 있겠는가.

장안 어룡방의 방주, 넷째 제 씨.

강호 사람들에게 그는 독한 것으로 명성이 나 있었다. 하지만 알고 보면 어룡방 형제들 중에서는 가장 성숙하지 못하기로 취급받아온 인물이었다.

춘풍정 사건 이후 다른 형제들은 이미 신분이 드러나 버렸고, 어쩔 수 없이 그가 어룡방의 방주 자리를 이어받았다. 그러니 장안 암흑가에서 유일한 지도자인 그가 성루에 올라 경치를 구경하는 것은 별일도 아니었다.

넷째 제 씨는 밤바람을 맞으며 술 주전자를 기울였다. 조소수도 보고 싶고 다른 형님들도 보고 싶었다. 이전에 막내로 지냈던 시절이 그리웠다. 바로 이때, 성벽 위로 한 사람이 다급히 올라왔다.

그는 성을 지키는 군사에게 대충 아는 척을 한 후 제 씨에게 다가와 몇 마디 귓속말을 했다.

"푸!"

제 씨는 보고를 듣고 입안의 술을 내뿜었다. 술이 안개로 변해 성벽 밖으로 떨어졌고 성벽 위에 둥지를 튼 매를 놀라게 했다. 그는 눈을 부릅뜨며 부하에게 물었다.

"확실한 거야?"
"확실합니다. 이미 구성 도박장에 사람을 보내 알아봤는데
그놈은 거기에서만 1만 냥을 땄습니다."
"수행자가 도박장에서 돈을 땄다? 그런 철면피가 있다고?
뭔가 좀 이상한데?"

"아무도 믿지 않고 구성의 지배인도 믿지 않았습니다.
별 수 없이 1만 냥을 내주고는 곧바로 우리에게 보고한 겁니다."

제 씨는 큰형님이 떠나기 전 자신에게 한 당부를 떠올리며 격노해서 성벽 밖 짙은 어둠 속으로 술병을 던졌다.

'……쨍그랑!'
"은자를 토해내라고 해! 젠장! 동현 경지의 고인(高人)도
아닌데…… 잔재주 좀 부릴 줄 안다고, 이 몸이 그깟 놈 하나
못 죽일 줄 알고!"

일을 이렇게 처리하면 안 되는 법이었다. 실제로 제 씨가 그 수행자를 죽이는 것은 정말 가능할지 모르지만, 수행자는 항상 한 문파에 속해 있었다.

"그 망할 놈의 수행자가 어느 문파인지 먼저 살펴야겠다. 가자!"

성벽은 오르기도 쉽지 않지만 내려오기도 어렵다. 제 씨가 도박장으로 돌아왔을 때에는 이미 지쳐서 숨을 헐떡거리고 있었다. 그리고 그 동안에 그 망할 수행자는 더 많은 돈을 따놓았다.

'끼익.'

밀실 나무문이 열렸다. 그 망할 놈의 도박꾼이 불려 왔다. 제 씨의 얼굴이 엉망진창으로 찌그러졌다. 웃고 싶어도 웃음이 나오지 않았고, 울고 싶어도 눈물이 흐르지 않았다.

'빌어먹을! 이게 또 무슨 일이야?'

녕결의 안색도 순식간에 다채롭게 변했다.

'이게 뭐야⋯⋯?'

두 사람은 서로를 알아본 것이다.

> "우리는 잘 아는 사이지만⋯⋯ 실제로 친분은 별로 없었죠.
> 이렇게 하는 게 어떨까요? 조소수 형님의 체면을 봐서, 제가 딴
> 금액의 반으로 합의? 좋죠?"
> "춘풍정 조 씨랑 나랑 형제 먹었다니까요. 형제요, 형제! 그때
> 나 봤잖아요. 에이, 아는 얼굴이면서 뭘 그래요."

넝결이 잽싸게 머리를 굴렸다. 그는 난감한 상황에서 직접적으로 조소수
라는 이름을 꺼내들었다. 하지만 넷째 제 씨는 이 말에 너무 화가 났다.

> "여기서 딴 은전을⋯⋯ 꼭 가져가야만 한다는 거냐?"
> '당연한 거 아니야? 아는 건 아는 거고. 두 번밖에 안 본 사이에
> 그런 게 어디 있어. 내가 딴 돈을 안 준다고? 무려 7만 냥이 넘는
> 돈을?'
> "넷째형님이 처음 절 보셨을 때, 제가 살아 있는 한 동성에서
> 맘대로 하라고 하지 않으셨나요? 춘풍정 조 씨 형님 보는
> 앞에서요. 에이, 기억하면서 시치미 떼기는⋯⋯."
> "여기는 서성이다."

넷째 제 씨의 행동이 이상했다. 그는 퉁명스럽게 한 마디 한 후 일어나 자
물쇠로 잠긴 상자에서 토지 매매 계약서 등 몇 가지 관아 문서를 꺼내 책
상 위에 던졌다.

> "어차피 이 도박장은 네 것이니까, 마음대로 해. 여기서 네가 돈을
> 따는 건 네 돈을 따는 것이니까."

녕결은 잘못 들었나 싶어 귓구멍을 후볐다.

    "누구 도박장이라고요?"
    "말했잖아, 네 도박장이라고!"

녕결은 문서를 힐끔 보았다. 문서 아래에 자신의 이름을 적혀 있는 것 아닌가.

    "큰형님이 떠나시기 전에 몇 가지 당부를 하셨다. 그중 하나가
    너와 관련된 일."
    "무슨 일인데요……?"
    "큰형님은 그동안 네가 너무 가난해서 눈이 벌겋게 뒤집혀
    있다 하셨다."

녕결은 눈을 깜빡여보았다.

    "내 눈이 벌겋다니? 무슨 그런 말을……."
    "고작 은자 5백 냥에 목숨을 걸고 따라나섰다고……
    영웅호걸이 어찌 쌀 다섯 말에 허리를 굽힐 수 있겠느냐고
    하셨다. 네가 가난에 눈이 뒤집혀 백치처럼 자객으로 살까봐 너를
    위해 사업을 차려주셨다."

넷째 제 씨가 갑자기 분노하며 목소리가 커졌다.

    "큰형님께서 정말 선견지명이 있으셔! 당당한 수행자가 도박장에
    와서 돈을 뜯어내? 젠장! 이게 무슨 개 같은 일이야! 네놈이 정말
    가난 때문에 미친 거지?"

녕결은 마음이 따뜻해졌다. 또 부끄럽기도 하여 어색하게 물었다.

"큰형님은 어디 계세요?"

"마지막 서신을 받았을 때 태산으로 일출을 보러 가신다 했다."

"근데 어룡방에서 이 사실을 저에게 알려주지도 않았잖아요."

넷째 제 씨는 다시 한번 발끈했다.

"일이 있으면 네가 날 찾아야지, 넌 황궁 호위대 암행 호위 신분이 있는데 내가 어떻게 널 먼저 찾아가나? 그리고…… 잠깐."

그가 잠시 멈칫하더니 의심 가득한 눈초리로 다시 물었다.

"너…… 수행자야? 살인에 재주가 있는지는 알았지만 언제부터 수행을 할 수 있게 된 거야? 그리고 벌써 실경(實境)에 들어갔나?"

넝결은 굳이 감추려고 하지 않았다.

"이틀도 채 안 되었어요. 아직 초식 경지고 감지를 넘어 실경인 불혹에 들어가려면 천리만리는 남았어요."

넝결은 구성 도박장 검은 주사위 잔 연금 막의 존재를 아직 몰랐다.

"그래서 아무도 모를 때 돈을 좀 벌어두려고 했는데…… 이젠 다 부질없는 일이 되었지만 어쨌든 이 일은 비밀로 좀 해주세요."

"네가 구성에서 1만 냥이나 땄는데 어떻게 비밀로 하라는 건가? 그리고 그 까무잡잡한 어린 시녀를 데리고 돌아다니는 사람이 많은 줄 아나? 생각 좀 하고 살아라. 이 일이 어떻게 비밀이 될 거라고 생각하니?"

"형님이 지금 장안성 암흑가를 손에 쥐고 있잖아요. 형님 말 한마디면 되죠."

제 씨는 녕결의 아부에 기가 찼다. 녕결을 노려보다가 잠시 생각한 후 말했다.

> "도박 일은 그렇게 하더라도 네가 수행자 신분을 숨기는 건
> 또 다른 문제 아니냐. 내가 충고 하나 하지. 장안은 변방 시골이
> 아니다. 수행자만 해도 수백 명이야. 네가 숨기고 싶어도 숨길
> 수 없어. 그냥 서원 교관에게 알리고 수행의 세계에서 현실적인
> 도움을 받는 게 더 중요해."
> "아직 제 수준이 너무 보잘 것 없어서 지금 괜히 먼저 알려
> 불필요한 일을 만들 필요는 없어 보여요. 제가 좀 더 안정적으로
> 또 멀리 이 길을 걸을 수 있을 때 알릴게요."
> "그래, 어차피 넌 어룡방 소속도 아니니 알아서 해라. 그래도
> 오늘 이렇게 어렵게 만났으니, 이제 이 문서들에 서명하고
> 도박장을 공식적으로 가지고 가거라."
> "형님, 앞으로도 좀만 더 신경 써 주세요. 전 도박장을 관리할
> 능력도 시간도 없잖아요."

제 씨는 귀찮았지만 녕결의 아첨과 생떼에 못 이기고 손을 들었다. 결국 도박장은 어룡방이 관리하고, 정한 비율에 따라 이익금을 매달 녕결이 가져가는 것으로 합의했다. 녕결은 상상의 손을 잡고 도박장을 빠져나와 노필재로 돌아갔다.

'잠깐, 그 도박장 이름이 뭐였지?'

상상은 대답 없이 제 할 일에 바빴다. 허리띠에서 겹겹의 은표를 꺼내 상자 안에 평평하게 펴서 차곡차곡 쌓았다. 버드나무 잎 같은 눈으로 집안 곳곳을 살폈다. 결국 그녀는 침대 밑 나무판을 젖히고 조심스럽게 상자를 숨겼다. 그제야 묘한 표정의 녕결이 눈에 들어왔다.
상상은 호기심 어린 눈빛으로 물었다.

"도련님, 좀 이상해 보여요. 좀 전에 도박장을 나오면서부터
무슨 낭패라도 당한 듯……."
"낭패지, 낭패야. 오늘 정말 큰 망신을 당했거든. 내 평생 이렇게
어리석은 일은 해 본 적도 없어…… 그래도 이렇게 많은 돈을
벌 수 있다면 좀 어리석은 행동을 한 것쯤이야."

이 말을 마치고 그는 웃음을 거두었다. 그리고 상상에게 매우 진지하게
말했다.

"가족회의를 해야겠어."
'가족회의? 또 다시 헛소리가 시작되었네.'

상상은 너무나 익숙한 듯 바느질 주머니를 가지고 와서 면 신발로 갈아
신었다.

"가족이라고는 도련님하고 나밖에 없는데 가족회의가
다 뭐란 말이에요."
"어허! 너하고 이 도련님은 가족이잖아. 그러니 가족회의 맞지."

상상은 작은 의자에 앉아 공손히 다음 헛소리를 기다렸다.

"서원의 각 서당마다 격언이 걸려 있지."

상상은 고개를 숙인 채 신발 깔창을 만들며 대충 대꾸했다.

"네네."

녕결은 고개를 가로저었지만 유일한 회의 참석자가 도망가지 않기를 바
라는 마음이 앞서 그저 말을 계속했다.

"환경이 사람의 기질을 바꾸고 어른을 봉양하면 사람의 됨됨이가 바뀐다. 이 말이 무슨 뜻일까? 바로 네 수중에 2천 냥이 있을 때에는 단지 2십 냥만 있을 때처럼 인색하면 안 된다는……."

상상은 고개를 휙 들더니 억울함이 가득한 눈빛으로 쳐다봤다.

"그래, 검소하게 사는 것은 확실히 미덕이지. 하지만 봐, 지금 우리는 정말 돈이 부족하지 않잖아? 수중에 1만 냥이 넘게 있고, 도박장에서 매월 배당금도 보내줄 것이고. 이제는 더 이상 가난한 사람의 마음으로 살면 안 돼. 가난에 미쳐서 무작정 돈을 벌려고 달려들어서는 안 된다는 말이야."

녕결은 자신의 말에 스스로 감탄하며 말을 이었다.

"서생은 책을 읽어야 하고, 수행자는 수행을 하며 자긍심을 키워야 해. 그래서 앞으로는…… 도박장에 가서 부정행위를 하며 돈을 벌지 않기로 결심했다. 그리고 내일부터 노필재에 있는 도련님의 대작(大作)들을 모두 치워. 가난한 서생들에게 글씨나 팔아서 되겠느냐."

상상은 이로 실밥을 물어 끊은 후 물었다.

"한 점도 안 판다고요? 도련님, 평생 가난에 허덕이다 너무 갑자기 벼락부자가 되었다는 생각은 안 해봤어요?"
"표현이 적절하지 않아. 가난한 사람이 벼락부자가 된 것이 아니라, '작은' 부자가 되었으니 편안하게 살아보자는 거야. 좋아, 네 말도 일리가 있으니 몇 점만 걸어 놓지. 하지만 가격을 올려. 천금이 아니면 안 팔아."
'천금? 지금까지 가장 비싸게 팔린 게 20냥인데?'

녕결은 상상의 눈동자 속 강렬한 의심의 기색을 느끼며 미소를 지었다.

"명심해. 우리는 지금 돈이 너무 많아. 누구 하나라도 천금을
지불한다면 명성이라도 날릴 수 있지 않겠어?"

녕결은 득의양양했지만 현실은 그렇게 녹록지 않았다. 노필재의 명성을
날리려는 시도는 '어린 주인장이 미쳤다'는 말로 되돌아왔다. 그리고 상
상도 점점 녕결의 벼락부자 기질을 닮아가기 시작했다. 그녀가 노필재의
수입에 점점 관심이 떨어지는 사이, 녕결은 매일 서원에서 복습하고 또
구서루에 올라 수행의 길을 찾기 바빴다.

* *

벼락부자가 된 덕에 공부에 전념할 여유가 생겼다. 수과, 어과, 사과는 원
래 문제되지 않았다. 예과와 서과, 악과만 집중적으로 공부했는데, 예과
와 서과야 암기로 돌파할 수 있다 하더라도 악과는 엄두가 안 났다. 그래
서 깔끔하게 포기하고 나머지 다섯 과목에 집중했다.

'어차피 난 통소 소리도 내지 못했잖아?'

또 매일같이 구서루에 올라가 수행에 관한 책들을 들여다보았다. 하지만
안타깝게도 이 책들은 그에게 아직도 글자가 하나도 없는 전설의 천서(天
書)처럼 이해하기가 어려웠다. 두툼한 〈만법감상대사전〉을 들고 읽었지만,
당연히 재미가 없었다. 영자필법으로 열일곱 장 정도 읽었을 때 이미 밤의
어둠이 구서루를 뒤덮었다. 여전히 녕결은 자리를 뜰 생각이 없었다.
　　서가의 부적 문양에 빛이 번쩍 났다. 녕결은 그다지 놀라지 않고
그 모습을 바라봤다. 그 빛은 순식간에 사라지고 문양은 초라한 이전 모
습으로 돌아갔고, 이어서 뚱뚱한 소년이 미끄러져 나와 숨을 헐떡였다.

넝결과 진피피의 두 번째 만남.

"너 정말 뚱뚱하네. 도대체 16년 동안 뭘 먹은 거야? 근데 정말
네가 어과에서도 갑등 상을 받은 거야? 말이 널 태우고 그렇게
빨리 달릴 수가 있다고?"
"어과…… 어과…… 난 마차를 몰았어!"
"오! 현명한 선택."
"왜 날 보자고 한 거야?"
"뭐가 그리 급해? 먹을 것을 가져왔으니 일단 좀 먹자."

넝결은 만두 몇 개와 장아찌 같은 것을 꺼내며 말을 이었다.

"이 장아찌는 서원 식당 것인데 맛이 괜찮아. 뒷산에서 먹을 수
있는지 모르겠네."
"이게 부탁하는 사람의 태도라고? 최소 게살황죽이라도
가져와야 하는 거 아니야?"
"게살황죽은 기본 학비에 포함되지 않아서 따로 돈을 내야 해.
그렇게까지 낭비할 필요가 있어? 그리고 우리 사이에 무슨
부탁이야. 서로 도우면서 연마하고 수행하는 거지."
"연마? 수행? 네가 이 천재와 함께 연마할 자격이 있을까?"

넝결은 앉으라고 손짓하며 진지하게 말했다.

"난 이제 막 수행의 길에 들어섰지만, 나중에 우리 둘 중 누가 더
멀리 갈 수 있을지는 누가 알겠어. 네가 지금 나에게 잘해주면
나중에 언젠가는 내가 네게 은혜를 갚을 수도 있는 것이고…… 또
내가 너에게 수과(數科)는 도움을 줄 수 있잖아?"

진피피는 뜻밖에 그의 이 말에 넘어왔다.

"쳇!"

그는 콧방귀를 한번 뀌고는 녕결 옆에 앉아 만두와 함께 장아찌를 한 움큼 집어 게걸스럽게 먹기 시작했다. 녕결은 눈치를 살피며 조심스럽게 물었다.

"그런데 왜 맨날 밤에 움직여? 낮에 만나는 게 낫지 않아?"
"낮에는 사저가 매일 여기서 잠화소해체를 쓰는데 내가 감히
어찌 오겠어? 너도 알다시피 서원의 규칙은 이층루 사람이 서원
학생을 돕는 것을 엄격히 금하고 있어. 내가 너에게 글을 남기는
것도 사형에게 호되게 혼날 위험을 무릅쓰고 한 것인데 넌 어찌
감사할 줄도 모르냐?"
"만두, 그러니까 만두를 대접하잖아…… 서원 규칙이 엄격하긴
하지. 교관들도 걸핏하면 주먹으로 학생들을 때리고…… 근데 넌
규칙보다 둘째 사형을 더 무서워하는 것 같네?"

진피피는 만두를 입 안 가득히 넣고 불명확한 발음으로 대답했다.

"둘째 사형 주먹에 비하면 서원의 규칙은 너무 부드럽지."

진피피는 어느새 만두와 장아찌를 다 먹어버렸다. 동쪽 창가로 가 여교수의 주전자를 들고 물 한 모금으로 목을 축인 후 트림을 하며 말했다.

"꺼억. 오늘은 뭘 알고 싶은데? 꺼억, 이층루에 어떻게 들어가느냐
따위 질문이라면 꺼억…… 집어 치워. 스승님께서 날 많이
예뻐하시지만 그런 큰일을 내가 말할 순 없어."
"설마 내가 불로소득이라도 얻으려는 사람처럼 보여?"

녕결은 가볍게 웃었지만 그 실망감을 모두 감추지는 못했다.

"오늘 물어보고 싶은 건…… 내가 이제 천지의 숨결을 감지할 수
있는데, 다음은 어떻게 해야 하지?"
"이제 초식 경지에 들어갔으니 먼저 마음과 정신을 가다듬고
그 경지를 안정시켜야지. 욕심을 부리면 안 돼."

순간 진피피의 눈썹 끝이 꿈틀거렸다. 사실 그는 녕결 뒤에 서서 몰래 녕
결의 몸 안을 살피고 있었던 것이다. 그는 녕결 앞으로 와 잠시 망설이다
물었다.

"기해설산혈이 열 개밖에 안 뚫렸네?"
"그래? 사실 내가 스스로 살펴보려 시도해 봤는데, 기해설산이
덩어리처럼 엉켜 있어서 제대로 알 수 없었어."
"볼 필요도 없어. 열일곱 개 중 딱 열 개만 통했어. 다시 말해,
수행이 겨우 가능한 경계선에 있는 거지. 만약 의지가 조금이라도
부족하면 여전히 아무것도 못하는 수준이야."

녕결은 낙담했다. 진피피 또한 안타까운 눈길로 녕결을 바라보았다.

'역천개명까지 한 비범한 놈이 심지어 내가 통천환까지 먹였는데,
결국 열 개의 혈밖에 통하지 못하다니…… 수행에 있어서는
최악의 자질인데, 참 지지리 복도 없지.'

진피피의 탄식을 보고 녕결은 말했다.

"그래도 하나도 안 통하는 것보다는 낫잖아?"
"짜식, 말은 그럴 듯하게 잘해. 그래. 너무 실망하지 마. 이층루에
들어가는 사람들이 모두 수행의 천재는 아니야. 스승님께서
제자를 뽑으실 때 수행의 자질로만 판단하시지는 않아. 다른
면에서 극히 뛰어나면 스승님의 눈에 들어갈 수도 있어. 그때는

이층루에 들어가기 싫어도 들어가야 해."

녕결은 진피피가 자신을 위로하는 것을 알고 감사의 표시로 웃었다. 그러고는 말없이 뒤에 있는 서가 끝 초라한 문양으로 시선을 돌렸다.

'저 뒤에 이층루로 가는 통로가 있단 말이지? 나에게도 행운이 올까?…… 안 되면 씨, 이 서가를 뜯어 부숴버려야지.'

녕결은 내색하지는 않았다.

"뚱보, 내가 욕심을 부리는 것은 아니야. 천지의 숨결을 감지는 했는데 다음에 어떻게 노력해야 하는지 정말 몰라. 이제 천지의 숨결을 통해 구체적인 사물의 존재 정도는 감지하지만 그 사물을 움직일 수는 없거든."
"뚱보 아니거든! 그런데 지금 뭐라고 했어? 뭐, 구체적인 사물을 감지한다고?"
"응. 첫날밤에 촛불, 베개, 종이, 침대 밑의 은자, 마당의 나뭇잎 그리고 산라면 한 그릇…… 뭐 이런 것들을 감지했는데?"

진피피는 눈을 그의 얼굴처럼 동그랗게 떴다.

'외부의 구체적인 사물을 감지하려면 천지의 원기와 반복하여 교류해야 하는데…… 이건 초식을 넘어 감지의 경지에서나 가능한 일인데, 네가 어떻게 할 수 있지?'
"너 그 사물들을 감지했다는 거 확실해? 몰래 눈을 뜬 거 아니야?"
"뚱보, 무슨 소리야. 사실 남성의 구…… 음, 케엑…… 한 친구가 운영하는 도박장에 놀러갔는데, 주사위 잔 아래 주사위 숫자도 볼 수 있었어."
"그건 감지의 경지인데?"

녕결은 무슨 말을 하려다 멈췄지만, 참지 못하고 결국 입을 열었다.

"그러니까 그 주사위를 내 뜻대로 돌리는 방법은 없냐고."

진피피는 그제야 눈을 가늘게 뜨고 훈계하듯 말했다.
"이 자식 너, 지금 도박장에서 사기 칠 궁리를 하는 거야?
역천개명해서 귀중한 재주를 얻었는데, 고작 생각한다는 게
그거야? 이런, 웃기는 놈이네."

녕결은 손을 세차게 내저으며 황급히 변명을 했다.

"그게 아니라 네가 지난번에 여자로 저속한 비유를 했듯이 나도
그저 쉬운 예를 든 것뿐이야. 크음, 설마 내가 천지의 원기를
이용해 도박을 할 정도로 어리석을⋯⋯."

녕결은 괜히 헛기침을 했다.

'그렇지. 네놈이 그렇게 어리석지는 않겠지.'

진피피는 자신이 잘못 생각했겠지 싶어 침착하게 설명했다.

"초식과 감지의 경지가 허경이라 불리는 이유는 천지를 느끼거나
교류만 할 수 있고, 천지의 원기를 통해 실제 세계에 영향을 줄
수는 없기 때문이야. 실경의 첫 경지인 불혹에 들어서야 비로소
천지의 원기를 선(線)이나 다리로 응축시켜서 떨어진 공간에서도
외부의 사물에 영향력을 발휘할 수 있지."
"검사가 비검을 날리고 무사가 떨어진 곳에서도 공격을 할 수
있는 것이 바로 그런 원리구나⋯⋯."
"맞아."

"불혹은 세 번째 경지인데…… 난 언제쯤에나…….”

"사실 실경에 들어선다 해도 모든 사물을 다 통제할 수 있는 것은
아니야. 만물을 다룰 수 있게 되면 진정한 수행 대가, 즉
대수행자가 되는 것인데 그것도 어떤 규칙을 깨야 가능한 것이지.”

"그럼 불혹 경지의 수행자도 외부의 사물을 통제하는 데
어떤 규칙 같은 것이 있다는 건가?”

"당연하지. 너도 수행자와 전투를 치러 봤잖아? 검사가 비검을
세 개 날린다거나, 불종 제자들이 동발 3만 6천 개를 움직이는
것을 본 적이 있어?”

넝결은 춘풍정에서의 두 수행자 그리고 안숙경을 떠올렸다. 그들 두 명의
검사 모두 움직인 검은 한 자루였고 또 그 검이 부러지자 바로 목숨을 잃
었다. 월륜국에서 온 고행승도 그 많은 무기 중 동발 하나와 염주 하나만
이용해 공격했었다.

"불혹, 그리고 동현 경지에 이르는 수행자는 자신의 '감지물
(感知物)'을 가지고 있어. 네가 허경에서 실경으로 들어가려면 먼저
자신의 염력으로 자신만의 전유 감지물, 즉 '본명물(本命物)'을
길러야 해.”

"본명물? 본명년(本命年, 출생한 해의 띠)은 들어봤지만…….”

"예를 들면 검사의 검이 본명검이고, 부사는 자신에게 가장 중요한
부적이 있는데 그 부적이 본명물이야.”

"그럼 염사의 본명물은?”

"통속적인 서술 방식으로만 이야기한다면, 염사는 염사 자신이
본명물이야. 근데 아까 말한 본명년은 뭐야?”

"말줄임표는 아니? 너의 말을 줄이고 싶네.”

"웬 헛소리야! 됐고. 네가 본명물을 이해하려면 수행자가 왜
본명물을 가져야 하는지를 이해해야 해. 첫째, 천지의 원기는
아주 작은 공간에도 가득 차 있어. 돌 하나, 나뭇가지 하나에도

모두 그들만의 천지 원기를 가지고 있어. 그 점을 알아야 해."

진피피는 손가락 두 개를 들어 보였다.

"둘째, 수행자가 외부 사물을 제어하는 것은 이러한 천지의 원기로
직접 사물에 영향력을 끼치는 것이 아니라, 천지 원기를 응축시켜
선이나 다리로 만들어 자신의 염력을 사물에 전달시킨 후에
물체가 가지고 있는 내부의 천지 원기를 진동시키는 방식이야."
"그런데 왜 자신만의 전유 사물이 꼭 있어야 하지?"
"네가 처음에 든 비유를 들지. 네 몸이 구멍 뚫린 통소라면……."
"다른 비유 들면 안 돼?"
"아, 또 왜?"
"난 음악이라면 질색이야. 악과는 포기했단 말이야. 통소도
불 줄 모르고."
"지랄, 그것도 자랑이라구? 잔소리 말고 잘 들어. 통소에 염력을
불어 연주를 하면 천지 원기가 알아듣게 되는 거야. 그런데
사람마다 통소의 음질이 다르고, 사물이 가진 천지 원기도 각기
좋아하는 음질이 있어. 다시 말해 수행자가 자신만의 본명물을
찾고 기르는 것은 내 음질을 좋아하고, 또 내가 한 연주를 잘
알아듣는 상대를 찾기 위함이야. 이제 좀 알아듣겠어?"
"어렵기는 마찬가지잖아. 그러니까 공진(共振, 공명) 같은 거야?"
"공진은 또 뭐야? 헛소리 말고 다음 경지로 가고 싶으면 이 천재의
가르침을 새겨들어. 수행자가 실경에 들어갔을 때, 자신의 기운과
잘 맞아떨어지는 본명물이 있을수록 다음 경지를 돌파하기가
쉬운 거야. 하지만 만물 중에 자신의 기운과 완전히 맞는
본명물을 찾기는 너무 어려워서 많은 수행자들은 사물에 부적을
새겨 물체의 특질을 왜곡시킨 후 자신의 염력으로 통제할 수 있을
때까지 맞추고 길러가는 거야."
"말이 너무 복잡해. 그러니까 내가 검사가 되려면 좋은 검을

구해야 하고, 또 매일 안고 자면서 정을 쌓아야 한다는 거지? 아, 여자를 품는 건 좋은데 검을 매일 품고 자야……."

"그런 식으로 천박하게 이해하려면 마음대로 해."

넝결은 혀를 살짝 빼물었다.

"잠깐, 본명물은 최대 몇 개나 가질 수 있어? 그리고 네 본명물은 뭐야? 설마 만두?"

"이 자식, 그냥 콱…… 능력이 강할수록 만물의 천지 원기를 더욱 미세하게 느낄 수 있어. 자연히 더 많은 본명물을 가질 수 있게 되지. 동현 상의 최정상 또는 지명의 경지에 다다르면, 나무의 기운이나 호수의 기운도 파악하게 되고 다 다룰 수 있어. 하지만 일반 수행자들은 그렇게 못하니 당연히 하나만 선택하지. 그리고 내 본명물이 무엇인지 왜 너한테 알려 줘야 하지?"

"그럼 검사도 능력만 강하면 주사위를 제어할 수 있겠네?"

"네 말대로 능력만 충분하다면……

어, 근데 너 왜 또 그 이야기지?"

"아니. 그냥 예라고, 사례. 너무 깊이 생각하지 마."

진피피는 넝결과의 대화에 푹 빠져 서원의 규칙 따위는 잊어버린 듯 새벽까지 설명을 했다. 넝결은 만족스러운 표정으로 노필재로 돌아와 달콤한 잠에 빠져들었다. 그가 일어났을 때에는 이미 다음 날 황혼이 질 무렵. 그는 상상에게 저녁 준비를 하라고 이른 후 창가 의자에 앉아 비좁은 정원의 푸른 나무를 멍하니 바라보았다.

멍하니 바라본다지만 사실은 명상을 하는 것. 그는 설산기해를 통해 천천히 염력을 풀어내고 정원 내 사물 하나하나를 탐색했다. 그리고 자신의 마음과 가장 잘 통하는 사물을 찾으려 했다. 창틀에 놓인 깔창, 나무 아래 개미, 침대 밑 은표와 은괴…… 많은 사물을 감지했지만 별다른 반응이 없었다.

'필묵지연에서 찾아봐야 하나?'

"아이고…… 호호호! 히히히……."

그때, 방울같이 맑고 깨끗한 웃음소리가 들려왔다.

"도련님, 간질이지 마세요…… 진짜 간지러워요!"

상상은 작은 손으로 허리 뒤를 쉴 새 없이 긁으며 다급하게 외쳤다. 녕결
은 허리를 비틀어대며 난리를 떠는 상상을 보며 생각했다.

'물론 나와 마음이 가장 잘 통하는 사람이라면 당연히
상상이겠지만…… 상상을 본명검으로 만들어야 한다고? 안 돼,
그건 안 돼!'

녕결은 어떤 장면을 생각하며 고개를 단호히 저었다.

'그건 절대 안 돼! 훗날 하후에게 네 이놈 꼼짝마라, 나의 본명물
상상을 봐라 하고 외쳐야 한다고?'

생사의 고비에서 상상과 같이할 수는 있지만 생사를 상상에게 맡길 수는
없는 것 아닌가. 그래서 필묵지연으로 눈을 돌리다가 다시 멈칫했다.

'필묵지연을 날려서 수행자와 싸운다고? 그것도 뭔가 이상한데?
진피피가 만두를 본명물로 삼아 날리는 것하고 뭐가 달라?'

명상은 밤늦게까지 이어졌다. 매미 울음소리는 여전했고 더위도 식지 않
았다. 홑옷을 입은 녕결과 상상 두 사람은 눈을 부릅뜨고 서로를 바라보
며 한참 동안 아무 말도 하지 않았다. 상상이 촛불 아래에서 빛을 반사하
는 은괴를 노려보며 단호하게 말했다.

"도련님, 이 은괴가 도련님의 염력에 반응한다고요? 그게
사실이라면 전 완강히 반대해요. 절대 안 돼요. 싸울 때 던졌다가
다시 거두지 못하면 어떡해요? 은괴 하나가 은자 20냥이니 몇 년
싸우다 보면 전 재산을 날릴 수도 있어요!"

　　　　★★

다음 날, 녕결은 구서루에 올라 밤늦게까지 자리를 뜨지 않았다. 서가가
움직이고 진피피가 뒤뚱거리며 나타났다. 녕결은 재빨리 다가가 그 동안
의 체험을 이야기한 후 진지하게 물었다.

"뚱보, 말 하나 물어보자. 근데 왜 난 아직도 이 책들의 내용을
기억하지 못하는 거지?"
"그런데 또 뚱보라고 하네? 에이 씨, 그나저나 사저가 알려주지
않았어? 수행 서적의 글씨는 모두 선대의 대수행가가 염력을
먹에 주입해서 쓴 거야. 동현 상(上)의 경지에 들어가야만 진의를
파악할 수 있어."
"그러는 넌…… 동현 상이야?"
"아니."

진피피는 망설임 없이 담담하게 말했다.

'이 새끼 평온한 걸 보니…… 동현 상도 뛰어넘은 거야?
여청신 노인도 겨우 그 경지에 발 하나 들여놓았다 했는데
이 뚱보 놈이 지명의 경지에 이르렀다고!'
"너 정말…… 절세의 천재구나? 아무리 봐도 천재같이 보이지
않고 지명 경지의 대수행자라고는 더더욱……."

진피피는 우쭐할 뻔했다. 그러다가 다시 정신을 차렸다.

'이놈은 날 숭배하는 거야, 조롱하는 거야?'

진피피는 못마땅했지만 사실 녕결은 존경의 마음까지 들었다. 그래서 마치 신선(神仙)과 대화하듯 매우 공손한 태도로 말했다.

"천재 형님, 형님은 절세의 천재이시니 저의 독서 장애 문제 따위는 쉽게 해결하실 수 있으리라고 생각합니다. 많은 가르침 부탁드립니다."

목소리가 부드럽고 아첨의 기운이 넘쳐났다. 진피피는 이런 수법에 너무 약했다. 그는 득의양양하게 웃으며 말했다.

"글자는 전체로 봐야 하지. 한 글자가 하나의 세계이고 각자의 영혼을 가지고 있어. 너처럼 영자필법으로 분해하면 필의로 인한 상처는 피할 수 있지만, 글자가 가진 영혼 세계를 보존할 수 없지. 다만 이 천재가 보기에 너라면 어떤 지름길이 있을 수도. 그리고 그것은 결국…… 다시 너의 그 영자필법에 달려 있다."

녕결은 그에게 한 발짝 더 가까이 가며 더욱 공손히 듣는 자세를 취했다.

"넌 서예에 능하니, 영자필법으로 분해한 후 그 획수와 질서를 기억하는 거지. 그리고 구서루를 떠난 후 너의 의식 속에서 재구성해 다시 글을 쓰는 거야. 재구성된 글자는 여전히 '그 글자'이지만, 신부사가 부여한 구조와 뜻에서 이미 벗어난 글자가 되겠지."

녕결은 생각에 잠겼다.

"그냥 가능성 하나 제시한 것이고 성공 여부는 너에게 달렸어.
　수많은 시도를 해봐야 할 것이고, 그럼에도 최종 성공은
　장담할 수 없어."
"최소한 시도할 방법이 있다는 건 아무것도 없는 것보다는
　낫잖아?"

이 말과 함께 넝결은 어제 진피피가 가르쳐 준 방법에 따라 시도해보았던
것을 자랑스럽게 시연했다. 양초에 촛불을 밝힌 후 중지와 검지를 나란히
하여 검처럼 만들고, 염력을 흘려 천지 원기를 통제하며 손끝으로 내보냈다.

　'츠츠츠……'

촛불이 가볍게 몇 번 흔들렸다가 빠르게 제자리를 찾았다. 창문 틈으로
여름 바람이 스며들어왔다.
　촛불은 다시 제자리를 찾았다.

　"약해."

넝결은 달갑지 않은 기분으로 주머니에서 은괴를 꺼냈다.

　"이것도 마저 보고 평가해."
　'팅. 팅.'

진피피는 눈을 동그랗게 떴다. 바닥에서 느릿느릿 두 번 흔들린 은괴를
노려보며 믿기지 않는다는 듯이 물었다.

　"이 감응은 좀…… 이 새끼, 평소에 네가 얼마나 재물을
　탐냈기에 이러는 거야?"
　"아니, 아니. 말은 똑바로 합시다. 내가 재물을 탐내는 것이 아니라

은괴들이 나를 아끼는 거죠. 그렇지 않을까요. 은괴의 본명물이
바로 나, 녕결인가 보죠."
"은괴들이 네가 너무 구두쇠라 그들을 쓰지 못할 거라고
생각하나 보지. 그리고 이 감응은 약한 것이 아니라……
완전 약해 빠졌어!"

진피피는 비웃으며 녕결을 바라봤다.

"은괴를 네 본명물로 키우는 건 알아서 해. 하지만 난 이제껏
수행자가 이렇게 하는 걸 본 적이 없고, 넌 이미 젖 먹는 힘까지
다 썼는데도 은괴는 죽기 전 구더기처럼 두 번 발버둥만 치던데?"

* *

'또 그놈의 꼬임에 넘어가 하룻밤을 낭비했네.'

진피피는 안개에 싸인 돌길을 걸어 뒷산으로 돌아가며 한숨이 절로 나왔
다. 그때 밤안개가 갑자기 흩어지며 크고 날씬한 그림자가 나타났다. 아
직 어둠이 짙어 시야가 어두웠지만, 진피피 앞에 나타난 사람의 새까만
머리카락은 깔끔하게 빗겨져 있었다. 허리에 차고 있는 금실 비단 허리띠
는 조금도 흐트러지지 않았다. 심지어 머리에 쓴 고풍스러운 관모도 지붕
의 처마처럼 조금도 움직이지 않았다.

"며칠째 밤마다 왜 구서루에 가지?"

진피피는 자신이 가장 경외하는 둘째 사형을 보며 감히 거짓말을 못하고
공손히 예를 올리며 말했다.

"사형, 구서루에 가서 새롭게 사귄 서원 친구 하나와 대화를
    나눴어요."
"음…… 군자의 왕래는 진의에 달려있고, 경지의 높고 낮음을
    가리지 않는 법. 이층루 형제는 아니지만 서원의 동문이다.
    그리고 네가 늦잠과 식욕을 억제하면서까지 찾아가는 것은
    칭찬할 만하다. 허나 서원의 규칙을 어기며 하지 말아야 할 말을
    함부로 하지 말거라."
"제가 감히 어떻게…… 제 간이 얼마나 작은지 잘 아시잖아요.
    그냥 수과 문제를 연구했을 뿐이에요."

'수과 문제', 네 글자를 듣고 문득 그날 진피피가 뒷산에 가져온 문제를 떠
올리며 수일간 남몰래 밤낮으로 생각하고 계산하던 고통스러운 시간을
떠올렸다. 둘째 사형은 이례적으로 미간을 떨며 말했다.

    "그놈이구나."

이 말과 함께 그는 발걸음을 돌리려 했는데 진피피가 헐레벌떡 뛰어오며
말했다.

    "둘째 사형, 여쭤보고 싶은 게 있어요."
    "무엇이냐?"
    "어떤 놈이 수행의 자질이 형편없고 기해설산 열일곱 개 중
        겨우 열 개만 뚫렸고, 14일 전에 겨우 천지의 숨결을 감지하며
        초식의 경지에 들어갔는데…… 지금은 저도 모르게 외부
        사물을 감지할 수 있다면 심지어 이미 불혹의 경지에 발 한 쪽을
        들여놓았다면 그놈은…… 천재가 아닌가요?"

둘째 사형은 단호하게 말했다.

"천재가 아니다."

"왜요?"

"14일 만에 초식에서 감지로, 또 불혹으로…… 이런 천재는
존재할 수 없고 그런 사람이 있다면 그놈은 괴물이다. 왜냐하면
천재인 나도 그 과정을 마치는데 보름이 걸렸다."

둘째 사형은 담담하게 말을 했지만 그동안 자신이 가지고 있던 자존감이
무너지는 것 같았다.

'그런 놈이 있을 리가 없어. 이 뚱보 놈이 날 놀리려고
지어낸 말이야.'

하지만 진피피는 그를 향한 존경심이 더욱 깊어졌다.

'난 통천환을 먹고도 17일이 걸렸는데 둘째 사형은
임천진(林泉鎭)과 같은 시골에서, 스승도 없고 도문(道門) 하나 없는
곳에서 15일 만에?'

"그럼 대사형은 얼마나 걸렸나요?"

"대사형도 괴물이다. 사형은 열세 살 때 첫 깨달음을 얻은 후,
서원 뒷산에서 무려 17년 동안 멍하니 있다가 겨우 불혹의 뜻을
깨달았다."

"그럼 서른이 되어서야 불혹에? 대사형은 너무……."

진피피가 차마 말을 잇지 못하자 둘째 사형은 경멸하듯 말했다.

"너무 뭐? 너무 우둔하다고? 사형은 서른에 불혹에 들어갔지만
그 후로 석 달 만에 동현의 뜻을 깨쳤다. 물론 이 천재는 당시
동현 상이었지."

이 말을 마친 그는 오랜 시간 침묵한 후 고개를 들어 산길 사이 밤안개를 보며 길게 탄식했다.

> "그날 사형은 아침 햇살을 보며 동현을 깨쳤고, 저녁에 저녁노을을 보며 지명의 경지로 들어갔다. 하루 만에 가장 절묘한 경지를 두 개나 돌파했고 스승님마저 그런 일은 못했다고 칭찬하셨다."

당연한 말일지 모르지만 수행의 길은 아득히 멀다. 게다가 경지가 높아질수록 어려워진다. 어릴 때 천재로 여겨지는 수행자는 대여섯에 초식을 깨닫고 빠르면 열예닐곱에 불혹, 심지어 동현에 이를 수 있다. 하지만 동현에 들어가면 마치 수렁에 빠진 것같이 수십 년 동안 더 이상 앞으로 나가지 못하는 경우가 태반이다. 그런데 하루 만에 동현에서 지명으로? 상식적으로 이해하기 어려울 뿐 아니라 어찌 보면 수행의 세계에서 두 번 나오기 힘든 일이었다.

> "사형은 온화하고 인덕이 높아 진정한 군자다. 사형은 꾸준히 내실을 다졌지만 함부로 드러내지 않았고, 하루 만에 깨달음을 얻으며 하늘로 날아올랐다. 그 깊이는 너와 내가 감히 이해할 수 있는 것이 아니다."

진피피는 연신 고개를 끄덕였다. 그도 대사형의 성품은 잘 알고 있었지만 낡은 옷을 입고, 헌 책을 들고, 표주박 하나를 허리에 맨 채 마치 서원에서 잡일을 하는 사람처럼 보이는 대사형이 이렇게 기이한 사람인 것은 오늘밤 처음 알게 되었다.

> '내가 대사형에게 밉보인 적은 없었겠지?'

진피피는 둘째 사형을 따라 돌바닥 길을 걸으며 산속의 안개를 뚫고 올라갔다. 하지만 걷는 그의 머릿속은 산속 안개보다도 더 뿌옇게 변했다.

'둘째 사형이 보름, 난 17일, 그놈은 14일? 그럼 그놈이 우리와 비슷하다고? 아니야. 기해설산 열 개밖에 안 뚫렸으니, 그놈 염력이 아무리 순수하고 짙어도 어둡고 무미건조한 연주를 할 수밖에 없어. 그렇다면 그가 통제할 수 있는 천지의 원기도 너무 미약할 것이고. 이렇게 생각하니 또 불쌍하네. 의지가 아무리 강해도, 네놈 몸에는 졸졸 흐르는 개울 같은 천지의 숨결이 적당한 듯 보여.'

진피피는 그제야 마음이 많이 편해져 웃었지만 순간 걱정이 되었다.

'내일 빨리 가서 알려줘야겠다. 그놈이 진짜 자신이 수행의 천재라고 생각하고 행동하다가 진짜 강자에게 죽임을 당하면…… 그건 좀 아니지.'

그때 두 사형제는 그들의 거처에 거의 도착해 있었다.

"정말 14일밖에 안 걸렸다고?"

둘째 사형의 갑작스러운 질문에 진피피는 손가락을 꼽아보며 열심히 계산했는데 조금 망설이다가 고개를 들고 공손히 답했다.

"14일이거나 15일이거나. 그날 아침에 깨어난 거였으면 보름 하고도 반나절. 어쨌든 대략 그 정도 돼요."
"4면 4고 5면 5지, '대략 그 정도'라니…… 그놈이 3경을 돌파하는 데 정확히 며칠이 걸렸는지 알아내. 이건 내가 네게 주는 시험 문제다."

이 말을 마치고 그는 양손을 금사 허리띠에 얹고 뒷짐을 진 채 한 걸음 한 걸음 느릿느릿 걸으며 자신의 거처로 향했다. 그리고 어둠 속에서 가벼운 말 한마디가 어렴풋이 들리는 듯했다.

"내가 말했잖아…… 14일일 리가 없어."

지은이	묘니
옮긴이	이기용
펴낸이	주일우
편집	이유나
디자인	PL13
마케팅	추성욱
인쇄	삼성인쇄

처음 펴낸 날
2023년 5월 10일

펴낸곳	㈜사이웍스
출판등록	제2023-000086호
주소	서울시 마포구 월드컵북로1길 52, 운복빌딩 3층
전화	02-3141-6126
팩스	02-6455-4207

전자우편
wonnyk20@naver.com

ISBN   979-11-971791-7-4 (04820)
SET ISBN   979-11-971791-9-8 (04820)

값 13,500원